還珠格格
第一部

還珠格格 第一部 by 瓊瑤

Copyright ⓒ 1997 瓊瑤
Korean Language translation copyright ⓒ 2019 Hong Books
This translation arranged with 怡人傳播有限公司.
All rights reserved.

이 책의 한국어판 저작권은 怡人傳播有限公司와 독점 계약한 도서출판 홍이 소유합니다.
저작권법에 의하여 한국 내에서 보호를 받는 저작물이므로 무단전재와 무단복제를 금합니다.

황제의 딸

뒤바뀐 운명 2

경요 지음 | 이혜라 옮김

도서출판
홍

| 차례 |

제14장 ··· 7
제15장 ··· 36
제16장 ··· 63
제17장 ··· 93
제18장 ··· 125
제19장 ··· 167
제20장 ··· 202
제21장 ··· 235
제22장 ··· 269
제23장 ··· 306
제24장 ··· 345
제25장 ··· 383
제26장 ··· 414

제14장

모든 일이 계획대로 척척 진행되었다.

자미를 입궁시키기로 의견을 모은 다음 날 아침, 지체 없이 영비를 찾아간 제비는 다짜고짜 넙죽 절부터 올렸다. 아침 문안이라기엔 지나치게 거창한 인사였다.

"마마, 부탁드릴 것이 있어요!"

놀란 영비가 얼른 일어나라 말했고, 궁녀 남매와 동설이 제비를 일으키려 다가갔다.

"아니요, 안 돼요! 도와준다고 약속하셔야 일어날 거예요!"

"무슨 일인데 이렇게 심각하니?"

"마마한테는 식은 죽 먹기보다도 쉬운 일이요. 수방재 궁녀를 두 명만 더 늘리고 싶어요!"

밑도 끝도 없는 부탁에 영비는 적잖이 당황스러웠다. 지금 시중을 드는 이들에게 미흡한 부분이 있느냐 물었으나 제비는 아니라며 거듭 강하게 부인했다.

"명월이랑 채하는 잘하고 있어요. 그냥 두 사람이 더 있으면 좋을 것 같아서요!"

"궁녀를 들이는 일이야 어렵지 않다만, 너 혼자 지내는데도 그렇게나 많은 이들의 시중이 필요하니?"

"실은 시중들 사람이 아니라 말벗이 필요해서 그래요. 그 두 사람만 궁에 들어오면 매일 출궁하겠다고 안달 부리지 않을 수 있어요. 그럼 마마도 번거로운 일을 더실 거예요!"

영비가 재차 놀라며 궁 밖에서 사람을 데려와야 하는지 물었다. 제비의 마음에 이미 정해 놓은 이가 있을 거라곤 생각지 못한 터였다. 제비는 곧장 대답하지 않고 앉은 자리에서 일어나 영비 옆으로 바투 다가갔다. 그리고 양팔로 영비의 어깨를 감싸 안았다.

"마마, 제발요. 제 소원 하나 들어준다 생각하시고요, 네? 마마께서 절 얼마나 아끼시는지 알아요. 맛있는 음식, 좋은 물건이 있으면 수방재에 꼭 보내 주시고, 황후마마가 저를 욕할 때도 마마는 항상 제 편이 되어 주셨잖아요. 이 은혜는 나중에 꼭 갚을게요! 이왕 잘해 주시는 거 화끈하게 인심 쓰셔서 제가 원하는 애들을 궁녀로 들여 넣어 주세요!"

제비가 하는 말을 듣고 있자니 영비는 어안이 다 벙벙했다.

"그 아이들이 누군데?"

"한 명은 자미, 한 명은 금쇄예요! 지금 복륜 대인 댁에서 일하고 있어요."

복륜? 또 그 집인가.

"복륜 대학사 집안과 가깝게 지내는구나."

영비는 어쩐지 미심쩍은 기분이 들어 제비를 떠보듯 말했다. 그러거나 말거나 제비는 제 할 말만 할 뿐이었다.

"정말 좋은 애들이에요. 저랑도 꼭 자매처럼 잘 맞고요! 걔네는 궁에서 품삯을 줄 필요도 없어요. 제가 줄게요. 아바마마가 주신 은자가 아직 많이 남았거든요. 마마만 허락해 주시면 돼요!"

제비를 물끄러미 바라보는 영비의 눈에 의혹이 한가득했다.

"그래, 생각해 볼 테니 며칠 뒤에 다시 얘기하자."

제비는 점점 애가 말랐다.

"마마, 생각할 거 없으세요. 수방재엔 만날 음식이 남아돌아서 식구 두 명 느는 건 전혀 문제가 아니라니까요!"

"그래도 이건 무턱대고 처리할 사안이 아니야. 생각을 좀 해 봐야겠다."

제비로선 아무리 복장이 타도 영비의 결정을 기다리는 수밖에 없었다.

영비는 오래 고민하지 않고 복륜의 처인, 자신의 사촌 언니를 불렀다. 이것저것 자세히 물어 오는 영비에게 귀부인은 그럴싸한 답변을 내놓았다. 이미 모두와 말을 맞춰 둔 터였다. 귀부인과 대화를 나누던 영비는 그간 이해되지 않았던 숱한 의문들이 해소되는 것 같았다.

"공주와 의자매를 맺은 아이들이라고요?"

"네, 공주께서 막 입궁하셨을 때 이태에게 둘을 보살펴 달라 부탁하셨나 보더라고요. 이태 그 애가 이런 일에 대해 뭘 알겠어요. 해서 제가 직접 찾아가 봤는데 두 아이가 외모도 곱고 참하지 뭐예요. 보자마자 마음에 들어서 학사부로 데려와 집안일을 거들게 했지요. 하면 공주께서도 그 둘을 보고 싶으실 때 바로 저희 집으로 오시면 되니까요."

"그랬군요. 공주가 왜 내겐 아무 말도 하지 않았을까요."

영비는 귀부인에게 지난번 제비가 몰래 출궁을 했을 때도 의자매라는 그 아이들을 만나러 간 것이냐 물었다. 귀부인은 그렇다고 답하고, 서로 사이가 참 좋다며 일부러 덧붙였다. 영비가 망설이듯 나지막한 목소리로 다시 물었다.

"언니가 보기엔 어떠세요. 그 둘을 궁녀로 입궁시켜도 괜찮을 것 같나요?"

"공주께서 지금 폐하의 총애를 받고 계시는 건 마마께서 일을 잘 처리하신 결과가 아니겠습니까. 어쩌면 훗날 우리도 공주마마의 도움이 필요할 수 있으니 지금 공주를 기쁘게 해 드리는 것도 나쁘지 않지요. 궁 안에 두 사람이 는다고 신경 쓸 사람도 없을 거고요. 그 둘의 인품은, 제가 장담합니다."

영비를 바라보는 귀부인의 눈길이 곧았다. 진솔하고 현실적인 조언에 영비도 눈을 반짝였다.

"역시 언니가 세심해요. 그럼 그렇게 하지요. 며칠 뒤에 둘을 데려와 보세요."

지레 노심초사한 것이 무색할 정도로 일은 순조롭게 풀려 갔다. 황궁에서 영비처럼 총애받는 이가 궁녀 둘을 들이는 건 사실상 대수로운 일이 아니었던 것이다. 마침내 예정된 입궁 날이 코앞으로 다가왔다.

자미가 궁으로 들어가기 전 학사부에서 보내는 마지막 밤, 이강은 속절없는 갈등과 걱정에 휩싸였다. 만남 이래 늘 눈앞에 있던 사람과 떨어져 지내야 한다니 생각만으로도 암담했다. 기약 없는 이별이 될지도 모르는 일이라 더 그랬다. 전하고 싶은 당부가 끝이 없었다.

"자미, 그대를 궁으로 보내는 건 어쩔 수 없는 선택이오."

아무리 생각해도 모두가 바라는 바를 얻을 방법은 이것뿐이었다. 하지만 그러한 판단과는 별개로 가슴은 이 여인을 떠나보내기 싫다며 부르짖고 있었다. 황궁을 둘러막은 한낱 돌담이 무쇠로 된 철창보다 두렵게 느껴졌다. 헤어지기 아쉽다고, 마음이 놓이질 않는다고 이강은 부질없는 하소연을 자미 앞에 쏟아 냈다. 날이 밝은 후 자미를 보내고 나면 끝을 알 수 없는 근심이 시작될 터였다. 아직 아무 일도 일어나지 않았건만 이강은 벌써부터 후회가 되었다.

"이 선택이 옳은지 모르겠소. 약속해 주시오, 매사에 조심하고 신중하겠다고."

이강에게서 눈을 떼지 않은 채로 자미는 당부를 듣는 내내 고개를 끄덕였다.

"걱정하지 말아요. 난 제비와 다르잖아요. 조심 또 조심하면서 신중하게 행동할게요."

오늘을 계획하며 이 사내가 얼마나 고민했을지, 얼마나 마음이 복잡했을지, 자신을 얼마나 위해 주는지 자미는 너무나도 잘 알았다. 아버지를 향한, 애써 외면하려 했지만 꺼질 줄 몰랐던 속마음을 이강만은 알고 있었던 것이다. 이도 저도 아닌 애매한 신분으로 학사부에서 지내는 생활이 오래가지 못할 거란 사실 또한 이강은 진즉에 헤아렸으리라.

"제가 처한 문제를 해결하고 우리가 앞으로 함께 걸어갈 길을 만들기 위해서 어려운 결정한 거 알아요. 그 뜻을 몰랐다면 아마 이강의 제안에 따르지 않았을 거예요."

이강은 자신의 마음을 알아 주는 자미의 말에 고마웠고 차오르는 감격으로 마음이 취할 것 같았지만, 이별은 여전히 아팠다. 지체 높은 가문에 태어나 스스로의 의지대로 살아갈 수 없는 것이 원망스럽기 그지없었다. 이강이 투정하듯 불만을 토로했다.

"유유곡에서 다시 만났을 때 그대를 말에 태워 어디로든 떠나 버릴 걸 그랬소."

"그럼 듬직하고 책임감 강한 복이강이 아니지요."

자미를 바라보는 이강의 눈이 깊이를 헤아릴 수 없을 만큼 그윽하였다.

"궁에 들어가면 지금과 달리 얼굴 한번 보는 것도 어려울 거요. 그래도 그대를 보러 가겠소. 그대도 수시로 오황자님께 소식을 전해 주오. 매일 어떻게 지내는지 내게 알려 주어야 하오."

자미가 대답 대신 고개를 힘껏 끄덕였다. 곧 넘칠 듯한 눈물이 눈에 가랑가랑했다.

"궁 안은 바깥과 다르오. 더욱이 그대는 궁녀 신분이라 제비처럼 마냥 자유로울 수 없으니 행동 하나하나에도 주의를 기울여야 하오. 폐하 때문에 조급해하지도 말고, 아버지 보듯 감성적으로 폐하를 대해서도 아니 되오. 지금 폐하의 마음엔 제비가 크게 자리하고 있다는 사실을 항상 명심하시오."

"알아요, 다 알고 있어요."

"만일 궁 안에서 지내기가 버거우면 오황자님께 말하시오. 바로 데리러 가리다. 절대 억지로 참고 있지 마오."

"네, 그럴게요."

깊고도 간절한 눈빛이 자미를 향했다. 이강은 자미의 모습을 제 안에 담아 꼭 잠가 두고 싶었다.

"머지않은 날 다시 만나 영원히 함께할 것임을 기억해 주오."

자미는 약속하듯 거듭 고개를 끄덕였다.

"내게 더 할 말은 없소?"

이강은 가는 시간이 아쉬워 한시도 자미에게서 시선을 거두지 못했다.

"잘 지내요."

"그 한마디뿐이오?"

가슴에 울걱 열기가 차오른 이강이 내심 기대하며 다시금 넌

지시 물었다.

"다른 말은 없소?"

자미는 조용히 자리를 옮겨 탁자 앞에 앉았다. 탁상엔 고쟁이 놓여 있었다. 현줄을 어루만지던 자미의 손끝에서 곧 음률이 튀어 오르기 시작했다. 자미의 시선은 이강의 눈가를 맴돌았다. 이윽고 엷붉은 입술 사이로 부드러운 노랫소리가 흘러나왔다.

모이기도 흩어지기도 어려워라
만남도 이별도 서글퍼 더 빛나는 밤
만나기도 헤어지기도 어려워라
그리워 문드러질망정 덧없는 재회는 싫어라
떠나기도 머무르기도 어려워라
이 마음 그대 그리며 숱한 매듭 지으리
취하기도 깨어 있기도 어려워라
오늘 밤 이별 후에도 오래도록 기억해 주길

노래를 마친 자미가 깊고 그윽한 눈을 들어 이강을 바라보았다. 애틋한 눈빛과 노랫소리에 거나히 취한 이강의 넋은 이미 그 한가운데 쓰러져 있었다.

이튿날 복륜의 처는 자미와 금쇄를 데리고 곧장 연희궁으로 향했다. 미리 도착한 제비가 영비의 옆에서 이들을 기다리고 있었다. 제비는 한껏 들뜬 채였다. 반가운 마음이 고스란히 비치는 눈동자가 자미를 열렬히 환영하였다.
"마마, 자미와 금쇄를 데려왔습니다."
귀부인의 말이 떨어지자 자미와 금쇄가 동시에 나란히 무릎을 꿇었다.
"노비 자미, 영비마마를 뵈옵니다. 마마 천세 천천세."
"노비 금쇄, 인사 올립니다. 마마 천세 천천세."
자미가 머리를 조아리자 금쇄도 덩달아 머리를 조아렸다. 고개를 들어 얼굴을 보이라는 영비의 말에 두 소녀는 간발의 차를 두고 차례로 고개를 들었다. 영비가 앞으로 나아가 둘의 얼굴을 자세히 살펴보았다. 보얀 피부와 청초한 미모에 놀라 영비는 저도 모르게 낮은 탄성을 터뜨렸다.
"참으로 곱게 생겼구나. 나이가 어떻게 되느냐."
영비가 자미 쪽으로 질문을 건넸다.
"노비, 올해 열여덟입니다."
"저는 열일곱 살입니다."
자미의 대답을 듣고 금쇄가 황급히 따라 말했다. 영비는 잔뜩 긴장한 금쇄에게 웃으며 일렀다.
"직접 물음을 받지 않았을 때 대답해서는 안 된다."
"아, 죄송합니다. 이제 안 그러겠습니다."
금쇄가 재빨리 대답했다. 영비는 금쇄의 말씨가 마뜩하지 않았지만 싫은 내색 없이 말을 이었다.
"예절은 차차 배우자꾸나. 환주공주 곁에서 보고 듣다 보면 법도를 제대로 익히기 힘들 것이다. 공주는 폐하의 윤허를 받아 규율에 구애받지 않지만, 너희는 다르다. 궁중 규율과 법도를 잘 지켜야 해. 너희가 잘못하면 너희를 들인 내가 손가락질받는다는 사실을 명심해라. 알겠느냐?"

자미가 얼른 머리 숙여 절했다.

"일러 주셔서 감사합니다, 마마. 심려 끼치지 않도록 항상 행동거지를 바로 하겠습니다."

예의 바른 태도에 새삼 놀란 영비가 자미를 쳐다보았다. 그사이 제비가 영비 앞으로 조르르 걸음을 옮겨 갔다. 방금까지는 제법 얌전하더니, 제비의 인내심은 기어이 바닥을 드러내고 말았다.

"마마, 이제 수방재로 데리고 가도 되죠?"

"급하기는, 아직 일러 줄 말이 남았다."

영비는 자미와 금쇄를 내려다보며 재차 당부하였다.

"너희는 환주공주의 권세에 힘입어 정식 교육을 받지 않고 입궁하였다. 그러니 스스로 분수를 알고 몸가짐에 유념하거라. 수방재에서도 공주와 격 없이 지내서는 안 될 것이다. 궁 안은 넓으니 처소를 벗어나 함부로 다녀서도 안 된다. 문제를 일으켜도 대신 수습해 줄 사람이 없음을 명심해라."

"노비, 마마의 가르침을 새겨듣겠습니다. 스스로를 엄히 단속하고 근신하여 규율에 어긋나는 일이 없도록 할 것입니다."

몸을 낮추며 다짐하는 자미에게 영비는 자꾸만 시선이 갔다. 자미란 아이는 말하는 본새부터가 범상하지 않았다. 영비는 문득 가슴에서 원인 모를 답답한 기운을 느꼈다.

제비가 그새를 못 참고 재촉했다.

"마마, 말씀 다 끝나셨어요? 다른 예법들은 제가 천천히 가르칠게요!"

"제비 네가?"

영비는 제비의 말에 기가 차서 헛웃음을 터뜨리며 대꾸했다.

"차라리 아무것도 가르치지 않는 편이 낫겠다."

영비의 말이 채 끝나기 전, 바깥에서 "황제 폐하 납시오!" 하는 태감의 통보가 전해져 왔다. 그 한마디가 삽시간에 자미의 머릿속을 어지럽혔다.

'폐하……? 세상에, 궁에 발을 들이자마자 이렇게 바로 폐하를 뵙게 되다니.'

자미는 너무 놀라 제풀에 몸이 바르르 떨렸다. 심장이 북자루에 얻어맞은 북처럼 둥둥둥 세차게 울렸다. 두 눈은 갈 곳을 잃고 흔들렸다. 폐하께서, 건륭 황제께서 오신다. 만인지상에 계신, 여태껏 단 한 번도 뵌 적 없는 나의 아버지가 오신다. 자미는 얼굴색을 가눌 수가 없었다. 숨조차 제대로 쉬어지지 않았다. 꿇어앉은 자리에서 꼼짝도 할 수 없었다.

건륭이 성큼성큼 실내로 들어서자 사람들이 저마다 예를 갖추어 인사말을 했다. 영비와 귀부인도 속히 앞으로 나와 건륭을 맞았다.

"폐하, 어찌 오실 틈이 나셨습니까?"

영비의 물음에 건륭은 기분이 좋은 듯 "하하하!" 크게 소리 내어 웃었다.

"오늘은 아주 기쁜 날이오. 마침내 면전(미얀마)과의 문제가 해결되었소! 그들이 강화를 청하며 사신을 파견했다오. 대청의 위세가 이토록 혁혁하오. 장군들 또한 훌륭하고!"

복륜의 처가 자리해 있는 것을 본 건륭이 웃으며 알은척하였다.

"오, 손님이 와 있었군."

"폐하께 인사 올립니다."

귀부인이 무릎을 굽혀 인사하였다. 건륭은 얼굴에 온화한 빛을 띤 채 고개를 끄덕여 답하고 말을 이었다.

"그러잖아도 짐이 방금 복륜을 칭찬하였네. 이강과 이태도 갈수록 출중해지고 말이야. 장부를 성실히 내조하며 자식들을 잘 길러 낸 자네의 공이 큼세."

눈길을 돌리다 제비를 발견한 건륭은 기분이 한층 더 좋아졌다. 건륭이 제비를 부르며 손짓하였다.

"이리 오너라. 예절 수업을 면하게 되었다고 이제는 아바마마를 봐도 인사조차 하지 않는 것이냐? 왜 그리 멀뚱히 섰어?"

제비의 시선은 머물 곳을 잃고 건륭과 자미 사이를 헤매고 있었다. 건륭을 맞닥뜨린 순간 제비도 자미처럼 가슴이 벅차고 정신이 아득했다. 마음 같아선 당장이라도 건륭에게 달려가 용포를 붙들며 외치고 싶었.

'보세요, 이 애가 바로 아바마마의 진짜 딸이에요! 얼른 딸로

인정해 주세요. 이 애야말로 환주공주라니까요…….'

하지만 어떤 말도 꺼낼 수 없었던 제비는 불쑥불쑥 튀어 오르는 충동을 꾹 눌러 참을 뿐이었다. 이리 봤다가 저리 봤다가, 심장이 조여 혼이 쏙 빠져 나갈 것 같았다. 그러던 차에 건륭으로부터 부름을 받은 것이었다. 저를 호명하는 건륭의 음성에 정신을 차린 제비가 황급히 인사부터 하였다.

"아바마마, 홍복을 누리세요!"

제비를 보는 건륭의 눈가에 웃음이 번졌다.

"고 입이 참 신통하구나. 나라가 더욱더 강해질 거라더니, 정말 그래. '나라에 건륭이 있어서 국물이 안 상한다'는 말도 일리가 있어. 하하하!"

그때 건륭의 시선이 무릎을 꿇고 있는 자미와 금쇄에게로 가 닿았다. 얼쯤한 건륭이 두 소녀를 살펴보았다.

건륭과 눈이 마주치자 자미의 심장이 금방이라도 가슴을 뚫을 듯 요동하였다. 동공은 옴짝달싹도 하지 못했다. 고개를 숙여야 한다는 사실을 알았지만 몸이 말을 듣지 않았다. 앞에 선 존재가 너무나도 늠름하고 웅대했다. 저절로 느껴지는 어마어마한 기운에 자미는 갈수록 몸이 빳빳하게 굳는 것 같았다.

자미를 보는가 싶던 건륭이 금세 다시 고개를 돌렸다. 건륭에게 자미와 금쇄는 단지 낯선 얼굴들에 지나지 않았던 것이다. 일어나라며 손을 내젓는 표정이 무심했다.

"다들 짐만 보면 일어서는 법을 잊는 것 같군."

자미는 숨이 멎는 것 같았다. 건륭이 저를 향해 던진 첫마디였다. 묘한 전율이 일순간 자미의 전신을 휘감았다. 긴장한 얼굴엔 어느새 핏기마저 사라졌다.

상황을 지켜보며 마음 졸이던 귀부인이 보다 못해 자미의 옆으로 다가갔다.

"폐하께서 예를 거두라 하시잖니. 얼른 감사 인사를 드리고 일어나렴."

그제야 새 정신이 든 자미가 깜짝 놀라 고개를 푹 숙였다. 겨우 끄집어낸 목소리가 잔물결처럼 떨렸다.

"성은이 망극하옵니다."

금쇄도 같은 말을 하고, 두 소녀는 함께 자리에서 일어났다. 감정이 격앙된 상태로 상당 시간 무릎을 꿇고 있었던 탓에 자미는 일어서는 순간 다리의 힘이 쭉 풀려 버리고 말았다. 그대로 주저앉으려는 자미를 금쇄가 제때 부축했다. 무어라 말하려던 금쇄의 입이 남몰래 읔다물렸다. 하마터면 '아가씨'라는 호칭이 튀어나올 뻔한 것이다.

수상한 낌새를 느낀 건륭이 자미와 금쇄 쪽을 쳐다보았다. 영비가 건륭의 눈빛에 담긴 의문을 알아차리고 설명하였다.

"새로 온 궁녀들입니다. 신첩이 제비에게 주려고 들였습니다."

"그렇군."

궁녀라는 말에 바로 수긍한 건륭은 별다른 감흥이 없는 듯 제비에게로 고개를 돌렸다.

"왜 그러느냐? 평소엔 그렇게 말 많던 녀석이 오늘은 어찌 이리 얌전한 것이야?"

그 말에 정신이 번쩍 든 제비는 도둑이 제 발 저리듯, 머릿속에서 떠오르는 말을 아무거나 집어 들고 입 밖으로 던졌다.

"아바마마, 면전 문제가 해결되었다는 건 회충이 털갈이를 끝낸다는 거예요?"

건륭은 제비의 말을 이해하지 못하고 어리둥절한 표정이 되었다. 이내 건륭의 입에서 껄껄껄 웃음이 터져 나왔다.

"그래, 회충이 털갈이를 끝낼 것 같구나!"

제비의 어깨를 토닥이던 건륭이 돌연 무섭게 눈을 부릅뜨며 호통하였다.

"뭐가 회충이고 털갈이야? 내일 네 스승에게 가서 전해라. 아바마마가 변방이 뭔지 알려 주라 했다고!"

효람이 언급되기가 무섭게 제비는 뒷골에서 욱신욱신 쑤시는 통증을 느꼈다.

"회충이 뭔지도 제대로 모르는데 변방을 알아 오라고요? 변방이 뭐 하는 방인데요? 혹시 뒷간 같은 거예요? 그나저나 아바마마, 저 내일 수업은 빠지면 안 될까요? 왜냐면 제가……."

제비의 시선이 자미 곁에 머무르기를 잠시, 제비가 별안간 자미를 건륭 앞으로 데려갔다.

"아바마마, 이 애는 자미예요. 쟤는 금쇄고요!"

뜬금없는 소개에 조금 당황한 듯 건륭이 자미와 금쇄를 훑어

보았다. 하지만 그것뿐, 건륭은 큰 관심을 두지 않았다.

"알겠다. 그만 물러들 가 봐라."

자미의 심장이 덜컥 내려앉았다. 얼굴 위로 번지는 실망을 걷잡을 수 없었다. 망연자실한 눈동자에는 쓸쓸함이 감돌았다.

한편 자미의 심정을 헤아릴 여유가 없었던 제비는 지금 처한 상황을 벗어날 수 있어 다행이라고만 여겼다. 제비가 건륭 앞에 무릎을 굽혀 인사하고 목청을 돋우었다.

"고맙습니다, 아바마마! 얘들 먼저 데려다주고 이따가 다시 와서 옆에 있어 드릴게요!"

넋을 놓고 있던 자미는 제 옷자락을 당기는 제비의 손길을 받고서야 물러나는 예를 갖추었다. 그런 다음 미처 가다듬지 못한 정신을 대충 수습하여 제비를 따라나섰다. 금쇄도 자미가 하는 행동을 덩달아 따라 하고는 쪼르르 바깥으로 나갔다.

귀부인은 가슴을 답답하게 옥죄던 긴장을 날숨에 실어 남몰래 내보냈다. 부녀의 간담 서늘했던 첫 상봉 순간이었다.

연희궁을 나온 뒤 금쇄가 나지막한 목소리로 믿을 수 없다는 듯 말했다.

"폐하를 뵈었어요, 정말 폐하셨어요. 젊고 위엄이 넘치셨어요. 계속 웃고 계시는 것이 참 자상해 보이셨어요!"

거의 넋이 나간 자미, 제비와 달리 금쇄는 외려 넋이 올라 있었다. 제비가 금쇄를 보고 모르는 소리 말라며 대꾸했다.

"화내시는 모습을 네가 못 봐서 그래. 아바마마가 콧방귀만 킁 뀌어도 그 자리에 있는 사람들 전부 겁을 집어먹고 풀썩풀썩 무릎을 꿇는다니까."

금쇄는 여전히 자신의 감동 속에 빠져 있었다. 건륭을 만났던 순간을 떠올리니 심장이 떨리면서도 한편으로는 묘한 쾌감이 느껴졌다. 금쇄가 제비를 돌아보며 부러운 듯 말을 건넸다.

"제비는 좋겠어요. 폐하께서 잘해 주시잖아요. 아까 제비가 회충 얘기를 할 때도 엄청 기쁘게 웃으시던걸요."

금쇄는 여태 말 한마디 없는 자미를 알아차리고 걱정스레 말을 이었다.

"아가씨, 속상해하지 마세요. 폐하께선 아직 아가씨를 모르셔서 그래요."

그제야 겸연쩍은 마음이 든 제비도 다급히 덧붙였다.

"오늘은 입궁 첫날이잖아. 아바마마가 그렇게 갑자기 오실 줄 몰라서 아무 준비도 못 했으니 아바마마의 관심을 끌 수 없었던 게 당연해. 아직 기회는 많아! 그러니까 너무 낙담하지 마."

"낙담한 것도 아니고 속상한 것도 아니야. 그냥 너무 갑작스럽게 아버지를 뵈어서 그래. 크고 곧고 당당하고 멋있고……. 그런 분을 뵈니까 마음이 끓는 기름 솥에 들어간 것처럼 깜짝 놀랐어. 나는 그렇게나 감격스러웠는데 그분은 내게 눈길도 안 주시더라."

자미가 나긋나긋한 목소리로 말했다. 눈에는 물기가 살짝 고인 채였다.

"아가씨, 조급해하지 마세요. 제비 말이 맞아요. 아직 기회는 많으니 조금만 여유를 가지고 기다려 봐요."

금쇄의 말을 듣고 이성을 되찾은 자미가 문득 말머리를 돌렸다.

"금쇄야, 우리 조심하자. 호칭을 바꾸지 않으면 언젠가 큰 사달이 날 거야."

그 말에 금쇄도 번뜩 정신이 들었다. 금쇄는 깜빡했다며 앞으로는 조심하겠다고, 절대 실수하지 않겠다 대답하고서 제비 쪽으로 무릎을 굽혔다.

"마마, 앞장서시지요. 노비가 뒤따르겠습니다!"

제비가 자미를 보았다. 자미와 함께 궁에 있다는 사실이 실감 나기 시작하면서 기쁨이 간단없이 차올랐다. 제비는 자미를 뒤에 두고 걷고 싶지 않았다. 사뭇 소침해져 있는 자미에게로 달려간 제비가 자미의 한쪽 팔을 붙잡고 열심히 기운을 북돋았다.

"자미야, 실망하지 말고 기운 내! 이제는 우리 둘이 같이 있을 수 있으니 얼마나 좋아! 생각해 봐, 몇 달 전만 해도 폐하를 뵐 방법이 없어서 여기저기 파리처럼 쏘다니던 우리가 지금은 둘 다 궁 안에 있어. 게다가⋯⋯."

"게다가 벌써 폐하도 뵈었고!"

심호흡을 한 자미가 제비의 말꼬리를 가로챘다. 제비의 위로에서 힘을 얻고 기운을 차린 자미였다. 입궁 첫날부터 폐하를 뵙다니! 자미의 가슴속에서도 무량한 감개가 차올랐다.

자미가 기뻐하는 모습을 보고 덩달아 기분이 좋아진 제비도 방방 뛰듯이 걸음을 옮기며 맞장구를 놓았다.

"그러니까! 우리가 얼마나 대단한 일을 해낸 건데! 오황자님도 그랬어. 뭐라더라, 산전수전 다 겪었더니 무슨 촌이 나온댔는데……."

"산궁수진의무로, 유암화명우일촌. 산이 막히고 물이 다하여 길이 없을 줄 알았더니 버드나무 그늘지고 꽃이 화사하게 핀 마을이 또 나오더라."

자미가 웃으며 고쳐 주었다. 막다른 곳에서도 길은 열린다는 뜻의 옛 시구였다. 제비는 뭐가 그리 재밌는지 자미의 어깨를 토닥이며 깔깔대다가 한껏 들뜬 목소리로 말을 받았다.

"맞아, 그거! 산길은 지나왔고 이젠 물길로 가는 거야! 새로운 길이 나왔으니 기대해야지 우울할 게 뭐 있어, 안 그래?"

진작 마음이 풀려 있던 자미는 제비의 입담에 마음이 달떠 대답했다.

"네, 마마! 노비 명 받들겠나이다!"

"너, 한 번만 더 그런 소리 하면…… 간지럼 태울 거다!"

제비가 웃으며 자미에게로 달려들었다. 그 우렁찬 목청에 버썩 긴장한 자미가 주변을 경계하며 헛기침을 했다.

"마마, 바로 걸으세요!"

정색하는 자미를 보고 장난을 거둔 제비가 눈을 돌려 주위를 살폈다. 설마설마했건만, 그리 멀지 않은 회랑에 용 상궁이 서 있었다. 저희를 주시하는 눈에서 음침한 기운이 풍겨져 나왔다. 동시에 제비의 얼굴에선 웃음기가 싹 가셨다. 제비가 굳은 얼굴로 자미를 잡아당기며 낮게 속삭였다.

"우리 다른 길로 가자. 저 할망구 꼴 보기 싫어."

알 수 없는 불안감에 휩싸여 제비의 시선을 쫓아갔던 자미의 눈동자도 곧장 서슬 퍼런 눈빛과 맞닿았다. 그 순간 자미는 오싹한 전율이 온몸으로 퍼지는 것을 느꼈다.

자미와 금쇄를 데리고 수방재 안으로 들어서며 제비가 잔뜩 고조된 목소리로 외쳤다.

"명월, 채하, 등자, 탁자! 다들 이리 좀 와 봐!"

단숨에 달려 나온 네 사람이 무릎을 꿇거나 허리를 굽히며 제각기 인사하였다.

"공주마마, 홍복을 누리소서!"

"너희한테 소개할 사람들이 있어!"

제비가 한 손으론 자미를, 다른 한 손으로는 금쇄를 잡고 제 쪽으로 당기며 말을 이었다.

"여기는 자미, 여긴 금쇄. 궁 안 사람들은 내가 새로 데려온 궁녀라고 알고 있지만 사실 둘은 내 의자매야."

자미가 화들짝 놀라며 제비를 쳐다보았다.

"마마, 어찌 그런 말씀을……."

제비는 거리낄 것 없다는 듯 웃었다.

"수방재에서까지 이것저것 조심해야 하면 난 숨 막혀서 못 살아. 걱정 마, 여기 넷은 내 심복이야. 오황자님을 따르는 소계자, 소순자처럼. 나랑 한마음 한목숨이니까 다른 곳에 일러바치지 않을 거야, 그렇지?"

"네!" 힘 있는 네 개의 목소리가 동시에 제비의 말을 받았다.

"자미랑 금쇄는 내 옆에서 지내려고 어쩔 수 없이 궁녀 신분으로 들어온 거야. 이 사실은 아무한테도 얘기하지 마, 알겠지? 만약에 누가 너희 목에 칼을 들이대면서 바른대로 내놓으라고 협박하면 어떻게 할래?"

"절대 말하지 않습니다! 한 번 죽지 두 번 죽겠습니까!"

고개를 치켜든 비복 네 사람이 가슴을 활짝 펴고 대답했다. 호기로움이 하늘을 찌를 기세였다. 자미와 금쇄는 이게 무슨 상황인가 싶어 눈이 휘둥그레졌다. 의기양양해진 제비가 다시 물었다.

"좋아, 여기 두 사람이 내 의자매면 너희한텐 뭐지?"

"주인님입니다!"

한결같이 미련스러운 대답에 제비는 어처구니가 없어 웃음이 터졌다.

"주인은 무슨! 만날 가르쳐 줘도 모르네. 우린 한 식구야, 알겠어? 가족이라고. 나를 대하듯이 둘을 대해 줘. 둘에게 예의가 없는 건 나를 무시하는 거야, 알았지?"

"네!" 비복 넷은 이번에도 목청껏 대답하였다.

소등자의 시선은 줄곧 자미와 금쇄의 얼굴 주변을 맴돌고 있었다. 이내 소등자는 어딘가 낯익은 느낌이 드는 이유를 깨닫고 감탄하듯 말문을 열었다.

"알겠다, 지난번에 마마께서 초가집 근처에서 찾으라고 하셨던 그 선녀님들이죠? 선녀님들까지 수방재에 오시다니, '우리 집'이 갈수록 대단해지는데요!"

"등자 너, 말 한번 너무 잘했다. 상 줄게!"

기뻐하는 제비를 보고 덩달아 즐거워진 비복 네 사람이 냉큼 앞으로 나와 자미와 금쇄 앞에 절을 하였다.

"선녀님들께 인사 올립니다!"

지나친 공대에 놀란 자미가 제 앞에 있던 명월을 황급히 일으켜 세웠다. 금쇄도 채하를 일으켰다.

"그렇게 부르지 말아요. 절을 해선 더더욱 안 되고요. 내 이름은 자미, 이 아인 금쇄라고 해요. 남들이 이상하게 생각하지 않도록 앞으로는 서로 이름을 부르도록 해요."

자미가 금쇄에게로 고개를 돌리며 물었다.

"금쇄야, 가져온 물건은?"

금쇄는 들고 있던 작은 보따리를 끌러 장신구 두 개와 주머니 두 개를 꺼냈다. 보따리에서 나온 물건들은 곧 수방재 비복들의 손에 쥐어졌다.

"처음 만나는 자리라 작은 성의를 준비해 봤어요."

자미가 소개하자 금쇄가 네 사람을 보고 웃으며 덧붙였다.

"이 주머니를 얕보지 말아요. 우리 아가씨께서 손수 만드신 거예요. 장신구도 우리 아가씨 물건이고요. 여기서는 숨기지 않아도 된다고 하니까 나도 한 가지 알려 줄게요. 여기 이분은 사실 내 주인이세요."

네 명의 비복 모두 뜻밖의 선물에 놀라며 기뻐했다. 자미에게서 풍기는 기품이 예사롭지 않아 함부로 대할 수 없는 사람이라는 건 느끼고 있었으나 자미와 금쇄의 신분, 두 사람의 관계에 대해선 쉽사리 이해가 되지 않았다. 자세한 사정은 모르겠지만 소등자는 우선 절부터 올려야겠다 싶었다.

"자미 아씨, 귀한 상을 내려 주셔서 고맙습니다! 금쇄 낭자, 고맙습니다!"

나머지 세 사람도 소등자를 따라 절하며 똑같은 인사말을 했다. 제비가 못 말리겠다는 듯 웃으며 자미를 보았다.

"안 되겠다. 이건 천천히 다시 알려 주자. 주인이니 노비니, 아가씨니 하녀니, 이젠 나까지 헷갈린다니까."

그날 저녁, 자미와 금쇄를 위해 환영회를 열어 주고 싶었던 제비의 바람대로 수방재에서는 조촐하게나마 잔치가 열렸다. 부름을 받고 모인 수방재 비복들이 식탁 앞에 어정쩡하게 앉아 있었다. 주인도 노비도 없고 그저 모두가 한 가족일 뿐이니 아무도 빠질 생각 말라며 제비가 으름장을 놓아 둔 터였다.

기분이 달아오르기 시작한 제비가 먼저 술을 들이켰다. 몇 잔

술이 배 속을 촉촉이 적시자 제비는 너무 즐거워 눈에 뵈는 게 없을 지경이었다. 어느새 두 뺨이 발그레해져 있었다. 술 주전자를 손에 들고 한 사람 한 사람의 잔을 채워 나가던 제비가 벅찬 감정을 가누지 못하고 소리쳤다.

"자, 마셔! 우리 신나게 마셔 보자. 나 오늘 정말 기뻐. 너무 기뻐서 기절할 것 같아! 궁에 들어오고 나서 최고로 행복한 날이야! 자미야, 문이란 문은 다 잠갔으니까 겁내지 말고 어서 마셔. 아무도 못 들어와!"

소등자, 소탁자, 명월, 채하는 제비와 한 상에 앉아 있는 것만으로도 긴장되고 두려워 자꾸만 주위를 두리번거렸다. 불안하긴 자미와 금쇄도 마찬가지라 시시때때로 문 쪽으로 눈이 갔다. 자미가 벌써 취한 듯 보이는 제비의 옷자락을 잡아당기며 주의를 주었다.

"마마, 자중하세요. 이곳은 폐하께서 수시로 납신다던데, 만일 폐하께서 아시면 불호령이 떨어질 거예요."

소등자가 겁을 잔뜩 집어먹은 얼굴로 자리에서 일어났다.

"자미 아씨 말이 맞아요. 제가 나가서 문을 지키고 있다가 누가 오면 알려 드릴게요!"

자리를 뜨려는 소등자를 제비가 단호하게 불러 세웠다.

"흥 깨지 말고 앉아, 얼른! 아바마마는 오늘 여기 안 오실 거야."

식사 시간 전, 건륭에게 문안하러 갔던 제비는 회강에서 돌아온 조혜 장군과 건륭이 함께 저녁 식사를 할 것이란 이야기를 들었다.

"뒷간 일로 바쁘시거든. 회충 털갈이에 대해 의논하시는 동안 우린 여기서 맘껏 즐기면 돼. 자!"

제비는 다시금 즐거운 얼굴을 하고서 술잔에 담긴 술을 단번에 털어 마셨다. 그리고 큰 소리로 외쳤다.

"자미야, 우리가 다시 만난 걸 축하하는 의미로 한잔해! 오늘 취하지 않는 사람은 다 멍멍이야!"

그러자 금쇄가 자리에서 급히 일어났다.

"아가씨는 마마와 기분 좋게 드세요. 아가씨가 안 드시면 마마도 기분이 상하실 거예요. 전 멍멍이가 돼서 문을 지킬게요."

소등자가 얼른 덧붙였다.

"제가 멍멍이가 될게요. 제가 가서 망을 볼게요!"

이어 소탁자, 명월, 채하도 차례로 나섰다.

"나도 멍멍이가 될게!"

"나도, 같이 멍멍이가 되는 게 좋겠어."

"그럼…… 나도 멍멍이가 될래!"

그 모습을 보고 신경질이 난 제비가 펄쩍 뛰며 소리쳤다.

"너희 자꾸 나 화나게 할래? 서로 멍멍이가 되겠다는 게 말이 돼? 멍멍이를 이렇게나 많이 두어서 뭐 하라고. 다들 좀 용감해져 봐. 자자자, 우리 한번 재밌고 신나게 마셔 보자! 하늘이 무너지면 내가 다 받쳐 줄게!"

제비가 옆자리에 있던 채하를 붙잡았다. 그러고는 술잔을 들어 채하의 입으로 가져가 댔다.
"안 마시면 나한테 반항하는 거야!"
그 말을 듣고 채하는 하는 수 없이 제비가 주는 술을 꼴깍꼴깍 들이켰다. 곧이어 다시 잔을 채운 제비가 두 손으로 잔을 받쳐 들고 이번엔 자미에게로 갔다.
"이 잔은 널 위한 거야. 지금까지 나 때문에 많이 힘들고 속상했지. 마음 아프게 해서 미안해. 하마터면 영영 널 못 볼 뻔했어. 내 잘못이 산더미보다도 커. 오늘 이 잔을 빌려 너한테 진심으로 사과할게. 정말 날 용서한다면 나랑 같이 건배해 줘!"
진심 어린 사과였다. 자미는 숨을 크게 한 번 내쉬고 술잔을 건네받았다.
"그래, 나도 이 술로 내 마음을 대신할게."
사뭇 씩씩하게 답한 자미가 단박에 잔을 비웠다. 일순간 제비의 마음은 지금껏 무겁게 이고 있던 짐을 깡그리 내려놓은 듯 가벼워졌다. 그대로 바람 따라 날아갈 것 같았다.
"다 같이 건배하자! 등자, 탁자, 명월, 채하 너희도 내빼지 마! 환주공주를 위하여, 모두의 목이 달아나지 않길 바라며 건배!"
모두를 향해 외치는 제비의 목청에 힘이 넘쳐났다. 한 잔 술이 저희들의 목과 상관있다는 말에 비복 네 사람은 곧바로 잔을 들어 큰 소리로 따라 외쳤다.
"환주공주를 위하여, 모두의 목이 달아나지 않길 바라며 건배!"
일곱 개의 잔이 묵직하게 박치기하였다. 바로 이 단잔이 모두의 긴장을 한풀 느슨하게 만들었다. 한 잔 또 한 잔 주고받다 보니 어느덧 모두들 마음 가는 대로 쭉쭉 술을 들이켜고 있었다.

시간이 얼마나 흘렀을까. 아무렇게나 나뒹구는 술잔과 접시로 탁자 위는 진즉에 너저분해져 있었고, 조금 더 시간이 흐르니 일곱 명 모두 곤드레가 되어 버리고 말았다. 소탁자는 탁자 위에 엎드려 잠이 들었고, 소등자는 알아들을 수 없는 말을 중얼거리며 온 실내를 쏘다니고, 명월과 채하는 둘이서 꼭 껴안은 채 나지막이 노래를 불렀다. 금쇄만은 정신을 놓치지 않으려 애를 쓰는 중이었다. 눈에 힘을 주고 제비와 자미 쪽을 바라보니, 헬렐레 앉은 제비가 자미를 끌어안고서 눈물을 쏟고 있었다.

"난 뭐야? 의리도 용기도 없어. 툭 까놓고 말해서 그냥 사기꾼이잖아! 예전에도 사람들을 속여서 먹고 마시긴 했지만 이건 경우가 다르지. 네 아버지를 속였으니 난 벼락 맞아 죽어야 해. 속이다 속이다 이젠 제 의자매까지 속여 먹고. 못된 년이다, 아주 악질이야. 난 지옥으로 떨어질 거야……."

두 팔로 제비를 감싸 안은 자미는 자애로운 어머니처럼 제비를 토닥이고 눈물을 닦아 주며 위로했다.

"쉿, 아무 말 마. 옥황상제님과 염라대왕님은 아주 바쁘셔. 세상엔 별의별 나쁜 일이 너무 많아서 네 일은 신경도 못 쓰실걸. 그러니까 울지 마, 뚝. 네가 지옥에 떨어지는 일은 없어. 내가 있잖아. 내가 지켜 줄게."

이 모습을 지켜보다 가슴이 뭉클해진 금쇄는 곧 흘러내릴 것만 같은 눈물을 참으며 연신 코를 훌쩍였다.

그때 갑자기 덜컹하는 소리와 함께 창문이 움직였다. 실내를 서성이던 소등자가 움찔 걸음을 멈추고 창문을 향해 소리쳤다.

"누구냐!"

소등자가 달려가 창문을 엶과 동시에 난데없는 그림자 하나가 휙 스쳐 갔다.

"밖에 누가 있다!"

소등자의 외침을 듣고 제비는 취기가 반쯤 달아난 것 같았다. 눈물이 채 마르지 않은 얼굴로 자리에서 벌떡 일어난 제비가 냉큼 창문으로 달려갔다.

"어디서 온 놈이냐? 정체를 밝혀라!"

검은 그림자가 다시 한번 빠른 속도로 지나갔다.

"어딜 도망쳐! 이 몸이 누군지 몰라?"

제비가 고함을 지르며 몸을 날렸다. 하지만 공중에 오르기가 무섭게 제비는 바닥으로 곤두박질치고 말았다. 얼마나 아픈지 비명이 절로 터져 나왔다. 경공으로 창문을 넘으려다가 술기운 때문에 몸을 가누지 못하고 창틀에 머리를 부딪힌 것이었다.

깜짝 놀란 이들이 우르르 몰려와 제비 주위를 둘러쌌다. 얼른 제비의 머리를 안아 일으킨 자미가 조금 전 창틀에 박은 곳을 문지르며 말했다.

"어떡해, 머리에 혹이 났어! 어쩌면 좋아?"

자미는 고개를 돌려 금쇄를 불렀다.

"우리 타박상 연고 가져왔니?"

"안 가져온 것 같아요."

약이라면 수방재에도 많다며 명월이 약을 가지러 뛰어갔다. 하루가 멀다 하고 다치는 제비 때문에 건륭과 영기가 약이란 약은 전부 수방재로 보냈던 것이다.

몸을 일으킨 제비가 자미의 품에 기대어 앉았다. 제비는 또다시 창문 밖으로 뛰어나가려는 모양새로, 씩씩거리며 욕을 한 바가지 쏟아 냈다.

"누구야! 어떤 놈이 이 밤중에 몰래 남의 방을 훔쳐봐! 당당하면 정체를 밝혀!"

비틀거리던 제비가 다시 경공을 시도했다. 막 튀어 오르려는 제비를 자미가 다급히 안아 붙잡았다.

"됐어, 그만해. 제대로 서지도 못하면서 누굴 쫓겠다는 거야."

수상한 인기척도 이미 사라져 버린 뒤였다. 더는 쫓아갈 수도 없다는 금쇄의 말에 제비가 길길이 날뛰었다.

"무공 좀 한다 이거냐? 그게 뭐 대수야? 이 밤에 몰래 우릴 훔쳐보다니, 보긴 뭘 봐! 여기에 무공 고수가 없다고 얕보는 거지, 어? 내일 당장 유청이랑 유홍을 데려와야겠어. 그때도 이렇게 도망갈 수 있는지 보자! 아, 열 받아!"

잔치는 창문 밖에서 나타난 정체 모를 불청객 때문에 흐지부지 끝이 났다. 자미의 입궁 첫날은 그렇게 지나가 버렸다.

제15장

　자미가 입궁한 날부터 이강은 상사병을 앓았다. 가슴에 불안감이 쉴 새 없이 들이닥치며, 자신의 선택이 틀린 것은 아니었을까 하는 의심에 사로잡혔다. 온종일 정신을 가눌 수가 없었다. 영기와 이태 말로는 제비가 요 며칠 얌전하게 지내서 궁 안엔 아무 문제가 없다는데, 까닭 모를 불안은 가실 줄을 몰랐다. 해가 뜨고 질 때까지 아니, 해가 다 저문 뒤에도 머릿속엔 오직 자미 생각뿐이었다. 이를 견디다 못한 이강이 하루는 영기와 이태를 앞세워 수방재로 향했다. 규율이나 예법을 따질 심적 여유가 없었다. 자신의 눈으로 자미의 안전을 확인해야만 미쳐 날뛰는 마음을 잠재울 수 있을 것 같았다.
　수방재 안으로 들어서는 세 사내를 자미가 놀란 얼굴로 반겼다. 그리고 조금은 긴장한 투로 물었다.
　"세 분이 이렇게 오셔도 되나요? 다른 사람들 눈에 띄어도 괜찮아요?"

"오황자님은 황자시니까 궁 안 어디든 자유롭게 다니실 수 있어요. 전 황자님을 보필해야 하니 상관없고요. 직무도 없으면서 궁 안을 다니는 형만 이상하죠."

이태가 장난 반, 하소연 반으로 내놓은 대답에 자미는 선뜩 초조해졌다.

"그럼…… 이강, 얼른 가요! 누가 보겠어요."

이강은 급한 불을 끄듯 눈 속 가득 자미를 담았다. 지난 며칠 동안 전하지 못한 말들이 눈빛으로 쏟아졌다.

"이미 와 버렸소. 아무 걱정하지 마오."

누가 묻더라도 오황자님을 모시고 일을 본다고 둘러대면 그만이다. 건륭이 궁 안에 있으니 어전시위인 자신이 궁 안을 다니는 것도 아주 이상한 일은 아니었다. 그런 말로 자미를 달랜 이강은 몇백 년이 지나 가까스로 재회한 것처럼 제 앞의 여인을 찬찬히 살폈다.

"그대는 어떠오. 잘 지냈소? 진전은 좀 있었고?"

"입궁한 지 이제 겨우 며칠이 지난걸요."

진전이랄 게 없었다. 입궁 첫날 건륭을 잠깐 본 것 말고는 지금까지 건륭을 만날 기회가 전혀 없었다.

사내 셋이서 공주의 처소를 방문한 건 확실히 주변의 이목을 끌 만한 일이었다. 마음이 조마조마했던 영기가 어서 할 말만 간단히 하고 돌아가자며 이강을 재촉했다. 그때 영기의 시야 안으로 통통 부은 제비의 이마가 들어왔다.

"넌 이마가 왜 그래? 누구랑 또 싸웠어?"

영기의 물음에 제비는 잠시 잊고 있던 기억을 떠올려 냈다.

"셋이서 머리를 맞대서 수방재에 무공 고수 몇 명만 좀 데려와 줘요. 아니면 유청, 유홍을 궁으로 들여와 주든지요!"

영기는 기가 막혀 눈이 동그래졌다.

"꿈도 야무지다. 자미랑 금쇄가 입궁한 지 얼마나 되었다고 유청, 유홍까지 데려오래?"

"유청, 유홍을 데려오고 나면 그다음엔 같이 살던 아이들까지 다 데려오겠다고 할 거죠?"

이태가 놀림조로 영기를 거들었다. 제비라면 대잡원 식구 모두를 황궁으로 데려오겠다 하고도 남을 위인이었다. 그러자 제비가 억울하다는 듯 소리쳤다.

"수방재에 도둑이 들었단 말이에요! 한밤중에 검은 옷을 입은 어떤 놈이 우리를 몰래 훔쳐보고 있었다고요. 고작 창문 하나도 제대로 못 넘어서 창틀에 머리를 부딪히다니, 내 무공이 날로 약해지고 있어……."

"그건 네가 술에 취해서 그렇지."

자미의 말에 이강, 영기, 이태는 경악을 금치 못했다.

"누가 몰래 훔쳐봤다고요? 그게 누군지 아무도 못 봤어요? 소등자, 소탁자는 밖에 있지 않았습니까?"

소등자와 소탁자도 취해 있었고 제비가 환영식을 해야 한다며 모두에게 술을 권했다고, 차를 내오던 금쇄가 대답하였다. 이야기를 들은 세 남자의 안색이 더욱 심각하게 굳었다. 이강이 한 걸음 앞으로 나와 제비에게 명령하듯 다그쳤다.

"제발 마음대로 굴지 좀 마십시오. 아무리 기분이 좋아도 그렇지, 모두가 취해 있으면 안 됩니다. 적어도 소등자, 소탁자는 정신을 차리고 있어야…… 아니, 아무도 취해 있으면 안 돼요."

도처에 깔린 게 적이라 아무리 조심하고 근신해도 안전을 확신할 수 없는 곳이 바로 황궁이었다. 이강의 목소리가 더욱 엄해졌다.

"여기 놀러 왔습니까? 책임감이 있어야 할 것 아닙니까. 하루 이틀 사이에 해결될 일이 아니기 때문에 더더욱 위험하단 말입니다. 한데 어찌 이리도 조심성이 없는 겁니까?"

"알았으니까 잔소리 좀 그만해요! 사람 마음이 어디 맨날 의지대로만 되나, 뭐. 그러는 본인은? 여기 오면 안 되는 걸 뻔히 알고도 왔으면서!"

제비가 늘어놓은 푸념에 이강은 할 말을 잃었다. 새삼 조급해진 이태가 이강을 자미 쪽으로 밀며 채근했다.

"제비 말이 맞아. 형도 할 말 있음 빨리 해. 자리를 비켜 달라면 비켜 줄게."

순간 자미의 얼굴이 화끈 달았다. 두 볼이 발그레해진 자미가 무어라 대꾸하려는 그때, 갑자기 바깥에서 소순자와 소계자의 다급한 외침이 들려왔다.

"황후마마 납시오!"

이어 소등자, 소탁자, 명월, 채하의 목소리도 연달아 울려 퍼졌다. 수방재 안에서 통보를 전해 들은 이들은 깜짝 놀라 그대로 얼어붙고 말았다.

무엇을 어떻게 대처해야 할지 미처 의논할 새도 없이 황후가 수방재 안으로 들어섰다. 큰 걸음으로 앞서는 황후의 뒤를 용 상궁, 새위, 새광, 그 밖의 궁녀와 태감들이 기다랗게 줄지어 따랐다. 실내에서 기다리던 이들이 대열을 맞이하며 저마다 예를 갖추고 인사했다. 자미와 금쇄도 서둘러 무릎을 꿇고 엎드려졌다.

"노비 자미, 금쇄가 황후마마를 뵈옵니다. 마마 천세 천천세!"

고개를 꼿꼿이 세우고 방 안을 둘러보는 황후의 눈빛이 여느 때처럼 매섭고 날카로웠다. 싸늘한 시선으로 실내를 한 바퀴 훑은 황후가 눈썹을 치켜올리며 천천히 입을 열었다.

"수방재는 참으로 북적하구나. 바깥에는 아랫것들이 줄줄이 나와 있고, 안에는 상전들이 우르르 모여 있고. 오황자와 복륜의 자제들까지 와서 아주 성대한 모임을 열었어. 처음 보는 얼굴들도 있구나. 영비가 보낸 궁녀들인가."

황후가 자미와 금쇄 쪽으로 서늘히 명령했다.

"고개를 들어 얼굴을 보이거라."

명을 받은 두 소녀가 조심스레 얼굴을 들었다.

황후가 수방재를 찾은 건 다름 아닌 자미와 금쇄를 보기 위함이었다. 영비가 수방재에 새로운 궁녀들을 내렸다는 소식을 전해 듣고 황후는 심사가 뒤틀려 견딜 수가 없었다. 교양이라고는 눈을 씻고 보아도 찾을 수 없는 제비에게 그 많은 궁녀가 웬 말인가. 어쩌면 제비와 영비 사이에 무슨 속셈이 있는지도 몰랐다. 그 의문을 해결하려면 새로 온 두 궁녀에게 수상한 점은 없는지, 어떤 특이점이 있는지부터 살펴봐야 했다.

자미와 금쇄의 얼굴을 내려다보는 황후의 눈길은 마치 보물을 캐기라도 하려는 사람처럼 심각하고 꼼꼼했다. 사실 황후는 두 소녀를 본 순간 불편함을 느꼈다. 외모가 예상보다 훨씬 반반해서였다. 그 불편한 심기가 표정으로 고스란히 드러났고 이를 발견한 제비 일행은 못내 초조해졌다.

"이름이 무엇이라고?"

황후가 자미에게 물었다. 이어지는 대답 소리에 긴장한 기운이 역력했다.

"자미입니다. 배롱나무꽃을 의미합니다."

빌미를 잡았다는 듯 황후가 턱을 들며 소리쳤다.

"감히 노비란 말을 붙이지 않다니! 용 상궁, 이것을 혼내 주게."

'철썩!' 소리와 함께 장내의 분위기가 굳어 버렸다. 앞으로 나아간 용 상궁이 누가 말릴 틈도 없이 자미의 뺨을 세게 내리친 것이었다. 분노로 발칵 튕겨 나가려는 이강을 이태가 붙들었다. 이태는 이강을 막았으나 정작 가장 위험한 인물은 막지 못했다.

"용 상궁! 네가 감히!"

제비가 고함을 내지르며 용 상궁에게로 뛰어갔다. 용 상궁은 그간의 앙심을 전부 실어 제비의 말에 대꾸했다.

"노비는 지금 황후마마의 명으로 아랫것을 훈육하는 중입니다. 거리낄 것이 없습니다."

재차 용 상궁을 호명한 황후는 다시 한번 같은 명을 내렸다. 큰 소리로 대답한 용 상궁이 자미의 양 볼을 사정없이 후려치기 시작했다. 노련하고 날렵한 동작이었다.

이강의 얼굴이 새하얗게 질렸다. 울분으로 부들부들 떠는 이강을 이태가 힘주어 잡았다. 그리고 이강을 보며 고개를 가로저었다. 지금 나서는 것은 불난 데 부채질하는 일밖에 되지 않는다는 사실을 이강 또한 알았다. 자미가 맞는 모습을 속수무책으로 바라볼 수밖에 없는 가슴이 미어졌다.

그때 금쇄가 매질을 당하는 자미의 등 뒤로 달려들었다. 아직 황궁의 무시무시함을 모르는 금쇄는 그저 제 아가씨를 지켜야 한다는 생각뿐이었다. 금쇄가 온몸으로 자미를 감싸며 외쳤다.

"절 때리세요! 제가 대신 벌을 받을게요!"

그 모습이 황후의 화를 더욱 돋우었다. 저것들을 함께 혼내 주라며 명령하는 황후의 목소리에 노기가 등등했다. 용 상궁이 금쇄의 머리카락을 한 손아귀에 쥐고서 다른 한 손으로는 사정없이 뺨을 갈겼다. 철썩철썩, 살을 때리는 마찰음이 실내를 쟁쟁하게 울렸다.

"네가 감히 자미랑 금쇄한테 손찌검을 해? 용 상궁! 오늘 너 죽고 나 죽자!"

제비가 쏜살처럼 앞으로 날아갔다. 막무가내로 돌진하던 제비는 이내 철벽같이 단단한 것에 부딪히며 튕기듯이 뒤로 물러났다. 새위와 새광이 제비의 앞을 막아선 것이다. 악에 받친 제비가 이번엔 주먹을 쥐고 달려들었다. 곧장 가볍게 응수하는 새위에게 제비는 상대가 되지 않았다. 저를 밀어내는 힘을 못 이기고 제비가 줄 끊어진 연처럼 공중으로 날아갔다. 그 광경을 지켜만 볼 수 없었던 영기가 몸을 날려 제비를 붙잡았다. 화가 단단히 난 영기의 얼굴이 힘하게 굳어 있었다.

"감히 공주에게 손을 대다니 네 놈이 정신이 나갔구나!"

이강도 결국 이태를 뿌리치고 빠른 걸음을 옮겼다. 직속상관인 자신이 버젓이 앞에 서 있는데 눈치조차 살피지 않은 새위, 새광이 괘씸했다. 왼손으로는 새위, 오른손으로는 새광에게 차례로 주먹을 날렸다. 그래도 분이 풀리지 않아 발로 다시 걷어찼다. 텀벙 들어오는 공격에도 새위, 새광은 반격할 수 없었다. 이강이 손찌검을 멈추지 않고 성난 목소리로 고함쳤다.

"새위, 새광! 너희가 정녕 살기 싫은 것이냐? 또 한 번 폭력을 행사하면 누구든 하옥시킬 것이다!"

이강의 일갈에 흠칫한 새위, 새광은 군말 없이 뒤로 물러났다.

"복 대인, 그 말은 나도 감옥으로 보내겠다는 뜻인가?"

황후가 이강 앞으로 나와 고개를 빳빳이 들고 물었다. 이강은 선뜻 대답하지 못하고 숨을 크게 들이마셨다. 이 순간 허리를 굽힐 수밖에 없는 심정이 비참했다.

"소신, 어찌 감히 그러겠나이까. 하나 마마, 오황자님의 체면을 살펴 주십시오. 보는 눈이 많습니다. 넓은 아량으로 자비를 베풀어 주십시오!"

영기도 황후 앞으로 나섰다.

"어마마마, 수방재는 아바마마께서 가장 좋아하시는 곳입니다. 소자가 아니라 아바마마를 생각하시어 은혜를 베풀어 주십시오!"

"무슨 은혜? 환주공주야 폐하의 윤허를 받아 예절을 배우지 않는다지만 노비는 아니다. 내가 노비를 다스리겠다는데 너희가 왜 나서는 것이냐?"

황후가 고개를 돌리고 외쳤다.

"취환, 패옥, 너희도 용 상궁을 돕거라."

"네."

명을 받은 궁녀 두 사람이 앞으로 걸어 나와 한 사람씩 자미와 금쇄를 붙잡았다. 용 상궁의 손이 위로 올라갔다.

고삐 풀린 말처럼 나아간 이강이 용 상궁을 밀치고 자미 곁을 막아섰다. 팔을 뻗어 몇 번 휘두르니 자미와 금쇄를 잡고 있던 두 궁녀도 순식간에 나가떨어졌다.

용 상궁은 눈앞이 뱅글뱅글 돌았다. 정신을 차리고 보니 자신이 바닥에 내팽겨져 있었다. 이곳저곳에서 "아이고, 아이고." 앓는 소리가 터져 나왔다. 쓰러져 누워 있는 이들로 실내는 난장판이었다.

황후는 분노로 눈이 뒤집힐 것만 같았다. 황후의 입에서 서슬 퍼런 명령이 떨어졌다.

"새위, 새광! 너희는 뭣들 하고 섰느냐!"

이태와 영기의 시선이 서로에게로 향했다. 일이 이렇게 된 이상 가만 지켜보는 것도 더는 능사가 아닐 터였다. 동시에 걸음을 뗀 이태와 영기가 다가오는 새위와 새광을 각각 몸으로 막아 세웠다.

"어마마마, 소자가 감히 청하옵니다. 부디 명을 거둬 주십시오. 현 시간부로 소자는 수방재에서 그 어떤 폭력도 용납하지 않을 것입니다. 손찌검을 하려거든 그게 누구든 저 오황자부터 쓰러뜨려야 할 것입니다."

고개를 들고 언성을 높이는 영기의 기세가 쉬이 거스를 수 없을 만큼 거침없고 으리으리했다. 용 상궁과 궁녀들, 새위, 새광 전부 어쩔 줄을 모르고 눈치만 살폈다. 영기의 그런 태도가 황후에게는 반항처럼 다가왔다. 자존심이 상해 얼굴색이 시퍼렇게 변한 황후는 말조차 제대로 나오지 않았다.

상황이 점점 수습하기 어려울 지경으로 치닫자 자미는 덜컥 겁이 났다. 저 하나 때문에 빚어진 갈등이 아닌가. 행여나 이강과 이태, 영기에게 해가 갈까 봐 속이 타들어 갔다. 자미가 무릎걸음으로 황후에게 다가가 머리를 숙였다.

"황후마마, 노여움을 푸십시오! 노비가 죽을죄를 지었나이다. 마마의 심기를 어지럽힌 죗값을 달게 받겠습니다. 부디 무고한 이들은 용서해 주십시오!"

말을 마친 자미는 스스로 따귀를 때리기 시작했다. 깜짝 놀란 금쇄가 자미 옆으로 기어 오더니 울며 덧붙였다.

"황후마마, 노비를 벌하시고 자미는 용서해 주십시오!"

금쇄도 제 따귀를 때리기 시작했다. 밖에서 상황을 지켜보던 소등자, 소탁자, 소순자, 소계자, 명월, 채하까지 모두 안으로 들어와 무릎을 꿇었다. 그리고 자미와 금쇄를 대신해 벌을 받겠다며 스스로 뺨을 때리기 시작했다.

황후는 온 바닥을 차지하고 꿇어앉아 벌을 자처하는 노비들을 당황스러운 눈으로 내려다보았다. 어쩐지 모두가 합심하여 새로 온 궁녀 하나를 지키려는 것 같았다.

용서를 구하는 말과 행동 앞에서 겨우 체면을 되세운 황후가 못 이기는 척 말했다.

"됐다. 그만들 하거라."

여러 개의 손이 움직임을 멈추었다. 황후가 음침하고 매서운 눈동자로 이강, 이태, 영기를 훑었다.

"나라에는 국법이, 집안에는 가법이 있다. 오늘 나는 가법으로 노비를 다스린 것이다. 황후가 노비를 혼낼 수 없다는 건 내 생전 들어 본 일이 없다. 오늘은 오황자를 봐서 이쯤 하마. 다들 몸가짐에도 조심하거라. 수방재는 궐내 별궁이지 주루가 아니야. 황자와 신하로서 스스로의 지위를 살피고 분수를 지키도록 해라."

황후는 당당했다. 이치로는 틀린 말이 하나도 없었기에 영기는 굴욕을 삼키며 대답했다.

"어마마마의 말씀이 옳습니다. 가르침 명심하겠습니다."

"말씀 새겨듣겠습니다."

이태도 덧붙였으나, 얼굴이 하얗게 질린 채 이를 갈고 있는 이강만은 아무 말이 없었다.

"용 상궁, 가세."

황후가 손을 내저으며 말했다. 황후는 처음 왔을 때처럼 꼿꼿한 태도로 아랫사람들을 이끌었다. 수방재를 떠나는 행렬이 기세등등했다.

황후의 뒷모습이 사라지고 바닥에 꿇어앉아 있던 이들이 하나둘씩 자리에서 일어났다. 곧장 물을 한 대야 떠 온 명월과 채하가 수건에 물을 적셔 자미와 금쇄의 뺨에 가져가 댔다. 제비도 자미의 곁으로 와서 말했다.

"찬 수건으로 찜질을 하면 덜 아프고 부기도 금방 가라앉아. 명월이랑 채하도 이런 적 있었거든. 내가 해 줄게!"

"아니야, 괜찮아."

자미는 바삐 움직이던 제비의 손을 밀어내고 이강을 비롯한 세 남자를 초조한 눈으로 바라보며 물었다.

"세 분은 안 가세요?"

이강이 자미의 손을 거칠게 잡아끌며 바깥으로 향했다.

"갑시다, 같이!"

이강은 죽고 싶은 심정이었다. 자미를 궁으로 들여보낼 생각을 했던 스스로가 끔찍했다. 이런 상황에서도 마음 편히 자미의 곁을 지킬 수 없다는 생각이 겨우 억누르고 있던 분노를 건드렸고, 발칵 터진 분노는 이강을 집어삼켰다.

"이대로 출궁합시다! 다 필요 없소! 세상에 우리 두 사람 의지할 곳 하나 없을까!"

폭주하는 이강을 영기가 얼른 막아섰다.

"이강, 이성적으로 생각해!"

"싫습니다! 너무 이성적이어서 자미와 금쇄를 곤경에 빠뜨렸어요! 둘을 데리고 나갈 겁니다! 다른 건 다 상관없어요!"

이강이 눈에 핏발을 세우며 영기에게 대척하였다. 잠자코 지켜보던 이태가 답답함에 발을 구르며 이강의 앞을 막았다.

"형! 자미 일이라면 앞뒤 안 가리고 들이박는 짓 좀 그만해! 다 상관없다니, 어떻게 상관이 없어? 아버지, 어머니도 상관없어? 오황자님이랑 제비는? 영비마마는!"

자미도 몸부림치며 이강의 손에서 벗어났다. 그렁그렁 고여 있던 눈물이 기어이 흘러내렸다.

"전 안 가요! 어렵사리 입궁해서 폐하를 뵈었어요. 말 백여 필을 끌고 온대도 날 궁 밖으로 내보낼 순 없을 거예요!"

자미는 눈물 맺힌 눈으로 이강을 똑바로 바라보았다.

"내 걱정은 말고 어서 가요. 안 아파요, 정말이에요. 겨우 몇 대 맞은걸요. 앞으로는 더 조심할게요. 말도 잘 가려서 할게요."

"정녕 몰라 이러는 거요? 황후가 때리고 싶은 건 그대가 아니라 제비요! 제비를 때릴 수 없으니 그대를 때린 거라고!"

이강이 답답함에 언성을 높였다. 자미가 아무리 바른말을 하고 바른 행동을 해도 황후는 얼마든지 트집을 잡을 터였다.

"그래도 제 결심을 되돌릴 순 없어요!"

자미의 슬픈 눈이 이강에게 애원하였다.

"이제 고작 며칠 지났어요. 처음에 계획했던 일을 아직 한 가지도 해내지 못했다고요. 폐하를 제대로 뵙지도 못하고, 폐하께 말 한마디 건네 보기는커녕 제 존재조차 알리지 못했어요. 그런데 여기서 포기하라뇨. 싫어요, 그렇게는 못 해요. 이강, 날 잘 알잖아요. 그래서 궁으로 보내 준 거잖아요. 한데 왜 내 뜻을 꺾으려는 거예요?"

한편 제비는 생각할수록 화가 치밀었다. 급기야 복통마저 느껴졌다. 한 손으로 배를 쓰다듬으면서 다른 한 손에는 젖은 수건을 들고 온 실내를 어지럽게 돌아다니다 제비가 문득 소리쳤다.

"이강, 걱정하지 마요! 오늘 이 원한은 내가 두고두고 기억했다가 언젠가 반드시 갚아 줄게요! 자미는 내가 지킬 테니까 걱정 말고 나한테 맡겨요!"

이강은 그 말이 조금도 믿음직스럽지 않았다. 본인도 스스로 못 지키는 사람이 어떻게 자미를 지킨단 말인가. 이강의 볼멘소리를 묻으려는 듯 영기가 큰 소리로 모두를 다독였다.

"다들 침착 좀 하자, 응?"

잠시간 침묵이 깔리고 영기가 굳은 얼굴로 이강을 보았다.

"너도 자미를 데려가겠단 말은 그만해. 자미는 네 어머니를 따라 입궁하였으니 정히 데리고 가려거든 네 어머니를 모셔 오든지. 하지만 지금 이대로 가 버리면 모든 계획이 수포로 돌아갈 텐데 그래도 괜찮겠어?"

생각에 빠진 듯 말이 없는 이강은 가까스로 냉정을 찾아 가고 있었다. 영기가 기회를 놓치지 않고 말을 이었다.

"너무 감정을 앞세우지 마. 이미 놓은 수는 무를 수 없어. 지금은 눈앞에 닥친 일을 해결하는 게 우선이야."

황후가 이대로 조용히 넘어갈 리 없었다. 사내들이 공주의 처소에 모여 있는 것 자체가 수상한 일이었다. 그런 데다 황후와 대놓고 갈등을 일으켰으니……. 자미와 금쇄가 억울하게 매를 맞긴 했지만 오늘 일은 황후의 자존심에도 큰 타격을 입혔다.

"아까 우리한테 하는 말에 잔뜩 날이 서 있었어. 아바마마께 가서 상황을 곡해하진 않을까? 우리가 궁 안에서 소란을 피운 건 사실이잖아. 상대는 황후고. 우린 큰 죄를 지은 거야. 불경죄, 반역죄라는 죄명을 붙여도 달리 할 말이 없어."

영기의 말을 들으니 자미는 더욱더 겁이 났다.

"그럼 어쩌죠?"

"내가 황후보다 먼저 아바마마한테 이를래! 황후가 수방재에 와서는 괜히 시비 걸고 우리 애들 때리고 나 열 받게 해서 죽이려 했다고!"

문밖으로 뛰쳐나가려는 제비를 이강이 단박에 붙잡았다. 영기의 말을 들으며 마침내 이성이 되살아난 이강이었다.

"대책 없이 나서지 마십시오. 그 방법은 안 됩니다."
잠시 말이 없던 이강이 고개를 끄덕이며 다시 입을 열었다.
"제비가 아니라 우리 셋이 가야 합니다."

건륭이 상소를 읽고 있는 어서방 안으로 영기, 이강, 이태가 다급히 들어섰다. 문턱을 넘자마자 영기는 절박한 목소리로 건륭을 불렀다.
"아바마마, 소자를 용서해 주십시오! 방금 저희가 수방재에서 새위, 새광과 몸싸움을 벌여 어마마마께서 노하셨습니다!"
건륭은 몸싸움이 일어났다는 말에 놀라 되물었다.
"영기, 천천히 말해 보거라. 대체 어찌 된 일이냐? 아니다, 이강 네가 말해 봐라!"
이강은 신속하고도 차분하게 상황을 설명했다.
"폐하, 조금 전 저희가 공주마마와 변방 문제를 논의하고 있을 때 황후마마께서 수방재로 납시었습니다. 몇 마디 하문하시던 황후께서 갑자기 용 상궁에게 매질을 명하셨고, 소신은 공주께서 다치실까 우려가 되어 그 자리에서 시위들에게 손을 댔습니다. 아뢰옵기 황공하오나 깊이 생각할 여유가 없었습니다."
황후가 수방재에서 매질을 명했다는 말을 건륭은 제비가 매질을 당한 것으로 오해했다. 제비가 맞았느냐 묻는 건륭의 질문에 이태가 대답했다.

"공주마마가 아니라 영비마마께서 내리신 두 궁녀가 맞았습니다. 한데 공주마마께서 화가 나셔서 지금 이성을 잃고 날뛰고 있습니다."

제비 자신이 맞은 것도 아닌데 왜 화가 난 것인지, 이성을 어떻게 잃었기에 날뛰고 있다는 건지 건륭은 도통 이해가 되지 않았다. 무엇보다도 어쩌다 황후의 화를 돋우었는지부터가 의문이었다. 건륭이 다시 묻자 영기가 성화같이 재촉했다.

"아바마마, 일의 전후 사정은 소자가 가면서 말씀드리겠습니다. 아무튼 용 상궁이 새로 온 궁녀들을 때렸고 화가 난 제비가 지금 수방재에서 난리를 피우고 있습니다. 제비가 평소 의리를 중시하고 노비들을 끔찍이 아낀 것은 아바마마께서도 잘 아시잖습니까. 자신이 매 맞는 것보다 자기 사람이 맞는 것을 더 힘들어 하는 아이입니다. 게다가 한번 화가 나면 누구도 말릴 수 없는 성격이 아닙니까."

난리라니, 도대체 뭘 하고 있길래 난리를 피운다는 말이 나오는가. 더는 가만히 앉아 말만 전해 듣고 있을 수 없어서 건륭은 자리를 박차고 일어나 바깥으로 걸음을 옮겼다.

"짐이 직접 가 보겠다!"

건륭이 이강 일행과 함께 수방재에 도착했을 때 가장 먼저 목격한 것은, 천장 대들보에 걸려 있는 하얀 천과 그 아래 꽤 높직하게 쌓아 올린 민걸상이었다. 제비는 바로 그 민걸상을 밟고 올라서서 흰 천 고리 사이로 머리를 집어넣으려 하고 있었다. 제비가 얼굴 가득 억울한 감정을 머금고 격앙된 목소리로 외쳤다.

"치욕스럽게 사느니 차라리 죽음을 택하겠어!"

"마마, 이러시면 안 됩니다. 제발 이러지 마세요! 심기를 가라앉히셔야 합니다. 목숨은 하나뿐이에요……."

잔뜩 겁을 집어먹은 태감들이 의자 주위를 빙 둘러싸고 법석을 부렸다. 아슬아슬한 광경을 지켜보며 저마다 내지르는 아우성에 천장이 울릴 지경이었다. 명월과 채하는 바닥에 무릎을 꿇고 이마가 땅에 닿도록 머리를 조아렸다. 몸까지 바들바들 떨며 울고 있었다.

"마마, 내려오세요. 제발 내려오세요!"

"마마, 이렇게 빌겠습니다. 장난이 너무 심하세요. 옥체를 보중하셔야 합니다!"

자미와 금쇄도 곧 떨어질 듯 위태로운 제비를 바라보며 조마조마한 가슴을 부여잡았다.

"이러지 말고 내려와. 떨어질까 봐 무서워!"

자미가 겁에 질린 목소리로 제비를 말렸다. 금쇄도 소리쳤다.

"조심, 조심……. 머리 넣지 말아요. 넣으면 정말 큰일 나요!"

비명과 공포, 울음이 뒤섞인 혼란 속에서도 제비는 분에 찬 고함 소리를 멈추지 않았다.

"아무도 말리지 마! 치욕스럽게 사느니 차라리 죽음을 택할 거야. 열 받아 죽겠어, 죽어 버릴 거야…….”

날카롭게 소리치며 사방을 둘러보던 제비의 시야에 저만치서 빠른 걸음으로 다가오는 건륭이 보였다. 제비의 목소리가 한층 더 높아졌다.

"자미야, 내가 죽으면 시신을 거두어서 제남에 있는 어머니 무덤 옆에 묻어 줘. 내 묘비에는 '환주공주 억울하게 잠들다.'라고 써 주고! 나 갈게, 다들 잘 있어!"

기가 막힌 광경에 건륭은 넋이 나간 얼굴이 되었다가 이내 목소리를 곤두세우고 꾸짖었다.

"제비 너 이게 무슨 짓이냐! 어서 내려와! 어명이다!"

"아바마마, 안녕히 계세요! 저는 그…… 아, 치욕스럽게 사느니 차라리 죽음을 택할래요! 귀신이 되어서도 아바마마의 은혜는 잊지 않을게요!"

서러이 외치던 제비가 눈을 찔끔 감더니 흰 고리 사이로 얼굴을 들이밀었다. 디디고 있던 발판을 걷어차자 쌓여 있던 의자가 우르르 무너져 내렸다. 올려다보던 이들의 입에서 동시에 비명소리가 터져 나왔다. 어떤 이는 마마를, 어떤 이는 제비를, 어떤 이는 하늘을, 어떤 이는 땅을, 어떤 이는 보살을 부르짖었다.

"이강, 영기! 얼른 가서…….”

건륭의 말이 채 끝나기도 전, 대들보에 걸려 있던 천이 훅 풀리더니 제비가 공중에서 바닥으로 곤두박질쳤다. 그것도 건륭의 발 바로 앞에. 눈속임을 위하여 대충 묶어 놓은 매듭이 제비의 무게를 지탱할 턱이 없었다. 위를 향해 있던 건륭의 시선이 아래로 이동하여 제비에게 꽂혔다. 건륭이 경악을 하거나 말거나, 제비는 벌떡 일어나 흰 천에 대고 욕을 퍼붓기 시작했다.

"이제는 하다 하다 천 쪼가리까지 반항을 하네!"

제비가 툴툴거리며 천을 주워 들고는 다른 대들보 아래로 자리를 옮겼다. 의자 하나를 먼저 나르고 남은 의자도 그 위에다 마저 날랐다. 그렇게 쌓은 민걸상을 밟고 올라간 제비는 천을 위로 던져 대들보에 걸고서 매듭을 지었다. 건륭이 이상한 낌새를 알아차리고 성난 목소리로 호통했다.

"제비! 또 무슨 일을 꾸미는 것이냐?"

세 사내에게로 고개를 돌린 건륭의 입에서 당장 제비를 붙잡아 오라는 불호령이 떨어졌다. 이강과 이태가 "예, 폐하!" 하고 대답하며 동시에 뛰어올랐다. 결국 제비는 형제에게 붙들려 땅으로 내려왔다.

건륭이 제비 앞으로 나아가 섰다. 제비를 보는 눈빛이 노기를 띠고 있었다.

"왜 이러는 것이냐? 대체 언제까지 말썽을 피울 셈이야? 짐이 열불이 나 죽어야 속이 시원하겠느냐? 교양 없는 여자나 목매달아 죽겠다며 소란을 피우는 것이다. 어디 배울 게 없어서 이런 못된 걸 배웠어!"

제비가 건륭 앞에 무릎을 꿇고 대꾸했다.

"저 '교양 없는 여자' 맞아요! 원래 교양 같은 거 없었고, 여자도 맞잖아요. 그리고 저는 황후마마가 절 죽이지 못해 안달이신 것 같아서 도와드리려는 거예요. 그럼 아바마마를 골치 아프게 하는 일도 줄잖아요."

"황후랑은 또 왜? 궁녀에게 매를 댄 거지 네가 맞은 것도 아닌데 왜 이렇게까지 화를 내느냔 말이다."

마냥 당돌하던 제비는 그제야 연기를 거두고 아픈 진심을 꺼내 보였다.

"아바마마! 궁녀도 아버지, 어머니가 있어요. 제 부모한테는 눈에 넣어도 안 아플 귀한 자식이라고요. 자미 어머니는 돌아가셨지만 자미한테는 아버지가 계세요. 오늘 이렇게 맞은 걸 이 애 아버지가 알면 틀림없이 속상해할 거예요!"

자리에서 일어난 제비가 자미를 건륭 앞으로 데려왔다.

"자미야, 고개 들고 아바마마께 네 얼굴을 보여 드려!"

자미는 제비가 자신을 이렇게 불쑥 건륭 앞으로 데려갈 줄 미처 생각지 못하고 있었다. 이윽고 자미가 건륭 앞에 무릎을 꿇고 앉았다. 두근거리기도 하고 슬프기도 했다. 건륭에게 가장 좋은 모습으로 첫인상을 남기고 싶었건만, 맞은 두 볼이 통통 부어 있었다. 아쉽고 속상한 마음에 솟구친 뜨거운 눈물이 자미의 뺨을 타고 흘러내렸다.

이강, 이태, 영기 역시 제비의 돌발 행동에 놀란 한편 기대를 안고 지켜보았다. 금쇄는 더더욱 가슴이 뛰었다. 감격스러운 부녀 상봉의 장면을 놓칠 수 없어 한순간도 눈을 떼지 않았다.

"노비 자미, 폐하를 뵈옵니다."

떨리는 목소리로 인사한 자미는 땅에 이마가 닿도록 절을 하고, 다시 고개를 들어 멀거니 건륭을 바라보았다. 건륭은 자미의 눈 속에서 이루 다 일컫지 못할 수많은 감정을 보았다. 퉁퉁 부은 뺨과 그 위로 흐르는 눈물이 보는 이로 하여금 이상한 감정을 느끼게 했다. 알 수 없는 느낌에 놀라 잠시 말을 잃었던 건륭이 얼떨떨한 표정으로 물었다.

"이름이 자…… 자 뭐라 하였지?"

"노비 자미라 합니다. 배롱나무꽃(자미화)이 만발한 계절에 태어나 자미라 이름 지었습니다."

"음, 좋은 이름이구나. 기억하기도 쉽겠다."

건륭이 상체를 수그려 자미의 얼굴을 살폈다.

"약을 발라 주라고 하마."

건륭이 건넨 작은 관심에 자미는 의식이 흐릿해질 정도로 감동하여 울먹였다.

"폐하께서 그리 말씀해 주시니 노, 노비는 약을 바르지 않아도 나을 것 같습니다. 성은이 망극하옵니다."

건륭은 문득 명치에서 느껴지는 정체 모를 열감에 머춤했다. 묘한 떨림을 동반한 것이었다. 건륭의 목소리가 자신도 모르게 부드러워졌다.

"황궁의 법도가 지엄하다 보니 종종 억울한 일이 있을 것이다. 황후에게 다소 모진 면도 있고. 매를 맞아 아프고 속상하겠지만 그러려니 하고 넘겨 버려라. 앞으로 공주가 황후와 반목하지 않도록 네가 잘 타일러 주도록 해라. 그리할 수 있겠느냐?"

"노, 노비 명심하겠습니다. 황후께 가르침을 받을 수 있는 것 또한 노비의 복입니다. 감히 원망하거나 억울하게 여기지 않을 것입니다. 공주께서 노비를 아끼시어 이토록 큰 사달이 났으니 노비의 잘못이 큽니다. 앞으로는 황후마마와 갈등이 일어나지 않도록 마마를 잘 보필하겠나이다."

건륭은 유순하게 조곤조곤 대답하는 자미를 잠잠히 바라보았다.

"음, 사리 판단이 바르구나. 이래서 공주가 너를 아끼나 보다."

건륭이 분위기를 전환하듯 목소리를 높였다. 모두 일어나라는 명에 제비가 자미에게로 시선을 건네며 일어났다. 자미는 고개 숙여 절을 하고 일어나 섰다.

건륭이 제비를 똑바로 바라보며 말했다.

"그만 하면 되었다. 지나간 일이니 너도 더 이상 되지도 않는 말썽일랑 피우지 마. 앞으로는 황후가 찾아와서 듣기 싫은 소리를 하더라도 기분 나쁘다고 반항부터 하지 말고 네가 먼저 태도를 좋게 바꿔 보아라. 말도 좀 예쁘게 하고. 그렇게 마음을 풂으로써 서로 화목해질 수 있거늘, 너처럼 똑똑한 녀석이 어찌 이런 이치를 몰라?"

제비는 전혀 납득할 수 없는 말이라도 들은 양 얼굴색이 희게 질려 있었다. 제비가 다짜고짜 목청을 돋우며 대꾸했다.

"아바마마, 마음을 풀로 쑤라니 어떻게 그런 말씀을 하세요?

안 그래도 황후마마를 볼 때마다 재수가 없어서 여기저기 다치고 아픈데, 마음까지 풀로 쑤어 버리면 전 죽죠!"

또 시작이다. 이강, 이태, 영기가 입술을 꾹 깨물며 서로를 곁눈질했다. 새어 나오려는 웃음을 참는 일이 고역이었다. 눈물이 채 마르지 않은 자미의 눈가에도 웃음기가 번졌다.

제비의 말을 듣고 건륭은 순간 어안이 막혔다. 속에서는 넌더리가 이는데 그 와중에도 웃음이 났다. 건륭이 눈을 들어 영기를 건너다보았다.

"영기야, 제비와 자주 어울리던데, 짐이 하나 물어보자. 제비는 만날 이런 식으로 엉뚱한 소리를 늘어놓느냐? 짐이 동을 말하면 서를 말하고, 하늘을 말하면 땅을 말하는데 대답은 아주 재발라. 짐의 말을 정말 못 알아듣고 하는 소린지, 일부러 모르는 척을 하는 건지 모르겠단 말이야. 너희와 있을 때도 말을 늘 이렇게 하느냐?"

영기가 삐져나오는 웃음을 간신히 누르며 대답했다.

"아뢰옵니다. 소자도 제비와 이야기를 나누다 보면 종종 제비 특유의 입담에 끌려다니곤 합니다."

"그랬군."

건륭이 웃는 얼굴로 고개를 끄덕이며 제비를 보았다. 다음 순간, 매섭게 돌변한 건륭의 눈빛이 세 청년을 향했다.

"그럼 '치욕스럽게 사느니 차라리 죽음을 택하겠다'는 말은? 이건 제비가 쓰는 말이 아닐 텐데!"

크게 당황한 세 남자가 빠르게 시선을 주고받았다. 반나절 동안의 연극이 성공을 코앞에 두고 고작 대사 하나 때문에 덜미를 잡히다니.

"어서 바른대로 고하지 못할까!"

서슬 퍼런 일갈에 이강이 숨을 크게 내쉬며 앞으로 나섰다.

"영명하신 폐하를 어찌 감히 기만하겠나이까."

젊은 아이들을 이리저리 살피던 건륭의 눈이 모든 정황을 파악하였다는 듯 또렷해졌다.

"옳아, 너희가 황후의 심기를 건드려 놓고 일부러 먼저 고해바친 게로군. 제비의 연기를 보여 주려 짐을 여기로 데려온 것이고."

영기는 건륭의 통찰력에 놀라며 순순히 사실을 인정하고 솔직히 털어놓았다.

"아바마마, 노여워 마십시오. 저희가 먼저 고하지 않았다면 아마 어마마마께선 더욱 왜곡된 사실을 전해 올렸을 겁니다. 저희도 다른 방도가 없었습니다!"

"폐하, 이 모든 건 소신의 생각이었습니다. 황자님은 잘못이 없습니다."

"폐하, 영명하십니다. 모두 소인의 생각이었습니다. 황자님, 형님과는 상관이 없습니다."

이강과 이태가 서로를 두둔하자 제비도 덩달아 나섰다.

"아바마마, 아니에요! 다들 절 보호하려고 그러는데, 실은 다 제가 꾸민 짓이에요! 제가 벌인 일이니까 제가 책임질게요! 남들이 저 대신 벌 받는 거 싫어요!"

잠시 주춤한 건륭이 서로 제 잘못이라 말하는 이들을 두루 살피다가 눈을 부릅뜨고 꾸짖었다.

"너희가 서로 짜고 연기를 한 것이렷다! 아주 대담하구나. 감히 짐을 속이다니, 목이 달아날까 두렵지 않더냐?"

매섭게 을러대다 잠시 생각해 보니 건륭은 어쩐지 웃음이 터져 나왔다.

"하하하하, 한데 연기를 너무 잘했다! 얼마나 절박했으면 꼭 진짜 같더구나. 새로 온 궁녀들이 매를 심하게 맞았으니 짐이 '마음을 풀로 쑤어' 용서하마! 하지만 이런 일이 또 생기면 그땐 정말 용서하지 않을 것이야."

"아바마마 만세 만만세!"

제비가 풀썩 바닥에 꿇어앉으며 낭랑하게 외쳤다. 실내에 있던 이들 모두가 바닥에 무릎을 꿇고 한목소리로 예찬했다.

"폐하 만세 만만세!"

그 외침 소리에 건륭은 가슴이 훈훈했지만 제비의 소행이 괘씸하다는 생각을 쉽게 떨칠 수는 없었다. 그래서 다시 얼굴빛을 고치고 제비에게 역정을 냈다.

"만세를 부르짖는다고 짐이 그냥 웃어넘길 성싶으냐? 목매달아 죽겠다고 난리를 피우고 모두가 네 거짓말에 장단을 맞추게 하다니 무법천지가 따로 없어!"

서방에 나가 글공부를 하는데도 어째 학문적 발전은 전혀 없는 것일까. 건륭의 눈에 제비는 갈수록 꾀만 느는 것 같았다.

"별로 『예기禮記』「예운편禮運篇」에서 대동 세상에 대해 설명한 부분을 백 번 써서 사흘 내로 짐에게 가져오너라. 쓰기만 할 게 아니라 내용을 외우고 무슨 뜻인지도 말할 수 있어야 한다. 만약 짐의 앞에서 말하지 못하면 장 스무 대를 칠 것이다. 군주는 허언을 하지 않는다!"

제비의 얼굴이 하얗게 질렸다.

"아바마마, 용서해 주시는 거 아니었어요?"

"다른 사람은 용서해도 넌 안 돼! 마음을 풀로 쑤다니, 그 말만은 절대 용서 못 하겠다."

"하지만…… 어느 편에 무슨 세상요? 거기가 어딘데요?"

"거기가 어딘지 네가 직접 알아보고 사흘 후에 짐에게 설명해 보거라."

기가 질린 제비의 입이 쏙 다물렸다.

자미는 여러 복잡한 감정이 일었다. 예리한 관찰력으로 진실을 꿰뚫고 상과 벌을 적재적소에 내릴 줄 아는 건륭이 자미는 너무나도 멋지고 존경스럽게 느껴졌다. 이미 마음 깊은 곳에서부터 건륭을 받들고 있었다. 그 밖에도 명명하기 어려운 감정들이 자미의 가슴속을 그득하게 채웠다. 전부 아버지를 향한 사랑이었다.

제16장

 이어진 사흘 동안 제비, 자미, 이강, 이태, 영기는 눈코 뜰 새 없이 바쁜 나날을 보냈다. 건륭이 '예운대동편'을 백 번이나 써 오라 명한 탓에 모두들 주야장천 부지런히 글만 썼다. 글자를 아는 금쇄, 명월, 채하도 일손을 돕기로 했다.
 수방재 안은 한밤중에도 등불이 훤했다. 공자님 말씀을 옮겨 적는 손들 위로 쏟아지는 불빛이 밤늦도록 꺼질 줄 몰랐다. 금쇄, 명월, 채하가 써낸 결과물을 검사하던 자미의 입에서 한숨이 새어 나왔다. 비뚤배뚤한 글씨가 보기에 민망할 정도였던 것이다. 자미는 그제야 글자를 아는 것과 쓰는 것은 별개 문제라는 것을 알았다.
 "명월아, 이제 쉬어도 될 것 같아."
 자미의 말에 명월은 "나무아미타불." 하고 안도하며 자리를 떴다. 이어 자미는 채하에게도 그만 쓰라고 권했다. 채하는 하늘과 땅에 감사하면서 꽁무니를 뺐다.

"금쇄야, 너도 쓸 필요 없을 것 같아."

"그럼 전 가서 야식을 좀 만들어 올게요!"

금쇄 역시 사면을 얻은 사람처럼 기뻐하며 줄행랑을 쳤다. 상황을 가만 지켜보던 제비가 즉각 붓을 멈추더니 기대로 부푼 얼굴을 자미에게로 내밀었다.

"내가 쓴 것도 어차피 통과 못 할 텐데, 그만 써야겠지?"

자미가 제비 앞에 놓인 종이를 들고 심각한 눈으로 살폈다. 짙은 먹빛 지렁이들이 떼를 이루고 있었다.

"안 돼, 글씨가 아무리 못나도 너는 꼭 써야 해."

과제로 제출할 종이 뭉치는 누가 봐도 여러 사람의 합작품이었다. 건륭 역시 이를 알아차리고 어느 것이 제비가 쓴 글씨인지를 확인하려 할 터였다. 따라서 제비는 최대한 많이 써야 했다. 많기라도 해야 용서받을 희망이 있었다. 자미는 제비에게 이유를 설명하고 다시 단호하게 일렀다.

"기운 내서 얼른 계속 써."

"안 쓰면 안 돼?"

"안 돼."

아……. 실망하여 늘어진 제비의 얼굴이 말보다 더 길어졌다.

"어가표충魚家瓢蟲은 왜 이렇게 쓰기가 복잡해?"

"어가표충이라니?"

무슨 말인지 알아듣지 못한 자미가 고개를 빼 제비가 쓰고 있던 문장을 확인했다. 다음 순간, 자미는 황당하여 저도 모르게 목소리가 올라갔다.

"이건 환과고독鰥寡孤獨이잖아, 세상에!"

"세상은 무슨 세상! 여긴 내가 아는 글자가 몇 개 없단 말이야. 아, 대체 누가 할 짓 없이 이런 걸 지어 낸 거야!"

'예운대동편'은 제비의 상식으론 도저히 공감하기 어려운 내용이었다. 이런 걸 백 번이나 써야 하는 이유도 제비는 이해할 수 없었다. 이걸 쓴다고 배가 부르나, 건강해지나, 오래 살기를 하나. 재미도 보람도 없는 일 때문에 이 고생을 해야 한다는 생각에 짜증만 일었다.

구시렁거리던 제비가 의식하지 못한 사이, 붓촉이 종이에 닿고 말았다. 커다란 점 하나가 공자님 말씀 위에 반항하듯 찍혔.

"아, 어떡해!"

자미가 문제의 종이를 들고 가더니 미처 말릴 틈도 없이 죽 찢어 버렸다. 제비가 급히 빼앗아 들었지만 때는 이미 늦은 후였다.

"야! 이거 내가 반나절 동안 쓴 거야!"

"더러워졌으면 새로 써야지."

자미는 제비가 쓴 다른 종이를 살펴보았다. 제비의 복장이 타들어 갔다. 아니나 다를까, 이번에 자미의 손아귀로 들어간 종이도 곧 가리가리 찢어졌다.

"너 왜 내가 쓴 건 다 찢어? 쓰는 족족 찢어 버리면 내년까지 해도 백 번은 못 써!"

"하지만 아까 그건 보기에 너무 그랬어. 폐하께서 보셨으면 분명 화를 내셨을 거야. 다시 쓰는 수밖에 없어."

자미는 그렇게 말하며 또 다른 종이를 살폈다.

"찢지 마, 찢지 마……!"

잔뜩 긴장한 제비의 외침이 끝나기가 무섭게 자미는 재차 종이를 찢었다. 제대로 화가 난 제비가 버럭 언성을 높였다.

"왜 이래 진짜! 네 글씨는 예쁜 거 알아! 근데 내 글씨는 원래 이런 걸 어떡하라고! 네가 아무리 찢어도 어쩔 수 없어. 내 글씨는 못났어, 못생겼다고!"

"못나고 못생기면 계속 써야지. 얼른 써. 이러다간 정말 시간이 부족할 거야."

제비의 입에서 불만이 터져 나왔다.

"뭐 하자는 거야, 정말!"

제비는 치오르는 짜증을 주체하지 못해 앉은 자리에서 발을 세게 뻗었다. 거의 동시에, 제비가 "악!" 소리를 내며 벌떡 일어났다. 탁자 다리를 잘못 걷어차서 그만 발톱이 들려 버린 것이었다.

"왜 그래, 무슨 일이야?"

울상이 된 제비는 자미의 물음에도 대답하지 못하고, 발을 끌어안은 채 온 실내를 뛰어다녔다.

"아바마마, 숙제 내러 왔어요."

건륭은 슬쩍 고개를 들었다가, 절뚝거리며 들어서는 제비를 보고 눈이 휘둥그레졌다.

"발은 왜 그러냐?"

제비가 우는소리로 입을 열었다.

"저 완전 최악이에요! 이럴 줄 알았으면 그냥 장 스무 대를 맞을 걸 그랬어요! 맞고 치우면 한 군데만 아프고 말았을 텐데, 사흘 밤낮으로 글자를 썼더니 손도 저리고 머리도 지끈거리고 눈도 뻑뻑하고 등도 결리고……. 그중에서도 발이 제일 아파요! 너무 아파서 글씨도 엉망으로 썼어요. 이따가 보시면 아바마마도 화부터 나실 거예요!"

발이 아픈 이유를 물었더니 제 할 말만 잔뜩 늘어놓는 제비 때문에 건륭은 더욱 어리둥절해졌다.

"글을 쓰는데 발이 왜 아파?"

"글씨가 안 예쁘니까 자미가 이것도 안 된다, 저것도 안 된다면서 자꾸 다시 쓰라잖아요. 화가 나서 책상을 발로 찼는데, 책상이 너무 딱딱해서 발톱이 들렸어요."

건륭이 제비를 빤히 쳐다보았다. 뭐가 그리 서러운지 제 딴에는 아주 심각한 모양이었다. 그 모습이 귀여워 건륭은 내심 웃음이 났지만 그렇다고 마냥 속 편히 웃을 순 없는 노릇이었다.

"적어 온 것부터 한번 보자. 이리 가져오너라."

건륭이 팔을 뻗었다. 제 발 저린 도둑처럼 제비는 써 온 것을 조심스럽게 건륭 앞으로 내밀었다.

건륭은 건네받은 종이 뭉치를 들고 한 장씩 넘겨 보았다. 장장마다 필체가 달랐다. 어떤 것은 유려하고, 어떤 것은 씩씩하고, 어떤 것은 시원스럽고, 어떤 것은 깔끔하고……. 그중에는 들쭉날쭉한 크기에 형체를 알아보기 어려울 정도로 흐느적대는 글씨체가 가장 많은 분량을 차지하고 있었다. 그 필적으로 쓰인 종이는 열이면 열 먹물이 뒷면까지 흠뻑 배여 얼룩덜룩했다. 건륭은 어떻게 된 일인지를 단박에 파악할 수 있었다.

종이를 넘길수록 점점 굳어지는 건륭의 표정을 보고 제비는 상황이 여의치 않음을 알아차렸다. 물론 혼날 각오야 진작부터 하고 있었지만.

"바른대로 고하거라. 몇 명이나 널 도왔느냐?"

건륭은 고개도 들지 않고 물었다.

"도울 수 있는 사람은 다요. 이강, 이태, 영기, 명월, 채하, 금쇄까지 다 뛰어들었는데, 여자애들 셋은 글씨가 안 예뻐서 자미가 못 쓴다고 했어요!"

제비는 조금도 숨기는 기색 없이 대답했다.

"그럼 네가 쓴 건 어느 것이냐?"

"글자 같지 않은 건 다 제 거예요. 글자 같거나 예쁘고 깨끗한 건 제가 쓴 게 아니고요."

건륭은 그제야 고개를 들고 제비를 똑바로 바라보았다.

"아주 시원 솔직하구나!"

"아바마마께서 얼마나 똑똑하신 분인데 숨겨 봤자죠. 실은 아바마마께서 보시면 누가 도왔다는 걸 바로 아실 테니까 거짓말하지 말라고 자미가 그랬어요."

부역꾼만이 아니라 책사까지 곁에 두었군. 건륭이 대꾸하며 종이 뭉치를 훑어보았다. 유독 고운 서체가 하나가 계속 눈에 들어왔다. 그 글씨가 적힌 종이를 빼어 들고 건륭이 물었다.

"이건 누가 쓴 것이냐?"

"자미요!"

건륭은 얼떨떨한 눈으로 다시 글자를 자세히 살피다가 읊조리듯 물었다.

"며칠 전 용 상궁에게 맞았다던 그 애 말이냐?"

"네!"

건륭은 제비가 하는 말에서 어딘가 이상한 느낌을 받았지만 기분 탓인가 하여 대수롭지 않게 넘겼다. 엄한 얼굴을 들어 제비와 눈을 맞춘 건륭이 별안간 언성을 높였다.

"왜 다른 사람들을 동원했느냐? 짐이 그리해도 된다 하였어?"

"하지만…… 안 된다고도 안 하셨잖아요! 백 번 더 쓰라고 하셔도 이제는 그냥 장 스무 대 맞고 치울 거예요. 전 그게 나아요!"

제비가 겁도 없이 대꾸했다.

"좋다, 이렇게나 많이 적었으니 이제 뜻을 말해 보아라. 이 글이 말하고자 하는 게 무엇이냐?"

숨을 깊이 들이마신 제비는 외워 온 것을 속으로 잠시 되뇌어 보다가 이내 씩씩한 얼굴로 운을 뗐다.

"'예운대동편'은 공자님이 생각한 살기 좋은 세상을 적어 놓은 부분이에요. 그 세상은 모든 사람들의 것인데, 좋은 관리를 뽑고 모두가 사이좋게 지내면 사람들은 남의 부모를 자기 부모처럼, 다른 집 자식들을 자기 자식처럼 여길 수 있대요. 그러면 노인이랑 아이, 나아가서 고아나 과부도 다 보살펴 줄 사람이 생기고요. 재물에 욕심을 내지 않고 이기적으로 생각하지 않으면 계략이나 음모가 없어지고 그럼 잠잘 때 문을 잠그지 않아도 되는 아름다운 세상이 되는 거래요."

물 흐르듯 막힘없이 설명하던 제비가 숨을 들이마시고 건륭을 쳐다보았다. 마찬가지로 제비를 보는 건륭의 눈이 휘둥그레져 있었다. 보고도 믿기지 않는 광경이었다.

"그걸 누가 가르쳐 주더냐? 효람이냐?"

"자미요!"

제비가 방글방글 웃으며 말을 이었다.

"너무 어렵게 말하면 제가 기억 못 할 거라고 이 정도만 기억하라 그랬어요!"

건륭이 놀라 멈칫하였다. 제비의 입에서 자미라는 이름이 나온 게 오늘만 벌써 다섯 번이었다. 더는 그 이름의 주인을 궁금해하지 않을 수가 없었다.

"자미란 아이는 글공부를 하였느냐?"

"그럼요! 책도 많이 읽었고, 시도 짓고, 글씨도 예쁘게 쓰고, 그림도 잘 그리고, 고쟁도 탈 줄 알고, 노래도 잘 부르고, 바둑도 잘 두고, 뭐든지 할 줄 알아요. 무공만 빼고요!"

제비가 두 눈을 빛내며 자랑스레 말했다. 마치 자신이 우러르는 대상을 소개하는 것 같기도 했다. 세상에 그런 여자가 정말 있을까, 건륭은 호기심을 느꼈지만 제비의 말이라 완전히 믿을 수가 없었다. 잠시 생각에 빠져 있던 건륭이 불현듯 눈을 부릅뜨고 제비를 보았다.

"오냐, 글씨는 엉망진창이지만 해석은 잘했으니 용서해 주마! 운이 좋은 줄 알아라. 또 말썽을 피우면 벌로 글을 쓰라 할 것이다. 다음부터는 다른 이들의 도움을 받아서도 안 된다. 전부 너 스스로 써야 해!"

기가 질려 잠시 얼었던 제비가 시름에 잠긴 한숨을 폭 내쉬었다.

"망했다. 제비 왈, 공자 선생님이 말 줄이고 글 안 쓰면 제비 손발 멀쩡하고 머리도 안 아프니 그것이 바로 대동 세상이노라……."

"무슨 말을 혼자 중얼거리는 게냐?"

"아뢰옵니다, 아바마마. '예운대동편'을 하도 많이 썼더니 말투가 '예운대동화'된 것 같아요. 밤에 잘 때 꿈에서까지 '공자 왈, 이러이러하니 그것이 바로 대동 세상이노라.' 이 문장이 떠올라요!"

건륭이 실소를 터뜨렸다. 내심 흡족하기도 했다. 마침내 제비를 다스릴 방도를 찾은 셈이었다.

건륭이 자미를 더욱 눈여겨보게 된 건 공교롭게도 황후 때문이었다. 황후는 이상하리만큼 수방재에 관심이 많았다. 특히 제비를 가르치는 문제에 대해서는 거의 집착에 가까운 간섭을 보였다. 건륭 앞에서 황후는 늘 화가 난 상태로 수방재 일에 사사건건 트집을 잡았다.

"폐하, 제비를 엄하게 잡도리하지 않으시면 틀림없이 큰 화가 닥칠 겁니다!"

건륭의 미간이 못마땅한 듯 실그러졌다.

"대체 언제까지 그렇게 제비와 갈등을 일으킬 거요? 비빈들은 하나같이 제비를 칭찬하는데 왜 그대만은 제비를 잡지 못해 안달이냔 말이오."

"잡지 못해 안달이 아니라 내명부가 문란해지기 전에 싹을 꺾으려는 것입니다."

"문란해지기 전에? 그게 무슨 뜻이오?"

"폐하, 궁녀와 비빈들이 수군거리는 것을 모르십니까?"

"대관절 무엇을?"

"모두들 제비와 오황자 사이가 의심스럽다고 말합니다."

건륭의 눈동자가 충격으로 굳었다. 내내 귓등으로 흘리던 황후의 음성이 귀 안으로 쏙 들어왔던 것이다.

"어떻게 그런 말도 안 되는 소리를……. 감히 누가 그런 망발을 지껄인 거요?"

건륭을 응시하던 황후의 눈빛이 또렷하게 빛났다.

"전혀 말이 안 되는 소리는 아닌 듯합니다. 신첩이 직접 목격한 적도 있습니다."

건륭은 황후의 말을 잠자코 들었다. 그러고 보니 며칠 전 수방재에서 소란이 일었을 때도 영기와 이강, 이태가 그곳에 있었다. 건륭의 마음에 어두운 그림자가 드리워졌다. 공주 혼자 지내는 처소가 사내들이 모일 자리는 아니라는 생각에서였다.

"듣자 하니 수방재에선 밤마다 노래와 악기 연주 소리가 흘러나오고 상전, 노비 할 것 없이 술에 취해 어울린답니다."

"정녕 그런 일이 있었단 말이오?"

"신첩이 어찌 감히 허언을 올리겠나이까. 내명부를 다스리는 일은 본래 신첩의 소관입니다. 불명예스러운 일이 벌어진다면 황실의 수치가 될 것입니다. 폐하, 제대로 살피셔야 합니다."

건륭은 황후의 말을 더 듣고 있기가 언짢아 알겠다는 말로 대화를 갈무리하려 했다. 무슨 말을 더 하려는 황후를 건륭이 단호하게 막았다.

"황후가 황실의 명예를 지키려 애쓰고 있는 것을 아오. 하지만 너무 무리하지 말고 마음을 좀 편안하게 가졌으면 좋겠소. 사소한 일은 모른 척 눈감아 줄 줄도 알고. 이를테면 며칠 전 수방재 궁녀를 혼낸 일 말이오."

그제야 황후는 제비 쪽에서 먼저 손을 썼다는 사실을 알았다. 건륭이 그 일을 알고 있으면서도 내내 제비 편에 섰다고 생각하니 황후는 또다시 울컥 화가 치밀었다.

"물론 노비가 잘못하면 꾸짖고 매를 댈 수야 있지. 한데 그 궁녀들은 영비가 제비에게 내린 거잖소. 황후가 그들을 벌하면 영비의 부족함을 들추어내는 셈이 아니오?"

"이미 다 알고 계셨군요. 하면 이강, 이태와 오황자가 새위, 새광에게 손찌검한 일도 아십니까."

"그렇소. 이미 그 애들에게 주의를 주었고 제비에게도 벌을 내렸소. 하니 이 일은 여기에서 마무리 지읍시다."

황후는 분노감에 사로잡혀 말문이 턱 막혔다.

"제비는 속에 악의를 품을 아이도 아니고, 조금 철딱서니가 없긴 하지만 사내와 부끄러운 행동을 할 아이도 아니오. 허구한 날 하는 일도 없이 갈등만 조장하려 드는 상궁들의 말을 황후도 흘려들을 건 흘려듣고, 알고만 있되 괜히 심각하게 생각하지는 마시오."

건륭이 황후를 보며 잠시 생각하다 다시 말을 이었다.

"이강, 이태가 영기와 형제처럼 어울리는 것을 짐도 알고 있소. 이는 영기의 복이오. 또 그들과 제비의 사이가 좋은 것 역시 제비의 복이고. 짐은 분별없이 엄격하기만 한 규율과 터무니없는 죄명으로 그 아이들의 복을 끊어 내고 싶지 않소."

건륭은 제비와 영기의 됨됨이를 믿어 의심치 않았다. 이강과 이태 또한 근래에 보기 드문 훌륭한 인재들이었다. 이대로 제비가 이강, 이태와 가깝게 지낸다면 형제 중 하나를 제비와 맺어 줄 의향도 있었다. 다만 어렵사리 만난 딸이라 두 해 정도는 더 곁에 두고 싶은 마음이 컸다.

천천히 두고 보자는 건륭의 말에 황후는 "폐하!" 하며 벌컥 언성을 높였다. 꾹 눌러 참았던 울분이 기어이 터지고 만 것이었다.

"이리 역성을 드시니 심히 우려스럽습니다. 황궁이 그 아이들로 인하여 문란해지면 어쩌려고 이러십니까!"

쾅!

건륭도 화를 참지 못하고 탁자를 내리쳤다.

"무엄하오! 말을 좀 듣기 좋게 할 순 없소?"

"충언은 본디 귀에 거슬리는 법입니다. 제비는 내력이 불분명하고 저속하기가 이를 데 없습니다. 게다가 어느 한군데 폐하를 닮은 곳이 없으니 가짜 공주가 틀림없습니다. 배후의 누군가가 모든 것을 조종하고 있을 것입니다. 영명하신 폐하께서 어찌 이를 모르고 어린것들의 손에 놀아나시는 겁니까!"

황후의 목소리가 말을 할수록 점점 더 커졌다. 분노가 극에 달한 건륭은 급기야 안색마저 새파랗게 질렸다. 소맷자락을 거칠게 털며 건륭이 일갈했다.

"듣기 싫소! 황후의 충언이라면 이제 지긋지긋하오. 배후의 누군가라니? 영비를 말하는 거요? 옹색하기 그지없는 마음으로 근거도 없이 헐뜯기에 급급하면서, 뭐? 충언이라?"

명색이 황후란 사람이 후궁도 제비도 포용하지 못하고 영기와 이강, 이태까지 의심하다니. 세상과 다투지 않는 여유, 우아한 기품과는 거리가 먼 황후가 건륭은 정말이지 실망스러웠다.

건륭의 호된 질책에 비틀거리며 뒤로 한 보 물러선 황후가 고개를 들어 건륭을 보았다. 얼굴이 새하얗게 질린 채였다. 황후는 화가 나고 속상하다 못해 치욕스럽기까지 했다. 지금은 자신이 무슨 말을 해도 건륭의 귀에 곱게 들릴 리 만무했다. 무릎을 굽혀 인사를 해 보인 황후는 빠른 걸음으로 건륭의 처소를 나갔다.

황후의 입을 막긴 했지만, 건륭의 마음에도 어쩔 수 없는 의심의 씨앗이 심어졌다. 밤마다 수방재에서 노래와 연주 소리가 흘러나오고 상전과 노비 할 것 없이 술에 취해 어울린다는 그 말이 특히 건륭의 신경을 건드렸다.

그날 밤 어둠이 내린 후, 올라온 상소를 모두 확인하고 잠시 생각에 빠져 있던 건륭이 자신의 곁을 지키던 소로자에게로 고개를 돌렸다.

"소로자, 수방재로 갈 것이니 등불을 밝혀라. 아무에게도 알리지 말고."

"영비마마께도 알리지 않으십니까? 아랫것들은 대동할까요?"

"그럴 것 없다. 이따가 수방재에 당도해서도 통보하지 말거라, 알겠느냐?"

"예, 명 받들겠나이다."

짙은 어둠이 깔린 밤 궐내는 적막으로 가득했다.

수방재는 늦은 시각까지 불빛을 내뿜고 있었다. 등잔불 몇 개가 정간을 은은하게 밝히고, 화로에서 풍긴 아련한 단향목 내음은 빛이 닿지 않는 곳까지 날아가 머물렀다. 그 가운데서 불현듯 고쟁 연주가 시작되었다. 뒤이어 흘러나온 노랫소리가 연주와 한데 어우러져 실내를 휘감아 돌았다. 바깥으로 넘친 가락이 밤공기를 뚫고 어둠 속을 부유했다.

소로자 하나만 대동한 건륭이 기척도 없이 수방재 앞뜰로 들어섰다. 들려오는 노랫소리에 건륭의 미간이 미세하게 구겨졌다. 황후의 말대로였다.

수방재 안. 건륭이 온 것을 알 리 없는 자미는 넋을 놓은 채 노래를 부르고 있었다. 자미의 옆을 지키는 금쇄와, 꾸벅꾸벅 졸고 있는 제비를 제외하고 다른 이들은 모두 잠을 자러 가고 없었다. 금쇄가 제비를 살며시 흔들며 속삭이듯 말했다.

"제비도 이제 그만 쉬러 가요. 아가씨 옆엔 내가 있을게요."

제비가 비몽사몽으로 대답했다.

"아니야, 안 졸려. 자미 노래 들을래."

노래는 오늘따라 유난히 처량했다.

"산도 아득하고 물도 아득하여라. 산수가 아득하니 길마저 멀구나. 어젯밤을 기다리고, 오는 아침을 바랐건만 기나긴 기다림에 넋마저 사라지누나. 꿈도 아득하고 임도 아득하여라. 답답한 마음에 하늘마저 늙으니 노래는 노래가 아니요, 곡조는 곡조가 아니네. 세디센 바람비에 근심만 깊어지누나……."

수방재 밖. 구슬픈 목소리에 매료된 건륭은 자신도 모르게 걸음을 멈추고 곡조와 가사를 음미하였다.

자미는 노래에 마음을 담았고, 건륭은 마음에 노래를 담았다. 넋이 빠져 부르는 노래를, 넋을 놓고 들었다. 서글프게 부르고, 서글프게 들었다. 밤을 닮은 노래가 기어이 듣는 이의 가슴을 저미고야 말았다.

노랫소리는 아린 여운을 남기며 멎어 들었다. 마지막 소절이 끝난 뒤, 감정을 심하게 이입한 탓인지 자미의 입에서 시름 섞인 날숨이 새어 나왔다. 그런데 거의 동시에 바깥에서도 나직한 한숨 소리가 들리는 게 아닌가. 별안간 잠이 확 달아난 제비가 얼른 몸을 일으켜 쏜살처럼 밖으로 돌진했다.

"오냐, 이놈. 사람이냐 귀신이냐, 정체를 밝혀라! 한밤중에 남의 집 창밖에서 왜 한숨을 쉬어 쉬기를. 썩 나와!"

이번에는 기필코 잡으리라 다짐하며 문을 박차고 나간 순간, 제비는 둔탁한 소리와 함께 나가자빠져 버렸다. 문 앞에 서 있던 건륭과 부딪친 것이다. 단단한 손이 순식간에 제비의 뒷덜미를 거머잡았다. 범상치 않은 무공을 알아차리고 속으로 놀란 제비는 상대의 정체를 확인할 생각도 하지 않고 욕부터 해 댔다.

"어디서 온 놈이냐? 이름을 대! 감히 이 몸을 화나게 하다니 네가 죽고 싶어 환장을 했구나······."

건륭이 냉랭한 목소리로 되물었다.

"짐의 이름을 말해야 하느냐?"

건륭의 목소리를 알아차리고 고개를 돌린 제비는 그 자리에서 기함할 듯이 놀랐다.

"어디서 온 놈인지 알겠느냐?"

다리 힘이 풀린 제비가 풀썩 꿇어앉으며 큰 소리로 물었다.

"아바마마! 이 야심한 시각에 어떻게 오셨어요?"

아바마마라는 말을 들은 자미가 고쟁에서 손을 떼고 눈을 들어 금쇄를 보았다. 놀라야 할지 기뻐해야 할지, 그저 얼떨떨했다.

잠시 후, 건륭은 편안한 의자에 앉아 있었다. 건륭에게 등받이를 가져다주고, 간식을 내오고, 차를 끓이는 세 소녀의 움직임이 저마다 바빴다. 건륭이 주위를 둘러봤다. 조용하고 아늑한 실내는 따뜻하고 향긋하기까지 했다. 은은한 빛을 뿜는 사등롱, 어여쁜 소녀들, 화로에 꽂혀 있는 향, 큼지막한 고쟁……. 이러한 분위기, 운치에 건륭은 조금 취할 것 같았다.

"아바마마, 왜 말도 없이 오셨어요? 소로자한테 알리게 하지도 않으시고 밖에 그렇게 서 계시니까 깜짝 놀랐잖아요!"

건륭의 곁으로 다가온 제비가 꼼지락꼼지락 바쁘게 움직이며 물었다. 뭐가 그리 신나는지 잔뜩 들뜬 목소리였다. 건륭이 웃으며 되물었다.

"태감들은?"

"다들 자요. 밤이 늦어서 제가 자러 가라 했어요. 와서 시중들라고 할까요?"

"괜찮다."

자미와 금쇄는 서둘러 차를 끓였다. 탁자 위에 놓인 고쟁을 본 건륭이 바쁘게 움직이는 자미를 지그시 바라보았다.

"네가 방금 연주를 하고 노래를 불렀느냐?"

찻잔에 물을 붓던 자미가 고개를 돌려 공손하게 대답했다.

"예, 노비입니다."

"실력이 제법이더구나. 목소리도 아주 듣기 좋았다."

진심에서 우러나온 칭찬이었다. 건륭은 자미를 다시 자세히 살펴보았다. 척 봐도 고운 얼굴이었다. 입술은 연지를 바르지 않았음에도 붉고, 눈썹은 그리지 않아도 자연스럽게 선명하고, 눈은 샛별처럼 반짝였다.

자미가 차를 들고 다가와 건륭에게 올렸다.

"폐하, 서호西湖의 벽라춘입니다."

자미는 언젠가, 건륭이 남방으로 순시를 떠났을 때 벽라춘을 즐겨 마셨다는 이야기를 전해 들었다. 수방재에서 지내다 우연히 찻잎을 발견한 자미는 곧 벽라춘 일화를 떠올렸고 혹시나 하는 마음에 건륭의 것을 따로 준비해 두었다.

"가장 여린 찻잎들만 골라 우렸습니다. 한번 드셔 보세요."

건륭은 의외라는 얼굴로 자미를 쳐다보았다. 건네받은 차의 향기를 맡고 있자니 편안하고 흐뭇한 감정이 가슴속을 든든하게 채웠다. 건륭이 차를 한 모금 머금고 음미하였다.

"잘 우렸구나!"

건륭이 자미를 똑바로 보며 말을 이었다.

"아까 불렀던 노래를 짐에게도 들려 주겠느냐?"

"예, 폐하."

무릎을 굽혀 예를 갖춘 자미가 탁자 앞으로 가서 사뿐히 앉았다. 현을 튕겼다가 누르니 애달픈 고쟁 소리가 방 안을 울렸고, 그 울림 사이로 맑은 목소리가 흘러들었다.

건륭은 한 소절 한 소절 집중해서 들으며 자미를 주의 깊게 살폈다. 이 노랫소리, 이 모습……. 일찍이 어디선가 본 적 있는 장면처럼 낯익고 친근했다.

어느덧 노래를 마친 자미가 건륭을 향해 인사하였다.

"노비 부끄럽습니다."

건륭은 자미에게서 시선을 떼지 않은 채 자상히 물었다.

"악기를 다루고 노래를 부르는 건 누구에게 배웠느냐?"

"제 어머니……."

자미가 실수를 깨닫고 얼른 말을 고쳤다.

"노비의 어미가 노비에게 가르쳐 주었습니다."

건륭에게서 대뜸 한숨이 터져 나왔다. 확실히, 말끝마다 '노비, 노비' 하니 듣기에 부자연스러운 구석이 있었다. 이래서 만날 제비가 말 때문에 불만이 많았구나 하고 건륭은 생각했다.

"여긴 보는 눈이 없으니 편하게 대답하거라. 노비란 말은 굳이 붙이지 않아도 된다."

"예, 폐하."

"네 어미는 지금 어디 있느냐? 어째서 너를 궁녀로 보냈지?"

"아뢰옵니다, 폐하. 제 어미는 이미 세상을 떠났습니다."

자미가 슬픈 얼굴로 대답했다.

"저런……. 방금 부른 노래의 가사는 누가 지은 것이냐?"

"어미가 지은 것입니다."

"네 어미는 문장가였구나. 한데 가사가 너무 처량하다."

건륭은 다시금 노랫말을 떠올려 보았다. 조금 전에 느꼈던 감동이 되살아나는 것 같았다.

한편 자미의 마음속에선 행복감이 그득 차오르고 있었다. 다정한 목소리로 이것저것 물어봐 주는 건륭에 자미는 조금 용기를 내 보고 싶어졌다. 남몰래 숨을 들이마시고 자미가 운을 뗐다.

"실은 어미가 아비를 그리워하며 쓴 것입니다."

"아비가 어찌 되었기에?"

건륭이 궁금하다는 얼굴로 물었다. 옆에서 대화를 듣던 제비의 심장이 쿵쿵 뛰기 시작했다.

'자미의 아버지는…… 눈앞에 딸을 두고도 모르고 있어요!'

한쪽에 비켜나 있던 금쇄도 어느새 눈시울이 붉어져 있었다.

'아가씨의 아버님은…… 바로 여기 계셔요.'

"제 아비는…….."

자미는 제비에게 한번, 금쇄에게 한번 눈길을 건네고 다시 건륭을 보았다. 울컥 솟구친 눈물이 앞을 가렸다. 내흔들리는 마음이 겉으로 드러나지 않도록 애를 썼지만 목소리가 떨리는 것을 막을 수는 없었다.

"아비는 아주 오래전, 앞날을 위하여 어미를 떠났다가 소식이 끊어졌습니다."

예상치 못한 답변에 건륭의 얼굴이 굳어졌다. 건륭은 자미의 사연이 남 일 같지 않았다.

"너도 가엾은 처지에 놓여 있었구나. 네 어미처럼 멋진 여인의 마음을 얻다니, 네 아비는 참으로 복 많은 사내다······. 후에는? 아비가 돌아왔느냐?"

"아니요. 어미는 끝내 아비를 보지 못하고 눈을 감았습니다."

자미가 나직이 대답했다.

건륭은 진심으로 안타까운 감정을 느꼈다. 그리고 당나라 시인 왕창령의 시 구절을 떠올렸다. '길가에 파랗게 피어난 버드나무 잎을 보고는, 벼슬 찾아 떠난 지아비 보낸 일을 못내 후회하더라.' 예로부터 이러한 시가 전해 내려오는 건, 젊은 부부가 겪는 이별의 아픔이 여간 애통하지 않은 까닭이리라. 건륭은 자신도 모르게 주먹을 불끈 쥐며 탄식하였다.

"애초에 섣불리 이별을 택하지 않았다면 평생 기다릴 일도 없었을 터인데······."

자미는 건륭을 물끄러미 바라보았다. 알 수 없는 감정들이 끊임없이 일어나 서로 엉켰다.

"폐하의 말씀이 맞습니다. 하나 당시로선 이별해야만 하는 사정이 있었다고 들었습니다. 그렇게 헤어져 평생토록 못 만나게

뒤바뀐 운명 제16장

될 줄은 어미도 아비도 예상하지 못했을 것입니다. 어미가 임종 전 저에게 남긴 말이 가슴에 사무쳐 있는데…….”

자미가 머뭇거리며 말끝을 흐렸다.

"송구합니다, 폐하. 제가 말이 많지요.”

"아니다, 계속하거라. 궁금하구나.”

자미의 음성이 녹녹하게 젖어 들어 갔다. 자미가 한 마디 꺼낼 때마다 눈물이 한 방울씩 목소리를 적시는 듯했다.

"어미는, 평생 한 사람을 기다리고 미워하고 그리워하고 원망했으나…… 그래도 하늘에 감사한다 하였습니다. 기다리고 미워하고 그리워하고 원망할 사람이 있었기에 삶에 의미가 있었노라고, 그조차 없었다면 인생이 마른 우물처럼 황폐했을 거라고요.”

얼굴 한 번 본 적 없는 여인의 유언이 건륭의 폐부를 찔렀다. 얼마나 깊은 마음이라야 그런 말을 할 수 있을까. 건륭은 한 여인의 후회 없는 사랑에 감동했고 한편으로는 그 삶이 안쓰러웠다.

"네 아비가 훌륭한 여인을 저버렸구나.”

제비의 눈동자가 건륭을 향했다가 자미를 향했다가 바쁘게 굴러다녔다. 둘 사이의 대화를 듣던 제비가 답답함을 참지 못하고 거칠게 소리쳤다.

"훌륭하다고요? 바보 같은 게 아니고요? 이런 여자를 동정할 가치가 있어요? 전 속에서 열불이 난다고요. 자기를 버리고 간 사람을 평생 기다리다 죽었는데 하늘에 감사하다니……. 어휴, 고생을 해도 싸지! 여자들은 뭐가 이렇게 불쌍해, 진짜 너무 못났어. 만날 기다리고, 기다리고, 기다리고! 아니 왜 자기 행복 찾을 생각들을 못 해?"

제비를 바라보는 건륭의 눈가가 깊어졌다.

"네 어미가 생각난 모양이로구나, 그렇지? 그러고 보니 너와 자미는 서로 처한 환경만 다르지 아주 비슷한 일을 겪었어."

제비와 자미가 동시에 당황했다. 두 사람 모두 무어라 말을 잇지 못하던 그때, 건륭의 시선이 창가로 향했다. 깊은 생각에 빠진 사람 같았다.

건륭은 쓰라린 마음 한구석을 무심코 꺼내 놓았다.

"무릇 사내에게는 스스로도 어쩌지 못하는 욕구 같은 것이 있단다. 이를테면, 커다란 포부와 야망 때문에 구속을 참지 못하지. 그래서 금세 연정을 품고도 그것을 지키기는 어려워한다. 마음은 쉽게 동하는데 그 감정에 깊이 빠져들기란 힘들어. 그러다 보니 강산과 여인을 두고 그 사이에서 끝없이 갈등하곤 한다. 더 높고 좋은 것에 욕심을 부리다가 이미 손에 쥔 행복은 포기하기도 하지. 너희는 들어도 아직 잘 모를 거다. 짐이 괜한 소리를 했구나."

건륭이 창문 밖을 바라보던 시선을 거두어들였다. 제비를 보는 눈에는 죄책감이 서려 있었고, 자미에게로 옮겨 간 눈은 연민을 띠고 있었다.

건륭은 이런 '대화'가 아주 오랜만이었다. 마음속 깊숙한 곳에 있을 법한 이야기를 다른 이도 아니고 어린 소녀들에게 내보이다니, 조금 쑥스럽긴 했지만 어쩐지 마음이 한결 후련했다. 건륭이 자미를 가만 바라보다 말했다.

"너처럼 재주 많은 아이가 노비라니, 참으로 안타깝구나."

그러자 제비가 불쑥 끼어들었다.

"아바마마, 그럼 자미도 양녀로 거두세요!"

"그게 어디 쉬운 일인 줄 아느냐? 넌 어째 만날 생각 없이 말부터 내뱉어?"

건륭이 눈을 무섭게 부릅뜨는 통에 자미는 심장이 덜컹 내려앉는 것 같았다. 제비의 성급한 행동으로 다시없이 귀한 시간이 사라질까 봐 겁이 나서 자미가 얼른 대신 해명했다.

"폐하, 공주께서는 별 뜻 없이 한 말씀입니다. 부디 개의치 마셔요. 저는 공주마마를 모시게 된 것으로 만족합니다."

하지만 제비는 건륭의 호통에도 굴하지 않고 다시 한번 제 의견을 피력했다.

"공자님도 말했잖아요. 인부독친기친, 부독자기자. 자기 부모, 자기 자식만 돌보지 말라고요! 아바마마, 세상에 저 같은 처지에 놓인 애들을 다 궁으로 불러서 공주로 삼으세요!"

건륭이 휘둥그레진 눈으로 반색하며 물었다.

"'인부독친기친, 부독자기자'란 말도 아느냐?"

"그걸 백 번이나 썼잖아요!"

"효과가 있는 듯하니 앞으로 다른 것도 쓰게 해야겠군!"

그 말에 깜짝 놀란 제비가 펄쩍 뛰며 소리쳤다.

"아바마마, 제발 살려 주세요!"

건륭이 웃자 자미와 금쇄도 따라 웃었다. 분위기가 훈훈했다. 자미의 눈길은 줄곧 건륭을 향해 있었다. 지금 이 순간, 자미는 꼭 아버지와 가족의 정을 나누는 기분이 들었다. 자미가 방긋이 웃으며 건륭에게 말했다.

"폐하, 시장하시지요? 금쇄한테 죽을 끓여 오라 하겠습니다. 혹 다른 게 드시고 싶으시면 무엇이든 말씀하세요. 금쇄는 음식 솜씨가 일품이랍니다."

"그래? 말하기 전엔 몰랐는데 네 말을 듣고 나니 배가 고픈 것도 같다."

건륭이 윗배를 쓰다듬으며 말했다. 제비가 냉큼 건륭의 말끝을 달았다.

"말씀하시기 전엔 몰랐는데 아바마마 말씀을 듣고 나니까 저도 배고파요!"

"그럼 바로 가서 준비하겠습니다!"

금쇄가 웃으며 물러나는 인사를 했다. 그러더니 본인이 더 들떠서 총총 부엌으로 향했다.

그리하여 건륭은 수방재에서 밤참을 먹었다. 배가 부르니 다시 기운이 도는 것 같았다. 건륭은 평소보다 다소 들뜬 스스로를 인식하면서도 그 이유에 대해선 뚜렷이 알지 못했다.

건륭이 자미를 넌지시 떠보았다.

"제비 말로는 네가 금기서화에 두루 능하다던데."

"아, 아닙니다. 폐하께서도 아시다시피 공주께선 무엇이든 사

뒤바뀐 운명 제16장　　87

실보다 부풀려 말하는 경향이 있으십니다."

자미는 수줍어 얼굴을 붉혔다.

"내가 부풀려 말했다고? 아바마마, 자미가 쓴 글씨 보셨죠? 아까 연주도 들으셨잖아요. 제가 거짓말했어요?"

"글쎄다. 아직 바둑은 안 두어 봐서."

그때 허리를 꾸부정히 굽힌 채 수방재 안으로 들어온 소로자가 소매를 털고 무릎을 꿇었다.

"폐하, 벌써 삼경三更(밤 11시~새벽 1시)이 지났습니다."

건륭이 눈살을 찌푸리며 소로자에게 일갈하였다.

"삼경이 왜? 흥 깨지 말고 밖에서 기다려라."

"예, 폐하."

건륭과 자미는 내리 네 판의 바둑을 두었다. 첫판은 건륭의 승이었으나 겨우 반집 차로 이겼다. 기력棋力이 상당한 건륭으로선 쉽게 받아들이기 어려운 결과였다. 두 번째 판도 건륭의 승이었다. 이번엔 한 집 반을 이겼다. 세 번째 판에서도 건륭이 이겼다. 이번에는 한 집을 앞섰다. 한껏 흥이 오른 건륭이 바둑판 건너 담담한 태도로 앉아 있는 자미를 보았다.

"이렇게 바둑을 두면 피곤하지 않느냐?"

"폐하와 두는 바둑이라 조금도 피곤하지 않습니다."

자미가 얼른 대답하였다. 질문을 던진 건륭의 의중을 알 수 없어 자미는 내심 당황스러웠다.

"짐을 이기게 해 주려고 그토록 고심하면서 피곤하지 않다니? 바둑 두랴 마음 쓰랴 힘이 배로 들 터인데? 한데…… 이상하구나. 일부러 지는 건 그렇다 쳐도, 대체 어떻게 이리 한 집, 반집 차이로 감쪽같이 져 줄 수 있지?"

자미의 두 볼에 의미 모를 홍조가 번졌다.

"폐하, 어찌 고의로 져 드린다 생각하십니까. 폐하야말로 제 실력을 시험해 보시려고 일부러 수준을 높였다 낮추었다 하고 계시지요. 성동격서로 허를 찌르시니 저는 그에 대처하느라 숨이 가쁜데 다른 데 마음을 쓸 여유가 어디 있겠습니까. 폐하 앞에서 면목 없이 지는 일만 면하려고 분투하고 있을 뿐입니다."

자미의 대답에서 건륭을 향한 숨길 수 없는 존경심이 넘실댔다. 건륭이 크고 호탕한 웃음을 터뜨리며 명했다.

"우리 둘 다 바둑에 전념하지 않은 것 같구나! 이번 판은 최선을 다해 두어라. 어명이다. 일부러 져 주어선 아니 된다, 알겠느냐?"

"예, 폐하."

건륭과 자미는 다시 바둑을 두었다. 그렇게 시작한 대국은 엎치락뒤치락, 동이 틀 때까지 이어졌다. 패하지 말라는 어명을 받은 자미 앞에서 건륭은 고전을 면치 못했다. 마지막 판은 조례 시간이 가까워진 무렵에야 끝이 났다. 결과는 한 집 차이, 건륭의 패였다. 건륭은 지고도 만족스러운 듯 시원스레 웃으면서 자리를 털고 일어났다.

"네가 이겼구나! 아주 잘했다. 드디어 짐에게 필적할 만한 맞수가 나타났어!"

건륭은 진심으로 감탄하며 자미에게서 눈을 떼지 못했다.

"바둑도 네 어미에게 배웠느냐?"

"어미는 조금 할 줄 알고, 글을 가르쳤던 스승에게 몇 년 배웠습니다. 어미는 절…… 아들처럼 길렀습니다."

건륭은 이루 말할 수 없이 흡족했다. 바둑에서 적수를 만나는 일은 술벗을 사귀는 것과 같이 인생에서 누릴 수 있는 큰 기쁨이라고 여기는 건륭이었다.

"자미야, 다음에 또 한 판 두자꾸나!"

마침 정간으로 들어서던 소등자, 소탁자, 명월, 채하가 잠이 덜 깬 눈으로 건륭을 발견하고는 바닥에 털썩 무릎을 꿇었다.

"폐하, 홍복을 누리소서!"

놀라서 인사하는 네 사람을 보고서야 건륭은 자신이 수방재에서 밤을 지새운 사실을 깨달았다.

"지금이 몇 시이냐?"

"아뢰옵니다, 묘시卯時(오전 5시~7시)입니다!"

건륭과 마찬가지로 시간 가는 줄 모르고 있던 자미 역시 깜짝 놀랐다.

"폐하, 조례에 늦으시겠어요!"

자미가 금쇄에게 세숫물을 떠 와 달라 일렀다. 곧이어 두 태감에게는 건륭의 조복을 가져오는 일이, 명월과 채하에게는 양칫물을 받아 오는 일이 주어졌다. 모두가 바쁘게 움직이기를 잠시, 실내에서 우당탕하고 울려 퍼진 소리에 놀라 사람들이 일제히 고개를 돌렸다. 문밖으로 달려간 소등자가 마주 오던 영비와 입구에서 정면으로 부딪친 것이었다. 영비를 본 이들이 제각기 예를 갖추어 인사하였다.

"영비마마, 홍복을 누리소서!"

문 안으로 들어서던 영비가 건륭을 발견하고 안도의 숨을 내쉬었다.

"폐하, 깜짝 놀랐습니다. 수방재에 오시면서 어찌 신첩에게는 한 말씀도 없으셨습니까. 아랫것들이 폐하를 찾느라 온 황궁을 헤맸습니다."

"짐의 불찰이오. 자미와 시간 가는 줄 모르고 바둑을 두었더니 눈 깜짝할 새에 날이 밝았지 뭐요. 짐의 조복은······."

"신첩이 준비해 왔습니다."

영비의 손짓에 궁녀 하나가 조복을 대령하였다. 그 사이 수건에 물을 적셔 온 자미가 건륭의 용안을 닦았다. 이어 명월에게서 받은 양칫물을 건륭에게 전한 뒤 자미는 다시 자연스럽게 조복을 받아 들고서, 건륭의 치장을 돕고 있던 영비와 함께 의복 수발을 들었다.

조례에 나갈 준비를 마친 건륭은 옷차림이 더욱더 화려하고 정갈해져 있었다. 수방재를 나서는 건륭을 영비가 이끄는 사람들이 뒤따랐다. 입구까지 배웅을 나간 자미, 제비, 금쇄가 무릎 굽혀 인사하였다.

"아바마마, 조심히 가세요!"

"폐하, 평안히 가십시오."

앞서가던 건륭이 뒤를 돌아보았다. 잠깐이었지만, 사뭇 의미심장한 눈빛이 자미에게 닿았다. 이내 사람들을 거느리고 나아가는 건륭의 뒷모습은 여느 때보다 위풍당당하였다.

제17장

생각지 못한 좋은 시작이었다. 자미가 건륭에게 강렬한 첫인상을 남긴 일로 모두들 희망에 부풀어 있었다. 제비는 얼마나 기쁜지 매일 어깨춤이 절로 날 정도였다.

이날 제비는 자미를 데리고 영기의 처소를 방문하기로 했다. 어떻게 가면 좋을지를 두고 자미와 꽤 오랜 시간 상의한 끝에 결국 그냥 당당히 길을 나섰다.

붉은색 공주 옷을 입은 제비와 초록빛 궁녀 옷을 입은 자미는 서로 다른 아름다움으로 빛나면서도 함께 어울려 더 고왔다. 어깨를 활짝 펴고 나아가는 두 소녀의 뒤를 금쇄, 명월, 채하, 소등자, 소탁자가 바짝 따랐다. 영기의 처소로 향하는 씩씩한 행렬은 마주치는 모든 이들의 눈길을 끌었다.

길을 가던 중 자미는 어쩐지 께름칙한 기분이 들어 주위를 살폈다. 그리 멀지 않은 곳에서 저희 쪽을 바라보는 태감 하나가 눈에 띄었다. 태감은 자미의 시선이 닿자 화들짝 놀라며 기둥 뒤로 몸을 감추었다. 버썩 겁이 난 자미가 제비의 옷을 잡아당기며 넌지시 기둥 쪽을 가리켰다.

제비도 곧 수상한 태감의 움직임을 포착했다. 그런데 자세히 보니 자신들을 엿보는 이가 한 명 더 있었다. 저만치 떨어진 석가산 뒤에 숨어 있는 사람, 용 상궁이었다. 제비는 당황하는 기색 없이 아주 태연하게 목청을 돋우었다.

"자미야, 우리 오황자님한테 가자. 나는 형제자매 중에서 오황자님이랑 제일 친해. 근데 이상하게, 내가 황자님한테 갈 때마다 날파리가 꼭 한두 마리씩 따라붙더라. 봐, 저기 하나 있다."

순간 펄쩍 뛰어 날아간 제비가 기둥 뒤에 서 있는 태감을 끌어내어 땅으로 패대기쳤다.

"누가 날 미행하라고 시키더냐, 말해!"

제비가 고함을 질렀다. 혼비백산한 태감은 곧바로 무릎부터 꿇고 굽실굽실 절을 했다.

"마마, 살려 주십시오! 미행을 한 것이 아니라 그냥 지나가던 길이었습니다······."

제비는 태감을 냅다 걷어차며 을러댔다.

"좋은 말로 할 때 바른대로 불어!"

급기야 제비의 신발 굽이 쓰러진 태감의 가슴께를 꾹 짓밟았다. 놀란 자미가 제비의 소맷자락을 잡고 존조리 타일렀다.

"마마, 고정하세요. 지난번에 어떤 시위가 마마의 발에 밟혀서 피를 토한 걸 잊으셨어요? 마마는 발힘이 세셔서 조심하셔야 해요. 사람 목숨을 가지고 장난치시면 안 됩니다."

"내가 알 게 뭐야! 똑바로 안 불면 밟아 죽일 거야."

태감을 짓누르는 발에 더욱 힘이 들어갔다. 오가는 대화를 듣고 놀라 몸까지 덜덜 떨던 태감이 찢어지는 목소리로 애원했다.

"마마, 고정하십시오! 노비는 억울합니다. 귀하신 발을 거두어 주십시오……."

"귀하신 발이 거두어지기 싫다는데? 계속 그렇게 입 다물고 있을래? 오장이 다 튀어나오게 밟아 줘?"

제비가 발밑으로 재차 힘을 가하자 태감이 곧 죽을 것 같은 목소리로 외쳤다.

"용 상궁, 용 상궁 마마님이요!"

용 상궁은 상황이 불리하게 돌아가는 것을 보고 현장에서 벗어나려 몸을 틀었다. 그때, 갑자기 나타난 그림자 하나가 용 상궁 앞을 막아섰다. 용 상궁의 시선이 정면을 향했다. 그림자의 주인은 다름 아닌 영기였다.

"용 상궁, 멈추어라!"

추상같은 일갈에 화들짝 놀란 용 상궁이 즉각 걸음을 멈추었다. 영기의 매서운 목소리가 이어졌다.

"너는 궁중의 법도를 모르느냐?"

"노비는 황자님께서 무슨 말씀을 하시는지 잘 모르겠습니다."

은근하게 오만한 용 상궁의 태도가 기어이 영기의 신경을 자극했다.

"무슨 뜻인지 모른다? 공주가 높으냐, 네가 높으냐!"

"당연히 공주께서 높으시지요."

이때다 싶었던 제비가 목청을 드높이며 끼어들었다.

"무엄하다! 감히 노비라는 말을 안 붙여? 금쇄야, 네가 혼쭐을 내 줘!"

"네? 마마……."

제비가 당황스러워하는 금쇄를 향해 씩씩대며 소리쳤다.

"뭐 하고 섰어? 저번에 네가 당한 것처럼 똑같이 뺨따귀를 때려 주라고!"

"마마, 노비는…… 할 수 없습니다."

어찌할 바를 몰라 눈만 껌뻑이는 금쇄를 뒤로하고 제비는 다른 쪽으로 시선을 돌렸다.

"그럼 명월이 네가 해!"

명월도 깜짝 놀라며 물러났다.

"마마…… 노비도 감히 못 하겠습니다."

순간 제비는 맥이 확 풀려 버렸다. 어휴, 다들 순해 빠져서는.

"엄두가 안 난다고? 좋아, 그럼 내가 직접 혼내 주지!"

앞으로 와싹 나아간 제비가 순식간에 용 상궁의 뺨을 갈겼다. '쫙!' 하는 마찰음이 근방을 울렸다.

용 상궁이 모멸감에 화르르 떨었다. 황후를 최측근에서 보필하는 상궁으로서 지금껏 한 번도 겪어 보지 못한 수모였다. 처음엔 당황스럽더니 곧 분노가 치밀었다. 하지만 용 상궁이 그 자리에서 할 수 있는 반격이란 없었다. 자신을 때린 이는, 아무리 내력이 의심스러워도 건륭의 총애를 받는 공주였다. 게다가 그 옆을 건륭이 가장 아끼는 황자가 지키고 있었다.

"방금 건 예전에 내 뺨을 때린 복수다! 이자는 안 붙이고 돌려준 거야. 이번 건 자미랑 금쇄 복수!"

제비가 쩌렁쩌렁 외치며 팔을 휘둘렀다. 손바닥이 용 상궁의 뺨으로 떨어지던 찰나, 난데없이 날아온 새위가 재빠르게 앞을 막아섰다.

"마마, 고정하십시오. 용 상궁은 황후마마의 사람이고 나이 또한 지긋한 궁내 어른 상궁입니다. 은혜를 베풀어 주십시오."

제비가 새위를 보고 손을 멈추었다.

"새위, 난 네가 의로운 놈이라고 생각했어. 그런데 왜 그 좋은 무술 실력을 가지고서 좋은 일은 안 하고 허구한 날 나한테 대들기만 해?"

"당치 않은 말씀이십니다."

제비를 똑바로 보고 답하는 새위의 눈빛이 사뭇 묵직했다.

"노비는 상전을 모시는 아랫것입니다. 상전이 명을 내리면 그에 따르는 것이 노비의 도리입니다. 상전에게 충성하지 않는 자는 의롭다 할 수 없습니다."

뭐가 자꾸 상전이고 노비래……. 새위의 말을 되짚어 보던 제비는 급기야 머릿속이 어질어질해졌다. 뜻은 잘 이해되지 않았지만, 말하는 이의 진중한 태도에 압도당한 제비는 어쩐지 그 말이 일리 있게 느껴졌다. 제비가 정신을 가다듬고 다시금 목소리를 높였다.

"아무튼, 안 비키겠단 거지?"

"마마, 통촉하여 주십시오."

허리를 굽혀 예를 갖추는 새위 앞에서 제비는 외려 더 꼿꼿한 태도를 보였다.

"안 비킬 거면 나를 때려눕혀야 할 거야. 난 오늘 꼭 용 상궁을 족쳐야겠으니까. 기어코 네 상전한테 충성을 다해야겠거든 어디 한번 덤벼 보시든지."

제비가 앞으로 한 발짝 나아갔다. 새위는 제비의 등등한 기세에 눌려 저도 모르게 뒤로 한 걸음 물러났다. 팽팽한 긴장이 감도는 가운데 영기가 무섭게 으름장을 놓았다.

"새위, 공주에게 손대기만 해 봐라. 내 너에게 반역죄를 물어 엄벌에 처할 것이다. 감히 공주의 앞을 막다니, 네놈은 머리가 몇 개라도 달린 것이냐? 알아서 처신하도록 해."

그제야 용 상궁은 상황의 심각성을 피부로 느꼈다. 주위를 둘러보니 태감과 궁녀들이 소란스러운 기척을 듣고 속속 모여들고 있었다. 많은 이들이 지켜보는 앞에서 더 큰 망신을 당할까 걱정이 된 용 상궁은 기세를 굽히고 다급히 용서를 구했다.

자미는 연로한 상궁의 얼굴에 떠오른 난처함과 두려움을 차마 보고만 있을 수 없어 제비에게로 다가가 말했다.

"마마, 대인은 소인의 허물을 들추지 않는다 하였습니다. 부디 용 상궁을 용서해 주세요. 저 시위의 말대로 노비는 상전을 모시는 사람입니다. 주어지는 명령에 복종해야만 하는 노비의 고충을 헤아려 주세요. 더군다나 용 상궁은 오랜 시간 궁중에서 생활한 어른이기도 합니다. 제 부모만 돌보지 말라던 공자님의 말씀을 기억하시지요? 관용을 베풀 줄도 아셔야 합니다."

제비는 자미의 말에 동의할 수도 없었지만, 무슨 마음으로 그런 말을 하는지 도저히 이해가 되지 않았다.

"이 할망구가 지난번에 널 얼마나 때렸는지 그새 잊은 거야? 지금이 복수를 할 절호의 기회인데, 안 하겠다고?"

"마마, 저는 복수를 바라지 않습니다."

제비는 멍해졌다. 이대로 용 상궁을 놓아주자니 마음이 영 내키지 않았다.

"하지만…… 금쇄, 금쇄 복수를 해 줘야 하잖아!"

그러자 금쇄도 얼른 나와 말을 보탰다.

"마마, 자미가 괜찮으면 저도 괜찮습니다."

쿵! 제비가 답답한 마음을 실어 발을 굴렀다. 바보, 얼뜨기들! 남 불쌍히 여길 줄만 알지, 어째 자신을 지킬 줄은 몰라! 제비는 못마땅한 기색을 노골적으로 드러내며 영기를 보았다.

"황자님은 어떻게 생각해요?"

영기는 제비의 물음을 받고 잠시 고민하다가 용 상궁에게로 다가가 섰다.

"용 상궁, 오늘 너의 무례는 환주공주와 내가 눈감아 주겠다. 새위가 막고 있어서가 아니라는 건 너도 알 것이다. 그 나이가 되어 이런 데서 매를 맞으면 체면이 말이 아닐 터, 40년 동안 궁에서 일한 노고를 참작하여 봐주는 것이다. 그리고 스스로도 잘 생각해 봐라. 나와 공주에게 대적하는 것이 너에게 무슨 득이 되는지, 감히 대적할 만한 위치는 되는지. 우리 같은 신분도 네 체면을 생각해 주는데, 너는?"

영기의 늠름한 위풍 앞에서 용 상궁은 안색이 파랗게 질려 있었다. 매 순간이 견디기 힘든 치욕이었으나 억지로라도 머리를 수그려야 했다.

"용서해 주셔서 고맙습니다. 두 분의 가르침을 마음 깊이 새기겠습니다."

여전히 체면을 차리며 무릎만 까닥이는 용 상궁을 보고 제비는 다시금 악이 올랐다. 제비가 두 눈을 부라리며 소리쳤다.

"꿇어앉아!"

용 상궁이 재빨리 두 무릎을 땅바닥에 대었다. 낯빛이 거의 사색에 가까웠다.

"용 상궁, 언제까지나 거만할 수 있을 거라고 착각하지 마. 그렇게 못된 심보로 살다간 정말 큰코다쳐. 오늘은 다들 용서하겠다고 해서 나도 어쩔 수 없이 봐주는 거야. 아, 그리고 어디 가는지 알려 줄 테니까 훔쳐보는 짓 좀 그만해. 난 오황자님 처소에서 놀다가 올 거야. 상전한테 가서 또 일러바쳐. 수방재 사람들이 전부 오황자님 처소로 몰려갔다고. 뭐, 황후마마도 할 일 없으면 와서 같이 노시든지. 일단 그렇게 전해."

말을 마친 제비가 고개를 돌려 자미를 보았다.

"자미야, 가자!"

제비는 우쭐해진 턱을 높이 쳐들고 영기, 자미와 함께 용 상궁을 지나쳤다. 그 뒤를 따르는 이들 모두 통쾌한 눈빛으로 용 상궁을 흘기며 지나갔다. 성큼성큼 내딛는 걸음들이 득의양양하였다.

꿇어앉은 자리에 혼자 덩그러니 남겨진 용 상궁은 멀어지는 이들을 바라보며 독살스레 이를 갈았다.

제비와 자미가 영기의 서재로 들어섰다. 일찍이 도착한 이강과 이태가 안에서 기다리고 있었다. 용 상궁의 코를 납작하게 만들고 마음이 들뜬 제비는 두 사내를 보자마자 이야깃주머니를 풀어놓았다. 언제나처럼 우렁찬 목소리였다.

"오다가 용 상궁을 만났는데 나랑 오황자님이 아주 혼쭐을 내줬어요. 속이 반쯤은 후련해진 거 있죠!"

"후련하면 후련한 거지 '반쯤'은 또 뭐예요?"

이태가 물었다.

"성질 같아서는 궁녀, 태감들이 다 보는 앞에서 용 상궁 얼굴에 불이 나도록 때려 주고 싶었거든요. 그런데 자미도 말리고, 오황자님도 용 상궁 나이랑 체면이 어쩌고저쩌고 그러면서 봐주자고 하길래 내가 은혜를 베풀어 줬어요. 반쯤 복수했으니까 반쯤 후련해진 거죠."

또 사고를 쳤구나 싶어 불안해진 이강이 발을 구르며 제비를 다그쳤다.

"소불인이면 난대모(작은 일을 참지 못하면 큰일을 도모하기 어렵다)라 하였습니다. 조금만 참지, 왜 그러셨습니까?"

"소 부리면 뭐가 난다고? 그게 뭔 소리야?"

이강의 말을 알아듣지 못한 제비가 눈을 동그랗게 뜨고 물었다. 영기는 제비의 질문에 답을 하는 대신, 아직 분이 덜 풀린 듯 이강의 말에 대꾸했다.

"참을 수가 있었어야지. 난 제비의 방식에 찬성해. 용 상궁도 하늘 무서운 줄 알아야 한다고. 공주와 황자가 한낱 상궁한테 쩔쩔매서야 되겠어?"

"보나 마나 이제 곧 황후께서 들이닥치실 텐데, 이야기를 나눌 수나 있겠습니까."

이강이 볼멘소리를 하며 초조한 눈으로 자미를 살폈다. 자미를 만나지 못한 지난 며칠이 몇 달처럼 길었던 이강이었다.

"그러니까 둘이 할 말 있으면 빨리 해요! 우리는 바깥에서 망을 보고 있을게요. 혹시나 밖에서 기침 소리가 나거든 누가 온 줄로 알아요!"

제비는 자미를 냉큼 이강에게로 밀어 보내고, 밖으로 나가자며 영기와 이태를 잡아끌었다. 그러자 자미가 발그레해진 얼굴로 세 사람을 불러 세웠다.

"그러지 말고 다 같이 이야기하자……."

제비가 얼떨떨한 얼굴을 자미 쪽으로 기울이며 물었다.

"그럼 이강한테 네 속 얘기는 어떻게 하고?"

자미의 두 볼에 붉은빛이 더해졌다.

"속 얘기라니, 그런 거 없어……."

제비의 고개가 이번엔 이강 쪽으로 기울어졌다.

"그럼 이강 속 얘기는 어떻게 들을 건데?"

"이 사람한테 무슨…… 속 얘기가 있다는 거야."

자미가 새초롬히 대꾸했다. 제비의 시선이 자미와 이강 사이를 번갈아 옮겨 다녔다.

"둘 다 할 얘기 없어? 이상하네. 알겠어, 그럼 그냥 여기 있지 뭐. 둘 다 후회하지 마."

보다 못한 이강이 멋쩍은 듯 웃으며 제비에게로 다가가더니 양손을 모아 잡고 허리를 굽혔다. 숙인 머리가 거의 땅에 닿을 정도였다. 자리를 비켜 달라 청하는 간절한 몸짓에도 제비가 아랑곳없자, 이태가 웃으며 제비를 문 쪽으로 떠밀었다. 애가 말라 못 견뎌 하는 형을 보는 게 재미나긴 했지만 황후가 언제 들이닥칠지 몰라 조마조마했던 것이다. 제비도 더 이상 시간을 지체하면 안 된다 여겼는지, 못 이기는 척 헤실헤실 웃으며 이태와 영기를 따라 바깥으로 나갔다.

이윽고 방 안에는 자미와 이강만 남았다. 서로를 바라보는 두 사람의 눈빛이 어느새 그윽했다. 이강이 떨리는 마음으로 자미의 손을 잡았다.

"얘기 들었소. 폐하와 밤새 바둑을 두었다면서?"

자미가 벅차오르는 가슴을 누르며 고개를 끄덕였다.

이강은 반짝반짝 윤이 나는 까만 눈동자에서 시선을 떼지 못했다. 자미는 깊이를 헤아릴 수 없는 사람 같았다. 이강은 자미가 바둑을 둘 줄 안다는 사실을 접하고, 아직 이 여인에 대해 모르는 것이 너무나 많구나 하며 반성 아닌 반성을 했다. 한편으로는 생각보다 훨씬 대단한 여인이라 놀랐고, 그런 여인의 마음속에 자신이 있다는 게 기뻤다. 자미에게 자신이 모르는 면이 얼마나 더 남아 있을까 궁금하기도 했다.

건륭에 관한 이야기가 나오자 자미도 이강에게 전하고 싶은 말이 마구 샘솟았다.

"어머니가 왜 평생 그분을 기다리셨는지, 내게 왜 찾아뵈라고 하셨는지 알 것 같아요. 그렇게나 품위 있고 위엄 넘치는 분이 내 아버지라는 생각만 하면 너무 행복한 거 있죠. 그날 폐하께서 어머니에 관해 이것저것 물으셨는데 얼마나 긴장이 되던지 목소리까지 바들바들 떨렸어요. 제비의 안위가 걸려 있지 않았다면 그 자리에서 모든 걸 말씀드렸을지도 몰라요!"

이강은 자신에게 미주알고주알 속살거리는 자미의 모습이 너무나도 사랑스러웠다. 자미가 느끼는 기쁨을 고스란히 공감하면서도, 어쩔 수 없는 근심 또한 깊어 갔다.

자미에게선 빛이 났다. 가린다고 감춰지는 빛이 아니었다. 그러한 사실을 모르지 않았으나 일이 이렇게 갑자기 진전되리라고는 이강 역시 예상하지 못한 터였다. 이강은 자미의 조용한 활약이 기특하면서도, 자미가 존재감을 드러내기에 황궁은 너무나도 위험한 곳이라 걱정부터 앞섰다. 모르는 사람들에게는 황제의 눈에 드는 것이 마냥 영광스럽게 보일 테지만 사실 이는 뭇사람의 시기와 질투를 한 몸에 받는 일이기도 했다. 이강은 자신이 염려하는 일을 자미에게 솔직히 털어놓으며 당부에 당부를 거듭했다.

"자미, 부디 조심하시오."

"네, 걱정 마요. 제비도 나 자신도 내가 목숨 걸고 지킬게요."

단정히 빗어 넘긴 머리카락, 가지런한 눈썹, 맑은 눈, 코, 입……. 이강은 따뜻하기보다는 다소 열기를 띤, 열렬하기보단 간절함에 가까운 눈빛으로 자미를 찬찬히 바라다보았다.

이강이 나직이 물었다.

"나 보고 싶었소?"

수줍어 고개 숙인 자미가 조그맣게 대답했다.

"……아니요."

"내게 들려줄 '속 얘기'는 없고?"

이강이 다시 물었다. 자미는 고개를 더욱 수그리며 조심스레 대답했다.

"하나 있어요."

"무슨 말?"

이강의 귓가로 살며시 다가간 자미가 난초처럼 향기로운 목소리로 속삭였다.

"방금 아니라고 한 건, 거짓말이에요."

심장이 쿵 내려앉은 듯 커다란 울림이 가슴속에 퍼졌다. 이강은 입가에 웃음을 머금고, 자미를 제 쪽으로 당겨 꼭 끌어안았다. 다정한 품속에 자미도 가만히 안기어 있었다. 얼마나 지났을까. 자미는 저희가 있는 곳이 궐 안이라는 사실을 깨닫고 이강을 살짝 밀어냈다. 무엇을 곰곰이 생각하는지 잠시 말이 없던 자미가 대뜸 말문을 열었다.

"마음에 걸리는 일이 하나 있는데 도와줄 수 있어요?"

"어떤 일?"

"지난번에 유청, 유홍한테 도움을 받고는 제대로 인사도 못 하고 입궁했잖아요. 그게 자꾸 마음에 걸리는데, 당신이 대신 찾아가 주면 안 될까요? 대잡원 식구들도 좀 들여다봐 주고요."

이강은 부탁을 듣는 내내 자미에게서 한시도 시선을 떨어뜨리지 않았다. 그리고 자미의 말을 들으며 여태 대잡원 사람들을 방치하고 있었음을 깨달았다. 혹시 모를 상황에 대비하여 하루빨리 수습하는 것이 좋을 것 같았다. 이강이 사뭇 무거워진 표정으로 고개를 끄덕였다.

"알겠소, 그리하리다."

이튿날 대잡원을 찾아간 이강은 유청에게 돈주머니를 건네며 말했다.

"은자 오십 냥이오. 제비와 자미가 당분간 이곳 사람들을 돌볼 수 없을 것 같다며 보낸 거요. 그 둘은 대잡원 식구들이 저마다 더 좋은 곳으로 거처를 옮기길 바라고 있소."

"스무 명도 넘는 사람들을 다 흩어지게 하란 말입니까?"

이강을 쏘아보는 유청의 눈총이 자못 따끔했다. 이에 이강도 날카로운 눈빛으로 응수했다.

"그렇소. 노인들은 편안히 쉴 수 있고 아이들은 잘 자랄 수 있는 환경을 찾아 주시오. 그게 여의치 않다면 이 돈으로 집을 하나 지어도 되오. 하나 반드시 이곳을 떠나야 하오. 되도록이면 빨리, 멀면 멀수록 좋소."

주변을 의식한 유청이 돈주머니를 받아 품 안에 넣으며 짧게 답했다.

"다른 데로 가서 얘기하시죠."

두 사람은 대잡원에서 조금 떨어진 도성 변두리로 나갔다.

어느 인적 드문 언덕에 다다라 걸음을 멈춘 유청이 사뭇 굳은 얼굴로 물었다.

"제비와 자미한테 무슨 일이 생긴 것인지 이제 말해 줄 수 있는 겁니까?"

이강은 단호히 고개를 저었다.

"모르는 편이 신상에 이롭소. 한 가지 말해 줄 수 있는 건, 제비가 자미를 데리고 입궁했다는 사실이오. 그 집에서 살던 소저가 둘씩이나 궁에 들어갔으니 조만간 사람들의 이목을 끌지도 모르오. 하여 모두의 안전을 위해 거처를 옮기라 한 것이고."

그 말은 들은 유청은 의미 모를 미소를 지어 보이더니 이내 담담하게 입을 열었다.

"그럼 제가 한번 맞혀 보겠습니다. 가짜 공주가 궁에 들어가고 진짜 공주가 댁에 있었던 것 아닙니까? 지금 자미가 궁에 들어간 건 황제 폐하께 자미의 존재를 알리기 위해서고요."

유청 앞에서 늘 침착하기만 했던 이강의 얼굴이 처음으로 평정을 잃었다.

"누구에게 들은 거요?"

유청은 제비에 관한 일이라면 모르는 것이 없다고 자부할 수 있었다. 제비와 함께 생활한 지가 올해로 벌써 다섯 해였다. 나중에 대잡원 식구가 된 자미에 대해서는 속속들이 알지 못했지만, 한 가지는 분명히 알고 있었다. 자미의 최대 관심사는 늘 아버지를 찾는 일이었다. 자미가 제비에게 아버지에 관한 비밀을 털어놓았으리란 걸 추측하는 일은 그리 어렵지 않았다. 의자매를 맺은 후 둘은 매일 저희끼리 속닥거렸으니까. 그러던 어느 날 제비가 자미를 데리고 사냥터를 찾아갔고, 그길로 사라졌던 제비는 얼마 뒤 공주가 되어 나타났다. 그런 제비를 뒤쫓으며 정신 나간 사람처럼 울부짖던 자미는 학사부로 들어가더니 끝내 돌아오지 않았다. 유청은 긴 한숨과 함께, 자신이 목격한 사건의 조각들을 이강 앞에 꺼내 보였다.

"돌아가는 상황을 눈으로 직접 보고도 눈치채지 못하면 얼간이가 아닙니까."

그사이 차분함을 되찾은 이강이 시인하듯 고개를 끄덕였다. 비밀을 알면서도 여태 함구하고 있었다는 사실에 이강은 유청이 달리 보이는 것 같았다. 유청을 딱딱하게 대하던 이강의 태도가 저도 모르게 조금 유순해졌다.

"자미가 이런 말을 했소. 유청 당신은 의로운 이라 어려울 때 찾게 된다고. 제비는 당신과 당신 누이를 궁중 시위로 들여 달라 아우성이오. 두 사람 다 당신을 전적으로 신뢰하고 있다오. 내 생각에도 그 둘은 사람 보는 눈이 있는 것 같소."

유청은 자신에 대한 제비와 자미의 속마음을 전해 듣고 어쩐지 뭉클한 감정을 느꼈다. 저를 믿어 주는 사람을 위해서라면 목숨도 아깝지 않다는 게 이런 감정일까 싶었다. 그동안 은연중에 쌓였던 섭섭한 마음도 스르르 풀어지는 듯했다. 유청이 눈빛을 또렷이 빛내며 이강에게 물었다.

"두 사람이 정말 날 그렇게 여긴단 말입니까?"

이강은 유청의 눈을 피하지 않고 대답했다.

"그렇소. 상황을 아는 것 같으니 나도 숨기지 않겠소. 자미와 제비는 예기치 못한 사고로 인해 운명이 뒤바뀌었소. 사실 진짜 환주공주는 자미요. 우린 자미가 자신의 아버지와 신분을 되돌려 받되 제비는 다치게 하지 않을 방법, 그 실낱같은 가능성에 희망을 걸고 자미를 입궁시켰소."

지금껏 가슴속에 엉겨 있던 의문 덩어리가 풀리는 순간, 유청은 자신도 모르게 탄식을 터뜨렸다. 짐작은 했으나 실제로 들으니 충격이 컸다. 자미가 평범한 사람은 아닐 거라고 생각했지만, 황제의 딸이었다니…….

깊은 생각에 잠긴 유청을 이강의 차분한 목소리가 깨웠다.

"비밀은 지켜 주길 바라오."

"날 뭘로 보는 겁니까. 내가 할 일 없이 입이나 놀리는 인간으로 보입니까?"

"물론 아니오. 내 줄곧 당신에게 고마운 마음이었소. 특히 지난번에, 자미를 도와주어 고맙소."

유청은 공연히 발끈한 게 멋쩍어서 싱거이 웃으며 고개를 숙였다. 그리고 잠시 후 눈만 들어 이강을 보았다.

"그 둘을 안전하게 지켜 주실 테지요?"

"내 목숨을 걸고 보호할 거요."

이강의 표정은 어느 때보다도 진중했다. 고개를 끄덕인 유청은 한동안 말없이 이강을 쳐다보았다. 늘 냉랭하기만 했던 두 사내 사이에 훈훈한 시선이 오고갔다. 그 온기 속에서 아직은 어린 우의가 갓 싹을 틔웠다.

"알겠습니다. 그럼 난 우리 식구들을 지키지요. 열흘 내로 자리를 뜰 테니 걱정 마십시오. 비밀을 누설할 사람은 없을 겁니다."

유청은 이강에게, 만약 제비나 자미가 자신을 필요로 하면 지난번 자미가 머물렀던 초가로 오라고 일렀다. 그곳에 사는 장씨 노인에게 자신들의 거처를 알려 놓겠다면서. 그리고 말끄트머리에 한마디를 더 덧붙였다.

"제비와 자미를 위해 목숨을 걸 수 있는 사람이 여기 하나 더 있다는 사실을 늘 명심하십시오."

그 말에 이강은 묘한 공명을 느꼈다. 아마 누군갈 위해 목숨을 바칠 각오가 되어 있다는 동질감 때문이 아니었을까. 이강은 보면 볼수록 유청이 참 괜찮은 사람 같았다.

"자미는 당신을 의롭다 했지만 내 보기에 당신은 용맹스럽기까지 하오."

유청의 얼굴에 옅은 웃음이 번졌다. 두 사내 사이에 다른 말은 더 오가지 않았으나, 둘은 어쩐지 서로가 미처 내보이지 못한 마음까지 헤아릴 수 있을 것 같았다.

자미가 곁에 있기도 하고 또 며칠 전 용 상궁에게 복수를 하기도 해서 제비는 요 며칠 세상을 다 가진 기분이었다. 이강은 '소를 부리면 뭐가 난다'며 알 수 없는 걱정을 했지만 그런 것쯤이야 제비는 전혀 개의치 않았다.

이날 제비는 기발한 생각이 떠올라 수방재 여인들을 모조리 불러 모았다. 부름을 받고 모인 이들의 손에는 곧바로 실과 바늘이 들려졌다. 잠시 후, 그들은 마름질한 비단 뭉텅이가 쌓인 탁자 앞에 둘러앉아 정체를 가늠할 수 없는 물건을 만들고 있었다. 부지런히 바느질하던 자미가 문득 걱정스러운 얼굴로 물었다.

"아무래도 너무 터무니없는 물건을 만드는 것 같아. 이걸 정말 사용할 수 있을까?"

끄덕거리는 제비의 고갯짓이 힘찼다.

"있어, 있어! 다 만들면 우리부터 차 볼 거야!"

온종일 때와 장소를 가리지 않고 꿇어앉으면서도 누구 하나 무릎 건강을 지켜 주지 않는 현실, 이것은 제비가 아주 오래전부터 고민해 오던 문제였다. 그러다 오늘에서야 불현듯 해결책이 떠오른 것이다. 제비는 아바마마처럼 똑똑한 분이 왜 툭하면 사람을 꿇어앉히는 것인지 도통 이해할 수가 없었다. 한편 자미는 여전히 반신반의했다.

"이 두꺼운 걸 무릎에 착용하면 걸을 때 불편하지 않을까?"

때마침 보호대 한 쌍을 완성한 금쇄가 제비에게 물었다.

"마마, 한번 차 보시겠어요?"

"그래!"

한껏 들뜬 제비가 호기롭게 앉더니 바지 자락을 무릎 위로 걷어 올렸다. 금쇄는 다 만든 보호대의 푹신한 부분을 제비의 무릎에 대고, 양단에 매달린 끈을 오금 뒤로 모아 묶었다. 명월과 채하는 제비의 다른 무릎을 맡았다. 매듭을 지어 보호대를 단단히 고정하고 나서 금쇄가 말했다.

"어때요? 한번 움직여 봐요. 너무 두꺼우면 솜을 줄여서 다시 만들어 볼게요!"

　바짓단을 내리며 자리에서 벌떡 일어난 제비가 온 실내를 팔 팔 뛰어다녔다. 그러기를 잠시, 제비는 몹시 만족스러운 듯 큰 소리로 웃어 댔다.

　"하하, 아주 좋아! 걸을 때도 전혀 안 불편해!"

　제비는 방 안을 커다랗게 한 바퀴 돌다 느닷없이 풀썩 무릎을 꿇었다. 보드라운 목화솜 위를 노닐다 넘어진 것처럼 폭신폭신하고 편안했다. 인사를 한답시고 만날 돌바닥에 꿇어앉다 보니 무릎 여기저기가 시퍼렇게 멍들기 일쑤였는데, 드디어 해방이구나 싶었다.

　"하하, 이름을 지어 줘야겠다. 이름하야…… 꿇어앉기쉽개! 우리 수방재 식구들 먼저 한 쌍씩 갖고, 얼른 더 만들어서 선물도 해야 해. 오황자님이랑 이강, 이태, 소계자, 소순자, 납매, 동설…… 다 줘야지!"

　제비의 말을 듣자마자 자미는 실소를 흘렸다.

　"선물은 하지 마. 오황자님이랑 이강, 이태가 네 선물을 받으면 배가 아프도록 웃으실걸? 그런데 이걸 차고 다니라고까지 하면 아마 다들 기겁을 할 거야."

　제비는 자미의 말을 이해할 수 없다는 양 눈을 커다랗게 뜨고 물었다.

　"아니 왜? 이 좋은 걸 대체 왜 안 해? 내일은 '곤장안아프개'를 만들어야지. 그럼 장 스무 대도 끄떡없어!"

금쇄는 '곤장안아프개'의 모양이 쉽사리 떠올려지지 않아 제비에게 물었다.

"이건 무릎에 묶으면 되지만 그건 어떻게 차려고요?"

금쇄의 물음을 받고 제비는 혼자만의 고민에 빠졌다. 그러게, 이거 골치가 좀 아프겠는데. 선뜻 답이 떠오르지 않아 조금 답답해지려던 찰나, 명월이 제안을 했다.

"마마, 두꺼운 누비바지처럼 만드는 건 어떠세요?"

그러자 자미가 웃으며 대꾸했다.

"아서, 이렇게 더운 날 누비를 입으면 '곤장안아프개'가 아니라 '땀이뻘뻘나개'가 될걸?"

하하호호, 장내 가득 웃음꽃이 활짝 피었다. 그 싱싱한 활기 속으로 소등자가 소로자와 함께 들어왔다. 소매를 털고 무릎을 꿇은 소로자가 제비에게 알렸다.

"마마, 폐하께서 어서방에서 찾으십니다."

제비는 지레 죽상이 되어 우는소리를 했다.

"망했다. 아바마마가 또 대동인지 소동인지 하는 걸로 글공부를 시키시려나 봐. 아무래도 '글씨잘써지개'부터 만들어야겠어."

건륭의 서재로 들어선 제비가 긴장한 눈으로 안을 둘러보았다. 이태와 영기도 자리해 있었다. 두 사내는 제비를 보자마자, 무언가를 알리려는 듯 연신 눈 주변을 실룩거렸다. 그들 옆엔 기효람도 함께였다. 제비는 정확히 무슨 일 때문에 불려 온 것인지 몰랐으나, 자신이 혼이 날 거란 사실만은 귀신같이 알아차렸다. 그렇지만 무릎에 채워진 '꿇어앉기쉽개' 때문인지 마음이 사뭇 든든하였다.

제비가 건륭 앞에 무릎을 찧으며 인사했다.

"아바마마, 홍복을 누리세요."

"일어나라."

제비는 내심 흐뭇했다. '꿇어앉기쉽개'는 정말이지 유용했다. 무릎을 맨바닥에 찧었는데도 아프기는커녕 폭신폭신한 느낌이 참 좋았다. 그 쾌감을 한 번만 느끼기가 아쉬웠던 제비는 자리에서 일어나 기효람을 향해서도 무릎을 꿇었다.

"스승님도 홍복을 누리세요!"

질겁을 한 효람이 황급히 허리를 굽히고 손을 뻗어 제비를 일으켰다.

"마마, 일어나십시오! 어찌 이리 큰 예를 취하십니까!"

효람의 부축을 받고 일어선 제비가 이내 다시 건륭 앞에 꿇어앉았다.

"아바마마, 제가 또 뭘 잘못했어요?"

건륭은 자꾸만 무릎을 꿇는 제비를 보고 이 아이가 자신 때문에 또 겁을 먹었는가 싶어 마음이 무거워졌다.

"이제 그만 일어나거라."

"그냥 꿇어앉아 있을게요!"

"꿇어앉기 쉽게 해 놨거든요." 제비가 혼잣말로 작게 덧붙였다.

건륭은 조금 전 제비가 한 말을 알아듣지 못하고 손을 내저으며 명했다.

"일어나라니까. 벌을 준 것도 아닌데 왜 자꾸 꿇어앉느냐?"

제비는 아쉬운 마음에 미적미적 일어났다. 건륭의 손에는 종이 뭉치가 들려 있었다. 모두 글이 적힌 것이었다.

"오늘 짐이 효람을 불러 너희의 학업 성취도를 물었다. 방금 영기와 이태가 쓴 글을 읽어 보니 마음이 아주 흡족하더구나. 한데 말이다, 제비 네가 쓴 시라며 효람이 보여 주는 걸 읽은 뒤로는 골이 다 지끈지끈해."

건륭이 종이 한 장을 제비 쪽으로 내밀었다.

"이것이 정녕 네가 쓴 시더냐?"

건네받은 종이를 훑어본 제비가 "네." 하고 짧게 대답했다.

"직접 읽어 보아라."

"어…… 안 읽는 게 좋을 것 같아요."

"뭐가 좋고 안 좋고야, 읽으라면 읽어!"

제비는 어쩔 수 없이 고개를 푹 숙인 채 글을 읽기 시작했다.

방 안에 들어가니
사방이 벽이네
머리 드니 생쥐
숙이니 바퀴벌레

영기와 이태의 시선이 동시에 서로에게로 향했다. 눈이 마주친 순간 터져 나올 뻔한 웃음을 가까스로 막은 두 사람이었다. 옆에 서 있던 기효람은 민망한 표정을 가누지 못했다.

"그게 시더냐?"

건륭이 제비를 똑바로 바라보며 물었다.

"이게 사실적인 시라서 그래요. 지금은 황궁에 살아서 좋은 것만 누리지만, 궁에 들어오기 전에 살았던 집은 정말 이랬거든요! 이백이 '머리 들어 밝은 달 보고, 고개 숙여 고향 그리네.' 하고 시를 지을 수 있었던 건 아마 그 사람 집 창문이 엄청나게 컸기 때문일걸요. 큰 창문을 열어 놓고 잠을 잤으니 달도 보였겠죠. 근데 제가 살던 집은 창문이 작아서 달도 안 보였고, 밤엔 천장에서 찍찍거리는 생쥐 소리만 들렸어요. 바퀴벌레도 자주 봤으니까 사실적이라 할 수 있죠."

"뭐가 자꾸 사실적이래!"

무섭도록 우렁한 호통에 화들짝 놀란 제비가 부랴부랴 꼬리를 내렸다.

"다음부터는 사실적으로 안 쓸게요."

건륭이 또 다른 종이 한 장을 내밀었다.

"이것도 네가 쓴 것이냐?"

종이를 받아 든 제비의 얼굴에 당황한 빛이 어렸다. 제비는 감히 소리 내어 대답하지 못하고 고개만 끄덕였다.

"읽어 봐라."

"안 읽으면 안 될까요?"

"안 돼."

제비는 하는 수 없이 또 어물어물 글을 읽어 내려갔다.

문 앞에 개 한 마리
뼈다귀를 물고 있네
한 마리가 더 오더니
쌍방이 개 패듯 싸우네

영기와 이태는 순식간에 목구멍까지 치오른 웃음을 죽기 살기로 참았다. 고역도 이런 고역이 없었다. 새어 나온 웃음을 미처 막지 못한 효람은 겸연스레 고개를 돌리며 헛기침을 연발했다.

"지금 이걸 시라고 지어 냈느냐?"

건륭의 눈이 제비를 거의 노려보다시피 했다.

"어쩔 수 없었어요. 스승님이 '귀신 싸움도 좋고 개싸움도 좋으니 반드시 시 한 수를 써 내셔야 합니다.'라고 하셨는데, 둘 중에는 아무래도 사실적인 게 나을 것 같았거든요. 귀신 싸움은 못 봤지만 개싸움은 실제로 본 적이 있어서 개싸움을 시로 쓴 거예요. 그래도 저, '쌍방'이라는 단어를 제대로 썼다고 스승님한테 칭찬받았어요!"

제비가 효람에게 도움을 청하는 눈길을 보냈다. 그 신호를 알아차린 효람이 다급히 말을 받았다.

"폐하, 공주께서 많이 발전하셨습니다. 지금도 공부를 열심히 하고 계시고요. 가끔은 고급스러운 문구를 지어 내기도 하십니다. 차근차근 가르쳐 드리면 더욱 나아지실 겁니다."

영기도 앞으로 나와 거들었다.

"아바마마, 제비는 원래 아는 글자가 몇 개 되지 않았습니다. 한데 지금 이렇게 시를 두 수나 직접 지었으니, 그것 자체로 장한 일입니다. 너무 다그치시면 제비가 오히려 글짓기를 두려워하게 될지도 모릅니다."

곧이어 이태도 말을 보탰다.

"폐하, 공주께서는 이제 오언시, 칠언시를 구분하고 압운도 할 줄 아십니다. 늦게 시작한 공부임에도 불구하고 이러한 성과를 거둔 건 스승님의 노고와 공주마마의 노력이 함께 이루어 낸 결과라 생각됩니다."

"흥, 엉터리 시를 짓고도 줄줄이 엄호를 받는군."

건륭은 기가 찼지만 제비를 흘기는 것으로 화를 다스리며 또 다른 종이를 내밀었다.

"이것도 읽어 보아라!"

땅이 꺼질 듯 한숨을 내쉰 제비는 모든 것을 체념한 사람처럼 군말 없이 글을 읽었다.

어제는 시 한 수 못 짓고 오늘은 눈물 두 줄 짓노라
종이 앞에 야위는 하루하루 붓만 들면 부르짖는 아버지, 어머니

"이것도 사실적인 시냐?"

"네."

"시 짓기가 그렇게 힘들어?"

"네."

"네, 네, 그 대답밖에 할 줄 몰라!"

"그럼 뭐라 해요. 아니라고 하면 기만죄가 될 텐데."

쾅!

건륭이 무섭게 탁자를 내리쳤다.

"그럼 이건 기만죄가 아니더냐? 누가 대신 썼는지 사실대로 말하거라!"

얼굴이 험상궂게 일그러진 건륭이 조금 전 제비가 읽었던 종이를 펄럭이며 물었다. 글쓴이는 제비의 말투를 모방하긴 했지만 결코 제비가 아니었다.

"영기가 썼느냐? 아니면 이태 너냐?"

영기와 이태가 억울하다는 듯 세차게 고개를 저었다. 제비는 거짓말로 넘길 수 있는 상황이 아니라는 사실을 깨닫고 솔직히 털어놓았다.

"아바마마, 시 짓는 건 너무 어려워요! 열심히 배워 보려고 노력하긴 하는데 평측이랑 운자 맞추는 건 너무 복잡해서 아직도 잘 모르겠어요……."

"딴소리하지 말고 누가 대필했는지나 말해라. 함께 벌을 내릴 것이다."

화가 잔뜩 실린 건륭의 음성을 듣고 제비는 다급한 마음에 벌을 자청했다.

"벌은 저한테만 주세요! 걔는……."

바로 그때 제비의 머릿속에서 섬광이 번뜩였다. 눈에서도 또랑또랑 빛이 났다.

"벌로 글쓰기를 시키실 거면 걔한테 내리세요! 걔는 글 쓰는 걸 잘하거든요! 게다가 예쁘게 빨리 써요!"

자꾸만 엉뚱한 소리를 늘어놓는 제비 때문에 답답해진 건륭이 한층 언성을 높였다.

"걔가 누군데!"

"자미요!"

건륭이 놀라 얼쯤하였다. 자미? 또 그 아인가.

"방금 그 시를 자미가 지었다고?"

"네, 제가 시 짓기 힘들다고 징징대니까 아무렇게나 몇 줄 써 줬어요!"

건륭의 눈앞에 며칠 전 보았던 자미의 얼굴이 나타났다. 물처럼 맑고 영롱한 눈동자는 무언가를 말하려는 듯싶다가 마는 오묘한 분위기를 풍기곤 했다. 어딘가 한이 서려 있던 노랫소리도 되살아나 건륭의 귓전에서 맴돌았다. 재주가 참 많은, 어쩐지 자꾸만 신경이 쓰이는 이상한 여자아이였다. 건륭은 자미를 떠올리느라 자신도 모르게 잠깐 넋을 놓았다.

이태와 영기가 예상치 못한 진전에 반색하며 서로를 쳐다보았다. 그사이 건륭의 시선이 효람에게로 옮겨 갔다.

"효람, 제비를 좀 더 엄히 다스리게. 주변에서 도와주는 이들이 너무 많아. 서방에도 몇몇이 있고 처소에도 하나 있으니 마음 놓아선 안 될 걸세."

"어명을 받잡겠나이다."

대답한 효람이 건륭을 보며 말을 이었다.

"사실 공주께선 타고난 슬기가 있으십니다. 마마 고유의 장점이 있으시지요. 단지 성격이 워낙 쾌활하시다 보니 책상 앞에 얌전히 앉아 수업만 듣는 것이 괴로우신 듯합니다. 학업 내용을 일상생활과 접목하여 자연스럽게 익힐 수 있다면 아마 큰 효과가 있을 것으로 사료됩니다."

잠시 말이 없던 건륭이 과제들을 한쪽으로 밀어내며 답했다.

"일리 있는 말이군. 좋아, 제비의 학업은 자네에게 일임하겠네. 조만간 암행 순시를 나가 민심을 살필 참인데, 효람 자네도 같이 가세나. 영기, 이태 너희도 이강과 함께 따라나서거라."

영기와 이태가 기뻐하며 동시에 대답했다.

"예!"

"저도 같이 갈래요!"

제비가 냉큼 끼어들었다.

"넌 여인이라 갈 수 없다."

"그런 게 어디 있어요. 암행이면 신분을 속이고 다니는 거잖아요. 그럼 전 하녀로 따라다닐게요."

나갈 생각만 했는데도 벌써부터 마음이 붕 뜬 제비였다. 제비는 불쌍한 표정과 가여운 목소리를 동원하여 애처롭게 사정했다.

"아바마마, 제발 저도 데려가 주세요. 종일 궁 안에만 갇혀 있으려니 병이 날 것 같단 말이에요. 다니시는 길에 제가 옆에 있으면 같이 이야기도 나누고 웃겨 드리기도 하고 좋잖아요!"

제비를 말끄러미 보던 건륭이 쾌재의 미소를 띠며 운을 뗐다.

"정히 가고 싶거든 조건이 있다."

"무슨 조건요?"

"이기李頎의 '고종군행古從軍行'을 외워라."

"'이게 고종구냉'이 뭔데요?"

아니지, 그게 뭐든 외우기만 하면 되지.

"아바마마, 만약에 제가 외우면 보상 하나만 더 해 주세요."

"너도 조건을 달겠다고? 오냐, 말해 봐라."

"하녀가 한 명밖에 없으면 모양이 안 날 테니까, 자미도 데려가 주세요!"

자미도 같이? 건륭은 잠시 생각에 잠겼다. 사실 건륭 입장에선 나쁠 것 없는 조건이었다. 가는 길에 함께 바둑을 두고 옆에서 노래를 불러 줄 사람이 있다면 더할 나위 없이 좋은 여정이 될 터였다. 건륭은 곧 시원스레 고개를 끄덕였다.

"좋다, 자미도 데려가마."

"아바마마 만세 만만세!"

얼마나 기쁜지, 고래고래 환호성을 내지르며 공중으로 뛰어오른 제비가 이내 건륭 앞에 무릎을 꿇고서 감사 인사를 전했다.

"아바마마, 성은이 망극합니다!"

제비가 고마운 마음을 가득 담아 정성껏 인사를 하고 자리에서 일어났다. 동시에 무언가 땅바닥으로 툭 떨어졌다. '꿇어앉기쉽개'였다. 조금 전 움직임이 너무 힘찼던 탓에 다리오금에 매어 둔 무릎 보호대 끈이 소르르 풀어졌던 것이다.

"그게 무엇이냐?"

난데없이 나타난 정체 모를 물건에 건륭이 놀라 물었다. 바닥에 떨어진 비단 솜뭉치를 재빨리 집어 든 제비가 속상한 얼굴로 대답했다.

"'꿇어앉기쉽개'요. 아, 얼마나 뛰었다고 이렇게 덜렁 떨어져. 이건 그냥 '떨어지기쉽개'잖아. 안 되겠다, 얼른 돌아가서 다시 연구해 봐야지."

이태와 영기, 효람은 놀라 휘둥그레진 눈으로 상황을 지켜보고만 있었다. 제비의 손에 들린 물건을 희한하게 쳐다보던 건륭이 혼잣말처럼 그 이름을 되뇌어 보았다.

"꿇어앉기 쉽게……?"

제18장

 건륭에게 불려 간 제비가 혼쭐 빠지게 면박을 당하던 그 시각, 궐내 우두머리 태감인 고 내관이 손아래 환관을 한 무리 이끌고 수방재를 찾았다. 고개를 빳빳하게 세우고 성큼성큼 걸어 들어온 이들은 으스스한 기세를 내뿜고 있었다.
 고 내관이 커다란 목소리로 말했다.
 "수방재 궁녀 자미는 나오거라. 황후마마께서 하문할 것이 있다며 부르셨다."
 화들짝 놀란 자미가 자리에서 벌떡 일어났다.
 "황후마마께서요?"
 "그래, 어서 따르거라."
 난데없는 황후의 부름에 당황한 금쇄, 명월, 채하가 자미의 주변을 둥글게 에워쌌다.
 "지금은 안 됩니다. 공주마마가 자리를 비우시면서 아무도 나가지 말라고 하셨어요. 마마께서 오시면 그때 갈게요."

금쇄가 다급히 대꾸했다. 이어 채하도 거들었다.

"예, 맞습니다. 아무도 나가지 말라는 공주마마의 명이 있으셨습니다."

고 내관의 얼굴은 표정 하나 없이 건조했다.

"지금 당장 자미를 데려오라는 건 황후마마의 명이시다. 이를 막는 자는 거역죄를 물어 엄히 다스릴 것이다."

고 내관의 뒤로 나란히 줄지어 서 있던 태감들이 위협적인 분위기를 풍기며 한 걸음 나왔다. 저항한다고 피할 수 있는 상황이 아니라 판단한 자미는 사태를 수습하려 앞으로 나섰다.

"네, 알겠습니다. 따라가겠습니다."

"저도 같이 갈래요!"

불길한 예감이 든 금쇄가 생각할 겨를도 없이 외쳤다.

"황후께서 부르시지 않은 이들은 갈 필요 없다. 가자, 마마께서 기다리신다."

자미가 안심하라는 듯 눈빛으로 금쇄를 다독였다.

이내 태감들에게 둘러싸인 자미는 마치 압송되는 죄인처럼 수방재를 나섰다. 안색이 희게 질린 금쇄가 명월과 채하를 돌아보며 목소리를 높였다.

"얼른 공주마마께 알리자. 오황자님, 이강 도련님께도!"

진정되지 않는 박동에 애써 숨을 고르며 자미는 고 내관을 따라 곤녕궁 안으로 들어섰다. 앞으로는 고 내관이 입을 다문 채 잠잠히 나아갔고, 뒤로는 태감들이 바투 붙어 따라왔다. 제법 길고 구불구불한 복도를 지나니 바깥에선 보이지 않던 작은 정원이 나타났다. 그곳을 가로질러 걷기를 잠시, 자미는 곧 새위와 새광이 지키고 있는 으슥한 방문 앞에 다다랐다. 볕이 들지 않아 어두침침한 것이, 절로 소름이 돋는 곳이었다.

그때 누군가 갑자기 뒤에서 자미를 왈칵 떠밀었다. 불의에 당한 일이라 자미는 맥없이 방 안으로 밀려 들어가고 말았다. 이내 문이 털거덕 닫혔다.

고개를 든 자미는 가장 먼저 황후를 보았다. 실내 깊은 곳에 자리한 탁자 앞에서 황후는 단정히 앉은 채였다. 용 상궁을 포함하여 나이 든 상궁 넷이 그 옆을 지키고 있었다. 건물 안은 몇 가닥 빛줄기가 겨우 새어 들어 컴컴하고 스산했다. 자미는 황후를 보자마자 무릎을 꿇고 고개 숙여 인사하였다.

"노비 자미, 황후마마를 뵈옵니다!"

자리에서 일어난 황후가 자미 앞으로 걸어왔다.

"고개를 들어라."

명령하는 소리가 얼음처럼 차가웠다. 그 말에 압도되어 저도 모르게 얼굴을 든 자미는 두려움이 깃든 눈으로 황후를 조심스레 올려다보았다. 황후가 "흥." 코웃음을 치며 대뜸 물었다.

"네가 노래를 잘 부르고 바둑을 둘 줄 안다 들었다. 붓글 쓰는 솜씨도 제법이라지."

"황후마마께 아뢰옵니다. 그저…… 잔재주에 불과합니다."

황후의 목소리가 별안간 높아졌다.

"잔재주만으로 폐하의 환심을 살 정도면, 제 실력을 드러냈을 땐 폐하를 멋대로 꾀어내겠구나?"

그 말을 듣고 눈앞이 아찔해진 자미가 저도 모르게 목청을 돋우었다.

"황후마마!"

쾅! 탁자를 세게 내리친 황후가 목소리를 잔뜩 곤두세웠다.

"입궁한 목적이 무엇인지 바른대로 고하거라! 재주를 두루 익혀 어심을 사로잡으라며 영비가 사주하였느냐? 복륜 일가가 너를 가르치든? 어서 말해!"

충격에 빠진 자미는 얼굴이 하얗게 질린 채 말을 잇지 못했다. 세상에, 어떻게 그런 오해를……. 자신의 결백을 분명하게 밝힐 길 없는 자미로선 이마를 바닥에 대고 진심 어린 호소를 하는 것만이 최선이었다.

"황후마마, 오해십니다! 노비는 영비마마를 입궁 후 처음 뵈었나이다. 노비가 익힌 재주는 전부 노비의 어미가 가르친 것이고 복륜 대인 댁과는 아무런 관련이 없습니다. 어심을 사로잡으려 재주를 부리다니요, 천부당만부당한 말씀이십니다."

황후는 자미의 주위를 뱅뱅 돌며 내려다보았다. 반반한 얼굴로 여우 짓을 일삼는 주제에 아무것도 모른다는 양 변명을 늘어놓는 모습이 눈꼴시었다. 독기 품은 눈길이 자미를 머리부터 발끝까지 훑었다. 이윽고 황후가 노기 띤 음성으로 명령했다.

"용 상궁, 이 상궁, 따끔하게 혼을 내게."

용 상궁과 이 상궁 그리고 또 다른 상궁 두 명이 어슬렁어슬렁 앞으로 걸어 나왔다. 다음 순간 용 상궁의 발이 자미의 배를 냅다 걷어찼다. 엎어진 자미에게로 몰려든 상궁들은 자미의 몸을 결박하듯 붙잡고 눌렀다. 자미가 깜짝 놀라 소리쳤다.

"황후마마, 노비는 억울합니다! 정말로 억울합니다. 마마께서 생각하시는 그런 것이 절대 아닙니다. 하늘에 대고 맹세할 수 있습니다. 폐하께 저 따위는 없는 존재나 다름없습니다……."

황후가 부득부득 이를 갈며 자미의 말꼬리를 잡았다.

"이실직고하지 않으면, 없는 존재나 다름없는 너 따위를 세상에서 완전히 사라지게 할 수도 있다."

바닥에 깔린 붉은 천, 그 위에 무수히 많은 금바늘이 놓여 있었다. 용 상궁이 그중 하나를 집어 들었다. 금빛으로 반뜩이던 바늘이 자미의 팔에 꽂힌 것은 순식간의 일이었다.

"아악!"

다른 상궁들도 저마다 바늘을 집어 들고 자미의 몸 구석구석을 찌르기 시작했다. 여린 몸에 바늘을 사정없이 찔러 넣었다가 뺐다가 다시 내리꽂는 행동을 수도 없이 반복했다. 자미는 바늘 파도가 치는 바닷속에 빠진 것만 같았다. 예리한 바늘의 끝은 능숙한 손놀림에 힘입어 몸에서 가장 민감한 부분만을 찾아 들어갔다. 살을 뚫고 들어간 바늘에 오장육부가 찔린 듯 아팠다. 아찔한 통증으로 자미는 정신을 가누기가 어려웠다.
"아! 마마, 부디 명을 거두어 주십시오……."
자미가 몸을 자지러뜨리며 소리쳤다. 제풀에 솟구친 눈물이 비처럼 마구 쏟아졌다.
"노비는 맹세코 그런 마음을 품은 적이 없습니다. 그저 높으신 폐하를 흠모할 따름입니다. 이는 하늘이 아십니…… 아악!"
자미가 하늘을 향해 살려 달라 울부짖었다. 그러나 이곳은 황궁 깊은 곳에 자리한 밀실이었다. 하늘의 대답 소리가 들릴 리 만무했다.
황후는 자미의 말에 코웃음을 치고는 누구의 사주를 받아 입궁하였느냐며 계속해서 자미를 다그쳤다. 가만 생각하니 '흠모'라는 말도 심히 거슬렸다. 그것은 한낱 궁녀 따위가 입에 올릴 만한 단어가 아니었다.
"글을 좀 배웠다고 함부로 지껄이는구나. 용 상궁, 저것의 얼굴을 들어 올리게."
용 상궁이 자미의 머리채를 거머잡고 험하게 잡아끌었다. 그 바람에 비녀가 떨어지고 자미의 긴 머리카락이 아무렇게나 늘어뜨려졌다. 용 상궁은 비녀를 주워 뾰족한 부분으로 자미의 몸 여기저기를 쑤셔 댔다. 자미의 세상이 고통으로 뒤집어졌다. 입에서는 무의식적인 해명이 터져 나왔다.
"마마, 아닙니다! 결단코 마마께서 생각하시는 그런 것이 아닙니다…….”
"용 상궁, 말귀를 알아듣도록 설명해 주게."
황후의 명이 떨어지자 용 상궁은 다시 자미의 머리카락을 한 움큼 잡아챘다.
"마마께선 너 따위에게 할애할 시간이 없으시다. 사실을 고한다면 목숨만은 살려 주마. 하나 이렇게 계속 입을 다물고 있으면 너의 그 예쁘장한 얼굴도, 악기를 연주하는 손가락도 남아나지 않을 것이다. 잘 생각해라."
극심한 고통 속에 허우적대던 자미가 가까스로 고개를 들고 외쳤다.
"마마! 노비의 미천한 목숨은 아깝지 않으나 이제 곧 환주공주께서 노비의 행방을 찾을 것입니다. 노비가 마마의 부름을 받고 가는 것을 수방재 궁녀들이 보았으니, 노비가 돌아가지 않으면 공주께서는 틀림없이 이곳으로 와 난동을 부릴 것입니다. 내명부의 수장이신 황후께옵서 어찌 한낱 이름 없는 노비 때문에 찜찜한 오명을 입으려 하십니까!"
황후는 다시 한번 차갑게 코웃음을 치며 말했다.
"말본새가 고약하구나. 하라는 말은 안 하고 쓸데없는 소리만 해대다니. 용 상궁!"
황후의 호명에 용 상궁은 발을 들어 자미의 허리께를 짓밟았다. 그사이 몰려든 상궁들이 또다시 자미를 꼬집고 바늘로 찌르기 시작했다. 자미가 아픔에 몸부림치며 울부짖었다.

"용 상궁, 어화원에서 있었던 일을 잊었습니까? 같은 처지에 놓인 노비를 어찌 이리 모질게 대할 수 있습니까!"

용 상궁은 수치스러운 지난날의 굴욕을 떠올리고 두 눈을 희번덕이며 대꾸했다.

"네년이 기어이 선을 넘는구나. 오냐, 옛 은혜를 생각하여 내 더욱 모질게 다루어 주마!"

용 상궁이 자미의 허리를 꼬집어 비틀었다. 살점을 뜯어내려는 것처럼 무자비한 손길이었다.

"그날 네년이 공주와 짜고 연기한 것을 모르는 줄 아느냐? 일부러 망신을 주고선 호의를 베푸는 척해? 가증스러운 것!"

뒤이어 황후의 매서운 목소리가 가세하였다.

"이제 그만 자백을 하거라. 너와 영비, 복륜 일가, 제비, 오황자가 무슨 음모를 꾸미고 있는지 말해!"

그것은 차마 해명할 수 없는 문제일뿐더러 한편으로는 답할 가치가 없는 질문이었다. 입술을 자근자근 깨물며 자미는 말을 아꼈다. 반항이라도 하듯 입을 꾹 다문 모습에 약이 오른 용 상궁이 금바늘을 한 움큼 잡아 쥐고 자미의 허리에 찔러 넣었다.

첨예한 통증이 자미의 등줄기를 타고 퍼졌다. 일순간 전신에 식은땀이 솟더니 경련마저 일기 시작했다. 더는 견디기가 힘들었다. 자미의 처량하던 목소리가 사뭇 날카롭게 올라갔다.

"황후마마, 부디 명을 거두어 주십시오! 노비에게도 부모가 있고, 마마 또한 혈육이 있으십니다. 어린 십이황자님을 생각하셔서라도 음덕을 쌓으셔야 합니다. 황자님이 저기 창밖에서 지켜보고 계십니다!"

제 아들을 언급하는 자미의 말에 화들짝 놀란 황후가 반사적으로 창문 쪽을 살폈다. 아무도 없다. 자미의 행동은 황후를 더욱 분노하게 했다. 죽음을 코앞에 두고 헛소리나 지껄이다니! 격분한 황후가 빠른 걸음으로 걸어와 묵직한 신발 굽으로 자미의 얼굴을 걷어찼다.

"내 오늘 너를 죽여도 그저 미천한 목숨 하나가 사라지는 것일 뿐이다."

"마마, 저기 보십시오! 십이황자님이 밖에서 보고 계십니다!"

자미가 다시 한번 외쳤다. 이번에도 황후는 제풀에 고개를 들고 창 쪽을 바라보았다. 바깥은 기척 하나 없이 조용했다. 화가 머리끝까지 치민 황후가 버럭 고함을 질렀다.

"용 상궁, 이것에게 뜨거운 맛을 보여 주게!"

서슬 퍼런 명령에 용 상궁의 손이 즉각 반응했다. 동시에 자미가 자지러지며 처절한 비명을 내질렀다. 바늘이 자미의 몸을 마구잡이로 들쑤시고 있었다.

"마마, 저기 보십시오! 바깥에 정말 십이황자님이 와 계십니다! 노비의 원통함은 하늘이 알고 땅이 압니다. 마마, 숙고하셔야 합니다. 세상만사 뿌린 대로 거두는 법이라 하였습니다!"

황후가 멈칫하였다. 조금 전 자미의 절규를 듣고 황후는 자신의 의지와 상관없이 덜컥 겁이 났다.

뒤바뀐 운명 제18장   133

"용 상궁, 여긴 자네에게 맡기겠네. 내 이것의 농지거리나 듣고 있을 여유가 없으니 자네가 대신 자백을 받아 내게."

"예!"

용 상궁의 우렁한 대답 소리를 들은 뒤 황후는 빠른 걸음으로 밀실을 나갔다. 그 와중에도 품위를 잃지 않는 자세가 자못 꼿꼿했다. 황후가 나가자 용 상궁은 자미의 손을 우악스레 붙잡아 자신의 눈높이로 들어 올렸다. 바늘의 끝이 자미의 손가락을 겨냥하고 서서히 다가왔다. 이윽고 바늘은 자미의 손톱 밑을 파고들었다.

"아아악……!"

날카로운 비명과 함께 자미는 의식을 잃고 말았다.

황후가 곤녕궁 정간으로 돌아오고 오래지 않아 제비도 황후가 있는 실내로 씩씩대며 들어왔다. 제비의 뒤로는 영기, 이강, 이태, 금쇄도 함께였다. 제비가 황후를 보자마자 소리쳤다.

"황후마마, 자미를 어디로 데리고 간 거예요! 데려가서 뭐 하려고요? 얼른 돌려줘요!"

"무슨 일로 내 처소까지 찾아와 소란을 피우느냐. 공주, 수방재에서야 마냥 자유롭겠지만 여기는 곤녕궁이다. 최소한의 예의는 지켜 주길 바란다."

점잖게 선 황후의 모습에서는 전에 없던 기품마저 느껴졌다.

황후의 뒤로 늘어서 있는 궁녀와 태감들 때문인지 기세도 한껏 등등해 보였다. 제비는 속이 타 미칠 것 같았지만 지금은 고개를 숙여야 할 때라는 사실을 모르지 않았다. 제비가 무릎을 빠르게 굽혔다 펴며 인사하였다.

"황후마마, 홍복을 누리세요. 근데 제 처소에서 자미를 데려가 셨다면서요. 할 얘기 다 끝났으면 이제 보내 주셨으면 좋겠는데 요. 그 애는 하는 일이 많아서 자리를 비우면 안 되거든요."

황후는 여전히 느긋하고 태연했다.

"자미라면 네 처소에 새로 들어온 궁녀 말이냐?"

다 알고 있으면서 그걸 왜 물어? 제비는 황후의 태도에 욱 솟는 화를 주체하지 못하고 고함치듯 대답했다.

"네! 새로 들어온 궁녀요! 마마가 때렸던 그 궁녀요!"

영기는 제비가 또 난동을 부릴까 걱정이 되어 얼른 앞으로 나서서 설명했다.

"어마마마, 공주가 그 궁녀를 특별히 아낍니다. 공주의 생활 전반을 살피고 있는 궁녀라 그러니 하문이 끝나셨으면 그만 돌려 보내 주시지요."

영기를 향해 있던 황후의 시선이 이태와 이강에게로 옮겨 갔다. 품은 의혹이 걷잡을 수 없이 커지고 있었다.

"고작 궁녀 하나 때문에 황자와 대학사 차남, 어전시위까지 나서다니, 지나친 참견이 아닌가 싶은데."

초조한 마음에 불쑥 앞으로 나선 이강이 가까스로 숨을 고르며 입을 열었다.
 "황후마마, 데려가신 이는 비록 궁녀에 불과하나 엄밀히 말하면 공주마마의 사람입니다. 지금 온 황궁이 두 분 마마 사이의 불화를 알고 있습니다. 행여나 궁녀 하나 때문에 두 분 간 감정의 골이 깊어지실까 염려스럽습니다. 만약 궁녀를 풀어 주신다면 공주께서는 그 은혜에 진심으로 감읍할 것입니다."
 어딘가 불안해 보이는 이강의 태도에 황후는 자미가 이들 집안과 밀접한 관련이 있을 것이란 느낌을 떨칠 수 없었다. 이어진 황후의 대꾸는 냉랭했다.
 "그 궁녀를 어찌 여기서 찾는 것인가."
 "마마! 분명 마마께서 보낸 사람들이 자미를 데리고 갔습니다. 노비가 똑똑히 보고, 똑똑히 들었습니다. 왜 모른다 하십니까?"
 금쇄가 답답한 마음을 참다못해 불쑥 끼어들었다. 황후의 얼굴이 끝내 분노로 일그러졌다.
 "감히 어느 안전이라고 네까짓 게 큰소리를 내? 취환, 저것의 따귀를 때려라."
 황후의 명이 떨어지기가 무섭게 제비는 몸을 날려 금쇄 앞을 막아섰다. 제비의 목소리가 실내를 쩌렁쩌렁 울렸다.
 "금쇄를 때리려거든 나부터 때려!"
 제비가 성난 얼굴을 번쩍 치켜들고 황후를 노려보았다.
 "불만이 있으면 나한테 말해요, 괜히 내 사람들 건들지 말고! 지금 자미를 돌려주지 않으면 당장 아바마마한테 가서 이를 거예요. 나야 어차피 버릇없기로 유명하니까 겁날 것도 없어요. 황후마마도 저처럼 한번 유명해져 보실래요?"

질겁한 이태가 자중하라는 의미로 제비를 툭툭 치고는, 황후 앞에 허리를 굽히며 공손하게 말했다.

"황후마마, 궁녀 하나 때문에 두 분이 서로 감정을 해치시는 건 무모한 일입니다."

"어마마마, 별것 아닌 일로 아바마마의 심기를 어지럽히는 건 옳지 않습니다." 영기가 거들었다.

이강도 최대한 감정을 누그러뜨리고 나직이 덧붙였다.

"마마, 궁금한 점을 다 물어보셨으면 이제 궁녀는 공주마마에게 돌려주시지요."

속으로는 의문을 한가득 품은 황후였으나 표정에선 어떠한 변화도 나타나지 않았다.

"참으로 이상하구나. 내가 그 궁녀를 불러 질문을 한 것이 너희가 이리 얼굴을 붉히고 언성까지 높일 일이더냐? 더군다나 그 아이는 여기 얼마 머물지도 않았다. 다들 수방재 안을 샅샅이 찾아 보기나 하고 예서 소란을 떠는 것이야? 수방재에 없다면 영비의 처소에 간 것은 아니고?"

황후의 말이 사실인지 아닌지 알 길이 없어 제비는 순간 얼떨떨해졌다.

"벌써 보냈다고요?"

"그래, 진즉에 돌려보냈다."

얼굴에 난감한 기색이 역력해진 이강이 고개를 떨어뜨리며 이태 쪽을 보았다. 형의 시선을 받은 이태가 나지막이 부연했다.

"수방재부터 찾아 보자고 했는데 공주가 성질을 못 참고 이리로 먼저 와 버렸어……."

자충수를 둔 꼴이었다. 즉시 소매를 털고 몸을 숙인 이강이 짐짓 덤덤하게 인사말을 건넸다.

"소신, 이만 물러가겠나이다."

무엇이 그리 분한지 씩씩거리던 제비는 급기야 물러나는 인사도 하지 않고 몸을 휙 돌려 나가 버렸다.

자미는 수방재에 없었다. 영비의 처소에도 없었다. 황궁 어느 곳에서도 자미의 행적을 찾을 수 없었다. 해가 기울 무렵까지 자미를 찾아 헤매던 제비 일행은 자미가 곤녕궁에 붙잡혀 있음을 확신했다. 수방재로 돌아와 의자 위에 털썩 주저앉은 제비는 손으로 얼굴을 가리고 엉엉 울기 시작했다. 제비가 울자 금쇄도 불안을 가누지 못하고 따라 울었다.

"제가 아가씨를 따라갔어야 했어요. 내관이 못 가게 막았지만, 그래도 무조건 갔어야 하는데……."

"네가 따라갔다 해도 자미한테 득이 될 건 없어. 오히려 너까지 없어지지 않은 게 다행이야."

이태가 금쇄를 위로했다.

"아바마마가 불렀을 때 자미도 데려갈걸. 왜 자미를 수방재에 두고 갔을까……. 이강, 날 죽여요! 내가 자미를 잃어 버렸어요……."

홀로 황후 앞에 섰을 자미를 떠올리니 제비는 괴로워 견딜 수가 없었다. 치미는 후회가 눈물이 되어 펑펑 쏟아졌다.

"아바마마한테 말할래, 가서 도와 달라고 할래요!"

벌떡 일어나 바깥으로 향하는 제비를 영기가 단박에 잡아 돌려세웠다.

"우선 진정하고, 제대로 상의한 후에 움직이자."

"그러고 나면 자미는 이 세상에 없어요!"

"생각을 좀 해 봐, 아바마마께서 궁녀 하나 때문에 어마마마를 문책하실 것 같아?"

건륭과 함께 곤녕궁을 찾아간다 해도 황후가 여전히 모르쇠로 일관하면 별다른 수가 없었다. 그러니 건륭에게 이 일을 알리기 전에 우선 자미가 곤녕궁에 갇혀 있다는 증거부터 확보해야 했다. 영기가 말을 이어 갔다.

"무턱대고 들이닥쳤다가 자미를 구해 내지 못하면 황후는 자미를 없애 증거를 인멸하려 할 거야."

이강은 증거 인멸이라는 말에 심장이 덜컥 내려앉았다. 미처 거기까지는 생각하지 못하고 있었던 것이다.

"이것저것 재고만 있다간 자미가 정말 죽을 수도 있다고요!"

제비의 얼굴이 점점 회색빛으로 굳어 갔다. 그때, 무언가 결심한 듯 모두의 앞으로 나와 선 이강이 핏기 없이 질린 얼굴로 입을 열었다.

"벌써 해가 저물었습니다. 반 시진 후 날이 조금 더 어둑해지면 제가 곤녕궁을 염탐하고 오겠습니다."

놀란 영기의 목소리가 저도 모르게 올라갔다.

"곤녕궁을 염탐한다고?"

"예."

이강은 애가 말라 이성적으로 사고할 형편이 못 되었다. 이럴 때일수록 신중해야 한다는 영기의 말에 머리로야 충분히 동의하지만, 이대로 가만있다간 자신이 미쳐 버릴지도 몰랐다. 뭐라도 행동으로 옮겨야 할 것 같았다. 모두들 자미가 곤녕궁에 감금되어 있다는 심증을 굳힌 분위기였다. 그러니 지금 중요한 건 자미가 정확히 어느 칸에 갇혀 있는지 확인하는 일일 터다. 다행히 곤녕궁은 규모가 그리 크지 않았다.

"제가 가서 한 칸 한 칸 낱낱이 찾아 보겠습니다. 자미가 곤녕궁에 있다는 사실이 확인만 되면 제비도 당당히 폐하를 찾아뵐 수 있어요. 혹여 제가 발각되면 그땐 모두가 나서서 저와 자미를 구해 주십시오."

장내에 있는 사람들 모두 선뜻 대답하지 못하고 이강을 쳐다보기만 했다. 잠시 후 이태가 숨을 크게 한 번 들이마시더니 말문을 열었다.

"혼자 가지 말고 나랑 같이 가."

"가더라도 지금 말고 밤이 충분히 깊어진 후에 가야 해. 그리고…… 너희 둘만 가는 것보단 내가 같이 가는 게 좋겠다."

영기도 거들었다. 감히 황자를 자객으로 내몰 자는 없을 것이므로 일이 잘못되더라도 신분을 내세워 무마할 수 있을 터였다.

"그럼 나도 갈래! 머릿수가 많으면 좋잖아요. 우리 다 같이 가서 자미를 발견하는 즉시 빼내 와요!"

제비가 열의에 찬 목소리로 영기의 말끝을 달았다. 이어 제비를 돌아보는 영기의 표정이 자못 엄숙했다.

"우릴 돕고 싶으면, 정말 자미를 구하고 싶다면, 수방재에서 얌전히 기다리고 있어. 네가 따라가면 우린 너까지 살피느라 손발이 꼬이고 말 거야."

웬일인지 제비는 영기의 말에 순순히 따랐다. 사실 제비도 잘 알고 있었다. 고수들이 바글바글한 이 황궁 안에서 자신의 엉성한 무술 실력은 무공 축에도 못 든다는 사실을. 따라나서고 싶은 마음이야 굴뚝같았지만 자미를 위해 꾹 참아 보기로 했다.

짙은 어둠이 자옥하게 내려앉은 밤. 변복 차림을 한 이강, 이태, 영기가 곤녕궁 담장을 넘었다. 무술 실력이 뛰어난 데다 궐내 지리에도 훤한 세 남자는 큰 어려움 없이 곤녕궁 깊은 곳까지 잠입하는 데 성공했다. 셋은 각자 나누어져 건물 안을 하나하나 살펴보기로 했다.

자미를 찾아다니던 이강의 다급한 걸음이 어느 작은 정원에 이르렀다. 후미진 곳에 자리한 문 하나가 척 봐도 수상한 분위기를 풍기고 있었다. 이강은 건물 쪽으로 빠르게 접근해 지붕 아래에서 가볍게 뛰어올랐다. 이어 두 다리를 대들보에 걸고 거꾸로 매달려 창문 틈새로 실내를 살폈다. 다음 순간, 이강의 시야 안으로 그토록 찾아 헤매던 이의 모습이 들어왔다.

젖은 바닥에 몸을 웅크린 채 자미는 미동이 없었다. 이강은 온몸의 혈관이 타들어 가는 것 같았다. 창문을 박차고 들어가려던 그때, 난데없이 날아온 주먹이 이강의 행동을 저지했다. 이강이 반사적으로 공격을 되받아치며 상대를 확인했다. 새위와 새광이었다.

이강과 새위가 빠른 손발 놀림으로 몇 차례 공격을 주고받는 동안 이태와 영기도 기척을 듣고 달려왔다.

새위, 새광은 복면을 쓴 사내 셋과 접전을 벌이며 머릿속으론 침입자들의 정체를 가늠해 보았다. 아무래도 곤녕궁의 구조를 아는 내부인인 것 같았다. 예사롭지 않은 무공, 익숙한 공격 기술에 두 사람은 오래지 않아 상대가 누구인지를 어렴풋이 짐작할 수 있었다. 새위가 공격을 멈추고 크지 않은 소리로 물었다.

"누구냐, 정체를 밝혀라. 그렇지 않으면 궁내 시위들을 불러 모으겠다."

이강은 새위의 태도가 위협적으로 느껴지지 않아 경계를 풀고 나직이 대답했다.

"따라와라."

새위, 새광이 의문을 품고 따라나섰다. 둘은 목소리의 주인을 대번에 알아차렸지만, 그가 왜 한밤중에 이런 차림으로 나타났는지는 알 길이 없었다. 빠른 속도로 이동하던 다섯 사내가 어느 한적한 곳에 다다라 걸음을 멈추었다. 영기가 하관을 가리고 있던 검은 천을 내리자 새위, 새광의 무릎이 땅으로 떨어졌다.

"오황자님!"

영기는 차분한 목소리로 틈 들이지 않고 물었다.

"물을 것이 있어 왔다. 지금 자미 상태가 어떠냐."

"용 상궁에게 고문을 당해 정신을 잃었습니다."

이강도 복면을 턱 아래로 내렸다.

"내 줄곧 너희의 됨됨이를 높이 샀다. 지금 곤녕궁에선 불의한 일이 행해지고 있다. 의리를 아는 너희라면 그와 타협하지 않으리라 생각한다. 자미를 데리고 갈 테니 못 본 것으로 해라."

"그럴 순 없습니다. 사람을 데려가시려면 먼저 소인들을 죽이십시오."

버썩 앞으로 나아간 이태가 비수를 꺼내어 새광의 목 언저리에 들이댔다.

"우리가 못 죽일 것 같으냐?"

"이태, 감정적으로 굴지 마라."

영기는 이태를 말리고 다시 새위, 새광에게로 눈길을 돌렸다.

"너희는 주인에게 충성할 줄만 알고 불의를 판별할 줄은 모르느냐?"

"만약 그랬다면 아까 세 분을 뵙자마자 그 자리에서 바로 시위들을 불렀을 것입니다."

"그럼 무엇 때문에 망설이는 것이냐."

"황후께서 책임지고 감시하라 명하셨습니다. 사람이 없어지면 소인들은 죽은 목숨입니다. 황자님, 감히 한 말씀 올리겠습니다. 자미 궁녀의 행방을 확인하셨고 곧 동이 틀 테니, 날이 밝은 후 정식으로 이곳을 찾는 건 어떠십니까. 그땐…… 소인들도 감히 막아서지 못할 것입니다."

이강이 눈살을 찌푸리며 물었다.

"그사이 자미한테 문제가 생기면?"

"용 상궁이 많이 지친 상태라 한동안은 별 탈 없을 것입니다."

"장담할 수 있느냐?"

"예, 저희가 지켜보겠습니다."

확답을 받은 후 영기는 두 손을 모아 포권의 예를 취했다.

"오늘의 고마움은 나 오황자와 환주공주가 기억하마."

더 머무는 것은 위험했다. 이강과 이태에게로 고개를 돌린 영기가 이제 그만 가자며 두 사람을 이끌었다. 하지만 만신창이가 되어 쓰러져 있는 자미를 지척에 두고 떠나자니 이강은 가슴이 갈기갈기 찢어지는 것 같았다. 이강의 팔을 잡은 영기의 손아귀에 힘이 들어갔다.

"잊지 마. 여긴 황궁이고 넌 어전시위야. 얼른 가자."

이윽고 세 개의 검은 그림자가 높다란 담벼락 너머로 빠르게 사라졌다.

동이 막 트기 시작할 무렵, 제비가 자신의 침소 앞에 꿇어앉아 있다는 사실을 전해 들은 건륭이 급히 밖으로 나와 보았다. 궁녀 남매 말로는 사경四更(새벽 1시~3시 사이) 무렵부터 이 자세로 기다렸단다. 건륭을 올려다보는 제비의 눈이 호두처럼 퉁퉁 부어 있었다.

"또 무슨 일이냐?"

건륭의 음성에 제비는 무너지듯 바닥에 엎드려 절을 했다. 이미 흠뻑 젖은 눈에서 눈물이 주르르 쏟아졌다. 제비가 울음 때문에 잘 나오지 않는 목소리를 겨우 밀어 내보냈다.

"아바마마, 더 이상 방법이 없어요! 제발 저희 좀 살려 주세요. 자미가 죽으면 저도 못 살아요!"

말마디 사이사이로 서러운 울음이 비집고 나왔다.

"사실대로 말할게요, 아바마마. 자미는 저 때문에 궁에 들어온 거예요. 그냥 궁녀가 아니라 제 의자매예요. 둘이서, 살아도 같이 살고 죽어도 같이 죽겠다고 옥황상제님이랑 염라대왕님한테 맹세도 했어요. 그런데 저 때문에 자미가 불구덩이에 빠져 버렸어요. 저 진짜 죽고 싶어요······."

무슨 일이 언제 어디서 어떻게 왜 벌어진 것인지 전혀 설명하지 않는 제비 때문에 건륭은 구체적인 상황을 가늠하기 어려웠지만, 자미에게 안 좋은 일이 일어났다는 것만은 확실했다. 자미, 그 이름을 들은 이상 신경을 쓰지 않을 수 없었다.

"천천히, 천천히 말해 보아라. 자미가 왜?"

"어제 제가 아바마마랑 공부 얘기를 하고 있을 때 자미가 황후마마한테 불려 갔는데 밤늦도록 돌아오질 않는 거예요. 알아보니까 황후가 가둬 놓고 고문을 했대요. 지금 살았는지 죽었는지도 모르겠어요······."

건륭의 심장이 불안스레 뛰기 시작했다. 건륭은 어쩐지 평정심을 유지하기가 어려웠다.

"황후가 자미를 가두고 고문을 했다는 게 사실이냐? 그걸 어찌 확신해?"

제비는 속이 답답하다 못해 문드러지는 것 같았다.

"확실해요, 확실하다니까요! 아바마마, 지금 한시가 급해요. 오황자님이랑 이강, 이태가 어젯밤에 곤녕궁에 가서 자미가 붙잡혀 있는 걸 직접 봤어요!"

제비가 바닥에 이마를 쿵 찧으며 애통히 울부짖었다.

"아바마마, 제발요! 자미를 구할 분은 아바마마밖에 없어요. 자미랑 밤새 바둑을 둔 정을 생각하셔서라도 제발 좀 구해 주세요. 오황자님, 이강, 이태, 금쇄 전부 밖에서 기다리고 있어요!"

상황이 심각하다 여긴 건륭은 더 이상 묻지 않고 자리에서 일어나 바깥으로 향했다.

새벽 어스름이 미처 하늘을 떠나지 못한 시각, 건륭은 황후의 처소에 당도하였다. 건륭의 뒤를 제비, 금쇄, 영기, 이태, 이강이 줄줄이 따랐다.

"황후!"

난데없는 호통에 놀란 황후가 빠른 걸음으로 나와 보았다. 황후는 건륭 앞에 얼른 예를 갖추며 이른 아침부터 어찌 납시었느냐고 묻다가, 뒤에 선 제비 일행을 보고 금세 상황을 파악했다. 당황스러운 마음을 숨기고 황후가 차분하게 입을 열었다.

"사람을 참 많이도 대동하셨습니다."

"자미를 데려다가 무얼 하려는 거요?"

다짜고짜 묻는 목소리가 사뭇 날카로웠다. 황후는 이런 건륭의 행동에 적잖이 당황하였다.

"폐하, 고작 궁녀 하나 때문에 친히 납시었단 말씀이십니까?"

"짐이 오지 않으면 사람을 풀어 주지 않을 거 아니오."

"자미라는 아이는 말과 행동이 신분에 걸맞지 않기에 불러다 주의를 주고 돌려보냈습니다. 어찌 그러십니까. 수방재로 돌아가지 않은 것입니까? 혹 태감으로 변장하여 궁 밖으로 나간 것은 아닐는지요."

황후의 비아냥조에, 제비를 지탱하던 실낱같은 이성이 기어이 끊어지고 말았다. 제비가 미친 사람처럼 고함을 빽 지르며 앞으로 돌진했다.

"자미 어쨌어? 얼른 내놔! 안 그럼 황후든 뭐든 정말 가만 안

뒤! 그쪽이 얼마나 큰 권력을 가졌는지 그딴 거 난 몰라! 자미는 분명 여기 갇혀 있는데 어디서 자꾸 시치미를 떼!"

제비의 두 손이 황후의 옷 앞자락을 움켜쥐고 앞뒤로 마구 흔들었다.

"이것이 실성을 하였구나! 여봐라!"

황후의 외침에 새위와 새광이 어디선가 불쑥 튀어나왔다. 두 사내는 영기, 이강과 전광석화처럼 빠르게 눈빛을 주고받았다. 눈에 뵈는 게 없던 제비는 여전히 죽기 살기로 황후를 흔들며 소리치고 있었다.

"자미는 무공도 못하고, 말도 크게 못 해! 대체 그런 애의 어디가 신분에 걸맞지 않다는 거야! 그냥 우리 둘을 죽이려고 작정한 거지, 어? 자미 털끝 하나 건드렸기만 해 봐! 머리카락 한 올이라도 빠져 있으면 진짜 너 죽고 나 죽고야! 자미 내놔, 내놓으라고!"

제비가 온몸으로 황후를 밀어 넘어뜨렸다. 황후를 붙잡고 바닥을 구르던 제비는 급기야 두 손으로 황후의 목을 조르려 했다.

"안 됩니다!"

새위가 외쳤다. 약속이나 한 듯 앞으로 나와 선 이강, 이태가 제비에게로 달려드는 새위와 새광을 막았다. 제비는 이강과 이태의 손에 일으켜 세워졌다. 긴박했던 상황이 마무리되자 새위, 새광은 뒤로 물러나는 수밖에 없었다.

황후는 짙은 충격으로 얼굴색을 잃은 채 주저앉아 있었다. 곤녕궁 궁녀들과 태감들이 서둘러 황후를 일으켰다. 건륭은 이 혼란스러운 광경을 그저 놀란 눈으로 지켜볼 뿐이었다.

"폐하, 우선 사람 목숨부터 구해 주십시오!"

애가 탔던 이강이 주위의 시선을 무릅쓰고 나섰다. 이에 건륭은 황후 쪽으로 걸음을 한 번 옮기더니 세상 엄한 목소리로 경고하듯 일렀다.

"자미가 이곳에 갇혀 있는 걸 알고 왔으니 둘러댈 생각은 하지 마시오. 체통 없이 일을 시끄럽게 만들지 말고, 얼른 사람이나 풀어 주시오."

도대체 누가 체통이 없단 말인가! 분독 오른 황후의 눈이 이글거렸다. 하늘 높은 줄 모르고 행패를 부리는 제비가 눈엣가시처럼 불편했고, 그런 제비를 아침 댓바람부터 자신의 처소로 데리고 온 건륭이 야속했다.

심기가 불편한 건 건륭도 마찬가지였다. 황후라는 사람이 힘없는 궁녀를 가두고 사사로이 고문을 한 일도 못마땅하지만, 자신이 직접 나서서 풀어 주라 말하는데도 고집스레 모르는 척하는 태도가 더 거슬렸다.

황후가 꼿꼿한 자세로 대꾸했다.

"폐하께선 무슨 근거로 수방재 궁녀가 여기 있다고 확신하시는 겁니까."

"그 말은 자미가 이곳에 없다는 뜻이오? 없다고 맹세할 수 있소? 만약 거짓이라면 짐은 황후에게 기만죄를 물어 백성들과 똑같이 다스릴 것이오!"

건륭이 무서운 얼굴로 으름장을 놓았다. 그 기세에 눌린 듯 황후가 돌연 말을 바꾸었다.

"그 애가 여기에 있다고 해도 한낱 궁녀일 뿐입니다. 곁에 두고 싶으니 신첩에게 주십시오."

그런 황후의 태도가 건륭의 심기를 더욱 자극하고 말았다.

"어째 황후라는 사람이 말을 이랬다저랬다 손바닥 뒤집듯이⋯⋯. 가증스럽군."

믿을 수 없다는 듯 커다래진 눈이 건륭을 향했다. 충격으로 일그러진 황후의 얼굴은 안색마저 질려 있었다. 어떻게 그까짓 궁녀 때문에 황후인 자신에게 가증스럽다는 말을 할 수 있는 것인지 황후는 도저히 이해할 수 없었다.

"궁녀도 사람이오. 궁녀에게도 저를 낳아 길러 준 부모가 있다는 말이오."

건륭은 본인 스스로도 깨닫지 못한 사이 제비가 자주 쓰던 말을 인용하고 있었다.

"황후는 천하를 품어야 하는 국모이거늘, 그대는 국모로서의 덕을 온전히 지녔소? 내 아이를 아끼는 마음으로 남의 아이도 보살피라는 공자의 말씀을 모르오? 만약 국모 자리가 버겁다면 차라리 황후의 신분을 내놓으시구려."

너무 놀라 다리에 힘이 풀린 황후가 뒤로 두 걸음 물러났다. 충격으로 벌어진 입에선 아무 소리도 나오지 않았다.

"어서 자미를 풀어 주지 못하겠소!"

건륭이 재차 다그치자 황후도 심사가 못내 뒤틀리고 말았다.
"신첩은 폐하의 안위를 위해 그 애를 내드릴 수 없습니다."
결국 인내심이 동이 난 건륭은 황후를 무시하듯 이강, 이태, 영기에게로 고개를 돌렸다.
"너희가 들어가서 자미를 데려오너라!"
건륭을 따라온 이들 모두가 애타게 기다려 온 한마디였다. "명 받들겠나이다!" 목청껏 대답한 세 청년이 곧장 곤녕궁 뒤뜰로 달려갔다.

밀실 문이 벌컥 열리고 이강 일행이 안으로 들이닥쳤다. 자미의 몸에 바늘을 찔러대던 네 명의 상궁 모두 놀란 얼굴이 되었다. 동이 트자마자 다시 고문이 시작된 터였다. 상궁들의 악독함에 세 남자는 치를 떨었다.
"빌어먹을 것들, 아직도 이 짓을 하고 있다니!"
이강이 분노에 찬 목소리를 내던지며 앞으로 날아갔다. 그 발길에 걷어차인 용 상궁이 바닥에 나동그라졌다. 이강의 시선이 곧장 옆에 놓인 형구로 옮겨 갔다. 자미가 당했을 고초가 어른거려 이강은 눈앞이 빙 돌았다.
"이 짐승만도 못한 인간, 아니 인간의 탈을 쓴 마귀! 너도 똑같은 고통을 느껴 봐라!"
이강이 금바늘을 한 움큼 잡아 쥐고 용 상궁의 어깨에 내리꽂았다. 이미 쓰러져 있던 용 상궁이 바닥을 뒹굴며 괴로워했다. 고통 속에 내지르는 비명은 마치 도살을 당하는 돼지 소리 같았다.

"아이고! 황후마마, 살려 주십시오!"

이강은 용 상궁을 버려두고 자미에게로 달려갔다. 맨바닥에 누워 잔뜩 웅크리고 있는 자미를 보니 가슴이 무너지는 것 같았다. 이강이 가녀린 몸을 들어 안았다. 주변의 이목을 생각할 여유가 없었다. 와들와들 떠는 몸을 꼭 끌어안자 이강은 자미가 느끼는 고통과 불안이 고스란히 느껴졌다.

"자미, 미안하오. 내가 너무 늦었소."

자미가 눈을 들어 저를 품은 이를 올려다보았다. 줄곧 그리던 사람이 곁에 와 있었다. 이강을 담은 자미의 눈에서 안도의 눈물이 방울방울 떨어졌다.

한편 용 상궁은 여전히 돼지 멱따는 고성을 내지르고 있었다. 그 소리에 신경이 거슬린 이태가 빠른 걸음으로 나아가 용 상궁의 뺨을 몇 차례 갈기었다.

"감히 소리를 질러? 너처럼 악독한 늙은이는 세상에서 없어져야 해!"

'챙!' 하는 쇳소리와 함께 이태의 손에 은빛 단검이 들렸다. 공포에 질린 용 상궁이 무릎을 꿇으며 자세를 고쳤다. 그리고 바들바들 떨리는 몸을 굽혀 땅에 머리를 찧었다.

"사, 살려 주십시오! 도련님, 노비가 잘못했습니다!"

용 상궁은 이태의 어깨 너머를 향해서도 겁에 질린 목소리를 터뜨렸다.

"오황자님, 살려 주십시오!"

영기는 다른 상궁들을 다잡던 중이었다. 영기에게 한바탕 혼이 난 상궁들도 하나같이 꿇어앉아 굽실굽실 절을 하고 있었다. 영기가 떨떠름한 얼굴로 이태를 말렸다.

"이태, 죽이더라도 여기선 안 돼. 자미를 구하는 게 먼저다. 이들은 언제든 처벌할 수 있어. 아바마마께서 밖에서 기다리시니 어서 나가자."

이태는 내키지 않는 걸음을 옮기려다가, 별안간 팔을 크게 휘둘렀다. 이태의 손에 들려 있던 단검에 용 상궁의 올림머리가 잘려 나갔다. 순식간의 일이었다. 비녀 장식과 끊어진 머리카락 덩어리가 바닥에 툭 떨어졌다. 자신의 목이 떨어졌다고 생각한 용 상궁은 바로 그 자리에서 정신을 잃고 말았다.

"제가 아니어도 누군가의 손에 죽겠죠. 폐하께서 처결해 주실 겁니다."

이태가 용 상궁의 등덜미를 거머쥐고 바깥으로 끌었다. 자미를 안아 든 이강이 앞서 걷고 있었다.

이강에게 안겨 나오는 자미의 몰골을 보고 건륭은 경악을 금치 못했다. 머리가 풀어 헤쳐진 채 얼굴이 혈색 없이 질린 처참한 모습이었다. 영기와 이태가 곧 뒤따라왔다. 정신을 잃고 산발이 된 용 상궁도 이태의 손에 끌려 나왔다.

이강이 말했다.

"폐하, 자미를 데리고 왔습니다! 심한 고문을 당해 온몸에 상처를 입은 듯합니다!"

제비와 금쇄가 울음을 터뜨리며 한달음에 뛰어왔다. 자미의 상태를 본 두 사람은 가슴이 미어져 어쩔 줄을 몰랐다.

"자미야, 내가 널 다치게 했어. 미안해, 다 내 잘못이야."

"대체 무슨 일이 있었던 거죠? 어디를 다친 거예요? 만져 봐도 되나요?"

자미는 건륭이 자리해 있는 것을 알고 이강에게 자신을 내려 달라 말했다. 이대로 자미를 계속 안고 있을 수는 없었기에 이강은 놓이지 않는 마음을 겨우 수습하여 자미의 뜻에 따랐다. 제비와 금쇄가 얼른 자미를 부축했다. 양옆의 두 사람에게 기대고서도 자미는 곧 쓰러질 듯 비틀거렸다.

앞으로 성큼 나아간 건륭이 믿을 수 없다는 표정으로 자미를 바라보았다. 며칠 전 생기 넘치던 모습과 대조되어 충격이 컸다. 마음이 아프기까지 했다.

"자미야, 어딜 다친 것이냐?"

제비와 금쇄의 부축을 받아 휘청휘청 선 자미가 눈을 들어 건륭을 바라보았다. 자미는 똑바로 서 있으려 애를 썼지만 몸이 말을 듣지 않았다. 온몸에 힘이 하나도 없었다. 무릎을 꿇으려던 자미는 순간 현기를 느끼고 금쇄와 제비의 품에 안겼다. 빙그르르 도는 눈앞을 다잡으며 자미가 가까스로 입을 뗐다.

"폐하, 아무 데도 다치지 않았습니다……."

건륭은 땀과 눈물로 얼룩진 자미의 얼굴을 찬찬히 살폈다. 심장이 불안하게 흔들렸다.

"이 지경이 되고서도 다친 데가 없다니? 누가 무엇으로 어떻게 때렸는지 주저 말고 말하거라. 짐이 대신 나서 주마."

밀실에서 구출되어 나온 자미를 보고 덜컥 겁이 난 황후가 앞으로 걸음을 떼며 말했다. 목소리에 두려움이 섞여 있었다.

"폐하······."

"자미에게 묻고 있으니 황후는 끼어들지 마시오!"

분노에 찬 음성이 황후의 말허리를 잘랐다. 건륭은 고개를 들고 매서운 눈초리로 황후를 노려보았다. 그때 이태가 용 상궁을 끌고 와 건륭 앞에 내동댕이쳤다.

"폐하, 고문을 주도한 자를 잡아왔습니다."

내팽개쳐진 충격으로 정신이 번쩍 든 용 상궁이 눈을 뜨고 주변을 살피다, 제 앞에 서 있는 건륭을 보고 다시 까무러칠 듯 놀랐다. 용 상궁이 즉각 무릎을 꿇고 외쳤다.

"폐하, 살려 주십시오! 노비가 죽을죄를 지었습니다. 목숨만 살려 주시면 다시는 이런 일이 없을 것입니다!"

건륭이 노기 어린 눈으로 용 상궁을 쏘아보았다. 황후를 향했던 건륭의 분노가 모조리 용 상궁에게로 옮겨 가고 있었다.

"비열하고 악랄한 것! 네가 바로 소란을 일으킨 원흉이렷다! 연약한 여인을 이리도 모질게 대하다니!"

고개를 돌린 건륭이 살벌하게 호령했다.

"새위, 새광! 용 상궁을 데려가 참수하라!"

"예!" 큰 소리로 대답한 새위, 새광이 용 상궁을 잡아끌었다. 용 상궁은 기함할 듯 놀라며 고함을 질렀다.

"황후마마, 황후마마!"

저를 부르는 용 상궁의 외침에 황후는 가슴이 뜯기는 듯한 고통을 느꼈다. 지금 황후에게는 지위에 걸맞은 위엄을 지킬 여유가 없었다. 황후가 선 자리에서 그대로 쿵, 두 무릎을 찧었다.

"폐하, 넓은 아량을 베풀어 주십시오! 신첩에게 용 상궁은 어미나 다름없는 유모입니다. 부디 은혜를 베풀어 주십시오, 폐하!"

"은혜를 베풀어 달라? 용 상궁은 극악무도한 죄를 지은 노비요. 짐이 한낱 노비를 죽이겠다는데 황후는 왜 그리도 애끓어 하오?"

얼음장처럼 차갑기만 하던 황후의 눈에서 뜨거운 눈물이 주르르 쏟아졌다. 황후가 재차 용서를 구하며 호소하였다.

"신첩이, 신첩이 잘못하였나이다. 부부의 정을 봐서라도 한 번만 용서해 주십시오. 신첩이 이곳에서 홀로 지냈던 긴 시간 동안 용 상궁은 곁을 지키며 성심으로 신첩을 보살펴 주었습니다. 비록 큰 공은 아닐지라도 그 정성을 굽어보시어 부디 제발 용서해 주십시오……"

'홀로 지냈던 긴 시간'이라는 말이 건륭의 가슴에 파문을 일으켰다. 건륭은 순간 측은한 마음이 들었으나, 이미 불붙어 오른 화는 쉬이 사그라지지 않았다.

"본인의 노비는 그토록 애지중지하면서 왜 제비의 사람은 아껴 주지 않는 거요? 역지사지란 말도 모르오?"

황후는 그저 자세를 낮추고 연신 잘못을 빌었다. 건륭이 여전히 엄한 목소리로 용 상궁을 향해 경고했다.

"용 상궁, 참형은 잠시 미루도록 하겠다. 하지만 앞으로 한 번만 더 오늘과 같은 악행을 저지르거나 수방재와의 갈등을 조장하면 그땐 반드시 죽음으로 죗값을 치러야 할 것이다."

"노비 명 받들겠나이다! 성은이 망극하옵니다!"

용 상궁이 달달 떨리는 몸을 바닥에 납작 붙이고 머리를 찧으며 절했다.

건륭은 용 상궁을 장 스무 대에 처했다. 죽음은 면했어도 살아서 받는 벌마저 피할 수는 없었던 것이다. 집형 명령을 받은 새위, 새광이 양옆에서 용 상궁을 잡고 바깥으로 나갔다. 행여나 긁어 부스럼을 만들까 봐 황후는 아무런 주청도 하지 못하고, 울음을 삼키며 용 상궁이 붙들려 나가는 모습을 지켜보기만 했다.

건륭은 죄인이 끌려 나간 것을 확인한 뒤 다시 자미에게로 눈길을 건넸다.

"자미야, 용 상궁 말고 또 누가 널 고문하더냐? 대체 왜 고문을 하더냐?"

자미는 양쪽에서 저를 잡고 있는 금쇄와 제비의 도움을 받아 무릎을 꿇었다. 바닥에 손을 짚고도 위태로운 모습으로 자미는 건륭에게 절을 올렸다.

"아뢰옵니다, 폐하. 다른 이는 없습니다. 부디 더는 추궁하지 말아 주십시오. 황후마마께서 노비를 가르치시는 건 당연합니다. 오늘 일을 여기서 매듭지어 주신다면 노비는 감사할 것입니다."

빙그르르 돌던 자미의 눈앞이 순간 까맣게 변해 버렸다.

정신을 잃고 쓰러지는 자미를 부둥켜안고 제비가 목을 놓아 소리쳤다. 잠시 멎었던 눈물이 다시금 억수처럼 쏟아져 내렸다.

"자미야, 죽으면 안 돼! 네가 죽으면 나도 따라 죽을 거야!"

놀라고 다급한 와중에 건륭의 가슴속 이유를 알 수 없는 통증이 더욱 심해졌다.

"얼른 이 아이를 수방재로 데리고 가거라! 지금 당장 어의를 불러, 어서!"

자미는 수방재 침상 위에서 의식을 되찾았다. 자미가 정신을 잃은 사이 수방재에선 한바탕 난리가 났었다. 어의들이 줄줄이 수방재 문턱을 넘었고, 뒤늦게 소식을 들은 영비도 부리나케 수방재를 찾았다. 궁녀와 태감들은 각자 맡은 바에 따라, 물을 긷고 수건을 헹구고 자미의 상처를 닦고 옷을 갈아입히느라 바삐 움직였다. 뒷수습이 어느 정도 끝난 후 어의가 자미를 진맥하였다. 그런 다음에도 약을 처방하고 달이고 사발에 담아 가져오고…….또 한차례 바쁜 시간이 지나갔다.

자미는 말끔한 상태로 침상 위에 누워 있었다. 상처에 바른 약 때문에 몸 여기저기가 화끈거렸지만, 보송한 옷과 포근한 이불의 감촉에 자미는 안정감을 느꼈다. 다시 살아난 기분이었다.

건륭이 자미를 보러 침실 안으로 들어섰다. 침상 가까이 다가온 건륭을 보고 놀란 금쇄와 제비가 무릎을 굽혀 예를 갖추었다. 제비는 건륭을 보자마자 눈시울이 붉어졌다.

"아바마마……."

속상한 마음이 목소리에 가득 배어 있었다. 목이 멘 제비는 말끝을 이루지 못하고 닭똥 같은 눈물만 뚝뚝 떨구었다. 자미의 얼굴색이 죽은 사람처럼 창백했다.

오래지 않아 자미가 눈을 떴다. 자미는 자신을 보고 있는 건륭을 발견하고 깜짝 놀라 몸을 일으켰다.

"폐하!"

건륭의 커다란 손이 일어나려는 가녀린 상체를 제지하고 도로 침상에 눕혔다. 자미는 건륭이 몸소 저를 보러 왔다는 사실에 감사하기도 하고, 그 앞에 누워 있는 자신이 면구스럽기도 했다.

"지금은 예를 차릴 것 없다."

건륭이 자미를 지그시 바라보았다.

"영비에게 들었다. 바늘에 찔렸다면서? 전신에 바늘 자국이 남았다던데, 많이 아프겠구나."

건륭이 건네는 따뜻한 말투와 관심 어린 눈빛을 받고 자미는 울컥 눈물이 솟아올랐다.

"관심 가져 주셔서 감사합니다, 폐하. 이제 아프지 않습니다."

건륭이 고개를 끄덕여 인사를 받고 다시 물었다.

"얼굴이 백지처럼 질렸는데 어찌 아프지 않단 말이냐."

"폐하와 영비마마께서 친히 납시어 주시고, 어의를 불러 약도 내려 주시고, 아프지 않느냐고 물어봐 주시니 정말 하나도 아프지 않습니다."

자미가 울먹이며 답했다. 그런 자미를 보고 있자니 건륭은 가슴 한구석이 이상하게 아렸다. 어째서 자꾸만 이 소녀가 눈에 밟히는 것인지, 스스로의 감정을 이해할 수도 제어할 수도 없었다.

그나저나 황후는 왜 느닷없이 자미를 불러 고문한 걸까. 그것이 여전히 의문스러웠던 건륭은 자미에게 다시 한번 물어보기로 했다. 아무래도 황후의 앞이라 곤녕궁에서는 말하기가 어려웠으리라. 하지만 수방재에서도 자미의 대답은 한결같았다.

자미가 베개 위에서 머리 숙여 인사하였다.

"폐하, 그에 대해선 묻지 말아 주십시오."

건륭은 괜찮으니 말해 보라며 재차 자미를 타일렀다. 자미는 제 마음을 닮아 깊은 눈에 간절함을 담고서 건륭을 바라보았다. 그리고 티 없이 맑은 목소리로 말을 이었다.

"국모이신 황후께서 혼을 내실 땐 그분 나름의 이유가 있을 것이라 생각합니다. 이는 마마의 권한이기도 합니다. 폐하, 가화만사성이라 하였습니다. 저 하나 때문에 궁내가 어수선해지는 일은 원하지 않습니다. 폐하께서 용 상궁을 벌하셨으니 그것으로 충분합니다."

건륭은 자미의 말에 동의할 수 없었다. 조금만 더 늦었더라면 자칫 목숨을 잃을 수도 있는 상황이었다. 게다가 황궁은 건륭 자신의 집이기도 했다. 마냥 고귀하고 평온해야 할 곳에서 사사로운 고문이 행해지다니, 건륭은 생각할수록 괘씸했다. 언성을 높이는 건륭을 자미는 그저 눈물 그렁그렁한 눈으로 지켜보았다. 달리 말은 없었다.

옆에서 눈물을 쏟던 제비가 왈카닥 분통을 터뜨렸다.

"아바마마, 딱 보면 모르시겠어요? 황후마마는 그냥 수방재가 꼴 보기 싫은 거예요! 저를 어쩌지 못하니까 괜히 제 사람들을 괴롭히는 거라고요. 매번 아바마마를 찾아갈 수도 없고, 저희는 어떡해야 해요? 이번에는 자미가 운이 좋아서 살아났지, 만약에 아바마마가 궁에 안 계셨으면 자미는 벌써 저세상 사람이 됐을 거예요!"

건륭이 고개를 들어 제비를 보았다. 하마터면 벌어질 수도 있었던 아찔한 상황을 떠올리니 건륭도 탄식이 절로 새어 나왔다.

"걱정하지 마라. 짐이 수방재로 시위들을 보내라고 이강에게 일러두었다. 그리고 앞으로 곤녕궁에서 부르거든 무조건 짐에게 먼저 알리거라. 다신 이런 일이 없도록 짐이 나서 주마."

그때 영비가 건륭의 곁으로 사뿐 다가왔다.

"폐하, 여긴 제비와 궁녀들에게 맡기고 이제 그만 처소로 돌아가 쉬시지요. 이강, 이태도 이곳을 지키고 있으니 별다른 문제는 일어나지 않을 것입니다."

잠시간 말없이 자미를 바라보던 건륭은 이내 안타까운 마음을 감추지 못하고 날숨을 내쉬었다.

"자미야, 몸조리 잘 하거라. 먹고 싶은 게 있으면 말하고."

험한 일을 당하고도 속사정을 털어놓지 않는 이유를 건륭도 어림짐작으로 알 것 같았다. 자미가 말한 '가화만사성'에 많은 의미가 담겨 있었다.

"아무 걱정 마라. 조만간 몸이 다 나으면 짐과 다시 한번 바둑을 두자꾸나."

그 정다운 위로가 너무나 감격스러워서 자미는 또 눈물이 났다. 눈물이 빗방울처럼 뚝뚝 떨어졌다. 베개 위에서 거듭 고개인사를 전하며 자미는 연신 한마디만 반복했다.

"감사합니다, 감사합니다, 감사합니다……."

"보아하니 짐이 가지 않으면 네가 쉬지를 못하겠구나. 영비, 갑시다."

건륭은 다정스레 인사를 건네고 몸을 돌려 침실을 나갔다. 실내에 있던 이들 모두 종종걸음으로 문밖까지 건륭을 배웅하였다.

건륭이 떠나고 얼마 지나지 않아 이강이 침실로 들어왔다. 제비는 이강을 보자마자 방 안에 있던 이들에게 나가자는 손짓을 해 보였다. 그러고는 이강에게 일렀다.

"어의가 쉬어야 한댔으니까 너무 길게 얘기하지는 마요. 다른 사람들은 못 들어오게 나랑 금쇄가 밖에서 지키고 있을게요."

"고맙습니다."

이강에게 다가와 무릎 굽혀 인사한 금쇄가 밖으로 나가기 전 나지막이 당부의 말을 전했다.

"아가씨가 많이 아파하세요. 안 아픈 데가 없으신가 봐요. 도련님이 곁에서 이야기를 나누어 주시면 아마 덜 아파하실 거예요. 한데…… 저번처럼 아가씨를 데리고 궁을 나가겠다는 말씀은 부디 참아 주세요. 아까 폐하께서 마음을 달래 주셔서 아가씨가 무척 감동하셨거든요. 지금은 세상 어떤 힘도 아가씨를 궁 밖으로 내보내지 못할 거예요. 그런데 도련님이 또다시 궁을 나가자 하시면, 몸에 입은 상처보다 더한 상처가 마음에 생기실지도 몰라요."

이강은 세게 얻어맞은 듯 머리가 띵했다. 미처 생각지 못한 부분이었다. 이강은 이내 정신을 추스르고 알겠다며 고개를 끄덕였다. 빠른 걸음으로 자리를 뜨는 사람들을 뒤로한 채 이강이 곧장 침실 깊은 곳으로 달려갔다.

미동 없이 누워 있는 자미의 얼굴은 여전히 혈색이 희미했다. 침상 가까이 다가가 그 위에 걸터앉은 이강이 조심스레 자미의 손을 잡아 자신의 가슴에 대었다. 열기를 띠고 자미를 비추는 두 눈에 슬픔이 서려 있었다. 이강은 한참 동안 아무런 말도 꺼내지 못했다.

이강을 바라보고 있던 자미의 눈에 어느새 눈물이 가득 고였다. 자미가 먼저 입을 열었다.

"다 지나갔어요. 다행히 별 탈 없었어요."

"별 탈이 없다니, 지금 이 지경이 되고도 그런 말이 나오오? 난……."

이강이 시큰해지는 콧등의 감각을 거부하듯 이를 꽉 깨물고 고개를 저었다.

"그대 때문에 아프오. 죽을 만큼 아프오."

"이러지 마요. 이강이 나 때문에 힘들면 나는 더 괴로워요."

자미를 괴롭게 해선 안 된다는 걸 알지만 아프지 않을 방법이 없었다. 오늘과 같은 일이 생기리라곤 상상조차 못 했던 터라 충격이 더 컸다. 사랑하는 여인을 지키지 못한 자신의 무능이 몸서리치게 싫었고, 아파하는 여인을 위해 대신해 줄 수 있는 것이 아무것도 없어서 괴로웠다. 자괴감과 죄책, 후회로 범벅이 된 마음이 버겁게 느껴졌다.

"그대를 궁으로 들인 게 후회스럽소!"

"알아요. 당신 마음 다 알아요."

눈물을 머금은 자미의 눈이 이강을 따뜻하게 달랬다.

"나 때문에 힘들어하지 말아요. 이 일로 폐하께서 나한테 관심을 가져 주셨으니 전화위복이 된 셈이잖아요."

자미가 가까스로 힘을 내어 눈가에 옅은 미소를 지어 보였다.

"이리 다치고도 어떻게 그런 말을 하오? 대체 어딜 얼마나 다친 거요. 바늘 말고 다른 도구는 없었소?"

"네, 다른 덴 괜찮아요. 당신이 와서 곁을 지켜 주고, 내 눈을 바라보며 날 얼마나 아끼는지 알려 주고, 나보다 더 아프다 말해 주잖아요. 이걸로 충분해요."

고마운 마음을 말로 옮기자 자미는 가슴속이 더욱 따스해지는 것 같았다. 행복감에 벅차올랐다. 다친 자신을 걱정하고 보살펴 주었던 많은 이들을 떠올리니, 이렇게 다친 게 어쩌면 감사한 일인 것 같다는 생각마저 들었다. 그런 감회를 담담히 고백하며 자미는 이강의 아픈 마음을 쓰다듬었다.

"후회하지 말아요. 난 오히려 기쁜걸요. 폐하께서 나 하나 때문에 친히 곤녕궁에 납시어 주시고, 수방재로 어의를 불러 주시고, 영비마마께서도 이것저것 물으며 살펴 주셔서 얼마나 두근거렸는지 몰라요."

이강은 미련스럽도록 선한 여인에게서 눈을 뗄 수가 없었다.

"아버지에게로 향하는 길에서 돌아 나올 생각이 없는가 보오."

자미의 대답은 단호했다.

"네, 전혀요. 돌아가지 않을 거예요."

이강의 뇌리에 불현듯 의문 하나가 떠올랐다.

"그건 그렇고, 황후가 대체 무슨 명분으로 고문을 한 거요?"

자미가 조심스럽게 입을 열었다. 이강 앞에서만은 숨길 것이 없는 자미였다.

"당신 집안과 무슨 관계인지를 물으셨어요. 오황자님, 영비마마와의 관계도요. 내가 어심을…… 사로잡으려 한다시면서요. 황후마마께서는 내가 폐하를 위해 준비된 사람이라고 생각하고 계셨어요."

말 같지도 않은 소리에 이강은 온몸에 소름이 쫙 끼쳤다.

"안 되겠소, 몸이 회복되는 대로 진상을 밝힙시다. 더는 지체

할 수가 없소!"

"안 돼요, 아직 확신이 없어요. 당신도 서두르지 말랬잖아요."

"하지만…… 두렵소. 내가 두렵소."

오늘 같은 일이 다시 한번 벌어졌을 때 과연 제정신일 수 있을지 이강은 자신이 없었다. 스스로가 충분히 강하다고 여겼는데, 자미만 떠올리면 이상하게 늘 간담이 서늘하고 심장이 얼어붙고 정신마저 아득해지는 것이었다. 어떨 땐 자미의 정신력이 저보다 더 굳건한 것 같다는 생각도 들었다. 그런 생각과는 별개로, 이강의 눈에 자미는 작은 비바람에도 쉽게 상처 입고 떨어져 내리는 한 떨기 배롱나무꽃이었다. 어떻게 해야 이 여인을 고이 지켜 낼 수 있는지 도무지 갈피가 잡히지 않았다. 세상 그 무엇도 이 여인을 다치게 하지 못하도록, 할 수만 있다면 주머니 안에 쏙 넣어 매 순간 곁에 두고 싶었다. 절절한 마음을 고백하던 이강은 급기야 눈시울을 붉혔다.

자미가 한 손을 뻗어 이강의 뺨을 어루만졌다. 이강을 달래는 목소리는 촉촉이 부드러웠다.

"나 이제 안 아파요. 정말 하나도 안 아파요."

"하지만…… 내가 너무 아프오."

이강이 자신의 뺨을 쓰다듬던 자미의 손을 잡아 살며시 입술로 데려갔다. 시린 손가락 사이로 따뜻한 입술의 감촉이 파고들었다. 입술 빛이 옮겨 간 듯, 내내 백지장처럼 희던 자미의 얼굴에 어느덧 붉은 물이 들어 있었다.

제19장

바늘에 찔린 상처가 심각한 수준은 아니어서 자미는 그저 며칠 푹 쉬며 건강을 회복하고 있었다. 그사이 건륭과 영비가 보낸 영지, 인삼, 당귀, 웅담 등 귀한 보약재들이 잇따라 수방재 문턱을 넘었다. 열흘 후 자미는 기운만 차린 게 아니라 전에 없던 활력이 생기고 얼굴에선 윤기마저 흘렀다.

화창한 햇살 아래 산뜻하게 불어온 바람이 푸른 하늘의 조각구름과 벗하던 날, 제비는 사뭇 달뜬 얼굴로 수방재 정원에 나타났다. 아홉 개의 쇳조각이 기다랗게 연결된 물건을 손에 든 채였다. 구절편九節鞭이라는 채찍이었다. 손에 든 무기를 휘휘 돌리는 제비를 자미와 금쇄가 웃는 얼굴로 지켜보았다. 공주마마가 무예 공연을 보여 주시려나, 궁금했던 수방재 비복 넷도 모여들었다.

"자미야, 이제 몸도 다 나았으니까 내가 무공을 가르쳐 줄게! 금쇄, 명월이, 채하, 등자, 탁자, 너희도 전부 배워야 해!"

얼마 전 사건을 계기로 무술을 못하면 괴롭힘을 당할 수밖에 없다는 사실을 새삼 절실히 깨달은 제비였다. 수방재 식구들이 스스로를 지킬 방법을 몇 날 며칠 고심하던 제비는 마침내 한 가지 방법을 떠올렸다. 바로 무술을 익혀 수방재 식구 모두가 무공 고수가 되는 것이었다. 제비의 비장한 선언에 자미는 말이나 되는 소리냐는 듯 웃으며 대꾸했다.

"나더러 무술을 배우라고? 난 절대 못 해."

"절대 못 하는 게 어디 있어? 나도 다 했잖아. '예운대동편' 배웠지, 사서四書 읽었지, 시 짓지, 매일 글씨 쓰는 연습도 하지. 이런 나도 글공부를 하는데, 너도 무공을 익혀야지. 자, 이리 와 봐!"

제비는 자미에게 무술을 가르쳐 줄 생각에 절로 흥이 돋는 모양이었다. 그런 제비를 피해 달아나며 자미가 웃었다.

"나는 좀 봐줘. 무술은 정말 못 해."

"그렇담……."

제비가 시범적으로 가르칠 대상을 바꾸어 목청을 높였다.

"금쇄 네가 먼저 연습해 보자. 네 책임이 막중해. 다음에 또 누가 자미를 괴롭히거나 어디로 끌고 가려고 하면 네가 나서서 대처해야지!"

"내가요?"

금쇄가 화들짝 놀라며 되물었다. 제비의 목소리가 높아졌다.

"그래, 어차피 서로 미뤄 봤자 소용없어. 여기 있는 사람들 전부 배우게 할 거야. 그러게 왜 다들 맞기만 하고 복수를 못 해?

으이구, 속 터져."

자미가 겪었던 수모를 떠올린 금쇄는 오래지 않아 자미를 지키고 싶은 의지가 달아올랐다.

"알겠어요, 한번 해 볼게요!"

제비는 금쇄의 결심을 듣자마자 기다렸다는 듯 손에 든 구절편을 휘두르며 일렀다.

"이렇게 팔을 뻗었다가 손목 힘으로 당기면 돼. 오른발 앞으로 내딛고, 몸은 낮추고. 다리에 힘주고 딱 버텨. 동작은 빠르고 자연스럽게……."

제비가 설명하며 철렁철렁 채찍을 내둘렀다. 능숙한 손놀림을 따라 살아난 구절편이 춤을 추듯 움직였다. 잠시 후 제비는 손에 든 물건을 금쇄에게 건넸다. 채찍을 넘겨받은 금쇄가 머릿속으로 제비의 동작을 더듬으며 채찍을 공중에 펼쳤다. 그리고는 어색한 팔 동작을 반복하며 제비가 일러 준 말을 소심스레 되뇌었다.

"팔을 뻗었다가 손목으로 당기고, 뻗었다가 당기고……."

하지만 구절편은 금쇄의 말을 들을 의향이 전혀 없는 것처럼 보였다. 금쇄가 팔을 뻗을 때마다 기운차게 몸부림치던 채찍은 금쇄의 윗머리를 때리고 머리 장식을 떨어내고 귀고리까지 날려 버렸다. 놀란 금쇄가 재빨리 채찍을 거두려 하자 방향을 바꾼 채찍이 이번에는 제비를 공격했다. 제비가 다급히 자리를 피하며 외쳤다.

"금쇄 너 뭐 해! 자해하려는 거야, 싸우자는 거야. 애먼 사람

공격하지 말고 저기 저 나무를 겨냥하라고!"

제멋대로 움직이는 채찍의 끝을 잡고 안절부절못하던 금쇄는 기어이 제 머리를 한 번 더 가격하고 말았다. 머리에 꽂혀 있던 비녀가 쨍그랑 떨어졌다. 구절편은 금쇄가 잡아끌수록 더욱 거칠게 공중을 갈랐다. 제비는 또다시 자신에게로 날아오는 채찍을 보고 놀라 우왕좌왕하였고, 멀찍이 떨어져 구경하던 이들도 겁에 질려 어쩔 줄을 몰라 했다. 금쇄가 가쁘게 차오른 숨을 고르며 소리쳤다.

"안 되겠어요. 채찍에 뭐가 씌었나 봐요. 뱀처럼 살아 있어요!"
"뭐야, 말이 되는 소리를 해."

제비는 금쇄에게 채찍을 힘으로 다루려 하지 말고 기교를 사용해야 한다며 다그쳤다. 마디가 아홉 개인 구절편은 기술만 잘 터득하면 아주 강력한 무기가 될 수 있었다. 상대가 쉽게 예측할 수 없는 공격에 탁월한 것이 바로 구절편의 강점이었다.

"이건 천 짜고 수놓는 거랑은 달라. 세게, 더 세게 뻗어. 빠르게 휙 던지고, 가볍게 싹 당기고!"

금쇄는 제비의 말을 곧이곧대로 듣고 열심히 따라 했다.
"빠르게 휙 던지고, 가볍게 싹 당기고……."

금쇄가 팔을 당기는 순간 빠르게 방향을 튼 채찍이 이내 '퍽!' 소리와 함께 소탁자의 얼굴을 강타했다. 봉변을 당한 소탁자는 비명을 지르며 뒷걸음질하다가 바로 뒤에 서 있던 소등자와 부딪쳤다. 두 태감이 한데 엉겨 바닥에 쓰러지자 놀란 금쇄가 재빨리 채찍을 잡아끌었다.
 채찍이 이번엔 반대편에 서 있던 명월과 채하에게로 향했다. 미처 피할 새도 없이 공격을 당한 명월과 채하가 그대로 나동그라졌다. 사납게 몸부림하던 구절편은 그제야 힘을 잃고 땅에 축 늘어졌다. 금쇄가 얼른 사과부터 했다.
 "미, 미안해! 다들 괜찮아? 일부러 그런 게 아니야!"
 두 태감이 "어이구, 어이구." 신음하며 몸을 일으켰다. 손등과 옆머리 등 맞은 곳을 문지르는 명월과 채하의 입에서도 앓는 소리가 끊이질 않았다.
 소등자가 가장 먼저 불만을 터뜨렸다.
 "금쇄 네가 무공 고수가 되고 나면 우리 몸은 한 군데도 성한 곳이 없겠다!"
 명월도 볼멘소리로 덧붙였다.
 "성한 건 둘째 치고 살아 있기나 할는지 모르겠어."
 소탁자는 아예 금쇄를 향해 절까지 올리고 있었다.
 "제발 부탁이니까 이제 그만해."
 "채찍이 왜 우리만 때리지? 나무는 저기 서서 옴짝달싹하지 않는데, 금쇄 넌 왜 때리질 못하는 거야?"
 채하는 진심으로 알고 싶었다. 모두가 한마디씩 던지는 푸념을 들으며 자미도 마음이 편치 않았다.
 "제비야, 좀 더 현실성 있는 대안을 찾아 보는 게 좋겠어. 방망이 휘두르는 법도 모르는 애한테 어떻게 구절편을 가르쳐.

"맞아요, '일절편'부터 차근차근 가르쳐 줘요."

금쇄가 옳다구나 맞장구쳤다. 타는 속도 모르고 다들 우는 소리만 내니 제비는 답답한 마음에 짜증이 일었다.

"일절편이 어디 있어? 내 평생 그런 건 처음 들어 본다!"

"그럼…… 안 배우는 게 낫겠어요."

"안 돼. 자미를 위해서라도 넌 무조건 배워야 해."

볼멘소리를 단칼에 물리친 제비가 다시 금쇄의 사기를 북돋아 주었다.

"사실 그렇게 어렵지도 않아. 자, 내가 다시 시범을 보여 줄게!"

제비의 손으로 옮겨 간 구절편이 철렁철렁 춤을 추기 시작했다. 능수능란한 제비의 손놀림을 보고 모두들 금세 다시 환호하며 박수를 보냈다. 저도 모르게 어깨가 올라간 제비는 신이 나서 채찍을 휘두르며 조잘조잘 설명을 쏟아 냈다.

"봤어? 이걸로 어디든 공격할 수 있어. 앞쪽, 뒤쪽, 왼쪽, 오른쪽, 위쪽, 아래쪽……. 반드시 손목으로 움직여야 해. 여기서 팔을 뻗으면 채찍이 날아가서 상대의 목을 휘감지. 그 상태로 당기잖아? 적을 내 앞으로 데려올 수 있어. 그런 다음 이렇게 휘두르면 아주 박살이 나는 거야!"

제비가 박살을 내는 시늉을 하며 팔을 번쩍 든 순간, 우쭐해하는 마음을 비웃기라도 하듯 채찍이 제비의 손을 떠나갔다. 공중에서 호선을 그리며 높이 날아간 채찍은 까마득한 가지 끝에 턱 걸리고 말았다.

"채찍이 금쇄 손에 있더니 그새 고약해졌네. 왜 말을 안 듣지? 오라고 당기는데도 달아나 버리고."

당황스런 마음을 내뱉던 제비가 대뜸 소등자에게 말했다.

"등사, 나 채찍 좀 내려 줘."

"네? 저걸요?"

저걸 무슨 수로 내린단 말인가. 속으로 난감해하면서도 소등자는 순순히 나무 밑으로 달려갔다. 곧 정원에 있던 사람들 모두 구절편이 걸려 있는 소나무 아래로 모여들었다.

자미가 위를 쳐다보며 말했다.

"너무 높아. 사다리를 찾아와야겠어."

"사다리는 무슨, 내가 경공으로 올라가면 돼!"

제비가 힘차게 발을 구르자 몸이 순식간에 날아올랐다. 제법 높은 곳에 다다라 채찍을 잡으려 손을 뻗었으나 제비는 미처 발 디딜 곳을 찾지 못하고 다시 아래로 내려왔다. 채찍은 여전히 나뭇가지에 끼여 있었다.

제비는 자신의 경공 실력이 퇴보했다는 사실을 새삼 믿을 수 없었다. 오기가 생겨 다시 한번 날아올랐는데 웬걸, 툭 비어져 나온 가지에 머리카락이 걸리고 말았다. 그 바람에 머리에 꽂혀 있던 장식들이 댕그랑 떨어졌다. 그 모습을 조마조마하게 바라보던 자미가 제비를 말렸다.

"됐어, 위험하니까 그만해. 또 한번 날았다간 머리를 다칠지도 몰라. 금쇄야, 사다리 어디 있니?"

자미의 물음에 이 정도로 높은 사다리는 없다며 금쇄가 대답했다. 문득 좋은 생각이라도 떠오른 듯 명월이 눈을 동그랗게 뜨며 소등자를 불렀다.

"소등자, 우리 목말을 타서 저기까지 닿는지 보자!"

명월의 제안에 제비도 눈을 번뜩이며 호응했다.

"그래, 목말! 얼른 타고 올라가서 채찍 좀 내려 줘!"

나무 밑동으로 모여든 이들이 하나둘 인간 사다리를 만들기 시작했다. 소탁자가 맨 아래였다. 소등자가 소탁자의 어깨를 밟고 섰다. 다음으로 명월이 소등자의 어깨 위로 아슬아슬하게 올랐다. 여전히 채찍이 걸린 곳의 반도 못 미치는 높이였다. 마지막으로 채하가 소탁자를 붙잡고 올라가던 순간, 인간 사다리가 크게 휘청하더니 귀가 찢어질 듯 날카로운 비명과 동시에 네 사람이 와르르 무너졌다. 깜짝 놀란 자미가 가슴을 쓸어내리며 모두를 타일렀다.

"안 되겠다, 이제 그만해. 목말도 타지 마. 이런 방법으론 안 될 거야. 아니면 혹시…… 나무에 오를 수 있는 사람은 없어?"

"그러게, 나무줄기를 타고 올라가면 되네. 아, 바보!"

깨달음을 독백하던 제비가 "다 같이 나무에 오르자!" 하며 솔선수범을 보였다. 제비를 선두로 소탁자, 소등자가 뒤따르고 자미와 금쇄, 명월, 채하는 나무 아래에서 고개를 들고 세 사람을 지켜보았다. 나무 위를 향해 호기롭게 출발한 이들은 잠시 후 하나같이 숨을 헐떡이고 있었다.

바로 그때, 긴장이 감도는 수방재 안으로 이강과 이태가 들어섰다. 두 사내는 눈앞에 펼쳐진 광경을 보고 어안이 벙벙해졌다.

"다들 여기서 무얼 하오? 나무는 왜 오르고 있소?"

이강이 물었다.

"거기, 조용히 좀 해요! 이제 거의 다 됐어!"

제비는 자신의 몸보다 훨씬 큰 나무줄기를 부둥켜안고 있다가 구절편이 걸린 가지 끝으로 한쪽 팔을 뻗었다. 아슬아슬하게 매달린 제비의 모습에 이태는 버썩 목 밑이 죄었다.

"조심해요! 떨어지겠어요!"

"저기, 어떻게 된 일인지 누가 설명을 좀…….."

전후 사정을 알 길이 없어 답답한 얼굴이 된 이강에게 자미가 대답했다.

"채찍을 되찾아 오는 중이에요."

"채찍?"

비로소 이강의 시야에도 가지 끝에서 빛나는 구절편이 들어왔다. 가볍게 뛰어오른 이강이 삽시에 채찍을 거머잡고 가뿐히 착지하였다. 깔끔하고 근사한 움직임이 마치 무예 공연의 한 장면 같았다. 나무줄기에 달라붙어 이를 지켜본 제비가 동그랗게 토끼 눈을 뜨고 외쳤다.

"가지고 내려간 거예요? 그렇게 쉽게?"

이강이 턱을 들고 목청껏 대답했다.

"예, 얼른 내려오십시오! 폐하께서 함께 산책하자며 제비와 자미를 어화원으로 부르셨습니다! 오황자님은 먼저 가셨고, 우리도 서둘러야 합니다! 폐하를 기다리시게 해선 안 돼요!"

건륭이 부른다는 말에 제비가 냉큼 땅으로 내려왔다. 재빨리 옷을 갈아입고 머리 매무새를 고친 뒤, 제비는 자미의 손을 잡고 건륭을 만나러 갔다. 제비가 야심만만하게 시작했던 첫 수업은 그렇게 흐지부지 끝나고 말았다.

건륭은 얼굴 가득 생기가 돋아난 자미를 마주하고 한결 마음이 놓였다.

"자미야, 다친 곳은 다 나았느냐?"

"폐하께 아뢰옵니다, 완전히 나았습니다."

붉은 빛깔의 비단을 닮은 꽃들이 곱게 핀 어화원을 거닐다 건륭은 자신의 뒤를 따르는 젊은 아이들을 둘러보았다. 쾌활한 제비, 다소곳한 자미, 준수한 영기, 의젓한 이강, 번듯한 이태……. 파릇한 선남선녀들이 곁에 있어 건륭은 흐뭇했다.

오늘 따라 건륭의 시선이 유독 제비와 이강, 이태 사이를 오갔다. 실은 영비가 요즘 들어 부쩍 제비의 혼사에 관해 귀띔을 했다. 혼기가 찬 제비가 복륜의 자제들과 가깝게 지내는데 형제 중 누구와 맺어 주면 좋을지 모르겠다면서. 그 말을 내심으로 품고 있던 건륭이었다.

"오늘은 순시 일로 너희를 불렀다. 제비야, 자미야, 너희도 정말 같이 가고 싶으냐?"

그 말을 듣자마자 제비는 마음이 달떠 견딜 수가 없었다. 제비가 목청껏 대답했다.

"당연히 가고 싶죠! 저희가 요즘 재수가 없었잖아요. 아바마마가 데리고 나가 주시면 없던 재수도 다시 생길 것 같아요!"

"네 재수가 없는 것과 순시를 가는 게 무슨 상관이기에?"

"상관이 있죠! 사람은 재밌는 일을 만나면 기분이 상쾌해진다고요. 순시를 가는 건 재밌는 일이고, 그럼 기분이 상쾌해지겠죠? 기분이 상쾌해지면 재수도 좋아지는 거예요!"

건륭은 미소를 머금은 눈동자를 반짝이며 제비를 요모조모 뜯어보았다.

"이렇게 자꾸 나가고 싶어 하니 하루빨리 시집을 보내야겠구나. 아무래도 혼처를 알아봐야겠어."

그 말에 놀란 제비가 순간 발목을 비끗하고 말았다. 하마터면 넘어질 뻔한 것을 자미가 급히 붙들었다.

한편 이태와 영기의 눈이 은밀히 마주쳤다. 두 사내 모두 긴장한 기색이 다분했다.

"왜, 시집을 보낸다니 설레서 제대로 서지도 못하겠느냐?"

놀리듯 말하는 건륭에게 제비가 소리쳐 대꾸했다.

"아바마마, 그런 농담 재미없어요! 놀라서 기절할 뻔했잖아요. 저 같은 사람을 며느리로 데려갈 집은 없을 테니까 괜히 사서 고생하지 마세요."

"너를 데려갈 집이 왜 없어?"

제비를 내려다보던 건륭의 눈길이 무심코 이강에게로 향했다.

"이강, 환주공주를 너에게 주마. 어떠냐?"

깜짝 놀란 이강이 미처 반응을 보이기도 전에, 다리에 힘이 풀린 제비가 쿵 엉덩방아를 찧으며 나자빠졌다. 제비를 붙잡으려던 자미도 함께 바닥을 굴렀다. 경황이 없던 와중에 제비가 확 잡아당기는 바람에 그 완력을 못 이기고 같이 넘어진 것이었다. 궁녀들이 다가와 제비와 자미를 일으켜 세웠다.

넘어진 두 여인을 지켜볼 수밖에 없는 이강, 이태, 영기는 저마다 근심에 빠져 굳은 얼굴이었다.

"갑자기 왜들 그러느냐?"

건륭이 의아한 눈으로 두 소녀를 보며 물었다. 자리에서 일어선 제비와 자미는 어쩐지 둘 다 안절부절못하는 모양새였다. 바닥에 찧어 아픈 곳을 손으로 마구 문지르던 제비가 눈을 들어 부루퉁히 반발했다.

"아바마마, 이런 일은 조용히 따로 불러서 말씀하셔야죠. 저도 여자란 말이에요. 어떠냐고 물었는데 싫다고 대답하면 제 체면이 뭐가 돼요. 그리고 아바마마, 이강을 좋아하시잖아요. 그럼 아껴주셔야지 왜 사람을 해치려고 하세요."

건륭이 놀란 표정으로 되물었다.

"해치다니? 무슨 소리인지 하나도 모르겠다. 짐이 언제 이강을 해치려 했느냐."

"복수하고 싶은 놈이 있으시면 절 그쪽으로 시집보내시고, 그게 아니면 관두세요. 저한테 장가오는 남자는 재수가 옴 붙을 거예요."

건륭의 눈이 제비를 나무라듯 보았다.

"네 자신을 너무 낮잡아 보는구나."

"아무튼 아바마마, 농담은 그만하시고요. 순시 이야기나 마저 해요, 네? 어떻게 위장하실 거예요? 우리 어디로 가요?"

제비가 냉큼 화제를 돌렸다. 혼사가 당장 급한 일은 아니었던 터라 건륭도 모르는 척 웃으며 넘어갔다. 곁에 있는 이들을 쭉 훑던 건륭의 눈길이 이강에게 가닿았다.

"이강, 네 계획은 어떠냐?"

농담처럼 스치고 지나간 혼담의 여파가 컸던 모양인지, 자미의 안색을 살피느라 넋이 나간 이강은 건륭의 질문도 듣지 못했다. 아무런 반응이 없는 이강 때문에 초조해진 이태가 어깨로 제형을 툭 쳤다.

"뭐 하고 있어. 폐하께서 순시 계획을 물으시잖아."

그제야 정신을 차린 이강이 뒤죽박죽인 머릿속을 황망히 수습하며 건륭을 쳐다보았다. 전에 없던 모습이었다. 이강이 얼빠져 있는 이유를 오해한 건륭은 의미심장한 미소를 지은 채 잠자코 대답을 기다렸다.

"폐하, 상인으로 가장하는 것이 어떠십니까."

이강이 떠올린 것은 수금을 하며 이곳저곳 유람을 다니는 상단이었다. 건륭은 상단의 행수, 영기는 행수의 아들, 이강 본인과 이태는 수종, 제비와 자미는 하녀, 기효람은 글 선생, 복륜과 부항, 악민은 상단의 단원 신분으로 위장한다면 제법 그럴싸할 터였다. 암행 순시는 특성상 주변의 이목을 끌어선 안 되었으므로 인원은 최소한으로 구성하는 것이 바람직했다. 이강이 언급한 대신들 중 기효람을 제외하면 모두가 무장이기에 따로 시위를 대동할 필요도 없었다. 그렇게 설명을 하다가 잠시 말을 멈춘 이강이 이내 무언가를 떠올린 듯 다시 입을 열었다.

"만약을 대비하여 호 어의도 동행하는 것이 좋을 듯합니다."

"아주 면밀하구나. 좋다, 그렇게 하자."

건륭은 만족스러운 얼굴이 되어 제비를 보았다.

"하면 제비야, 이제 '고종군행'을 외워 보거라."

"'고종군행'이요?"

제비가 마치 처음 듣는 소리인 양 되물었다.

"그래, 약속하지 않았느냐."

"저 그게…… 아직 못 외웠어요. 요즘 너무 바빠서 외울 시간이 없었거든요. 그냥 안 외우면 안 될까요?"

"안 외워? 그럼 넌 갈 수 없다."

어물쩍 넘어가 보려는 제비 앞에서 건륭은 정색을 하며 대답했다. 제비는 홀로 궁 안에 남는 상상만으로도 애가 말라 견딜 수가 없었다.

"그럼 내일! 내일 외울게요, 네? 지금 당장 가서 외울게요!"

"오냐, 약속했다. 내일까지다!"

어화원 산책을 마치고 세 청년은 영기의 서재에 모여 긴급회의를 열었다. 이강은 상황이 복잡하게 꼬여 가고 있음을 직감했다. 문제를 떠올리는 것만으로도 골머리가 아플 지경이었지만 셋이서 이마를 맞대어야만 했다. 건륭이 보인 태도로 미루어, 자미의 신분을 제때 밝히지 못하면 엉뚱한 사람들이 짝으로 맺어질 터였다. 이를 어쩐다, 이강이 혼잣소리처럼 이태와 영기의 의견을 물었다.

초조히 서재 안을 서성이는 영기도 이강 못지않게 근심스러운 얼굴이었다. 제비가 그동안 복륜 집안과 가깝게 지냈으니 건륭이 오해를 한 것도 무리는 아니었다. 더군다나 공주들 가운데서는 제비만이 이강과 상적한 나이였다. 오늘 건륭이 혼사에 대해 공공연히 언급을 한 건 일부러 당사자들의 반응을 살피기 위함이었을 것이라고 영기는 생각했다.

이태가 섭섭한 듯 얼굴을 찌푸리며 볼멘소리를 했다.

"폐하께서는 번번이 형만 우선시하고 아우인 난 뒷전이시네. 제비의 신랑감이 꼭 형일 이유가 뭐 있어. 나랑 맺어 주시면 모두가 평온할 텐데. 걱정 마, 형. 다음에 폐하를 뵈면 내가 제비에게 마음이 있다고, 나한테 제비를 달라고 말씀드릴게. 나만 믿어."

순간 영기의 손에 들려 있던 접선이 바닥으로 툭 떨어졌다. 이태를 가만 쳐다보던 영기가 막힌 말문을 가까스로 텄다.

"마음이 있다니? 무슨 마음? 이태 너, 언제부터 제비랑 그, 그런…… 사이가 됐어?"

"그런 사이라니요?"

이태는 무슨 말인지 모르겠다는 양 태연한 얼굴로 접선을 주워 영기에게 건넸다.

"형이 고난에 처했는데 아우가 돼서 두고만 볼 수 없잖아요. 그리고 제비가 자미한테서 형까지 빼앗아 가게 할 수도 없고요."

이태가 한 말을 속으로 되씹던 이강은 불현듯 눈앞이 밝아지는 것 같았다.

"그거 좋다. 그렇게 하자! 말할 거면 서둘러야 해!"

제비가 이태와 혼인을 한다면 자미와도 동서지간이 되니 모두가 한 가족이 되어 평생 헤어지지 않을 것이다. 이만한 조건이면 제비도 틀림없이 만족스러워하리라. 적어도 이강에게는 이보다 더 나은 조건이 없어 보였다.

"이태야, 고맙다!"

이강이 고마운 마음을 고개 숙여 전했다. 표정을 가누지 못하던 영기가 발을 구르며 형제 사이로 끼어들었다.

"좋긴 뭐가 좋아! 너희 둘, 나는 안중에도 없어?"

영기에게 시선을 고정한 채 한참 말이 없던 이태가 이윽고 큰 소리로 입을 열었다.

"황자님, 드디어 속마음을 드러내시네요."

이강은 당혹감을 감추지 못했다.

"안 됩니다, 황자님. 두 분은 남매라고요!"

영기는 억울한 마음이 들어 짜증스레 대꾸했다.

"제비랑 자미의 신분을 되돌려 놓을 거잖아. 그러려고 우리가 지금 이 애를 쓰고 있는 거 아냐? 제비가 공주 자리에서 내려오면 우린 남매가 아니라고."

사실 따지고 보면 지금도 남매는 아니었다. 피 한 방울 섞이지 않은 남이라는 걸 알기에 영기는 줄곧 자신의 마음을 단속하지 않았다.

영기를 물끄러미 쳐다보던 이태가 말했다.

"이거 일이 좀 껄끄럽게 됐는데요."

"껄끄럽다니?"

혼란스러워하는 영기의 물음에 이태는 사뭇 냉정한 말투로 대답했다.

"황자님께서 제게 물러나라 명령하지 않는 이상 저희는 경쟁할 수밖에 없어요."

"이태 너……!"

영기는 또다시 말문이 턱 막혔다. 벌겋게 달아오른 얼굴에는 땀방울마저 맺혔다.

이강의 시선이 영기와 이태 사이에서 방황했다. 지금도 충분히 엉클어진 상황을 왜 더 뒤틀지 못해 안달들인가! 이강은 관자놀이가 지끈거렸다.

이태에게서 눈을 떼지 못하던 영기가 괴로운 표정으로 입을 열었다. 그새 목이 잠겨 쉰 소리가 났다.

"너, 진심이야?"

"물론이죠. 아리따운 여인을 마다할 사내가 어디 있습니까. 황자님만 사내가 아니에요."

영기는 자신의 눈을 피하지 않고 대꾸하는 이태의 태도에 어떤 반응을 보여야 할지 난감했다. 속이 뒤숭숭하여, 우리에 갇힌 짐승처럼 한참 동안 실내를 어슬렁거렸다. 불안하던 발걸음이 잠시 후 이태 앞에서 멈추었다.

가슴에서 느껴지는 쓰라림에 영기의 미간이 일그러졌다. 영기는 형제처럼, 아니 친형제보다도 가깝게 지냈던 이태에게 황자의 신분을 내세우고 싶지 않았다. 여인을 두고 기 싸움을 벌여 서로 간의 의가 상하는 일은 더더욱 원하지 않았다. 영기에게 이태와의 관계는 그만큼 크고 소중했기에. 영기는 이를 악물었다.

"알겠다, 내가 마음을 접을게. 네가 나서야만 문제가 해결될 테니까, 난 운명에 순응할게."

말도 안 되는 오라비 노릇이나 하면서…….

이태가 영기를 뚫어져라 쳐다보았다. 한마디 말 속에 담긴 고민과 갈등, 아픔과 감내, 자신에 대한 배려가 훤히 보여서 이태는 가슴이 뭉클했다.

"황자님, 고맙습니다. 정말 귀한 말씀입니다. 한데 이렇게 단념하시면 마음 아프지 않으시겠어요?"

그러더니 별안간 개구쟁이처럼 웃기 시작했다.

"저한테 황자님이 어떤 분이신데, 황자님이 마음에 둔 여인을 제가 어떻게 좋다구나 하고 차지해요?"

영기가 얼떨떨한 눈으로 이태를 보았다.

"무슨 말을 하는 거야."

"방금 제게 하신 말씀만으로 충분하다고요. 전 그냥 황자님의 글벗으로 남을래요."

이태는 표정과 말투에서 장난기를 거두고 말을 이었다.

"황자님이 제비한테 마음 있으신 거, 진작에 알고 있었어요. 전 애초에 마음을 접었고요. 왜냐면 제비 얼굴이 황자님이랑 얘기할 때만 빨개졌거든요."

영기의 표정이 묘하게 밝아졌다.

"제비 얼굴이 나랑 얘기할 때만 빨개져? 그게 무슨 뜻이야?"

"저야 모르죠. 아무튼 만약에 제비가 저랑 얘기할 때도 얼굴을 붉혔으면 이렇게 쉽게 양보하진 않았을 거예요."

"너 정말 진심이야? 내가 황자라서가 아니고?"

아이처럼 눈을 반짝이는 영기를 다독이듯 이태가 말했다.

"네, 진심이에요. 황자님이라서가 아니고요. 자, 저희끼리의 복잡다단한 감정들을 정리했으니 이제 앞으로 있을 대업에 대해 논의해 볼까요."

"이태야, 고맙다! 이 은혜는 평생 잊지 않을게!"

영기가 이태의 어깨 위로 손을 뻗었다. 듬직한 어깨를 두드리는 손바닥에서 후련한 기쁨이 묻어났다.

서로 고맙다 말하며 돈독한 우정을 쌓고 있는 두 사내를 보고 있자니 이강은 기가 막힐 따름이었다. 하다 하다 영기와 제비의 관계까지 고려해야 하다니, 머리가 띵하게 아파 왔다.

"황자님, 그건 허황된 꿈입니다. 생각을 좀 해 보세요. 제비가 공주인 지금은 남매 사이라 희망이 없고, 훗날 공주의 신분에서 벗어나도 문제입니다. 폐하께서 평민 여인을 황자님의 배필로 정해 주시겠습니까?"

물론 첩으로 들일 수야 있을 것이다. 하지만 과연 제비가 그걸 원할까? 신분이 낮고 가진 게 없어도 누구보다 자긍심 강한 제비가 아닌가. 평소 말하는 걸 보면 제비는 여인의 권리를 매우 중시하는 이라 모르긴 몰라도 첩이 되려 하진 않을 터였다. 이강의 현실적인 분석에, 고조되어 있던 영기의 감정이 도로 밑바닥까지 가라앉았다.

"그래, 역시 허황된 꿈이었어."

실망하여 혼잣말하는 영기를 이태가 우렁우렁한 목소리로 북돋았다. 제 형에게 하는 말이기도 했다.

"허황하든 아니든, 꿈이 있다는 것 자체가 중요하죠. 없는 것보다는 훨씬 나으니까요. '꿈은 이루어진다.'라는 말도 있잖아요. 이루어질지 아닐지 어디 한번 지켜보자고요."

활력에 찬 응원을 듣고도 이강은 여전히 한숨부터 나왔다. 이러나저러나 이제 건륭이 모두의 바람에 들어맞는 혼사를 주선하기란 사실상 불가능한 일이 되었다.

영기가 무언가를 떠올린 듯 심각한 얼굴로 이강을 보았다.

"그리고 한 가지 더, 아주 위험이 일이 있다."

"그게 무엇입니까."

"자미는 아바마마가 좋아하실 만한 요소를 다 갖췄어. 벌써 아바마마가 자미를 많이 좋아하시는 게 확연히 드러나잖아. 우리야 자미가 아바마마의 딸이란 사실을 아니까 부녀 사이로 보는데, 정작 아바마마는 이에 대해 전혀 모르고 계시니……."

순간 다리에 힘이 풀린 이강이 의자 위로 주저앉으며 괴로운 신음을 터뜨렸다. 영기가 말한 그것이야말로 자신이 가장 우려하고 있던 문제였다.

"안 되겠습니다. 당장 진상을 밝혀야겠어요."

"당장은 안 돼." 영기가 반박했다.

모난 돌이 정 맞는다 했던가. 입궁 후 너무나도 많은 관심과 주목을 받았던 제비는 현재 사방이 적이었다. 자칫 성급하게 나섰다간 정말 목이 달아날지도 몰랐다. 특히 황후에게 꼬리를 밟히는 순간 상황은 그길로 돌이킬 수 없는 지경에 이를 터였다. 황후라면 국법과 가법을 모조리 동원하여 제비를 사지로 몰아넣을 게 뻔했다. 그러니 지금 이 시점에서 가장 중요한 건, 하루속히 건륭에게서 사면령을 받아 제비와 자미의 안전을 확보하는 일이었다.

"진상을 밝히는 건 제비와 자미가 무슨 일을 저지르든 죽음은 면할 수 있다는 약속을 아바마마께 받고 나서 생각해야 해."

"하지만 특사령을 받는 게 어디 쉬운 일입니까."

이강이 체념 섞인 투로 대꾸했다. 그도 그럴 것이 건륭은 지금껏 한 번도 그런 명령을 내린 적이 없었다.

"그렇다고 아주 불가능하진 않지. 이번 순시가 기회야."

무언가 골똘히 궁리하던 이태가 눈에서 빛을 내며 말문을 열었다. 자신감 넘치는 목소리였다. 앞으로의 일들은 모두 우리가 하기 나름이지 않을까, 이태는 생각했다. 다 같이 수시로 머리를 맞대어 계획을 짜고, 제비와 자미는 건륭에게 좋은 모습을 보이고, 상황에 따라 저희들도 옆에서 장단을 맞추면 끝내는 성공할 수 있을 것 같았다. 건륭은 서로 다른 매력이 돋보이는 자미와 제비를 예뻐하지 않을 수 없으리라.

"황자님이랑 형은 지금 마음이 어수선해서 뭐든 다 비관적으로 보이겠지만 난 지금 여기서 제일 초연하고 이성적이니까, 내 말 들어. 분명 희망이 있어!"

이태가 딱 부러지게 장담했다. 확신에 찬 이태를 보고 있자니 이강과 영기도 덩달아 마음이 드솟는 것 같았다. 그렇담 이번 암행 순시를 어떻게 활용하느냐가 관건이겠구나. 하지만······.

"제비가 아직 '고종군행'을 못 외웠는데 어쩌지?"

영기가 대뜸 목청을 돋우었다. 그사이 기운을 차린 이강이 의자에서 벌떡 일어나며 답했다.

"우리가 생각해 내야죠. 제비가 빠르게 시를 외울 방법을."

"빠르게 외울 방법이라······."

영기의 머릿속이 분주하게 움직이기 시작했다.

그로부터 얼마 뒤, 세 남자가 수방재 마당으로 들어섰다. 영기의 손에는 장검 하나가 들려 있었다. 그리고 곧 검무가 시작되었다. 은빛 검이 둥근 고리 모양을 이루며 위에서 아래로, 왼쪽에서 오른쪽으로 근사한 춤을 추었다. 인기척을 듣고 바깥으로 나온 수방재 식구들은 어느새 영기를 중심으로 둥글게 모여 있었다. 영기가 검술 동작에 맞추어 '고종군행'을 낭송했다.

낮에는 산에 올라 봉홧불을 바라보다
해질녘엔 교하에서 말에게 물 먹인다
검은 모래바람 속 병사의 경계 소리
한이 그윽이 서린 공주의 비파 소리
만 리나 이어진 들녘 구름에 가려진 성곽
흩날리는 진눈깨비에 뒤덮인 거대한 사막
북방 기러기 슬피 울며 밤마다 날아갈 제
호병의 눈에서는 두 줄기 눈물이 흘렀네
옥문관은 이미 막혀 버렸다고 하니
마땅히 목숨 걸고 장군을 좇아야지
해마다 변방 땅에 묻히는 전사들의 뼈로
얻은 것은 황실에 들어가는 서역의 포도

무섭도록 사나웠다가 다시 정답도록 부드러워지는 검의 춤사

위에 구경하는 이들의 입에서는 연신 탄성이 터져 나왔다. 검이 살아서 움직이는 것 같았다. 제비는 남달리 솟아오르는 기쁨을 쉴 틈 없이 내지르며 어쩔 줄 몰라 했다.

영기가 움직임을 멈추자 구경하던 이들 모두 열렬한 박수를 보냈다. 제비는 흥에 겨워 두 눈을 초롱초롱 반짝였다. 영기가 제비에게 재차 시범을 보이며 설명했다.

"검을 위로 쭉 뻗어 공중을 찌르고 '낮에는 산에 올라 봉홧불을 바라보다', 검을 당겨 좌우로 흔들면서 '해질녘엔 교하에서 말에게 물 먹인다', 이렇게 쇄쇄쇄 휘두르면 '검은 모래바람 속 병사의 경계 소리', 연달아 동동동 튕기면 '한이 그윽이 서린 공주의 비파 소리'…… 자, 이 네 구절 먼저. 제비 네가 직접 해 봐."

"재밌겠다!"

신이 난 제비가 방방 뛰며 소리쳤다. 제비는 이강이 건네준 검을 들고 조금 전 보았던 동작을 따라 하며 시를 읊기 시작했다.

"낮에는 산에 올라 봉홧불을 바라보다, 해질녘엔 교하에서 말에게 물 먹인다……."

제비가 곧잘 외우자 지켜보던 이들 모두 제 일처럼 뛸 듯이 기뻐했다.

"됐다, 됐어! 외운다!"

"이 방법 괜찮은데요? 누가 생각해 낸 거예요?"

자미가 웃으며 이강에게 물었다. 이강은 차마 세 남자가 머리를 맞대고 고안했다는 말은 할 수가 없어서 대충 얼버무렸다.

"궁하면 통하는 법 아니겠소. 눈높이를 맞춘 교육이란 게 바로 이런 건가 보오."

열심히 검술 동작을 익히던 제비가 우물쭈물하는가 싶더니 영기에게 물었다.

"다음 구절이 뭐였죠?"

"검은 모래바람 속 병사의 경계 소리, 한이 그윽이 서린 공주의 비파 소리."

영기가 시 구절에 동작을 곁들여 알려 주었다. 제비의 검이 또다시 공중을 가르며 휙휙 소리를 내기 시작했다. 제비의 입에선 새로운 시가 지어져 나왔다.

"검은 모래바람 속 폐하의 잔소리, 한이 가득히 쌓인 공주의 시 외는 소리!"

제비의 입에서 흘러나온 시 구절에 이강과 자미의 놀란 눈이 동시에 서로를 향했다.

"시어를 변형할 줄도 아오?"

제법이라는 듯 감탄하는 이강에게 자미는 생긋 미소를 지으며 자랑스레 되물었다.

"많이 발전했지요?"

그 옆에서 지켜보던 이태는 걱정스러운 표정으로 고개를 가로저었다. '싸늘한 분위기 속 폐하의 한숨 소리, 순시에 못 따라가 한이 서린 공주의 울음소리'나 들리지 않으면 다행이련만.

제비가 시를 엉터리로 외우거나 말거나, 영기는 낙담하거나 진이 빠지는 기색 없이 검무를 계속해 나갔다.

"이 동작은 '만 리나 이어진 들녘 구름에 가려진 성곽', 이 동작은 '흩날리는 진눈깨비에 뒤덮인 거대한 사막', 이건 '북방 기러기 슬피 울며 밤마다 날아갈 제, 호병의 눈에서는 두 줄기 눈물이 흘렀네'……."

제비의 검술은 영기의 실력을 흡수한 듯 점점 그럴싸하게 변해 갔다. 자신감에 불타 거듭 힘차게 공중을 찌르던 제비가 문득 움직임을 멈추고 물었다.

"말이랑 이어진 무슨 구름이…… 어쨌다고요?"

"말이 아니라 '만 리'입니다. '만 리나 이어진 들녘 구름에 가려진 성곽'이요."

이강이 시어를 정정해 주고 다시 말을 이었다.

"해질녘 들판 위에 뜬 구름을 생각해 보십시오. 그 구름을 검으로 잘라 만 리까지 이어 붙였더니 성곽이 가려진 겁니다."

이 생뚱맞은 해석은, 익숙하지 않은 단어를 제비가 기억하기 쉬우라고 이강이 일부러 갖다 붙인 것이었다.

제비의 검이 다시금 씩씩하게 허공을 찌르고 갈랐다. 그러나 제비는 금세 또 동작을 머뭇거리며 머릿속을 뒤졌다. 어떻게 된 것이, 검술은 뇌리에 생생한데 시 구절만 가물가물하였다.

"그다음 구절은 뭐였죠? 방아깨비가 날아서 사막을 덮었다고 했나?"

"'흩날리는 진눈깨비에 뒤덮인 거대한 사막'이요. 검을 휘두르면서, 진짜 눈처럼 생긴 방아깨비들이 마구 흩날리는 장면을 상상해 봐요. 거대한 사막이 다 뒤덮일 정도로 날리는 거예요!"

이태도 제 형이 했던 방식으로 제비의 이해를 도왔다.

"아아, 알겠어요!"

목청 높여 대답한 제비가 다시 신나게 검무를 추었다. 머리로는 조금 전 들은 이야기를 떠올리고, 입으로는 이렇게 외치면서.

"만 리나 이어 붙인 해질녘 들판 구름 때문에 가려진 성곽, 날리는 진눈 방아깨비 때문에 다 덮인 거대한 사막!"

지켜보던 눈들이 어처구니를 잃고 말았다.

제비는 영기, 이강, 이태, 자미를 든든히 뒤세우고 건륭을 찾아갔다. 그런 다음, 과제는 바깥에서 검사를 맡겠다며 건륭의 팔을 끌고 어화원으로 향했다. 이로써 곁에 있는 조력자들로부터 손쉽게 귀띔을 받을 수 있는 배경적 장치를 마련한 셈이었다.

건륭을 따라 어화원을 거닐면서도 영기 일행의 눈은 제비를 살피느라 분주했다. 제비는 건륭의 옆에서, '고종군행'을 외우느라 무척 애를 먹었지만 지금은 술술 외운다며 호언장담을 늘어놓는 중이었다. 자미, 이태, 이강, 영기의 시선이 하나같이 제비에게 집중되었다. 과연 제비가 이 중요한 관문을 순조로이 넘길 수 있을 것인지 모두들 확신이 서지 않아 긴장한 얼굴이었다.

그때 제비가 영기를 슬쩍 건너다보더니 검을 쥔 듯 오므린 손을 요리조리 움직였다. 건륭을 의식한 자그맣고 조심스러운 동작이었다. 영기도 제비를 향해 손목을 위로 젖혔다가 아래로 굽혔다가 양옆으로 흔들며 살금살금 암시를 주었다.

얼마 지나지 않아 그 광경은 건륭의 눈에도 포착되었다. 건륭의 눈길이 제비에게 갔다가 다시 영기에게로 옮겨 가기를 반복했다. 알 수 없는 둘의 행동에 건륭이 답답함을 느끼던 차에 마침 제비가 시를 외우기 시작했다.

"낮에는 산에 올라 봉홧불을 바라보다, 해질녘엔 교하에서 말에게 물 먹인다. 검은 모래바람 속 폐하의 잔소리, 한이 가득 쌓인 공주의 시 외우는……."

"큼." 자미가 나지막이 군기침을 하며 제비의 옷자락을 잡아당겼다. 이강과 이태도 공연히 목을 가다듬었다. 보이지 않는 검을 든 영기의 손동작이 알게 모르게 커졌다. 얼마나 다급했던지 영기는 자신의 입이 소리를 내는 것조차 의식하지 못했다.

"솨솨솨솨……."

미심쩍은 낌새를 차린 건륭이 뒤따르던 이들을 돌아보았다.

"너희, 지금 무얼 하는 게냐?"

모두들 화들짝 놀랐지만 애써 담담한 척 괜스레 꽃을 보거나 하늘로 시선을 돌렸다. 어쩐지 꼭 나쁜 짓을 하다 들킨 사람들 같았다. 그사이 제비는 실수를 깨닫고 말을 고쳤다.

"아, 잘못 외웠어요! 검은 모래바람 속 병사의 경계 소리, 한이 그윽이 서린 공주의 비파 소리!"

의미심장한 헛기침과 콧소리, 잔망스런 손놀림은 그 뒤로도 계속되었다. 젊은 아이들을 곁눈질하던 건륭은 이 상황이 어처구니가 없고 우습기도 했으나 일부러 표정에 변화를 주지 않고 말했다.

"계속해라."

"아바마마, 다음 구절은 좀 어려워서 검을 들고 읊으면 안 될까요?"

시를 외우는 데 검이 왜 필요한가. 건륭은 제비의 꿍꿍이속을 도무지 짐작하기 어려웠다. 건륭의 심기를 살피던 제비가 재빨리 덧붙였다.

"꼭 검이 아니어도 괜찮아요. 나뭇가지를 들고 할게요!"

제비는 근처 나무로 조르르 다가가서 가지 하나를 꺾어 돌아왔다. 손에 잡히는 게 있으니 마음이 한결 든든했다. 새삼 자신감이 붙은 제비가 나뭇가지를 검처럼 내둘러 보았다.

"다시 해 볼게요!"

제비는 온몸으로 시를 읊기 시작했다.

"낮에는 산에 올라 봉홧불을 바라보다, 해질녘엔 교하에서 말에게 물 먹인다. 검은 모래바람 속 병사의 경계 소리, 한이 그윽이 서린 공주의 비파 소리."

제비를 곁따르던 일행이 약속이나 한 것처럼 동시에 긴 숨을 내쉬었다. 그리고 한시름 놓았다는 듯 각자 옆에 있는 이와 눈을 맞추고 고개를 끄덕였다. 영기는 긴장을 늦추지 않고 손에 들린 형체 없는 검으로 다음 동작을 알렸다. 제비가 알고 있다는 양 눈짓하며 단숨에 뒤 구절을 이었다.

"만 리나 이어 붙인 들판 구름 때문에 가려진 성벽, 방아깨비가 날려서 다 덮어 버린 거대 사막, 북방 기러기 슬피 울며 밤마다 날아갈 제, 호병의 눈에서는 두 줄기 눈물이 흘렀네. 옥문관은 이미 막혔다고 하니, 어차피 죽을 거 장군을 쫓아가야……."

폭삭 망해 버렸구나. 지금까지의 노력이 수포로 돌아가는 것을 속수무책으로 바라보다 이강은 발을 구르며 탄식을 터뜨렸고, 이태는 차마 눈 뜨고 볼 수 없어 손으로 얼굴을 가렸다. 영기의 손에서 생동하던 무형의 검도 딱딱하게 굳어 버린 모양이었다. 자미는 건륭을 볼 면목이 없어 고개를 떨군 채 발끝만 쳐다보았다. 절망한 자미의 입에서 한숨이 새어 나왔다. 엉터리 시를 듣고 급격히 언짢아진 건륭이 버럭 언성을 높였다.

"됐다, 그만해라! 손발은 정신 사납게 움직이더니 정작 시는 엉망진창으로 외우고, 대체 무얼 하는 것이냐?"

울컥 억울해진 제비가 원망스레 대꾸했다.

"아바마마, 그럼 좀 더 쉬운 걸 외우게 하셨어야죠! 저랑은 아무 관련도 없는 시를 어떻게 외우란 말씀이세요. 길이는 또 얼마나 긴지, 한 줄 외우면 다른 한 줄은 까먹고 다시 외우면 또 까먹고. 모래바람이 불었다가 방아깨비가 날렸다가, 들판 얘기하다가 사막 얘기하다가, 낮이었다가 바로 해질 때가 되고, 폐하는 없고 공주만 나오고……."

제비는 도저히 이 시를 이해할 수 없었다. 그도 그럴 것이 시 속의 상황은 제비가 여태껏 보고 듣고 경험한 것과는 너무나도 거리가 멀었기 때문이다. 공감할 수 없는 구절들에 머리가 띵하고, 생소한 단어들에 혀가 꼬이고, 이런 걸 왜 외워야 하는지 당최 납득할 수가 없어 답답했다.

"진짜로 외우기 힘들어요!"

"너희끼리 주고받던 손짓은 무엇이었느냐?"

건륭의 물음에 이강은 체념 서린 숨을 내쉬며 해명했다.

"아뢰옵니다, 폐하. 그것은 실패한 학습법입니다. 원래는 시의 심상과 검법을 결합하여 마마께서 시를 친근하게 암송하실 수 있도록 꾀한 것인데, 마마께선 검술만 곧잘 익히시고 시는 외우지 못하셨습니다."

시를 검결(검술 동작의 의미나 요령 등을 표현한 구절) 삼아 검법과 함께 가르쳤구나. 모든 것을 이해한 듯 건륭의 눈이 커졌다.

"검술 동작은 누가 짰느냐? 제비를 가르치느라 너희만 고생이 많았구나."

한 명 한 명을 살피던 건륭의 눈초리가 순간 매섭게 변했다.

"너희가 보기에는 제비가 제대로 외웠느냐?"

영기가 가장 먼저 제비를 두둔하고 나섰다.

"아바마마, 제비의 수준을 고려하면 충분히 잘한 것입니다. 더군다나 처음 네 구절은 아주 정확하게 읊었습니다."

이강과 이태도 차례로 거들었다.

"북방 기러기 슬피 울며 밤마다 날아갈 제, 호병의 눈에서는 두 줄기 눈물이 흘렀네. 이 구절도 맞습니다."

"뒤 구절이 조금 이상하긴 했지만 '옥문관'이란 시어는 제대로 말씀하셨습니다."

맹목적인 옹호에 건륭은 기가 찰 노릇이었다.

"하니 외운 셈 치자?"

제비가 불쑥 앞으로 나왔다. 도둑이 제 발 저리다고, 본인이 생각해도 통과하기에는 아슬아슬한 모양이었다. 제비에게선 뜻밖의 제안이 흘러나왔다.

"아바마마, 자미가 대신 외우면 안 돼요?"

"대신 외워? 외우는 걸 어찌 대신한단 말이냐."

건륭이 반문했다.

제비가 순시에 동행하지 못할 위기에 처하자 자미도 덩달아 초조해졌다. 보다 못한 자미가 한 걸음 앞으로 나오더니 무릎을 살짝 굽혀 건륭에게 예를 올렸다.

"폐하, 제가 공주마마를 대신해 다른 시를 한 수 읊어 보겠습니다. 시가 마음에 드시면 마마를 통과시켜 주시고, 그렇지 않을 경우 마마께 다른 과제를 내시면 어떨까요."

건륭의 눈길이 자미에게서 맴돌았다.

"다른 시를 읊겠다?"

"네, 다른 시를 들려 드리겠습니다."

"그래, 어디 한번 들어나 보자꾸나."

"'고종군행'은 읊지 않겠습니다. 외출을 앞두고 모두가 들뜬 분위기인데, 그 시는 너무 처량합니다. 더군다나 지금과 같은 태평성대에 구태여 그런 서글픈 시를 음미할 필요는 없지요."

부드러운 말 속에 강한 설득력이 있었다. 건륭은 자미가 말로써 사람의 마음을 흐뭇하게 만드는 재주를 지녔다고 생각했다.

"그래, 그럼 '고종군행' 말고 밝은 분위기의 시를 읊어 보아라."

"네." 하고 대답한 자미가 잠시 후 맑고 또렷한 목소리로 운을 떼었다.

흩어진 봄 구름이 내려앉았나
드넓은 남호南湖 노 저으니 금방이라
저 멀리 어른대는 초록의 버들
누각에 올라서야 붉은 매화 보이네
옛 화백들의 그림 속을 노니는 듯
안개비 흠뻑 머금은 누각에서
이름 높았던 재주꾼의 피리를 청하면
달빛 아래 다시 주악이 울려 퍼지는 수정궁

시를 읊던 목소리가 그치고, 자미를 바라보는 건륭의 눈가에 반가움과 놀라움이 번졌다. 오랜 세월 잊고 지냈던 자신의 시를 자미가 외우고 있다는 사실에 건륭은 어안이 벙벙하였다.

"송구합니다, 폐하. 실력이 부족하여 시상의 깊이와 맛을 제대로 표현하지 못했습니다."

자미를 뚫어져라 바라보며 건륭은 마냥 감탄스럽기만 했다.

"짐이 그 시를 언제 지었는지 아느냐?"

"건륭 16년 2월 남방으로 처음 순시를 가셨을 때 남호에서의 유람을 기념하며 지으신 시라 알고 있습니다."

건륭은 순간 눈이 번쩍 뜨였다. 자신이 물 흐르듯 지어 보냈던 시마저도 속속들이 알고 있는 자미가 놀라웠고, 기뻤다. 건륭은 자미에게서 눈을 떼지 못했다. 다채로운 재주와 자신을 향한 섬세한 관심에 새삼 마음이 이끌렸다.

"하하하! 제비야, 아주 막강한 지원군을 두었구나! 좋다, 통과한 걸로 쳐 주마!"

건륭이 고개를 들어 곁에 있는 이들을 두루 살폈다. 검결 학습법이라……. 건륭은 나뭇가지를 든 제비가 파닥파닥 움직이던 몸짓이 떠올라 순간 자신도 모르게 헛웃음을 터뜨렸다. 검결이라니, 시도는 좋았는데 학생이 형편없었군. '검은 모래바람 속 폐하의 잔소리, 한이 가득 쌓인 공주의 시 외우는 소리'라는 구절은 또 어떤가. 한번 터진 웃음은 좀처럼 그치질 않았다.

"이만하면 되었다. '고종군행' 외우기는 여기서 마무리하고, 각자 돌아가 먼 길 떠날 채비를 하여라."

이어지는 건륭의 웃음소리를 따라 모두들 미소를 지었다.

이강은 제비가 순시에 따라나설 수 있게 되어 안도를 느끼면서도 한편으로는 마음이 무거웠다. 자미를 바라보는 건륭의 눈빛이 어쩐지 거슬렸던 것이다. 호감인 듯 연민인 듯 아리송한 감정이 어린 것이, 이상하리만큼 불안했다. 마냥 즐거워 깔깔대고 있는 제비를 보니 어제 건륭이 던진 혼담이 떠올라 더욱 심기가 흐트러졌다. 겉으로는 웃고 있는 영기와 이태도 속에선 저마다 근심을 하나씩 품은 채였다. 모두의 웃음소리는 하나같이 밝았으나, 아무런 사념 없이 진정으로 웃는 이는 건륭 하나뿐이었다.

제20장

말이 '암행 순시'지, 엄연히 황제의 외출이었다. 행장을 최대한 간소하게 꾸렸는데도 마차와 마필, 호위 무장, 수행 대신 등을 대동한 행렬은 제법 위풍당당한 장관을 이루었다.

그림 같은 풍경 한가운데, 마차가 달그락달그락 소리를 내며 앞으로 나아갔다. 이강, 이태, 영기, 복륜, 악민, 부항, 호 어의 등 말에 오른 이들이 저마다 앞서거니 뒤서거니 마차를 이끌었다. 마차 안에는 건륭과 제비, 자미, 기효람이 타고 있었다.

이곳저곳 구경을 다니기 참 좋은 날씨였다. 창문 밖 찬연한 햇살 아래 푸른 산과 너른 언덕, 기름진 논밭을 보고 있노라니 건륭은 가슴이 탁 트이는 것 같았다. 바깥 공기를 마셔서 그런지 머리도 개운하고, 궁 안에 있을 때보다 훨씬 상쾌한 기분이 들었다. 이래서 제비가 만날 출궁, 출궁 노래를 불렀나 싶었다.

"제비야, 평소에는 자미만 노래를 불렀으니 오늘은 네가 한 곡

불러 봐라!"

"아바, 행수 어르신! 제가 노래를요?"

제비가 당황하여 되물었다.

"아바 행수는 뭐냐? 녀석, 궁을 나왔다고 호칭까지 이상하게 바꾸어? 그냥 나리라 부르거라."

"네, 나으리! 저 근데 자미처럼은 못 불러요."

"괜찮으니 불러 봐."

잠시 미적이던 제비가 못 이기는 척 노래를 부르기 시작했다.

꼬꼬마 소년이 보따리 메고 학당에 가네
따가운 햇볕, 세찬 비바람도 안 두려우나
공부를 못해서 듣는 스승님 꾸지람에
어머니, 아버지 뵐 면목 없어 무섭구나

건륭은 제비가 부르는 노래 한 소절 한 소절에 귀를 기울였다. 소박하면서도 아주 귀여운 민간 동요였다. 노래를 부르던 제비가 기효람을 샐쭉 쳐다보자 그 속뜻을 알아챈 건륭이 효람을 향해 빙그레 미소 지었다.

"효람, 제비가 지금 본인의 심정을 노래하나 보군."

효람 또한 짐작하고 있던 바였다. 아무 걱정이 없는 줄로만 알았는데 그래도 학업에 대해 고민을 한다니 다행이라고 효람이 웃으며 맞장구를 놓았다.

마차 안 사람들이 즐거워하는 모습에 덩달아 기분이 좋아진 자미는 제비의 노래 끝에 같은 가락을 다른 가사로 이어 불렀다.

꼬꼬마 소녀가 과제를 안고 서방에 가네
고개를 드니 생쥐요, 숙이면 바퀴벌레라
글 써 오라 하실까 봐 그게 제일 겁이 나
'어가표충'은 뭐가 이리도 복잡한 걸까

"야, 너 지금 나 놀리는 거지! 하나도 재미없어!"
가만 듣던 제비가 대뜸 자미의 어깨를 치며 목청을 돋우었다. 제비의 주먹을 피해 움직이는 자미의 얼굴이 해맑았다. 자미가 부른 노래의 마지막 소절을 이해하지 못한 건륭이 곧바로 물어 왔다.
"'어가표충'이 무엇이냐?"
"지난번 나리께서 예운편 쓰기를 과제로 내 주셨을 때, 제비가 글을 쓰다 갑자기 '어가표충은 뭐가 이렇게 쓰기가 복잡해?' 하더라고요. 무슨 말인가 싶어 확인을 해 봤더니 글쎄 '환과고독'인 거 있지요."
자미의 말이 채 끝나기도 전, '환과고독'이라는 말에서 이미 건륭과 효람의 웃음보가 터지고 말았다.
한편 이강, 이태, 영기는 나란히 말을 몰고 가며 마차 밖으로 퍼져 나오는 노래와 웃음, 이야기 소리를 듣고 있었다. 영기는 다들 즐거워 보인다며 흐뭇해했지만 이강은 어쩐지 심장이 불안하게 뛰었다.

"좋은 일인지 걱정스러운 일인지 모르겠습니다."

"걱정하지 마, 형. 당연히 좋은 일이지."

시름을 잊은 이 웃음소리가, 점점 가까워 오는 희망의 징조 같아서 이태는 마냥 기뻤다.

이강의 눈길이 마차로 옮겨 갔다. 자미와 제비는 서로 손을 잡고 즐겁게 노래를 부르고 있었다. 두 개의 높다란 목소리가 자연 속에서 한데 어우러졌다.

오늘 날씨는 화창해, 곳곳의 풍경도 아름다워라
나비와 꿀벌이 분주하니 새도 구름도 따라 바쁘네
말발굽 울림에 떨어지는 꽃마저 향기롭구나

앞에 가는 낙타, 무리를 이루고 말방울 짤랑이네
여기저기 노래 부르니 바람도 강물도 따라 부르네
푸른 들 아득히 넓고 하늘은 파랗게 높구나

금빛 마차와 준마, 한 무리의 사람들이 흥겨운 가락에 맞추어 미끄러지듯 나아갔다. 푸른빛 높은 산과 맑은 초록빛 물은 두 소녀의 음색에 물들어 한층 더 생기가 돌았다. 건륭의 얼굴에 즐거움이 넘실넘실 굽이쳤다.

마차 안에서 흘러나온 노랫소리는 바깥에 있는 사람들에게 고스란히 전해졌다. 이강, 영기, 이태도 자잘한 근심 걱정은 내려놓고 지금 이 순간 느껴지는 산뜻한 감정을 만끽하기로 마음먹었다. 복륜, 부항, 악민 등 평소 무뚝뚝하기만 했던 무장들의 입가에도 부드러운 웃음이 떠올랐다.

하루는 다음 행선지로 가던 도중 건륭이 문득 산길을 걷자는 제안을 했다. 건륭의 감흥을 일으킨, 이름을 알 수 없는 산속은 하늘을 찌를 듯 높은 고목이 울창하게 우거진 곳이었다. 비탈진 내리막길을 따라 걸어가다 산기슭에 이르렀을 때 일행은 물이 콸콸 쏟아지는 계곡을 발견했다. 물가에는 새파랗게 돋아난 야생초가 요처럼 깔려 있었다. 아름다운 풍경에 홀린 듯 걸음을 멈춘 건륭이 계곡물을 가만히 내려다보다 물었다.

"한참을 걸었더니 허기가 지는구나. 간단하게 요기할 거리가 있느냐?"

"지금 말씀이십니까?"

되묻는 이강의 얼굴에 당황한 기색이 역력했다. 오는 길에 변변한 마을 한 군데 발견하지 못한 터라 음식을 구하기가 쉽지 않을 것 같았다. 다행히 멀지 않은 곳에 백하강이 있긴 했다. 이강은 마차에 올라 길을 재촉하면 강 근처 마을에 금방 도착할 수 있을 거라며 건륭에게 넌지시 권했다. 하지만 건륭은 그 제안이 썩 내키지 않는 모양이었다.

"이곳 경치가 참으로 훌륭하구나. 안줏거리만 있으면 여기 바닥에 자리를 깔고 앉아서 한잔하면 좋겠는데."

건륭의 말 속엔 이곳을 떠나고 싶은 뜻이 조금도 없었다. 하늘을 천장 삼고 땅을 마루 삼아 푸르른 산수와 마주 앉아서 맛깔스런 먹거리를 즐기면 기분이 어떨까. 상상만으로도 근사한 일이라고 건륭은 생각했다.

"폐하, 그렇게 하시지요."

건륭의 심기를 거스를까 염려가 된 복륜이 두 아들을 채근했다.

"이강, 이태, 너희가 방법을 생각해 내라. 술은 마차에 있으니 근처 민가를 찾아가 데워 오고, 간 김에 먹을 것이 있는지도 알아봐."

이강과 이태가 난처한 얼굴로 서로를 쳐다보았다. 자미는 복륜과 마찬가지로 건륭을 실망시키고 싶지 않았다.

"아까 이 부근에서 작은 농가를 봤어요. 제비야, 우리가 가서 먹을 것을 구해 오자. 도련님들은 어떤 재료로 요리를 할 수 있는지, 뭐가 맛있는지 잘 모르실 거야. 솥이랑 그릇, 양념거리도 필요해."

제비가 좋다며 고개를 끄덕였다.

"그래, 우리는 하녀 역할이니까. 나으리들은 여기서 기다리세요. 오늘 운이 얼마나 좋은지 보고 올게요."

"벌써부터 목이 컬컬하군. 절대 빈손으로 돌아오면 안 된다."

효람이 기대에 찬 표정으로 제비와 자미에게 당부했다. 그 말에 너도나도 시장기가 돈다며 작은 아우성이 일어났다.

자미와 제비만 덜렁 보내기가 걱정스러웠던 이강이 같이 다녀

오겠다며 자연스레 따라나섰다. 물론 영기와 이태도 함께였다. 왁자그르르 웃으며 길을 떠난 다섯 남녀는 얼마 지나지 않아 건륭 일행이 기다리고 있는 곳으로 돌아왔다. 손에는 여러 가지 조리 도구와 식기 그리고 채소, 닭, 오리 등 제법 푸짐한 재료들이 들려 있었다.

제비는 곧장 장작불 근처에 구덩이를 파고 손질된 닭 두 마리를 묻었다. 계곡 옆에 자리를 잡고 앉아 음식을 기다리는 이들의 표정이 하나같이 기대에 차 있었다. 공기 중에 물씬한 음식 냄새를 맡자 모두들 벌써부터 군침이 도는 모양이었다.

다른 한편에선 돌덩이로 세운 화덕 위에 우묵한 솥을 올려놓고 자미가 능숙하게 채소를 볶고 있었다. 이강, 이태, 영기는 장작을 패서 나르고 땔감으로 불을 지피는 일을 맡았다. 바쁘게 움직이는 재미가 쏠쏠했다. 부지런히 일손을 돕던 이강이 자미 쪽으로 조용히 물어 왔다.

"재료가 거의 다 채소라 폐하의 입맛에 맞을지 모르겠소."

"그래도 하는 수 없지. 구할 수 있는 건 다 가져왔는걸."

영기가 대답을 가로챘다. 이어 자미도 싱그레 웃으며 한마디 거들었다.

"닭이랑 오리가 있으니 괜찮을 거예요. 궁 안에선 잘 드실 수 없는 음식을 맛보여 드리는 것도 나쁘지 않지요."

닭이 익으며 풍기는 고소한 냄새가 기다리는 이들의 침샘을 자극했다. 목을 길게 빼고 있던 건륭이 참다못해 물었다.

"제비야, 얼마나 더 기다려야 하는 것이냐? 냄새가 어찌나 좋은지 배 속에서 아주 난리가 났다. 그나저나 지금 만들고 있는 것이 무엇이냐?"

"음식 이름은 아직 말씀드릴 수 없어요!"

제비는 히히 웃으며 말을 아꼈다. 이에 더욱 궁금증이 난 건륭이 뜸 들이지 말라며 다그치자 제비가 마지못해 대답을 내놓았다.

"거지닭이요. 옛날에 어떤 거지가 닭을 훔쳤는데 이렇게 땅에 묻어서 구워 먹었대요."

음식 이름을 듣고 건륭은 자신도 모르게 얼굴이 굳었다. 귀한 신분이다 보니 금기해야 하는 것이 있었기 때문이다.

"이름이 저속하구나. 다른 닭 요리도 많은데 왜 하필 거지닭을 만드는 것이냐?"

대화를 듣고 있던 자미가 건륭에게로 고개를 돌리더니 해사하게 웃으며 한마디 곁들였다.

"사실 거지닭은 다른 이름도 있답니다. 한 마리는 거지닭이라 불리지만 두 마리면 아니에요."

"그래? 두 마리면 뭐라고 부르느냐?"

건륭이 호기심 가득한 얼굴로 물었다.

"'다음 생엔 비익조가 되리라'입니다."

잠시 놀란 얼굴이던 건륭이 크게 기뻐하며 되뇌었다.

"아주 멋진 이름이구나! 다음 생엔 비익조가 되리라!"

그런 건륭을 보고 효람도 제풀에 입꼬리가 올라갔다. 효람의 놀란 눈은 곧장 자미에게로 향했다. 어린 소녀의 말재주가 여간 범상하지 않다고 생각하며 효람이 건륭의 말에 호응하였다.

"참으로 아름다운 이름입니다. 이름 때문에라도 꼭 먹어 봐야겠습니다."

얼마 후 요리를 완성한 제비가 목청껏 외쳤다.

"이제 됐어요, 다 구웠어요!"

제비가 모락모락 김이 나는 흙덩어리를 묵직한 돌덩이로 내리찍자 쩍 갈라진 흙덩이 안에서 노릇노릇하게 익은 닭고기가 나타났다. 이를 본 사람들은 생전 처음 보는 세상이라도 만난 듯 놀라워하였다.

제비가 손으로 고기를 뚝뚝 떼어 모두의 앞에 내놓았다. 건륭도 주저 없이 손으로 고기를 뜯어 입으로 가져갔다. 아주 흡족한 맛이었다. 음식을 맛보기 바쁜 와중에도 건륭의 입에선 칭찬이 끊이질 않았다.

"다음 생엔 비익조가 되리라, 이거 참 맛이 좋구나!"

그사이 자미도 요리를 내왔다. 이어 어른들의 잔에 술을 채우고 있는 자미에게 건륭이 물었다.

"자미야, 네가 가져온 이 음식은 이름이 무엇이냐? 줄기는 붉은데 잎은 푸른 것이, 빛깔이 곱구나."

"이 요리는 '붉은 부리 푸른 앵무'입니다."

자미가 웃으며 대답했다.

"붉은 부리 푸른 앵무! 맛도 좋고 이름도 근사하구나."

효람이 소리 높여 칭찬하였다. 옆에 있던 악민이 고개를 빼어 요리를 내려다보고는 물었다.

"이건 그냥 시금치가 아니냐?"

그러자 영기가 자미를 두둔하고 나섰다.

"악 선생, 이렇게 산수 좋은 곳에 나와 식사를 할 땐 기품 있게 말할 줄도 알아야 합니다. 만든 이가 '붉은 부리 푸른 앵무'라 하면 그렇구나 하는 거예요."

건륭이 껄껄껄 웃음을 터뜨렸다.

"그래, 영기 말이 맞다. 무관들은 상상력이 부족하다니까."

부항은 행여나 자신에게 불똥이 튈까, 맛이 기가 막힌다며 감탄사를 연발했다.

"이렇게 맛있는 건 처음 먹어 봅니다. 비익조도 있고 앵무새도 있고, 오늘은 하늘을 나는 것들과 인연이 깊네요."

"제비만 안 잡아먹으면 다른 새들은 아무래도 상관없어요!"

인심 쓰는 투로 맞받아친 제비가 천연덕스레 웃었다.

호 어의는 감회가 남달랐다. 평소 음식을 먹을 땐 빛깔과 냄새, 맛에만 관심을 가졌는데 이름에서 느껴지는 인상도 무시할 수 없다는 사실을 깨달았던 것이다. 호 어의가 건륭을 향해 정중히 인사하였다.

"맛도 좋고 음식 이름도 멋지고 경치도 아름답습니다. 이번에 나리를 모시고 나오게 되어 참으로 영광입니다."

"저도 그리 생각합니다. 그나저나 자미는 정말 재주꾼이네요."

기효람이 진심에서 우러난 칭찬을 건넸다.

"스승님, 그럼 저는요?"

좋은 말이 듣고 싶었던 제비가 대뜸 어리광을 부리며 물었다. 그러자 효람 대신 건륭이 제비의 말끝을 낚아챘다.

"너? 넌 말만 그럴듯하게 하는 말썽꾼이지!"

"하, 그러는 나으리는 편애꾼이시네요!"

발끈한 제비가 내뱉은 말대꾸에 좌중은 한바탕 웃음꽃을 피웠다. 그러한 와중에도 효람은 순발력이 좋아졌다며 제비의 사기를 북돋우는 일을 잊지 않았다.

때마침 자미가 새로운 요리를 가지고 왔다. 접시엔 채소볶음이 담겨 있었다.

"나리, 여기가 시골이기도 하고 또 급하게 재료를 구하느라 제대로 된 요리를 만들기 어려웠습니다. 맛은 평범하지만, 이름은 특별하답니다. 이 요리는 '푸른 실로 엮은 연나라 풀'입니다."

이백의 시 '춘사春思'를 연상시키는 이름이었다. 볼품없는 음식이 서정적인 시구절을 입자 어딘가 익살스러운 것이, 절로 웃음을 자아냈다. 문학을 사랑하는 건륭은 누구보다 재미있어했다. 이어 자미가 또 하나의 채소 요리를 소개했다.

"'푸른 가지 낮게 드리운 진나라 뽕나무' 나왔습니다."

잠시 후 또 다른 음식이 등장했다. 야채볶음 위를 보얀 두부가 덮고 있는 요리였다.

"'드넓은 논 위를 나는 백로' 나왔습니다."

왕유의 시 '적우망천장작積雨輞川莊作' 속 한 구절이었다.

자미는 어느 틈에 또 새로운 접시를 내왔다. 이번에는 푸른 채소볶음 위에 노란 달걀볶음이 올라간 요리였다.

"이것은 '녹음 짙은 여름 숲속의 꾀꼬리'입니다."

시를 좋아하는 건륭은 말할 것도 없고, 시를 잘 모르는 이들마저 덩달아 너털웃음을 터뜨렸다. 그리고 마침내 채소가 아닌 재료로 만든 요리가 나왔다. 오리구이였다. 이 평범한 음식은 과연 어떤 이름이려나, 한껏 흥이 오른 건륭이 냉큼 물었다.

"이것은 이름이 무엇이냐?"

"'봉황대 위를 노니는 봉황'입니다."

건륭은 이백의 시 '등금릉봉황대登金陵鳳凰臺'를 떠올리고 껄껄껄 웃었다. 아는 사람은 알아서, 모르는 사람은 분위기에 휩싸여 하하하 웃었다.

웃고 떠들며 먹고 마시는 사이 한 끼 식사가 끝이 났다. 사람들이 배불리 먹고 난 자리에는 술잔과 접시가 너저분하게 흩어져 있었다. 알알한 술기운에 기분이 좋아진 건륭이 거지닭에서 떨어낸 흙 껍데기를 가리키며 물었다.

"자미야, 이것은 무엇이냐?"

"이건…… '한번 가면 돌아오지 않는 황학'입니다."

당나라 시 '등황학루登黃鶴樓'의 한 구절이었다. 절묘하게 들어맞는 시구에 입이 떡 벌어진 건륭이 부른 배를 붙잡고 웃었다.

"'한번 가면 돌아오지 않는 황학'이라? 이름 한번 기가 막히는

구나! 정말 돌아올 수가 없으니, 하하하!"

문득 자미의 재주를 시험해 보고 싶어진 효람이 뼈만 남은 오리를 가리키며 물었다.

"하면 이건 무엇이냐?"

자미는 오리 뼈를 말없이 내려다보다가 졸졸졸 흘러가는 계곡 물로 시선을 옮겼다. 이윽고 자미가 입을 열었다.

"이것은 '봉황 떠나니 누대는 비고 강물만 흐르네'입니다."

무엇을 물어도 착착 시구절로 답하는 자미의 재치에 건륭은 정말이지 깜짝 놀랐다.

"참으로 대단한 재주로구나, 아주 귀한 재주야!"

건륭이 연신 자미를 칭찬하면서 자리에서 일어났다. 다른 사람들 역시 동의하듯 웃으며 건륭을 따라 일어났다.

서로를 쳐다보는 이강, 이태, 영기의 표정이 밝았다. 특히 이강은 자미에게서 눈을 떼지 못했다. 자미의 지혜에 놀랐고, 그런 지혜를 지닌 자미가 사랑스럽고 존경스럽기까지 했다. 연모하는 마음이 걷잡을 수 없이 커져만 갔다.

길을 재촉한 건륭 일행은 어느 작은 시골에 도착했다. 예스러운 마을의 거리를 걸으며 주변을 둘러보고 있을 때, 수십 명의 사람이 떼를 지어 일행의 옆을 지나쳤다. 사람들은 무슨 일인지 다들 잔뜩 상기된 얼굴로, 늦으면 자리가 없을 테니 빨리 가야 한다며 저희끼리 말을 주고받았다. 그렇게 저마다 한마디씩 내뱉는 소리로 거리는 순식간에 시끄러워졌다.

이강이 마침 옆을 지나던 사내를 붙잡고서 물었다.

"말씀 좀 여쭙겠습니다. 마을이 왜 이리 소란스러운 겁니까. 무슨 일이 있습니까?"

사내는 바로 대답을 하는 대신 외지에서 왔느냐며 먼저 되물었다. 사내가 하는 얘기를 들어 보니, 두씨 성을 가진 이 마을 사람이 공 던지기로 사위를 구한다는 말이었다. 사내는 두 씨의 딸이 저희 마을의 최고 미인이라는 말도 덧붙였다.

"그래서 지금 온 마을 사람들이 구경하러 가는 겁니다!"

옆에서 귀를 쫑긋 세우고 있던 제비가 몹시 흥분하며 자미를 이끌었다.

"빨리, 빨리! 우리도 구경하러 가자!"

공 던지기로 사위를 구한다니! 그게 뭔지, 어떻게 하는 것인지 제비는 직접 눈으로 확인하고 싶었다. 앞으로 달려 나가려는 제비를 자미가 답삭 붙들었다.

"가기 전에 나리께 먼저 여쭈어 봐야지."

"음, 공으로 어떻게 신랑감을 정할지 궁금하긴 하구나. 우리도 가서 한번 구경해 보자." 건륭이 말했다.

그리하여 건륭 일행은 거리의 인파를 따라 두 씨의 집으로 갔다. 공 던지기 한마당이 열린다는 두 씨네 누각 앞은 먼저 도착한 사람들로 북새통을 이루고 있었다. 건륭 일행은 잘 보이는 자리를 찾기 위해 군중 속으로 들어갔다. 이강, 이태, 복륜, 영기, 악민, 부항이 건륭을 보호하며 길을 텄고, 그보다 앞장선 제비는 고개를 푹 숙인 채 사람들 틈을 비집고 나아갔다.

가까스로 일행 모두 좋은 자리를 차지할 수 있었다. 공 던지기를 하는 모습이 한눈에 들어올 위치였다. 그곳에서 가장 신이 난 이는 단연코 제비였다. 대뜸 영기를 돌아본 제비가 천진스레 웃으며 일렀다.

"도련님, 오늘 신랑감을 구하는 소저가 엄청난 미인이래요. 기회를 놓치지 말고 공이 날아오거들랑 확 뛰어서 잡아 버려요. 쉬울 것 같긴 한데, 혹시나 못 잡으면 내가 도와줄게요!"

"괜한 짓 하지 마. 이건 장난이 아니야. 공이 우리 쪽으로 날아오면 최대한 멀리 던져, 알겠어?"

영기가 표정을 무섭게 고치고서 경고했다. 무슨 일이 벌어질지 몰라 불안한 마음이었다. 하지만 그런 솜방망이 단속에 고분고분할 제비가 아니었다.

"모처럼 온 좋은 기회잖아요. 이강만 빼고 이태랑 둘이서 잡아 봐요! 그 소저가 예쁘면 나도 발 벗고 나서 줄게요!"

영기와 이태가 동시에 서로를 쳐다보았다. 입 밖으로 꺼낼 수 없는 근심이 두 사내의 속을 어지럽혔다. 이태가 영기에게 넌지시 제안했다.

"잘못 걸리면 큰일 나겠는데요. 아무래도 물러나 있는 게 좋지 않을까요?"

영기와 제비 사이에 오가던 대화는 건륭의 귀에도 닿고 말았다. 건륭이 의미심장한 웃음을 머금고 제비에게 물었다.

"제비야, 이강은 왜 빼느냐? 이유가 궁금하구나."

"그게……."

예상치 못한 질문을 받고 제비는 머릿속이 하얘졌다.

"그게 그러니까, 왜냐면 이강은 벌써……."

깜짝 놀란 자미가 제비의 발을 있는 힘껏 지르밟았다. 마음이 조마조마했던 이강도 팔뚝으로 제비의 어깨를 세게 쳤다.

"아야, 아!"

제비가 아파 소리를 지르면서 발을 움켜 안았다가 어깨를 문질러 댔다. 건륭은 그 모습을 의아한 눈으로 쳐다보았다.

그때 주변이 어수선해지는가 싶더니 별안간 여기저기서 환호성이 터져 나왔다. 오늘의 주인공인 두씨 소저가 살짝 모습을 드러냈던 것이다. 사람들은 어서들 미인을 보라고 아우성이었다.

"이야, 정말 예쁜데! 누가 공을 잡을지는 몰라도 참 대단한 복을 타고났구먼!"

듣자 하니 사위를 맞을 준비는 이미 다 끝난 모양이었다. 누구든 공을 잡기만 하면 당장 혼례를 치른다는 말까지 들렸다. 주위 사람들이 나누는 대화에 귀를 기울이던 이강이 자연스럽게 이야기판으로 끼어들었다.

"이거 너무 모험적이지 않습니까?"

"그렇긴 한데, 이 소저가 올해로 벌써 스물두 살이라……. 미모가 지나치게 빼어나서 그런지 혼처를 갖다 대는 족족 퇴짜를 맞았다 합디다. 적당한 상대는 없고 그렇다고 마냥 혼사를 미룰 수도 없으니 이왕 이렇게 된 거 하늘의 뜻에 맡기겠다는 거죠."

사람들이 삼삼오오 모여 두런거리고 있을 때, 두 씨의 딸이 녹색 옷 입은 하녀 둘의 안내를 받으며 사뿐사뿐 난간으로 걸어 나왔다. 화려하게 붉은 옷차림 때문인지 수려한 외모 때문인지, 뭇 시선을 단박에 사로잡았다. 건륭 일행의 눈길 또한 일제히 소저에게로 향했다. 여인의 용모는 가히 미물을 홀리고 달과 꽃마저 부끄러워 숨게 할 만큼 아름다웠다.

예비 신부의 등장에 우레와 같은 환성이 터져 나왔다. 소저의 관심을 끌려는 사내들이 펄쩍펄쩍 뛰어오르며 제각기 '낭자, 소저, 미인, 아가씨'를 부르짖었다.

"소저가 참 예뻐요."

난간을 올려다보던 자미가 탄성을 터뜨렸다. 같은 여자가 보기에도 절로 탄복할 만한 미모였던 것이다. 자미의 말을 듣고 이강은 조용히 대꾸했다.

"누구만 못하오."

옆에 서 있던 영기와 이태도 고개를 끄덕이며 되받았다.

"그래, 누구만 못하다."

"그러게요, 누구만 못하네요."

건륭과 복륜의 눈길이 흘끔 세 청년에게로 향했다.

한편 젊은 사내 하나가 사람들 틈을 비집고 제비와 자미 쪽으로 다가왔다. 허름한 옷차림을 한 젊은이는 구걸을 다니는 중이었다. 세상의 근심 걱정을 홀로 인 듯 수척한 얼굴이었다.

"먹을 것을 좀 나눠 줄 수 있으십니까. 몸져누운 노모와 팔순이 된 조부를 봉양하고 있는데 가세가 빈곤하여 살길이 막막합니다. 조금만 도와주시면 저 제지고, 평생 이 은혜 잊지 않겠습니다."

순간 제비는 젊은이에게서 과거 자신의 모습을 보았다. 고개를 돌려 자미를 보니, 자미 역시 제비를 보고 있었다. 눈이 마주친 둘은 약속이나 한 것처럼 돈주머니를 끌러 은자 몇 닢을 젊은이에게 건넸다. 제지고가 크게 기뻐하며 제비와 자미 앞에 넙죽 허리를 숙였다.

"고맙습니다, 정말 고맙습니다!"

바로 그때, 누각 위에서 우렁찬 징소리가 울려 퍼졌다. 사방이 일시에 조용해졌다. 한 중년 남성이 알록달록한 색동 공을 손에 들고 앞으로 나오더니 크고 뚜렷한 목소리로 장중을 휘어잡았다.

"이 자리에 참석해 주신 여러분, 모두 반갑습니다. 오늘 제 딸 두약란이 공 던지기를 통해 배필을 찾습니다. 열여덟 살 이상 스물다섯 살 이하인 총각이면 누구든지 참여할 수 있고, 신랑이 정해지는 즉시 이 자리에서 혼례를 올릴 것입니다. 기혼자 혹은 나이가 맞지 않는 사람이 공을 잡으면 무효입니다. 자격 요건에 해당되지 않는 분들은 공을 양보해 주십시오. 자, 그럼 바로 시작하겠습니다!"

두 씨의 말이 떨어지기가 무섭게 군중이 요동치기 시작했다. 공을 잡으려는 이들이 너도나도 고함을 질러 댔다.

"여기요, 여기! 소저, 이쪽을 봐요!"

뒤바뀐 운명 제20장

약란의 하얀 손에 공이 들리자 함성은 더욱 거세졌다. 경쟁의 열기가 뜨거워지면서 사람들이 점차 누각 아래 쪽으로 밀려들었다. 물고기 떼처럼 펄떡펄떡 튀어 오르는 사람들을 내려다보던 약란은 한참을 주저하다 두 눈을 질끈 감았다. 비단 공이 마침내 약란의 손을 떠났다.

공중으로 가볍게 날아오른 공은 제비의 머리 위에 다다라 아래로 방향을 틀었다. 떨어지는 공을 잡으려는 사내들이 제비의 주변으로 몰려들었다. 영기에게 경고를 받긴 했지만 제비는 자신에게로 오는 공을 도저히 보고만 있을 수가 없었다. 그래서 결국 공중으로 몸을 날려 팔을 내뻗었다.

공은 제비의 손에 맞고 곧장 영기에게로 날아갔다. 화들짝 놀란 영기가 넝큼 공을 쳐 냈다. 방향을 꺾은 공이 이번엔 이강에게로 향했다. 이강이 기겁을 하며 물리치는 통에 공은 다시 제비 쪽으로 날아갔다.

어쩐지 저희끼리 공놀이를 하는 것 같아서 제비는 신이 났다. 이쯤 되니 다른 이들에게 공을 빼앗기기가 아쉬운 마음마저 들었다. 그래서 다시 영기에게로 공을 보냈다. 영기는 되돌아오는 공을 보고 급기야 속이 벌컥 뒤집히고 말았다. 영기가 공에 짜증을 실어 제비에게로 돌려보냈다. 제비는 다시 영기에게, 영기는 또 다시 제비에게……. 제 주인을 찾지 못하고 방황하는 공을 보며 사람들이 저마다 외마디 소리를 내질렀다.

보다 못한 건륭이 호통을 쳤다.

"제비 너 지금 무얼 하는 것이냐?"

그 바람에 제비의 집중력이 분산되고 말았다. 제비의 손에 맞은 공은 영기 쪽이 아닌 다른 방향으로 높이 포물선을 그리며 날아갔다. 이윽고 공이 떨어진 곳은 공교롭게도, 동냥을 다니던 제지고의 머리 위였다. 제지고는 자신에게로 떨어진 공을 무심결에 받아 안고 바닥으로 넘어졌다.

공 주위를 에워싼 이들이 놀란 눈으로 제지고를 내려다보았다. 제지고 본인도 얼떨떨한 얼굴이었다. 제비는 진작부터 제지고에게 강한 동질감을 느꼈던 터라 제지고가 공의 주인이 된 것이 자기 일처럼 기뻤다.

"이 사람이 공을 잡았어요! 여기 이······."

말끝을 흐리던 제비가 제지고를 쳐다보며 물었다.

"이름이 뭐랬죠?"

"제지고요."

"신랑은 제지고예요!"

제비는 다시 한번 목청껏 외쳤다.

"신랑은 제지고!"

바닥에 쓰러진 제지고를 이강과 이태가 얼른 일으켜 주었다. 때마침 두 씨가 장정 몇 명을 거느리고 누각 아래로 내려왔다. 얼굴이 하얗게 굳는 것이, 아무래도 두 씨는 공을 잡은 사람이 걸인이라는 게 탐탁지 않은 모양이었다. 아니나 다를까 두 씨가 이번 판은 무효로 하겠다며 선을 그었다. 제비는 불공정한 처사가 꽤

씸하여 그 자리에서 바락바락 따져 물었다.

"왜 무효예요? 나이 맞는 총각이면 누구든 다 된다고 하더니!"

제비가 대뜸 제지고에게 물었다.

"장가갔어요? 몇 살이에요?"

제지고는 고개를 저으며 주눅 잡힌 목소리로 대답했다.

"금년에 스물이고 미혼입니다. 하지만…… 싫으시면 무효로 하십시오."

제지고가 두 씨에게로 공을 건네며 공손하게 덧붙였다.

"빈궁으로 허덕이는 처지에 언감생심 장가는요. 공은 돌려드리겠습니다."

공만 날름 챙겨 돌아가는 두 씨를 보고 제비는 부아가 치밀었다. 제비가 기어이 언성을 높이며 두 씨의 앞을 막아섰다.

"아니 대체 왜 무효란 거예요? 나이도 맞고 아직 장가도 안 갔고 조건에 딱 들어맞는데 왜 인정을 안 해요? 딸이 공을 몇 번이나 던져야지 혼인시킬 건데요?"

두 씨도 역정이 나서는, 어디서 온 계집이 참견이냐며 버럭 호통을 쳤다. 이에 제비도 더욱 큰 소리를 뒤질렀다.

"참견해야겠다면 어쩔래! 사람을 무시해도 유분수지, 아무 문제 없는 판을 무효로 하는 건, 그건……."

건륭을 힐금 쳐다본 제비가 당당하게 외쳤다.

"군주를 기만하는 일이야!"

"구, 군주라니? 군주가 어디 있어!"

두 씨는 느닷없이 등장한 '군주' 두 글자에 당황해하면서도 공던지기 결과가 자신의 마음에 안 들면 몇 번이고 다시 할 수 있다며 바짝 우겼다. 금방이라도 몸싸움이 벌어질 것 같던 일촉즉발의 순간, 건륭이 주의를 환기하며 앞으로 나섰다.

"모두 조용! 내가 한마디 하지."

우람한 종소리 같은 음성에 압도되어 사방이 조용해졌다. 건륭을 보좌하는 이들이 약속이나 한 것처럼 두 씨의 앞을 막았다. 건륭이 제지고에게 물었다.

"말투가 유식한데, 글공부를 하였는가?"

"공부는 조금 했지만 무소용한 서생에 불과합니다."

"그거야 두고 볼 일이지. 과거는 치렀고?"

"초시만 붙고 계속 낙방하였습니다."

"앞길이 창창한 젊은이가 벌써 포기하면 쓰나. 조금만 더 노력해 보게."

건륭이 두 씨를 돌아보며 점잖게 타일렀다.

"지나는 길에 두 집안의 중대사를 목격하였으니 참견하지 않을 수가 없군. 두 선생, 제지고를 얕보지 마오. 지금은 비록 가난하나 장차 크게 출세할 인물이오. 하늘이 내린 사위이니 기꺼운 마음으로 거두어 주시오. 복륜, 선물을 주시게."

무엇을 주면 좋을지 잠시 궁리하던 복륜이 품에서 누런 금괴 두 덩이를 꺼냈다. 주변에서 낮은 탄성이 터져 나왔다.

"나리께서 주시는 선물이네. 혼례를 올린 후 잊지 말고 과거를 보시게."

복륜이 묵직한 금원보 두 개를 제지고에게 건넸다. 제지고와 두 씨는 어안이 벙벙한 얼굴이었다. 한참 말을 잇지 못하던 두 씨가 겨우 정신을 차리고 건륭을 살피며 물었다.

"존성이 어찌 되십니까?"

"애씨요."

"애씨 나리, 들어오셔서 차라도 한잔하시지요."

두 씨가 자세를 낮추고 정중하게 청했다.

"길이 바빠서 그건 어려울 것 같소. 이렇게 축하 인사를 전할 수 있는 것만으로도 큰 인연이라 여겨지오. 그럼 이제 여식을 제지고와 맺어 주는 거요?"

"그건······."

두 씨가 난색을 보이며 말끝을 흐리자 건륭이 고개를 돌려 효람을 보았다.

"기 선생, 지필묵 있는가?"

언제 준비를 한 것인지 효람의 두 손에는 이미 붓과 종이가 들려 있었다. 건륭에게로 다가온 효람이 미소를 띠며 말했다.

"필요하실 것 같았는데 저희는 가져온 게 없어 이 댁에서 잠시 빌렸습니다. 한데 책상이 없어 어떡하지요?"

"제 등에 대고 쓰십시오."

건륭 앞으로 간 이강이 허리를 굽혀 등을 내밀었다. 건륭은 붓을 들고서 이강의 등에 깔린 종이 위로 천작지합天作之合 네 글자를 일필휘지하였다. 그런 다음 품속에서 꺼낸 작은 인장을 찍고 종이를 두 씨에게 주었다.

그때 갑자기 건륭이 몸을 기울이더니 두 씨의 귀에다 대고 무슨 말인가를 전했다. 두 씨는 듣지 못할 소리라도 들은 사람처럼 눈동자가 흔들렸고, 종이를 받아 든 손 역시 덜덜 떨리고 있었다. 할 말을 마친 건륭이 손을 내두르며 복륜을 비롯한 일행들에게 말했다.

"갈 길이 멀다. 구경이 끝났으면 이제 그만 가자."

건륭이 떠나자 두 씨는 그만 다리에 힘이 풀리고 말았다. 놀랍다고 해야 할지 감격스럽다고 해야 할지, 이름 모를 감정에 가슴이 벅차 두 씨는 멀어지는 건륭을 향하여 넙죽 큰절을 했다. 땅에 머리를 박는 두 씨를 보고, 덩달아 무릎 꿇은 제지고도 같은 방향에 대고 머리를 조아렸다.

건륭이 저만치 멀어지고 나서야 두 씨는 자리에서 일어났다. 꿈을 꾸다 깨어난 것처럼 머릿속이 아득했다. 시선은 여전히 건륭의 뒷모습에 박혀 떨어질 줄 몰랐다. 건륭 일행이 점처럼 작아졌을 즈음 두 씨는 양손을 내려다보았다. 종이에 쓰인 글과 하단에 찍힌 어인御印이 눈에 분명히 들어왔다. 방금 전 있었던 일들이 꿈이 아니라는 사실을 확인하자 두 씨의 가슴속에서 거대한 기쁨이 용솟음쳤다. 눈물과 콧물이 모조리 쏟아질 지경이었다. 두 씨가 몸을 돌려 제지고의 손을 부여잡았다.

"이보게, 자네 정말 대단한 분을 뵈었군. 자네는 하늘이 우리 집안에 내려 준 귀인일세!"
 나라님 앞에 눈도장을 찍은 인물이니 분명 크게 출세할 것이리라. 두 씨는 어서 혼례를 올리자며 제지고를 누각 안으로 이끌었다. 제지고는 영문을 몰라 어리둥절하기만 했다. 그러거나 말거나 두 씨는 기쁨이 넘실대는 얼굴을 젖혀 들고 군중을 향해 목청을 돋우었다.
 "여러분, 지금 당장 혼례를 올리겠습니다! 모두들 참석하여 축하주를 드십시오!"
 우레처럼 쏟아지는 박수갈채에 누각 앞이 떠나갈 듯하였다.

 그날 저녁, 일행은 객잔에서 하룻밤을 묵어가기로 했다.
 우물물을 길러 나온 제비가 정원으로 들어선 순간 누군가 제비의 손목을 확 낚아챘다. 영기였다. 제비를 이끌고 앞장서 가던 영기는 근처 정자에 도착해서야 잡은 손을 놓았다. 그리고 목소리를 곤두세우며 다짜고짜 물었다.
 "말해 봐. 오늘 자꾸 내 쪽으로 공 던진 거, 대체 무슨 뜻인데."
 영기의 얼굴이 평소와 다르게 굳어 있었다. 제비는 이해할 수 없다는 듯 맞받아쳤다.
 "좋은 뜻이었죠. 그런데 왜 안 받았어요? 소저가 엄청 예쁘던데 부인으로 삼지."
 "내 혼사는 아바마마께서 결정하시는 거 몰라?"

"그게 뭔 상관이에요. 공을 잡으면 아바마마도 어쩔 수 없죠. 그리고 아바마마가 결정하는 건 정실부인이니까 첩으로 삼으면 되지? 두 씨가 도련님 진짜 신분을 알면 아마 셋째, 넷째 부인이어도 좋다고 할걸요?"

듣자듯자 하니까……. 슬슬 열이 오른 영기는 얼굴이 벌게지더니 목에 핏대마저 섰다. 제비를 뚫어져라 쳐다보던 영기가 악문 이 사이로 질문을 밀어 보냈다.

"중매를 서려고 아주 열심이던데, 내 마음에 누가 있다는 생각은 안 해 봤어?"

마음에 누가 있다고? 그제야 놀란 얼굴이 된 제비가 눈을 크게 뜨고 되물었다.

"누구요? 어느 집 여자예요? 아까 그 소저보다 예뻐요?"
"응, 적어도 내 눈엔 그래."
"그거야 난 못 봤으니 모르고. 왜 나한테 말 안 했어요?"
영기가 숨을 크게 내쉬고 대답했다.
"너도 아는 사람이야."
"내가 안다고요? 그게 누군데요?"
"멀게 느껴지면서도, 아주 가까운 곳에 있는 사람."

무엇에 놀랐는지 제비의 얼굴이 희게 질렸다. 말을 잇지 못하던 제비가 문득 고개를 세차게 저으며 영기를 닦달하였다.

"세상에, 미쳤나 봐. 그러면 안 되죠! 자미한테는 좋아하는 사람이 있는 거 몰라요? 그런 못된 마음 다신 품지 말아요. 도련님을 형제처럼 생각하는 이강한테 미안하지도 않아요? 아무리 황자라도 남의 여자를 빼앗는 건 떳떳하지 못해요!"

영기는 거의 기함을 할 뻔했다. 아무리 눈치가 없어도 그렇지, 자미라니! 속에서 천불이 나 견딜 수가 없었다.

"진짜 너 때문에 속 터져 죽겠다!"

영기가 보인 거친 반응에 제비는 아주 잠깐 당황했다가 이내 눈을 크게 치켜뜨고 대꾸했다.

"속이 터져 죽어도 어쩔 수 없어요. 나한테 얘기해도 이건 내가 도와줄 수 없는 문제예요."

재차 날숨을 터뜨린 영기가 제비의 어깨를 붙잡고 흔들었다.

"어떻게 자미라는 생각을 해? 대체 생각이 있니 없니? 자미는 내 누이잖아. 누이로 좋아하긴 해도 다른 감정은 없어! 제발 말이 되는 소리를 좀 해."

제비 본인이 생각하기에도 조금 터무니없는 망상이긴 했다.

"그런가? 그럼 자미는 확실히 아닌 거죠?"

"당연히 아니지!"

"그러면……."

제비는 제 딴에 열심히 머리를 굴렸다.

"설마 금쇄?"

영기가 세차게 소매를 털며 몸을 틀었다. 분통이 터지기 일보 직전이었다. 발로 애꿎은 바닥을 내리찧어도 보았으나 치오르는 화기를 걷잡을 순 없었다. 그동안 가슴에서 남몰래 키워 왔던 감정이 마침내 뜨거운 불길처럼 밖으로 번져 나왔다.

"자미도, 금쇄도, 명월이도, 채하도 아니야! 걔네랑 매일 함께 지내는 사람이야. 내가 쏜 화살에 맞고 여기 내 마음에 박힌 사람, 눈치 없이 나한테 중매를 서려던 사람이라고! 이젠 알겠니?"

그렇게 꼭 집어 말해 주고 나서야 제비는 영기의 마음속에 있는 누군가가 자신이라는 사실을 알았다. 힘이 풀린 두 다리가 제풀에 뒷걸음질을 쳤다.

"그동안 넌 나한테 아무런 감정도 없었던 거야?"

영기의 물음에 제비는 얼굴만 빨개졌다가 하얘졌다가 다시 빨개지기를 반복했다.

"하지만, 하지만……."

제비는 말도 제대로 나오지 않았다.

"왜 나예요? 정신이 하나도 없네. 정말 나라고요?"

분이 풀리지 않은 영기가 짜증스레 되물었다.

"너 말고 내 화살에 맞은 사람이 또 있을 것 같아?"

제비는 별다른 대꾸 없이 뒤로 물러나 의자 위에 털썩 주저앉았다. 두 손으로 턱을 괸 채 넋을 잃은 제비를 보니 영기는 기운이 쭉 빠져나가는 것 같았다. 영기의 얼굴에 실망한 기색이 역력했다.

"나 혼자 좋아했구나. 넌 나한테 전혀 마음이 없었어."

제비가 커다란 눈을 깜빡이며 영기를 올려다보았다.

"황자님은…… 내 오라버니잖아요."

"그래? 정말 그래? 그럼 자미는 뭐야. 나한테 누이가 이렇게나 많아?"

제비의 얼굴 위로 일찍이 본 적 없던 수줍음이 떠올랐다. 어딘가 가련한 소녀처럼 제비가 물었다.

"그럼…… 아닐 수도 있는 거예요?"

"원래 아니잖아!"

"하지만 나는, 난 그렇게 생각해 본 적 없는데…….."

흐려지는 제비의 말끝을 영기가 덥석 붙잡았다.

"그렇게 생각해도 된다면?"

"……몰라요. 모르겠어요."

모든 것이 꿈처럼 아득했다. 제비는 생각할 시간이 필요했다. 지금은 뭐가 뭔지 얼떨떨해서 어떤 판단도 할 수가 없었다.

제비의 눈동자가 가을볕 아래 강물처럼, 겨울 밤하늘의 별처럼 빛났다. 그런 눈동자가, 눈빛이 영기의 심장을 뛰게 했다. 빠르게 두근대는 박동은 영기에게 다시 한번 용기를 불어넣었다. 앞으로 나아간 영기가 하얀 손목을 잡고 제비를 의자에서 일으켰다. 잡은 팔목을 가볍게 흔들며 영기가 말했다.

"오늘부터 잘 생각해 보기로 나랑 약속해. 다른 신분, 다른 입장이 되어 보는 거야. 자미와 이강이 가능하다면 우리 둘도 가능해. 앞으로의 일은 노력이 더 필요하더라도 우선 서로의 마음부터 확인해 보자. 너와 자미가 제자리로 돌아가면 우리도 더는 남매가 아니니까."

늘 자상했지만 오늘따라 더 다정하게 느껴지는 목소리였다.

"네 신분은 가짜지만, 이 마음은 진짜야."

제비는 아무 말 없이 그저 영기를 물끄러미 바라보았다. 마음은 여전히 소란스러웠지만 영기의 진실한 고백과 진지한 태도가 제비의 가슴속 깊은 곳까지 아늑한 울림을 주었다.

그날 밤 제비는 생애 처음으로 베개에 머리를 대고도 잠을 이루지 못하는 경험을 했다. 밤새도록 몸을 뒤척이며 한숨을 쉬거나 알아듣기 힘든 혼잣말을 주절주절하였다. 얼마나 구시렁거리던지 옆에 누운 자미까지 밤잠을 설칠 지경이었다.

자미는 영기의 마음을 어림짐작하고 있었던 터라, 영기와 이야기를 나누고 돌아온 뒤 혼이 나간 제비를 보고 심상치 않은 일이 있었음을 대번에 알아차렸다.

"솔직히 말해 봐. 도련님이 뭐라고 하셨어?"

자미가 제비를 붙들고 다짜고짜 물었다.

"마음이 끌려? 조금은 뜻밖인 게, 난 네가 만날 사내아이처럼 굴어서 모두를 형제처럼 생각하는 줄 알았거든. 그런데 너도 도련님한테 마음이 가?"

"솔직히 오늘 저녁까진 정말 형제로 생각했어."

"저녁 이후로는?"

자미는 순순히 속을 털어놓는 제비를 보고 뒷말을 캐물었다. 그러자 제비의 얼굴이 별안간 발갛게 달아오르고 눈동자마저 촉촉하게 반짝였다. 꼭 무언가에 홀린 사람 같았다.

"지금은…… 아바마마 말씀처럼 마음을 풀로 쑨 것 같아. 마음에 온통 풀이 들어찬 것같이 답답해. 아무리 생각해도 모르겠어. 이게 다 황자님 때문이야!"

불현듯 침상을 쿵쿵 쳐 대던 제비가 이내 한숨을 푹푹 내쉬었다. 그러다 무슨 생각에 빠졌는지 잠시간 말이 없더니, 취한 사람처럼 금세 또 혼잣소리를 하기 시작했다.

"정말 이해가 안 가. 왜 날 좋아할까? 난 잘하는 것도 없는데. 글자도 몇 개밖에 몰라서 맨날 황자님한테 도와 달라고 하고, 시도 못 짓고. 황자님은 유식한 여인들을 많이 봤을 거 아냐. 무공도 엄청 뛰어나고 글공부도 잘하는 사람이 뭐가 아쉬워서 날 좋아해? 그래, 틀림없이 정신이 나가서 헛소리를 한 걸 거야. 신경 안 쓸래. 난 안 믿어."

자미는 제비의 넋두리와 함께 흘러나온 속마음을 발견하고 절로 웃음이 났다.

"마음이 끌리나 보네. 우리 제비, 이제 여인이 다 됐구나."

자미의 말을 완강히 거부하듯 제비는 또다시 애꿎은 침상을 쿵쿵 때렸다.

"끌리긴 뭐가 끌려? 난 누구한테 이끌리기 싫어. 그럼 골치 아파진다고."

자미와 이강만 봐도 그랬다. 둘이 좋아 죽다가 곧 이런저런 문제로 고민하고 슬퍼하는 것, 제비의 눈에 남녀가 서로를 좋아하는 건 이렇듯 아주 피곤한 일이었다. 너희처럼 되기 싫다며 제비는 자미에게 공연한 심통을 부리더니, 언제 그랬냐는 듯 다시금 자미를 돌아보며 조용히 물었다.

"네 생각은 어때? 황자님이 정말 날 좋아하는 것 같아? 놀리는 건 아닐까? 정신이 나갔나?"

자미는 제비에게 시선을 둔 채 아무 말이 없었다.

"왜 넋이 나가 있어? 가만있지 말고 얘기 좀 해 봐."

"몰랐던 사실을 하나 깨달았어. 황자님이 왜 이강처럼 우리 신분을 돌려놓으려고 애쓰셨는지 말이야. 너랑 남매 사이라는 게 황자님께는 큰 장애물이었던 거야. 그동안 남몰래 고민하느라 혼자 마음 고생이 심하셨을 텐데, 기껏 고백했더니 정신 나갔다는 소리나 듣고. 황자님도 참, 어쩌다 널 좋아하게 되셨을까."

제비가 얼떨떨한 눈을 동그랗게 뜨고 자미를 쳐다보았다. 자미는 하던 말을 계속했다.

"황자님이 안쓰러워. 생각해 봐, 그분이 지금껏 너를 위해 얼마나 마음 써 주셨니. 이강이 내게 주는 마음 못지않았어. 황자님에 비하면 이강은 그래도 행복한 편인 것 같아. 나는 적어도 좋아하는 마음을 이강한테 전하고 있으니까. 그런데 너는? 남의 속도 모르고 다른 여인이랑 혼인하라며 공이나 자꾸 던져 댔으니……. 어쩐지 오늘 황자님 표정이 많이 안 좋으시더라."

한참 반응이 없던 제비가 몸을 벌떡 일으키더니 이내 다시 털썩 침상 위로 드러누웠다.

"이끌리면 안 돼. 골치 아플 거야!"

자미의 말을 들으니 제비는 어쩐지 자신이 영기에게 빚을 진 기분이었다. 아니, 못할 짓이라도 저지른 것 같았다.
"아아, 머리 아파. 나 어떡해!"
시름에 푹 젖은 얼굴에서 언뜻언뜻 수줍은 홍조가 떠올랐다. 자미는 제비의 숨은 감정을 목격하고 절로 웃음이 났다. 하지만 마냥 웃을 수만은 없었다. 그렇지 않아도 복잡한 상황이 더욱 얽혀 버린 셈이었다. 진상이 밝혀지는 날 건륭이 보일 반응을 생각하니 자미는 걱정이 앞섰다. 놀라 기절하시는 건 아닐까, 자미가 들릴 듯 말 듯한 혼잣말을 흘렸다.

제21장

  건륭을 태운 마차가 산길에 올랐을 때였다. 난데없이 몰려온 먹구름으로 사방이 어두워지더니 우르릉하는 우렛소리마저 들렸다. 얼마 지나지 않아 장대 같은 비가 쏟아지기 시작했다.
  진흙탕 위를 구르던 마차 바퀴가 돌연 구덩이에 빠져 움직이지 못했다. 앞장서 가던 말의 발길이 세찼으나 마차는 나아갈 기미를 보이지 않았다. 말에서 내린 사람들이 마차를 둘러싸고 밀어 보았지만 그 또한 소용이 없었다. 이강은 하는 수 없이 마차 안에 탄 사람들에게 상황을 알렸다.
  "나리, 송구합니다. 바퀴가 진흙 구덩이에 빠져서 마차를 밀어야 할 것 같습니다. 모두들 잠깐만 내려 주십시오."
  건륭과 자미, 제비가 바깥으로 나왔다. 먼저 내린 복륜과 효람이 다급히 우산을 펼쳐 건륭에게 씌워 주었다. 두두두두, 빗방울이 우산을 매섭게 때렸다. 건륭이 눈을 들어 주위를 살폈다. 마땅히 비를 피할 만한 곳이 없어서 자미와 제비는 쏟아지는 비를 고스란히 맞고 서 있었다.

"우산이 더 없는가?"

건륭의 물음에 복륜이 못내 송구스러운 얼굴로 대답하였다.

"이런 일이 생길 줄 모르고 두 개만 가져왔습니다."

건륭은 자미와 제비를 우산 아래 자신의 곁으로 불렀다. 제비는 극구 사양하다가, 마차 미는 일을 돕겠다며 기어이 빗속으로 철벅철벅 뛰어들었다.

제비가 달려간 곳에선 영기, 이강, 이태, 악민이 빗물에 푹 젖은 채 마차를 미느라 애를 먹고 있었다. 마차 앞에서 말을 끄는 부항과 호 어의도 행색이 말이 아니었다. 제비가 마차를 밀고 있는 사내들 틈으로 뛰어 들어와 소리쳤다.

"자, 하나 둘 셋! 밀어요!"

영기는 비를 쫄딱 맞은 제비가 안쓰러워 말했다.

"괜히 사서 고생하지 말고 우산 밑으로 가 있어."

"싫어요, 나도 도울래요. 자, 다들 힘내요!"

"하나 둘 셋, 밀어!"

바로 그때, 살벌하게 환한 번개가 번쩍였다. 말들이 겁을 집어먹은 듯 힘을 쓰지 못했다. 모두들 기합 소리와 함께 안간힘을 쏟았으나 마차는 꿈쩍도 하지 않았다. 이어진 천둥소리가 지축을 뒤흔들자 깜짝 놀란 말들이 목을 빼고 미친 듯이 울부짖었다.

상황을 지켜보던 건륭의 눈길이 옆에 선 자미에게로 옮겨 갔다. 자미의 옷이 비에 함빡 젖어 있었다. 건륭이 받쳐 든 우산을 자미 쪽으로 내밀었다. 이제 굵직한 비를 맞고 있는 건 자신인데도 건륭은 여전히 자미가 걱정스러웠다.

"이쪽으로 와라. 사내야 비를 좀 맞아도 끄떡없지만 여인은 몸이 약해서 안 된다. 이리로 오거라."

자미는 자신에게 우산을 양보하고 비를 맞는 건륭 때문에 놀란 한편, 그 마음이 너무나 감사했다. 건륭이 건넨 우산을 받아 도로 건륭에게 씌워 주면서 자미가 말했다.

"나리, 전 이미 많이 맞았으니 신경 쓰지 마시고 나리만이라도 비를 피하셔요. 귀하신 몸에 빗물이 닿아선 안 됩니다."

이 모습을 본 복륜과 효람이 얼른 자신들의 우산으로 자미에게 떨어지는 빗줄기를 막아 주었다. 두 중년 사내는 쏟아지는 폭우에 그대로 노출된 채 건륭을 타일렀다.

"나리, 자미는 저희가 씌워 주겠습니다."

"예, 저희에게 맡기십시오."

자미는 자신 때문에 비를 맞는 복륜을 보고 또 한 번 크게 놀랐다. 복륜과 효람까지 우산을 양보하고 나서자 피가 마르는 듯 불안하고 불편했다. 자미가 우산을 돌려주며 말했다.

"두 분까지 이러시면 안 됩니다. 전 하녀예요!"

우산 두 개가 갈 곳을 잃고 헤매는 사이 네 사람 모두 비를 쫄딱 맞고 말았다. 자미는 자꾸만 자신에게 우산을 씌워 주려 하는 건륭을 만류하다가, 조급한 마음에 우산을 덥석 건륭의 손에 쥐여 주고 마차로 향했다.

"저도 가서 도울게요!"

건륭이 다급히 자미를 불렀으나 자미는 이미 빗속으로 뛰어들어간 뒤였다. 자미는 마차를 밀고 있는 사람들이 아닌 말에게로 달려갔다. 무슨 이유에서인지 영 맥을 못 추는 말들과 씨름하며 부항이 낑낑대고 있었다. 자미가 부항에게 다가가 웃으면서 말했다.

"제가 한번 달래 볼게요!"

그러더니 말의 귀에다 대고 무어라 속삭이기 시작했다. 무슨 이야기를 하는지는 들리지 않았다. 이야기를 마친 자미는 또 다른 말에게 다가가 재차 소곤거렸다. 부항과 호 어의가 놀란 얼굴로 그 광경을 지켜보았다. 건륭과 복륜, 효람도 신기한 눈으로 바라보고 있었다.

정말로 신기한 일은 다음 순간에 일어났다. 자미의 귓속말을 들은 말들이 별안간 긴 울음을 터뜨리며 힘차게 도약했던 것이다.

"이랴, 이랴!"

부항을 비롯하여 마차 주변에 있던 사람들 모두가 말을 북돋았다. 마침내 진흙 구덩이 속에서 빠져나온 바퀴가 마차를 이고 씩씩하게 굴러갔다.

그날 저녁 무렵 건륭의 몸에서 열이 나기 시작했다. 태의를 대동한 것이 천만다행이었다. 곧바로 건륭을 진찰한 호 어의가 모두를 안심시키며 말했다.

"고뿔이 드셨습니다. 너무 걱정하지 않으셔도 됩니다. 가져온 약재가 있으니 얼른 달여 올리겠습니다. 탕약을 드시고 땀을 좀 내시면 금방 열이 내리고 괜찮아지실 겁니다."

건륭은 안락의자에 비스듬히 앉아 담요를 덮고 있었다. 열 때문에 체력이 달리긴 했지만 마음은 아주 가볍고 편안했다. 혹여 다른 이들도 감기에 걸릴까 염려스러웠던 건륭은 호 어의에게 생강차를 한 솥 달이라 이르고 모두에게 마시도록 했다. 두 하녀의 몫을 챙기는 일도 잊지 않았다. 호 어의는 "예, 지금 바로 달이겠나이다." 하고 대답한 뒤 서둘러 바깥으로 나갔다. 건륭을 살피는 영기의 눈에 근심이 가득했다.

"아바마마, 불편한 데가 있으시면 참지 마시고 꼭 말씀하셔야 합니다."

"반드시 그리하셔야 합니다, 폐하. 어의가 옆에 있고 마침 약재도 준비되어 있어 정말 다행입니다." 복륜이 거들었다.

건륭은 시선을 들어 자신의 주위를 빙 둘러싸고 있는 사람들을 훑어보았다. 다 같이 비를 맞았는데 저 혼자 누워 있는 것이 자못 겸연쩍었다. 건륭이 손을 내저으며 말했다.

"지레 호들갑 떨지 마라. 내 몸은 내가 제일 잘 안다. 별일 아니니 여기 서 있지 말고 나가서 각자 일들 봐. 여기는 그냥…… 자미와 제비가 남아서 내 말벗이나 되어다오. 다른 사람들은 그만 나가 봐라."

"소신과 이태가 옆방에 있으니 필요하시면 바로 부르십시오."

"저희가 이곳을 다 빌렸습니다. 분부가 있으시면 언제든지 부르십시오."

이강과 부항이 차례로 당부했다. 건륭은 노약자 취급을 받는 기분이 들어 못마땅하게 주변을 물렸다.

"잔소리 그만하고 나가 보라니까."

기효람이 건륭의 의중을 헤아리고 자미에게 일렀다.

"나리를 잘 모셔야 한다."

"네, 걱정하지 마세요."

그 말이 어쩐지 귀에 거슬렸던 이강은 저도 모르게 자미를 쳐다보았다. 자미는 온 마음이 건륭에게로 기울어진 사람처럼 이강의 눈길을 전혀 알아차리지 못했다.

사람들이 허리를 굽혀 인사하고는 줄줄이 바깥으로 나갔다. 잠시 후 방 안에는 건륭과 자미, 제비만 남아 있었다. 자미는 곧장 물이 담긴 대야에서 수건을 적셔 와 건륭의 이마 위에 올려놓았다.

"찬찜질을 하면 한결 편안해지실 거예요."

이어 제비가 쟁반에 받친 차를 후후 불며 가지고 왔다. 제비는 잠시 더 식히던 찻잔을 건륭의 입가로 건네며 말했다.

"자미가 얼마나 세심한지, 나으리가 제일 좋아하는 찻잎을 가져왔어요! 자, 마셔 보세요. 너무 뜨겁진 않으세요?"

제비가 건넨 차를 한 모금 마시고 나니 자미가 다가와 건륭의 팔을 부축했다.

"나리, 허리받이를 대어 드릴게요."

건륭은 자미가 자신의 허리와 의자 등받이 사이에 허리 받침을 넣을 수 있도록 몸을 일으켜 주었다. 그러자 이번엔 제비가 과일이 담긴 쟁반을 들고 가까이 다가왔다.

"나으리, 배 좋아하시잖아요. 여기 배가 엄청 달대요. 제가 깎아 드릴게요!"

"깎는 건 내가 할게."

자미가 제비의 손에서 쟁반을 가지고 갔다.

"그럼 난…… 수건을 바꿔 드려야겠다!"

제비는 건륭의 이마 위에 있는 수건을 가지고 대야로 갔다.

건륭은 주거니 받거니 대화를 나누며 제 곁을 바쁘게 갈마드는 두 소녀를 잠자코 지켜보았다. 건륭의 고개가 덩달아 바쁘게 움직였다. 둘에게서 눈길을 떼지 못하던 건륭은 문득 꿈만 같은 행복감을 느꼈다. 꽃처럼 고운 소녀들이 자신을 정성스레 보살펴 주다니, 보면 볼수록 얼떨떨했고 조금은 당혹스럽기까지 했다.

"너희 둘은 어디서 왔느냐?"

갑작스런 물음에 제비와 자미는 동시에 얼음이 되었다.

"나으리, 그게 무슨 말씀이세요?"

제비가 당황한 기색을 감추며 되물었다. 자미도 배를 깎다 말고 놀라 커다래진 눈으로 건륭을 쳐다보았다.

"놀라지 마라. 다른 뜻은 없고, 그저 너희 둘을 내게 보내 준 하늘에 고마워서 그런다. 이토록 행복하고 흐뭇한 감정은 생전 처음이구나. 참으로 귀한 느낌이야."

가없이 부드러운 목소리와 담담하고도 솔직한 고백이 자미와 제비의 마음을 한꺼번에 뒤흔들었다.

그사이 약이 알맞게 달여졌다. 제비와 자미가 쟁반에 약사발을 받쳐 들고 건륭에게로 다가왔다. 한 명은 입바람을 불어 김이 모락모락 나는 약을 식혔고, 한 명은 약순가락을 들고 건륭에게 먹여 주려 하였다. 자신을 아픈 아이 대하듯 하는 두 소녀를 보고 건륭은 저도 모르게 실소를 터뜨렸다.

"알아서 먹으마. 날 병자 취급하지 마라."

건륭이 손을 뻗어 약사발을 잡으려 하자 자미가 미소를 담뿍 머금은 입으로 난초처럼 싱그럽게 대꾸했다.

"나리, 저희가 시중들 수 있게 해 주셔요. 나리께서 느끼시는 행복을 저희도 똑같이 느낀답니다. 이 귀한 느낌을 조금 더 누리고 싶습니다."

건륭은 고운 말씨에 현혹이라도 된 듯, 자미를 바라보며 아무런 대답이 없었다. 그리고 결국 두 소녀의 뜻대로 순순히 약을 받아먹었다.

약을 마시고 얼마 지나지 않아 건륭은 잠에 빠져들었다. 밤이 늦어지자 쏟아지는 잠을 이기지 못한 제비도 의자에 기대어 까무룩 잠이 들었으나 자미는 오히려 정신이 맑아졌다.

깊이 잠든 건륭을 바라보는 자미의 마음속에서 여러 감정이 일었다 사라지기를 반복했다. 가장 뚜렷한 감정은 감격이었다.

아버지를 바로 눈앞에 둔 이 순간은 늘 꿈에서만 그리던 장면이었다. 이렇게나 가까이 있는데, 자신에게 한없이 다정다감한 분인데, 아버지라 부를 수만은 없는 현실이 아프기도 했다.

자미는 건륭에게서 잠시 잠깐도 눈을 떼지 않았다. 행여나 오한이 날까 이불을 끌어당겨 올리고, 그사이 열이 더 올랐을까 손으로 건륭의 이마를 짚어 보았다. 그러다 이마에 밴 이슬땀을 발견하고 손수건을 꺼내어 닦아 냈다.

그즈음 건륭은 꿈을 꾸고 있었다. 저만치서 우하가 사뿐사뿐 걸어왔다. 큰 눈에 눈물이 가랑가랑 고인 채였다. 꿈속에서 우하가 말했다.

'가지 마세요. 안 가시면 안 되나요. 이리 헤어지면 다시는 뵙지 못할 것 같아 두렵습니다.'

건륭이 무의식중에 몸을 움칫했다. 이를 본 자미의 손이 바빠졌다. 자미는 건륭의 얼굴에 맺힌 땀방울을 빠르게 훔쳐 내고, 이마에 놓여 있던 수건을 얼른 다시 차가운 것으로 바꾸었다.

꿈속의 건륭이 꿈속의 우하를 물끄러미 바라보았다. 우하가 말을 이었다.

'감히 영원하길 바라지는 않습니다. 다만 폐하, 제 마음은 마르지 않는 샘처럼 언제까지고 폐하를 향해 흐를 것입니다. 폐하의 마음속에 제가 그저 잠자리 날개 스친 자리에 잠시 인 물결에 지나지 않는다면, 전 평생을 기다림 속에서 살게 되겠지요.'

잠에 빠진 건륭이 알아들을 수 없는 말을 중얼중얼하였다. 자미는 건륭에게 무슨 문제라도 생긴 것인가 싶어 더욱 분주한 손길로 땀을 닦았다. 수건도 수시로 바꿔 가며 열을 내리게 하려 힘썼다. 건륭은 아직 꿈속을 헤매고 있었다.

우하가 꿈결처럼 당부했다.

'기억해 주십시오. 임은 반석이요, 저는 부들이라. 부들이 제아무리 질기다 한들 반석을 움직일 수는 없으리.'

원망스런 얼굴로 등을 돌리고 멀어지는 우하를 건륭이 놀라 부르짖었다.

"우하!"

우하의 이름을 연거푸 외치던 건륭이 별안간 몸을 벌떡 일으켰다. 그 순간 건륭은 자미의 놀란 두 눈동자와 마주쳤다. 잠이 덜 깬 눈에 자미와 우하의 모습이 하나로 겹쳐 보였다. 건륭이 손을 뻗어, 자신의 땀을 닦던 자미의 손을 덥석 움켜잡았다. 건륭의 입에서 흘러나온 어머니의 이름을 듣고 자미의 가슴이 메던 찰나였다. 두 사람은 한동안 서로를 물끄러미 바라보았다.

이내 건륭은 눈앞의 상대가 자미라는 것을, 자미가 줄곧 자신을 돌보고 있었다는 사실을 깨달았다. 하지만 방금 전 펼쳐졌던 장면이 꿈인지 생시인지 분간하기는 여전히 어려웠다. 건륭이 얼떨한 눈으로 물었다.

"내가 꿈을 꾼 것이냐."

자미가 고개를 끄덕였다.

"우하를 찾으셨습니다."

답하는 목소리가 떨렸다. 건륭은 눈도 깜빡이지 않고 자미를 응시하였다.

"너도 우하를 아느냐."

"네, 그분을 잘 압니다. 나리께서 그분에게 지어 주신 시도 알고 있습니다."

비 온 뒤 연꽃이 승은을 입어 온 성에 봄기운 가득하네. 대명호 풍경이 아름다우니 태산은 높고 성은은 길어라. 시를 읊은 후, 자미는 심장이 두근거려 다음 말을 이을 수가 없었다. 자미의 볼을 타고 내려온 눈물 한 방울이 건륭의 손등 위로 떨어졌다. 촉촉한 감촉이 건륭의 넋을 흔들었고, 자미를 바라보는 건륭의 눈빛은 한결 깊어졌다.

"네가 그 시를 어찌……."

묻고 보니 까닭을 알 것도 같았다.

"아, 제비에게 들었나 보구나."

고개를 숙인 자미는 답이 없었다.

건륭의 시선은 그러고도 한참을 더 자미에게서 머물렀다. 이상했다. 건륭은 자신 앞에 있는 소녀가 마치 아주 오래전부터 알고 있었던 사람처럼 익숙하게 느껴졌다. '어디선가 본 것 같다.'라는 말을 괜히 하는 게 아니구나 싶었다. 관용 표현처럼 굳어진 걸 보면 이건 사람이 무언가에 흔히 느낄 수 있는 감정인 모양이라고 결론지었다. 건륭은 자미에게 그런, 조금은 당혹스러운 심정을 머뭇머뭇 전하다가 부드러운 목소리로 화제를 돌렸다.

뒤바뀐 운명 제21장

"자미야, 넌 고향이 어디냐. 그러고 보니 내 지금까지 물어보지를 않았구나."

"저도 제비와 같은 곳에, 제남 대명호 근처에서 살았습니다."

뜻밖의 답에 놀란 건륭이 재차 물었다.

"제비와 같은 동네에 살았다고? 하면 우하를 본 적도 있느냐?"

"네, 그분은 제 양어머니세요."

쉽사리 이해되지 않는 사연에 머릿속을 정리하느라 건륭은 한 동안 말을 잇지 못했다.

"너와 제비는 오랫동안 알고 지낸 사이였던 것이냐?"

"저희는 둘도 없는 친구이자 자매입니다. 어쩌면 전생에서부터 맺어진 인연일지도 모르지요."

줄곧 놀라움의 연속이었다. 건륭은 풀리지 않는 의문들이 마음에 꽉 들어찬 것처럼 답답했지만, 무엇이 어떻게 의문스러운지는 스스로도 정확히 파악할 수가 없었다. 조금 더 자세히 물어봐야겠다 싶던 차에, 의자에 웅크려 곤히 자고 있던 제비가 느닷없이 고함을 질렀다.

"야, 이 도둑놈아! 어딜 도망쳐? 썩 나오지 못해……."

눈도 뜨지 않은 채 늘어놓는 잠꼬대였다. 제비는 의자에서 굴러떨어지면서 깨어났다. 아직 온정신이 돌아오기 전인지 제비는 바로 일어나지 않고 바닥에 멍하니 주저앉아 있었다.

"여기가 어디야……."

자미가 얼른 제비에게로 다가갔다.

"잘 자다가 왜 떨어져? 꿈에서 또 누구랑 싸웠어?"

제비는 자미의 부축을 받아 일어서다가 건륭을 발견하고 퍼뜩 새 정신을 차렸다. 제비가 건륭 앞으로 쪼르르 달려와 물었다.

"나으리, 좀 괜찮아지셨어요?"

어쩌다 잠이 들었는지 모르겠다며 혼잣말처럼 자책하던 제비가 손을 뻗어 건륭의 이마를 짚었다. 이내 제비의 얼굴에 화색이 돌았다.

"열이 내리셨네요!"

자미가 건륭 앞에 비밀을 꺼내 놓을 뻔했던 순간은 그렇게 흐지부지 지나가 버리고 말았다. 그래도 건륭의 열이 내려 마냥 기쁜 자미였다. 자미가 얼굴에 환한 미소를 띠며 건륭에게 말했다.

"나리, 침상으로 가서 편히 누우세요. 열이 내리셨으니 이제 며칠 푹 쉬시면 금방 다시 길을 나설 수 있으실 거예요."

얼굴도 마음씨도 어떤 옥보다 고운 두 소녀를 보고 있자니 건륭은 흐뭇하다 못해 황홀하다는 생각마저 들었다. 제비가 건륭에게로 와락 다가들어 곁을 부축했다.

"저희가 모셔다 드릴게요!"

몸을 일으켜 걸음을 옮기려는 건륭을 제비와 자미가 양쪽에서 부축했다. 건륭이 대뜸 물었다.

"너희에게 난 어떤 존재냐."

"최고로 좋은 아버지죠!"

제비는 생각할 것도 없다는 듯 단숨에 대답했다. 건륭을 물끄러미 보던 자미도 용기를 내어 제비의 말에 덧붙였다.

"네, 자격은 없지만 저도 제비와 같은 말을 하고 싶어요."

건륭은 이번에도 묘한 충격으로 머리가 비는 것 같았다. 자미에게선 언제나 예상 밖의 답변만 들려왔다. 자미의 눈 속에 의미를 알 수 없는 무언가가 빛나고 있는데 그것의 정체를 가늠조차 할 수 없어서 머릿속이 부예졌다. 사실 그것은 자미가 미처 전하지 못한 수많은 이야기, 그리고 이를 전하고픈 강렬한 바람이 내뿜는 빛이었다.

건륭은 이틀을 푹 쉬고 건강을 회복했다. 다시 길을 나선 일행이 다음으로 도착한 마을엔 마침 장이 들어서 있었다. 장터는 호객하는 장사꾼들의 외침 소리로 왁자지껄했다. 과일꼬치, 국수, 만둣국, 전병 등 여러 먹거리뿐만 아니라 온갖 생활품, 옷감, 가축, 잡화까지 없는 것이 없었다.

건륭 일행이 북새통 속을 거닐었다. 사방팔방 눈에 들어오는 모든 것이 호기심을 기분 좋게 자극했다. 특히 건륭은 평화롭게 물건을 사고파는 사람들과 그들로 인해 활기를 띤 거리를 보니 마음이 푸근해졌다. 위로를 받는 기분이었다.

그때 흰 상복을 입은 소녀가 건륭 일행의 눈에 들어왔다. 반듯반듯 곱단하게 생긴, 금쇄 또래의 소녀는 저를 에워싼 사람들 사이에서 무릎을 꿇은 채였다. 소녀의 무릎 앞에는 하얀 종이 한 장이 놓여 있었고, 사람들은 종이에 적힌 글을 읽고 있었다.

제비가 자미의 손을 잡더니 사람들 틈을 비집고 나아갔다. 종이에는 '스스로 몸을 팔아 아비의 장례를 치르려 한다.'라는 제목의 글이 쓰여 있었다. 자미가 읊조리듯 글을 읽어 내려갔다.

"소녀는 채련이라 합니다. 도성으로 친지를 찾아가던 중 아비가 이곳에서 중병을 얻어 세상을 떠났습니다. 약값으로 노자를 모두 써 버리고 지금은 관을 살 돈조차 남아 있지 않습니다. 고아가 된 신세, 이 한 몸 팔아 장례비를 마련하려 합니다. 아비의 장사를 치를 수 있도록 도움을 베풀어 주신다면 평생 노비가 되어 그 은혜에 보답하겠습니다."

제비는 채련 앞에 서서 종이를 내려다보며 자미가 들려주는 내용에 집중했다. 읽는 소리가 멎자 제비가 자미를 당겨 귓속말로 물었다.

"어디서 많이 들어 본 얘기 같지 않아? 채련이라는 애, 사기꾼은 아닐까?"

"맞으면 어떻게 할 거고, 아니면 또 어떻게 할 건데?"

자미가 조그맣게 되물었다. 제비는 히 웃으며 나지막이 대답했다.

"정말 관을 사야 한다면 도와줘야지. 노비가 되게 할 순 없잖아. 거짓말이면…… 그래도 돈을 줄래. 나도 저렇게 먹고살았으니까."

두 사람이 조용조용 귀엣말을 나누고 있을 때, 별안간 위협적인 소음이 군중 사이를 비집고 끼어들었다. 험상궂게 생긴 사내 몇 명이 장내로 들이닥쳤던 것이다. 어수선한 옷차림을 한 사내들은 이 지역의 토호 무리였다.

볼때기에 살이 덕지덕지 붙은 남자 하나가 사람들을 몰아내고 술 냄새를 풍기며 채련 앞으로 다가왔다. 무리의 우두머리인 듯 보였다. 남자는 채련의 팔을 확 낚아채더니 우락부락한 목소리로 고함질을 했다.

"이게 어디서 몸을 팔아! 넌 어제 내가 샀잖아. 주인 있는 몸을 왜 팔고 있어? 어서 가자!"

채련이 잡힌 팔목을 거세게 뒤틀며 울부짖었다.

"아니에요, 난 그쪽한테 돈 받은 적 없어요! 한 푼도 안 받았어요. 아버지도 아직 못 묻어 드렸는데, 내가 가긴 어딜 가요. 그쪽은 내 주인이 아니에요. 안 가요, 죽어도 싫어요!"

사내의 두툼한 손바닥이 채련의 야들한 뺨을 힘껏 후려쳤다.

"고얀 년! 너 따위가 좋든 싫든 그건 내 알 바 아니야."

곧이어 사내의 일당도 험악한 말투로 채련을 윽박지르고 나섰다. 하늘이 쩌렁쩌렁 울리는 커다란 목소리였다.

"네년이 돈을 챙기는 걸 우리 눈으로 똑똑히 보았는데 어디서 시치미를 떼? 이것을 당장 끌고 가서 혼쭐을 내 주자!"

솟구치는 분을 참지 못한 제비가 소리를 빽 내지르며 몸을 날렸다.

"그 애를 놔줘!"

제비를 본 우두머리 사내가 다짜고짜 저질스러운 욕설을 내뱉기 시작했다. 하지만 오래지 않아, 욕지거리를 쏟아 내던 입이 '철썩!' 하는 소리와 함께 옆으로 돌아갔다. 누군가 남자의 따귀를 갈긴 것이었다. 얼굴이 무섭게 일그러진 영기가 우두머리 사내 앞에 우뚝 서 있었다.

"안 그래도 궁지에 몰린 사람을 괴롭혀? 악랄하기 짝이 없는 것들. 입마저 더러운 걸 보니 천하에 막된놈이로구나!"

그만 사람을 놔주라며 영기가 사내에게 일갈했다. 비위가 사나워진 사내는 버럭버럭 핏대를 올렸다.

"연놈들이 주제를 모르고 감히 누구한테 명령이야!"

우두머리 사내가 주먹을 휘두르자 같은 패거리들이 영기에게로 우르르 몰려들었다. 머릿수에 밀리는 영기를 돕기 위해 제비도 거들고 나섰다.

"오냐, 어디 한번 해보자. 다 덤벼! 내 발차기 맛 좀 봐라. 양아치 같은 놈들, 어딜 도망쳐!"

복륜은 또 한 번 싸움에 휘말린 제비를 보고 한숨부터 쉬었다. 체념한 듯 두 아들을 호명한 복륜이 영기와 제비를 지키라며 지시하였다. 이강과 이태는 아버지의 말이 채 끝나기도 전에 시비가 붙은 현장으로 뛰어들었다. 그렇게 패싸움이 벌어졌다.

이강, 이태가 합류하기 무섭게 토호 무리는 한 명 한 명 앓는 소리를 내며 나가떨어졌다. 바닥에 드러누운 이들의 얼굴에 하나같이 벌건 멍이 들어 있었다. 얼씨구나 신이 난 제비가 소맷자락을 펄럭이며 손뼉을 치다 우쭐한 얼굴로 소리쳤다.

"억울하면 또 덤벼 보든가!"

땅 위에 엎어져 있던 우두머리 사내가 분한 듯 씩씩거리며 엄포를 놓았다.

"감히 이 몸에 손을 대다니 네 이……!"

사내는 하려던 말을 끝맺지 못했다. 이강이 걷어찬 흙덩이가 사내의 입 안에 명중했기 때문이다.

"할 말이 더 남았느냐?"

이강이 물었으나 배짱을 내미는 이는 없었다.

백성들의 이목을 끈 것이 걱정스러웠던 복륜이 이제 그만 자리를 뜨자며 재촉하였다. 그동안 길을 다니면서 피운 소란이 적지 않았다. 복륜이 제비를 건너다보며 자중하기를 권하자 제비는 억울한 듯 받아쳤다.

"어쩔 수 없었어요. 눈앞에서 부당한 일이 벌어졌는데 어떻게 그냥 지나쳐요."

"알겠으니 다 싸웠으면 이제 그만 가자."

제비를 다독여 어수선한 분위기를 수습한 건륭이 걸음을 옮겼다. 일행도 건륭을 따라 앞으로 나아갔다. 잠시 걷던 중에 영기는 무심코 고개를 돌렸다가, 저희 뒤를 자박자박 따라오고 있는 채련을 발견했다.

"잠깐만, 싸우느라 저 애를 잊고 있었어."

아차 싶어 발길을 멈춘 영기가 채련을 향해 물었다.

"아버지는 어디 계시니?"

채련의 젖은 눈이 영기를 바라보았다. 윤이 나는 눈망울에는 고마운 마음, 우러르는 마음이 서려 있었다. 영기에게로 다가가 허리 굽혀 인사한 채련이 저만치 떨어진 산 하나를 손가락으로 가리켰다.

"저기 낡은 절 안에 모셔 두었어요."

영기는 품 안에서 꺼낸 은자를 채련에게 건네며, 이 돈으로 아버지 장례를 치르고 친척을 찾아가라 일렀다. 은자를 받은 채련의 눈에서 굵은 눈물방울이 뚝뚝 떨어졌다. 채련이 다시 한번 고개 숙여 인사하였다.

"그럼…… 전 이제 도련님의 사람입니다."

"아니야, 난 널 사려는 게 아니라 도와주는 거다. 얼른 가서 장례를 치러."

"하지만…… 그 사람들이 또 찾아오면 어떡하죠. 지금까지 줄곧 절 위협하고 괴롭혔어요. 너무 무서워요."

채련이 울먹이는 목소리로 불안감을 드러냈다. 영기 옆에 서 있던 이강이 나지막이 거들었다.

"이대로 가 버려서는 안 될 것 같기도 합니다. 아까 그 패거리가 다시 오면 장례를 치르긴커녕 돈만 다 빼앗길 겁니다."

이태도 고개를 끄덕였다. 이 지역을 주름잡는 일당들이니 저희들이 떠나고 나면 또다시 행패를 부릴 게 뻔했다. 기왕 도운 거 끝까지 도와주자며 이태가 말을 보탰다.

"어떻게 말이냐? 관을 마련해 묻어 주기라도 하자는 것이냐?"
 복륜의 물음에 제비가 찬성의 뜻을 표했다.
"좋아요! 우리 그렇게 해요!"
 복륜과 효람 등 수행 대신들은 허탈한 심정으로 고개를 절레절레 저었다. 잠자코 지켜보던 건륭만이 얼굴에 은근한 웃음을 띠고 있었다.
"아무래도 오늘은 여기서 하룻밤 쉬어 가야겠군."

 건륭 일행은 채련 아비의 장례 절차를 하나하나 도와주고 끝마무리까지 지은 후에야 다시 길을 나섰다. 저마다 말과 마차에 올라 한참을 가다가 영기가 별생각 없이 뒤를 돌아보았을 때였다. 비틀비틀 위태로운 걸음으로 쫓아오는 이가 영기의 눈에 들어왔다. 아니나 다를까, 채련이었다. 영기는 얼쯤하여 고삐를 채었다가 곧장 방향을 틀어 채련에게로 말달려 갔다.
"채련아, 왜 자꾸 따라와. 도성으로 친척을 찾아가라니까."
 채련이 잔뜩 위축된 모습으로 영기를 올려다보았다.
"하지만 전…… 도련님의 사람이에요. 절 사셨잖아요."
"그게 아니라니까. 난 그저 널 돕고 싶었을 뿐이야. 집에 하녀가 많아서 더 들일 수도 없고. 그러니 따라오지 말고 이제 그만 네 갈 길을 가."
 고개를 푹 숙인 채련은 답이 없었다. 영기가 말 위에서 굽어보니 채련의 신발 두 짝이 모두 해져 있었다. 신코에는 피까지 밴 채였다. 마차를 쫓아 먼 길을 걸어오느라 발톱이 빠진 모양이었다. 영기의 입에서 깊은 한숨이 새어 나왔다. 누이 같은 소녀의 행색과 처지가 측은하여 영기는 가슴이 착잡했다. 차마 매몰차게 돌아설 수가 없었다.

"일단은 내 말을 타고 가자. 다음 마을에 도착하면 도성으로 가는 길을 알아봐 줄게."

영기가 채련에게 손을 뻗었다. 그제야 얼굴이 활짝 핀 채련은 영기가 건넨 손을 잡고 가뿐히 안장 위로 올랐다. 자신을 구해 준 멋진 도련님과 함께 말을 탄다는 사실이 믿기지 않았고, 등 뒤에서 느껴지는 온기에 마음이 설렜다.

잠시 후 대열에 합류한 영기를 보고 이태는 경악을 금치 못했다. 정확히는 영기 앞에 앉아 있는 소녀 때문이었다.

"왜 데려오셨어요?"

"이따가 얘기하자."

그 광경을 처음부터 끝까지 지켜본 이가 있었으니, 바로 마차 안에서 창문 밖으로 고개를 내밀고 있던 제비였다.

마을에 도착한 뒤, 영기는 채련을 쉬이 설득할 수 없으리란 사실을 깨달았다. 눈물 그렁그렁한 눈이 자꾸만 영기의 동정에 호소했다. 결단코 따라가겠다는 뜻이었다. 영기가 내내 입장을 설명했지만 채련의 조그마한 목소리는 꽤나 고집스러웠다.

"전 도련님의 사람이에요. 절 사셨잖아요. 음식을 축내는 일은 없을 거예요. 곁에서 시중만 들 수 있도록 해 주세요."

영기는 인내심을 가지고 차근차근 타일렀다.

"정말 안 된다니까. 우리는 볼일이 있어 나온 거라 이렇게 계속 너를 데리고 다닐 수가 없어. 너도 이제 스스로 살길을 모색해 나가야지."

영기가 채련에게 묵직한 돈주머니를 쥐여 주며 말을 이었다.

"자, 이거 다 줄게. 먼저 신발이랑 옷부터 사고 마차를 빌려서 도성으로 가. 아니면 고향으로 돌아가도 되고, 알겠지?"

그때 털레털레 다가온 제비가 뾰로통하게 끼어들었다.

"길동무 삼아 데려가요. 둘이서 말 타고 다니면 같이 웃고 얘기하느라 심심하지도 않을 거고, 딱 좋네."

말 속에 비아냥조가 흥건했다. 제비의 질투 어린 심통을 알아차리고 장난기가 발동한 이태가 천연덕스레 맞받았다.

"저도 찬성. 아까 보니까 둘이 얘기가 잘 통하는 것 같더라고요. 이왕 도운 거 끝까지 책임져 주세요. 갈 곳이 없다잖아요."

제비와 이태의 말을 곧이곧대로 듣고 용기를 얻은 채련이 다시금 바득바득 애원했다.

"말썽 피우지 않을게요. 도련님을 위해서라면 무슨 일이든 할 수 있으니 제발 내쫓지만 마세요."

영기는 이 난감한 상황을 견딜 수가 없었다. 답답한 마음을 토로하듯 영기가 자미에게 자초지종을 설명했다.

"자미야, 여기 신발 좀 가져다줘. 이 애가 발이 부르터서 다리를 절뚝거리길래 말을 태워 준 거야."

누가 묻지도 않았건만 영기는 채련을 자신의 말에 태운 이유를 늘어놓았다. 사실상 제비가 들으라고 하는 해명이었다. 그 말을 들은 제비의 표정이 더욱 싸늘하게 식을 것이라곤 상상도 못 했으리라. 휙 몸을 돌린 제비가 말도 없이 자리를 떴다. 곧이어 자미에게서 따라가 보라는 눈짓을 받고 영기는 달리 생각할 겨를도 없이 제비의 뒤를 쫓았다.

어느 한적한 다리 위에서 제비는 분을 삭이며 식식대고 있었다. 불난 마음을 식히느라 공연히 주위를 둘러보는데, 주변 풍경은 하나도 눈에 들어오지 않았다. 때마침 제비를 발견한 영기가 반달음으로 다가와 조심스레 물었다.

"나한테 화났어?"

"웃겨, 내가 왜요."

제비가 영기를 피해 다른 쪽으로 고개를 돌렸다.

"그럼…… 여기서 뭐 해?"

"경치 구경요!"

제비가 거의 소리치듯 대답했다. 영기는 제비의 짜증이 자못 당황스러웠지만 장난기를 조금 섞어 다시 말을 걸었다.

"조금 있으면 나리께서 찾으실 텐데 옆에서 시중들 생각은 안 하고 여기서 경치 구경이나 한다고?"

사실 영기는 나름대로 분위기를 풀어 보려 했던 것인데, 그 말은 본래 의도와 달리 제비의 약한 부분을 건들고 말았다. 제비가 발칵 목소리를 곤두세웠다.

"따로 하녀를 샀잖아요! 나으리 시중도 걔한테 들라고 해요! 나는 뭐, 당신네들이 오라면 오고 가라면 가고, 만날 이리저리 불려 다녀야 해요? 그쪽이 날 돈 주고 산 것도 아니면서 왜 종일 명령만 기다리고 있으라는 건데요!"

순간 영기도 기분이 확 상했다. 아무리 성격이 온순하다고 해도 영기는 지금껏 타인에게 거친 소리 한 번 들어 본 적은 황자였다. 영기의 언성이 높아졌다.

"너 정말 이상하다. 먼저 나서서 그 애를 구한 사람도 너고, 장례를 치르는 일에 앞장선 사람도 넌데, 대체 왜 나한테 화를 내? 말을 좀 태워 준 게 그렇게 잘못한 일이야? 그럼 발에 피를 흘리면서 쫓아오는 사람을 못 본 체했어야 해? 난 네가 의협심 강한 여인인 줄 알았는데, 그 정도 이해심도 없어?"

제비는 일순 온몸의 피가 거꾸로 솟는 것 같았다.

"나 그런 사람 아니에요, 됐어요? 내가 언제 내 입으로 의협심 강하다고 한 적 있나? 피를 줄줄 흘리며 쫓아오는 여자가 불쌍하면 가서 그 여자 발이나 살필 것이지, 왜 여기까지 따라와서 시비를 걸고 난리야. 가요, 가라고!"

영기는 잔뜩 날이 선 눈을 피하지 않고 똑같이 날카롭게 대질렀다.

"너 이러니까 꼭 질투하는 것 같아, 알아?"

분명 제비가 싫어할 줄 알면서 속상한 마음에 구태여 내뱉은 말이었다. 아니나 다를까, 자존심이 팍 상한 제비가 파르르 떨며 눈썹을 치켜세웠다. 제비는 깊이 긁힌 마음을 숨기며 비아냥스레 맞받아쳤다.

"하, 기가 막혀서! 자기가 도련님이라고 아무나 다 울면서 쫓아오는 줄 아나 봐. 내가 그렇게 우스워 보여요? 분명히 말하는데, 나한테 그쪽은 아무것도 아니에요!"

마지막 한마디가 영기의 가슴에 치명타를 입혔다. 영기의 발이 제풀에 뒤로 한 걸음 물러났다. 충격은 아픔을 일으켰고, 아픔은 화가 되어 폭발했다. 영기의 얼굴이 하얗게 질려 있었다.

"내가 눈이 삐었지. 너는 그냥, 고집불통에 피도 눈물도 없고 아무 생각이 없는 애였어!"

이번엔 영기의 말이 제비의 심장으로 날아와 푹 꽂혔다. 아파 눈시울마저 붉어진 제비가 허공에 발길질을 해 대며 더욱 사납게 고함쳤다.

"다신 꼴도 보기 싫어! 그래, 나 생각 없고 배운 거 없고 막돼먹은 것도 맞는데, 그렇다고 내가 언제 귀찮게 한 적 있어? 자꾸 열 받게 하지 말고 가, 가라고!"

"배운 거 없고 막돼먹었다고는 안 했어!"

"그게 그 뜻이지 뭐야!"

제비가 악을 쓰며 날뛰었다. 그래도 끓어오르는 화를 주체할 수가 없어서 제비는 급기야 땅에 있는 돌을 주워 영기에게로 던졌다. 돌멩이가 '딱!' 소리를 내며 영기의 머리에 명중했다. 동시에 영기의 인내심이 바닥나고 말았다.

"어휴, 저 성질머리하고는!"

푸념을 던지며 몸을 팽 돌린 영기가 빠르게 멀어져 갔다. 영기가 떠난 다리 위에 제비는 혼자 덩그러니 남겨졌다. 얼굴로 올라온 벌건 울화가 오랫동안 가라앉을 줄 몰랐다.

채련은 무려 사흘이나 더 영기와 함께 다녔다. 그 사흘 동안 제비의 마음은 묵직한 무언가에 꽉 짓눌려 있었다.

주홍빛 꽃노을이 하늘을 그윽하게 물들였다. 영기와 제비가 다툰 후 맞이하는 세 번째 노을이었다. 오늘 하루 묵어갈 객잔 앞에 다다라 건륭 일행이 하나둘씩 탈것에서 내렸다.

마구를 정비하고 있던 영기의 눈에 마침 마차에서 내리는 제비가 들어왔다. 지난 사흘 동안 두 사람은 서로 입을 꾹 다물고 지낸 터였다. 꽁한 마음을 안고 제비와 껄끄럽게 지내는 일이 영기로선 여간 힘든 게 아니었다. 그사이 건륭과 수행 대신들이 먼저 객잔 안으로 들어갔다. 영기는 객잔 앞에 저희 또래만 남은 것을 확인하고 제비에게 다가갔다.

"우리 그만 화해하자, 응? 그날은 내가 신경이 좀 날카로웠어. 호 어의 말이, 그럴 땐 약도 없다더라. 스스로 마음을 다스리는 수밖에 없대. 지금은 많이 누그러졌어. 너도 이제 기분 풀면 안 될까? 아, 그리고 채련이는 북경으로 가기로 했어. 가기 전에 너한테 인사하겠……."

 말을 자르듯 쌩하고 영기를 지나친 제비가 느닷없이 말 위로 뛰어올랐다. 제비를 태운 말은 곧장 마을 바깥을 향해 내달리기 시작했다. 깜짝 놀란 자미가 제비를 부르며 돌아오라 소리쳤다. 제비는 말을 전혀 다룰 줄 몰랐다. 행여 사고라도 난다면 정말 큰일이었다. 보다 못한 이강이 얼른 쫓아가 보라며 영기를 떠밀었고, 영기는 미처 정신을 수습할 틈도 없이 안장에 올라 무작정 제비를 뒤쫓았다.

 제비를 태우고 무서운 속도로 달려 나가는 말을 영기의 말이 부쩍 추격했다. 두 사람은 어느덧 마을을 벗어나 너른 벌판 위를 말달리고 있었다.

 "이러지 마, 그렇게 타면 위험해. 너 말도 탈 줄 모른다며! 화가 나면 차라리 소리를 지르고 욕을 해. 아님 치고받고 싸우든가. 뭐든 좋으니까 너 자신을 가지고 장난치지만 마. 얼른 멈춰!"

 영기가 제비의 뒤로 바짝 따라붙으며 외쳤다.

 살벌하게 달리는 말 위에서 제비는 하얗게 질린 얼굴이었다. 구경만 할 땐 마냥 쉬운 줄 알았는데 막상 몰아 보니 말이 마음처럼 움직여 주지 않았다. 멈추고 싶어도 방법을 몰라 속수무책이었다. 제비는 경황이 없는 와중에 고삐마저 놓치고, 줄을 잡으려 시도했다가 하마터면 말 아래로 거꾸러질 뻔했다.

휘청거리는 제비를 보고 가슴이 철렁한 영기가 제비의 등에 대고 소리쳤다.

"고삐는 내버려 두고 말의 목을 끌어안아!"

반발심이 솟구친 제비는 한사코 말굴레 쪽으로 팔을 뻗었다. 가까스로 고삐를 거머쥔 찰나, 중심을 잃은 제비가 또 한 번 크게 기우뚱했다. 영기는 아찔한 순간을 목격하고 저도 모르게 비명을 터뜨렸다. 제비가 영기를 돌아보았다.

"따라오지 말고 저리 가요! 위험해도 내가 위험한데 그쪽이 뭔 상관! 말아, 더 빨리 달리자!"

제비가 "이랴!" 하고 외치며 고삐를 채치자 말은 더욱 맹렬히 질주하기 시작했다. 그 바람에 제비의 몸이 한층 심하게 들썩였다. 낙마의 위기를 겨우 넘겼지만 하마하마 떨어질 듯 여전히 위태로운 제비였다. 영기는 놀란 가슴을 쓸어내릴 겨를도 없이 필사적으로 말을 달리면서 목청껏 지시했다.

"고삐 잡고 놓지 마! 몸은 말 등에 납작 엎드리고, 발은 등자를 디뎌! 지금 그 자세는 너무 위험해!"

"나한테 이래라저래라 하지 마요. 신경 끄라고요!"

대꾸하던 제비가 별안간 고삐를 확 잡아당기자 말이 긴 울음을 뿜으며 앞다리를 치켜들었다. 중심을 잃고 말 등에 엎드려져 곧 떨어질 듯 매달려 있는 제비를 보고 영기가 다급히 외쳤다.

"고삐를 너무 세게 채지 마! 배는 건드리면 안 돼!"

"듣기 싫어요! 누가 그런 거 가르쳐 달래!"

제비는 반항심에 기어이 말의 배를 걷어차고 말았다. 놀란 말이 쏜살처럼 앞으로 치달았고, 그 무서운 속력을 따라잡을 수 없었던 제비는 끝내 말 등에서 떨어져 나갔다.

영기가 재빨리 안장을 딛고 제비 쪽으로 몸을 날렸다. 제비를 붙잡으려 팔을 뻗었으나, 간발의 차로 이미 땅에 나동그라진 제비는 비탈면을 따라 굴러가고 있었다. 바로 다음 순간 영기도 제비의 위로 떨어졌다. 한데 엉겨 한참을 굴러 내려간 두 사람은 경사가 완만한 곳에 이르러서야 움직임을 멈추었다.

제비가 숨을 고르며 정신을 차렸을 때, 눈앞에 영기의 얼굴이 보였다. 영기가 제비를 보호하듯 꼭 끌어안고 있었다. 제비의 동그란 눈이 놀라서 더욱 커다래졌다. 미처 정신을 가누지 못하고 있던 영기의 시야에도 곧 제비의 얼굴이 들어왔다. 바로 코앞에 제비의 눈동자가 있었다.

소스라쳐 영기를 밀어낸 제비가 자리에서 벌떡 일어났다.

"나 건들지 마요! 나한테서 떨어져…… 아!"

제비가 다리에 날카로운 통증을 느끼고 털썩 주저앉았다. 오른쪽 다리 상태가 심상치 않았다.

두 팔로 다리를 부둥켜안는 제비를 보고 영기가 황급히 다가왔다. 제비의 저항에도 아랑곳없이 영기는 제비의 찢어진 오른쪽 바지자락을 걷어 올렸다. 무릎 아래로 새빨간 피가 흘러내리고 있었다. 그것을 보자마자 영기는 가슴이 찌릿찌릿 아파 왔다. 생애 처음 느껴 보는 고통이었다.

"얼른 한번 움직여 봐, 뼈를 다쳤는지 보게."

제비가 영기를 냅다 밀치며 소리쳤다.

"내 일에 상관하지 말고 저리 가요! 이제 그쪽이랑은 상종도 안 할 거예요!"

조심스레 주위를 살피던 영기가 제비를 와락 감싸 안으며 진심을 내보였다.

"이렇게 다치고도 화를 내고 싶어? 대체 왜 화를 내? 내 마음엔 너밖에 없어. 너 때문에 제정신이 아니어서 내가 요 며칠 아무나 붙잡고 시비까지 걸었다고, 알아? 채련이 그 애한테는 눈곱만큼의 감정도 없어. 채련이가 웬 말이야, 고관대작의 딸 아니 하늘에서 선녀가 내려와도 네 발끝엔 못 미쳐."

제비는 영기의 품을 벗어나려 했지만 단단한 팔이 자신을 꼭 안고 놓아주지 않았다. 제비가 못내 서러이 대꾸했다.

"나는 생각도 없고, 교양도 없고, 배운 것도 없고, 잘하는 것도 없고, 이것저것 아무것도 없고, 별 볼 일도 없······."

영기의 입술이 재빨리 다음 말을 막았다. 쫑긋쫑긋 움직이는 입을 바라다보다 달뜬 심장이 시킨 일이었다.

제비는 일순간 제 안으로 파고든 사내의 어찔한 향기에 몸이 마비된 듯 옴짝도 할 수가 없었다. 머릿속이 아득해지며 세상이 빙글빙글 돌았다. 얼마나 지났을까. 가까스로 이성을 되찾은 제비가 영기의 어깨를 드세게 밀어냈다.

"지금 뭐 하는 거예요! 내가 우스워요?"

제비는 자리에서 일어나 다치지 않은 다리로 바닥을 구르며 뒤뚝뒤뚝 걸음을 옮겼다. 덩달아 일어선 영기가 제비를 따라가 붙잡았다.

"네가 아니라 나 자신이 우습다. 부탁이니까 얼른 좀 앉아 봐. 어딜 얼마나 다쳤는지 좀 보자. 아직 지혈도 못 했는데 이러다 큰일 나면 어떡해."

저를 달래는 목소리에 문득 서글퍼진 제비가 애써 눈물을 감추며 소리쳤다.

"별수 있나, 확 죽어 버리지 뭐!"

"그럼 같이 죽자!"

"지금은 이래도 결국엔 다시 황자 본색을 드러낼 거면서!"

이래서는 안 되겠다 싶었는지 영기가 제비를 잡고 풀밭 위에 눌러 앉혔다. 영기는 고개를 푹 숙인 채 심각한 눈으로 상처를 살피다가 자신의 옷 밑단을 찢어 제비의 정강이에 감았다.

"우선 지혈부터 하자. 이따가 어의한테 보일 수 있어서 다행이야. 아바마마께는 기마 연습을 하다가 넘어졌다고 해, 알겠지?"

"몰라요!"

제비가 아무리 퉁명을 부려도 영기는 이제 그저 안쓰럽게만 느껴졌다. 한숨을 크게 한 번 내쉬고, 친친 돌려 감은 천을 매듭지으며 영기가 제비를 얼렀다.

"내가 잘못했어. 여인을 좋아하는 건 처음이라 이런 감정을 다루는 법이 미숙하다 보니 의도하지 않게 실수를 많이 저질렀다. 네가 질투를 하는 건 날 마음에 두고 있다는 뜻인데, 좋아하기는 커녕 화를 냈으니……. 미안해. 네 말이 맞아. 아무래도 나는 황자의 신분을 내세우는 일이 습관이 됐나 봐. 앞으로는 안 그럴게."

영기가 먼저 꼬리를 내리고 잘못을 인정해 주니 제비도 마음속 불길이 조금씩 사그라지는 것 같았다.

"어떻게 보면 네가 나한테 청심환을 먹여 준 셈인데, 난 바보처럼 그것도 모르고 네 화만 더 돋우었네."

"내가 언제 청심환을 먹여 줬다고 그래요?"

제비가 부루퉁하게 되받아쳤다.

"그래그래, 안 먹여 줬어. 됐지? 이제 슬슬 돌아가야겠다."

제비를 보는 영기의 눈길에 다시 근심이 어렸다.

"우선 다리 좀 움직여 볼래? 너무 걱정된다."

제비가 앉은 채로 땅에 발을 디뎌보았다. 살짝 움직였을 뿐인데도 이가 악물릴 정도로 아팠다.

"다행히 뼈는 괜찮은 것 같아. 그런데…… 내 마음이 다쳤나 보다. 아파."

"발톱 빠진 애 때문에 가슴이 아픈가 보죠. 괜한 엄살 부리지 마요."

제비는 여전히 퉁명스러웠다. 어떻게 달래 주어야 하나, 잠시 고민하던 영기가 제비 앞으로 손바닥 한 쪽을 내밀었다.

"자, 화 풀리도록 때려."

영기가 건넨 손바닥을 물끄러미 내려다보던 제비는 팔에 힘을 가뜩 실어 철써덕 소리가 나도록 내리쳤다. 깜짝 놀란 영기가 화끈거리는 손바닥을 마구 털며 짐짓 불만스레 투덜댔다.

"때리랬다고 진짜 때려? 손은 뭐가 또 이렇게 매워!"

그때 갑자기 제비가 소리 내어 울기 시작했다. 지난 사흘간 가슴을 답답하게 짓누르고 있던 설움이 마침내 울음을 따라 바깥으로 터져 나온 것이었다. 커다란 눈망울에서 쏟아져 내리는 눈물을 보고 영기는 또다시 밀려든 당황스러운 감정에 쩔쩔맸다.

"울지 마, 내가 잘못했어. 네가 울면 난……."

어지럽던 가슴이 급기야 저려 오기까지 했다. 이 순간 영기는 자신이 무엇을 어떻게 해야 하는지 전혀 갈피를 잡을 수 없었다. 대뜸 영기의 소맷자락을 당겨 제 눈물을 훔친 제비가 영기의 품으로 고이 안겨 들었다.

"앞으로는 나한테 화내지 마요. 내가 아무것도 아니란 말도 금지예요."

듬직한 어깨에 기댄 채 눈물을 뚝뚝 흘리며 제비가 사랑스러운 으름장을 놓았다. 영기의 따뜻한 손이 제비의 볼을 타고 내리는 눈물방울들을 서둘러 닦아 냈다.

"응, 너도. 이번 일은 우리 둘 다 피장파장이야."

"피…… 피, 뭐요? 피식피식?"

제비가 영기의 말을 알아듣지 못하고 되물었다. 영기는 그런 제비가 귀여워 피식, 웃어 버렸다. 영기가 웃으니 제비도 덩달아 피식, 웃음이 새어 나왔다. 문득 깨달음을 얻은 듯 제비가 혼잣소리처럼 말했다.

"아, 이래서 '피식피식'이구나!"

두 사람이 서로를 바라보며 웃었다. 이제 막 사랑을 시작한 연인의 미소는 하늘을 물들인 노을보다도 아름다웠다.

이날 이강은 마차꾼을 고용해 채련을 도성으로 보내 주었다. 그리하여 말도 많고 탈도 많았던 '채련 사건'은 마침내 막을 내리게 되었다.

건륭을 포함한 연배 높은 이들 가운데 이 일의 속사정을 아는 사람은 없었다. 다만 이따금씩 제비가 전에 없던 수줍음을 탄다고 느낄 뿐이었다. 사실 그것은 사랑받는 소녀가 풍기는 여성스러운 분위기였다. 비밀이 또 하나 늘어 버린 다섯 젊은이 사이에선 전보다 훨씬 더 많은 눈짓과 은밀한 약속들이 오갔다.

제22장

　건륭과 순시를 다니며 제비는 공주가 된 이래 최고로 즐거운 나날을 보내고 있었다. 자미에게도 지난 며칠은 궁녀로 입궁한 후 건륭과 가장 가깝게 지낸 시간이었다. 두 소녀는 매일없이 건륭의 곁을 살피고, 비밀을 털어놓을 기회를 엿보고, 세 남자와 다음 계획을 의논했다. 이러한 가운데 사랑을 속삭이고 사랑싸움까지 했으니, 그야말로 지루할 틈 없는 여정이었다.
　제비는 불의를 보고 모른 척 지나치지 못하는 성미 때문에 사흘에 한 번꼴로 길에서 싸움을 벌였다. 그때마다 영기는 행여나 제비가 다칠까 거들고 나섰고, 위험으로부터 공주와 황자를 지켜야 하는 이강과 이태도 물 흐르듯 싸움에 가담했다. 이런 까닭에 한번 시비가 붙었다 하면 번번이 패싸움으로 번지기 일쑤였다. 건륭은 제비에게 사람들의 이목을 끌 수 있으니 충동적으로 굴지 말라며 나무랐지만 제비는 건륭의 말을 고분고분 듣는 법이 없었다.

"어쩔 수 없잖아요. 못된 놈들이 착한 사람을 괴롭히고 있는데 어떻게 그냥 가요. 불의를 보고도 못 본 척하시면 나으리는…….."

제비가 키드득 소리 죽여 웃고는 말을 이었다.

"있으나 마나 한 황제죠."

건륭이 눈을 부릅떴다. 하지만 그것뿐, 제비를 단속하는 일에 건륭은 예나 지금이나 뾰족한 수가 없었다.

부당한 일을 마주하는 족족 참견하고 맞서 싸우다 보니 한 마을에서 머무르는 시간이 예정보다 길어졌다. 다행인 것은 건륭의 이번 출타가 일정에 구애를 받는 감찰이라기보다 기분 전환을 위한 나들이에 가깝다는 점이었다. 궁을 나선 날부터 건륭은 꾀바르고 야무진 제비와 어질고 슬기로운 자미 덕분에 지금껏 누린 적 없던 훈훈한 행복을 만끽할 수 있었다. 만약 순시를 중단해야만 했던 불시의 상황이 오지 않았더라면 아마 건륭은 동서남북으로 계속 유람을 다녔을지도 모른다.

건륭 일행이 하북성 기주 지역에 도착한 날은 마침 한 사찰을 중심으로 장이 들어선 날이었다. 이제는 북적북적한 곳을 보면 일행 중 누구도 쉽게 지나치지 못했다. 건륭이 거리를 가득 메운 인파 속으로 일행과 함께 구경에 나섰다.

묘회廟會는 보통 장날과 비교도 안 될 만큼 규모가 컸다. 사찰 안은 향을 피우러 온 사람들로, 바깥은 물건을 사고파는 장꾼들로 벅신벅신 들끓었다. 장바닥에도 각종 식재료와 주전부리, 약재 등 없는 게 없었다. 어디 그뿐인가. 기예꾼들까지 거리 곳곳을 차지하고 있으니, 기주에 사는 백성들이 전부 모인 것 같았다.

활기 넘치는 분위기에 덩달아 들썽한 제비가 사람들 사이를 비집고 나아갔다. 현란한 볼거리를 앞에 두고 제비는 눈이 빙빙 돌 지경이었다. 영기가 다급히 제비를 뒤쫓았다.

"제비야, 혼자 다니지 마. 아직 다리도 안 나았잖아."

바짝 긴장한 영기와 달리 제비는 거리끼는 것이 전혀 없었다.

"이까짓 거 벌써 다 나았어요!"

그때 난데없이 들려온 징 소리가 우람한 북소리를 타고 차츰차츰 가까워 왔다. 잠시 후 화려한 가장행렬이 인파를 가르고 나타났다. 대열의 첫머리는 긴 막대를 밟고 올라 그것을 다리 삼아 춤추는 사람들이 장식하고 있었다. 그 뒤를 사자, 용, 관세음보살, 선동, 선녀, 금강신, 현장법사, 팔선인 등 전설 속에 등장하는 인물들로 분장한 사람들이 대거 따랐다. 구경꾼들의 시선을 사로잡은 것은 단연코, 행렬의 앞머리에서 두 다리 대신 나무 막대로 걸음을 옮기며 비틀비틀 춤을 추는 무리였다.

신이 난 제비가 법석을 떨며 소리쳤다.

"저거 너무 멋있다! 신기해!"

구경꾼들의 홍수로 거리는 발 디딜 틈이 없었다. 복륜이 흩어져선 안 된다며 주의를 주었지만 한껏 들뜬 제비의 귀에 그 말이 들릴 리 만무했다. 이미 제비는 막대기를 밟고 춤을 추는 사람들에게 온정신이 팔려 있었다. 가장행렬을 조금 더 가까이서 보기 위해 사람들의 틈새를 꿰고 나아간 제비가 급기야 일행의 시야에서 사라졌다. 불안해진 영기가 얼른 제비를 뒤쫓았고 이강과 이태마저 줄줄이 뒤따르면서 네 사람은 한꺼번에 무리 밖으로 떨어져 나갔다.

복륜을 비롯한 수행 대신들이 건륭을 에워싸고, 자미는 그 곁에 바투 붙어 걸었다. 건륭도 처음엔 행렬을 구경하러 갈 생각이었으나 지금은 발을 내디디는 일조차 쉽지가 않았다. 어디선가 불을 때는지 우럭우럭 피어오른 연기와 사방을 가득 메운 증기로 후덥지근하기까지 했다. 접선을 꺼내 든 건륭이 그나마 덜 번잡한 곳으로 물러났다. 건륭을 따라 물러선 자미는 옆에서 정성껏 부채질을 도왔다. 그사이 인파에 휩쓸린 복륜과 효람 등이 건륭에게서 멀어져 갔다. 뿔뿔이 흩어진 이들의 시선이 다급히 건륭을 찾았다.

건륭과 자미는 일행을 기다리며 길켠에 비껴섰다. 그때 근처를 지나던 어느 노부부가 문득 걸음을 멈추고 짐을 내려놓았다. 사람 좋은 인상을 한 부부는 삶은 달걀을 팔고 있었다. 인산인해를 이룬 거리를 바라보는 부부의 얼굴에 지친 기색이 역력했다.

"저긴 사람이 너무 많아서 못 가. 그냥 여기서 되는대로 해 보자고." 노옹이 부인에게 말했다.

온후해 보이는 노부인이 연방 고개를 끄덕였다.

"예, 저기선 떡장사만 못할 거예요. 사방에 불이 널려 있어서 다칠까 봐 겁도 나고요. 여기서 팔 수 있는 만큼만 팔아요."

저도 모르게 대화에 귀를 기울이던 건륭은 부부의 인상이 참

선하다 생각했다. 나이가 들어서도 부지런히 장사를 하는 모습에 측은한 마음이 일어 건륭이 관심 있는 얼굴로 다가가 물었다.

"장사가 좀 어떻소?"

겨우 입에 풀칠 정도만 한다며 노옹이 대답했다. 이어 옆에 있던 노부인이 달걀 좀 잡숴 보라며 건륭에게 권했다.

"홍차 잎을 넣어 삶은 달걀인데 향긋하고 짭조름하니 맛이 아주 기가 막힙니다. 맛없으면 돈은 안 받겠습니다."

건륭이 웃으며 흔쾌히 응했다.

"좋소, 열 개 주시오. 자미야, 계산하거라."

"네."

전낭에서 돈을 꺼낸 자미가 건륭과 노부인 사이로 다가들었다. 예기치 못한 사건은 바로 다음 순간에 벌어졌다. 건륭이 달걀을 받으려 노옹 쪽으로 방향을 틀었는데, 자리에서 벌떡 일어난 노옹이 달걀을 데우던 화로를 번쩍 들어 건륭의 얼굴을 향해 내던진 것이다. 달걀값을 지불하려 앞으로 나와 있던 자미가 깜짝 놀라 몸을 웅크렸다. 무기가 되어 날아온 달걀과 벌건 숯이 자미의 몸에 먼저 맞고 떨어졌다. 살이 덴 자미는 저도 모르게 비명을 터뜨렸다.

노옹이 소리쳤다.

"황제여, 목숨을 내놓아라!"

이어 허리춤에서 날카로운 단도를 꺼내 든 노부인이 무서운 기세로 건륭에게 달려들었다.

"희생된 대승교 신도들을 대신해 복수하겠다!"

마른하늘에 날벼락이 따로 없었다. 제비를 따라나선 이들은 건륭에게 변고가 생긴 사실조차 몰랐고, 그나마 가까운 곳에 있던 악민과 부항, 복륜이 상황을 목격했다. 복륜이 거종같이 우렁우렁한 목소리로 외쳤다.

"자객이다! 자객이 나타났다! 나리를 보호하라!"

건륭은 급히 접선을 휘둘렀으나 날아오는 숯과 달걀을 모두 막아 내기엔 역부족이었다. 가까스로 공격을 피한 건륭이 고개를 들고 보니 이번엔 자신을 겨냥한 칼끝이 빠르게 다가오고 있었다. 원래 그 정도쯤은 충분히 방어해 낼 수 있는 건륭이지만, 지금은 사정이 달랐다. 인간 장벽으로 앞뒤 좌우가 꽉 막혀 자유롭게 이동할 수가 없었던 것이다. 칼은 정확히 건륭의 심장을 향해 날아왔다. 물러날 곳도 피할 곳도 없었다.

절체절명의 순간, 자미가 건륭 앞으로 뛰어들었다. 무서운 기세로 다가든 단도를 몸으로 막아선 것이었다. 칼이 자미의 가슴께를 푹, 파고들었다. 칼이 박힌 틈새로 새빨간 피가 솟구쳤다.

건륭이 쓰러지는 자미를 반사적으로 받아 안았다. 너무 놀라 아무런 생각도 할 수 없었다. 그저 자미의 이름를 부르짖었다. 그 고함 소리에 근방을 지나던 사람들이 사고를 목격하고 우왕좌왕하였다. 서로 부딪치고 넘어지고, 거리는 삽시간에 아수라장으로 변했다. 건륭은 주변의 상황 같은 건 안중에 없었다. 곧장 자미를 안아 든 건륭이 사람들을 피해 서둘러 자리를 떴다.

때마침 건륭을 보호하기 위해 달려온 악민과 부항, 복륜이 노부부를 제압했다. 겁에 질린 사람들의 비명 소리가 더욱 거세졌다. 조금 멀찍이 떨어져 있던 제비 일행도 심상치 않은 분위기를 감지하고 건륭을 찾아 뛰었다. 인파를 비집고 달리며 누군가와 강하게 부딪치거나, 공중으로 몸을 날리다 누군가를 밟기도 했지만 그런 걸 신경 쓸 여유가 없었다.

그때였다. 행렬의 맨 앞에서 춤을 추던 이들이 느닷없이 방향을 틀었다. 그들이 다리 삼아 밟고 다니던 작대기는 돌연 무기가 되어 제비 일행을 공격하기 시작했다. 춤꾼인 줄로만 알았던 이들 모두 무공이 상당한 고수들이었다. 검은 연기와 부연 흙먼지 속에서 이강 일행은 고전을 벌였다.

거리는 사람들의 고함과 비명으로 가득했다. 혼란에 빠진 이들이 제각기 다른 방향으로 흩어졌다. 엎어지거나 자빠진 이들도 부지기수였다. 전쟁터를 방불케 하는 광경이었다.

부항과 악민은 달걀을 팔던 노옹과 접전을 벌였고, 복륜은 불시에 들어오는 공격으로부터 건륭을 보호하며 뒤로 물러났다. 건륭은 자미를 안고 있느라 힘을 보탤 수 없었다. 자미는 여전히 가슴에 칼이 꽂힌 채였다.

그 시각 이강 일행은 다짜고짜 공격을 퍼붓는 이들에게 발목이 붙잡혀 있었다. 건륭의 근처에는 접근하기조차 힘들었다. 마음은 급했으나 맞서 싸우는 수밖에는 달리 방법이 없었다.

부항과 악민이 노부부를 쓰러뜨렸지만 이내 더 많은 적이 몰려들었다. 다음 상대는 전설 속 인물로 변장한 이들과 동물의 탈을 쓰고 춤을 추던 이들이었다. 부항은 자미를 안고 있는 건륭이 무방비 상태인 것을 보고 다급히 소리쳤다.

"악민, 여긴 내게 맡기고 너는 가서 폐하를 지켜 드려라!"

"예!"

악민이 복륜 쪽으로 합류하면서 건륭은 무사히 안전지대로 대피할 수 있었다. 길을 잃고 헤매던 효람이 건륭을 발견하고 헐레벌떡 뛰어왔다. 얼굴이 새하얗게 질린 자미가 건륭의 품 안에서 검붉은 피를 쏟아 내고 있었다.

고개 숙여 자미의 상태를 확인한 건륭이 목멘 소리로 외쳤다.

"호 어의, 호 어의는 어디 있느냐!"

"난리 중에 모두 흩어졌습니다. 가서 찾아오겠습니다."

뒤늦게 도착한 부항이 악민을 막았다.

"악민, 가지 말고 여기서 폐하를 보호해 드려라!"

건륭이 초조한 얼굴로 자미를 내려다보았다. 자미의 가슴에 박힌 칼이 제 심장을 에는 것 같았다.

"보호는 무슨 보호! 어서 가서 호 어의나 데려와!"

난감해하는 무장들을 지켜보던 기효람이 자진하여 인파 속으로 들어갔다.

이강은 건륭을 찾기 위해 촉각을 곤두세우고 있었다. 마침 이강의 귀에 호 어의를 부르는 효람의 외침이 전해졌다. 부상자가 있다는 사실을 깨닫고 조바심이 난 이강이 악을 쓰며 제 앞의 적들을 쓰러뜨렸다. 그리고 곧장 인해의 물결 위로 날아갔다.
 이강은 사람들 틈에서 방황하는 호 어의를 금방 찾을 수 있었다. 발을 땅에 디디고 호 어의를 붙잡던 찰나, 팔선인 중 한 명인 하선고 분장을 한 이가 뒤에서 이강을 공격했다. 하선고의 검이 이강의 손목을 베었다. 그러한 상황에서도 이강은 호 어의를 꽉 붙들고 놓지 않았다. 급한 마음에 분노가 치민 이강이 발길 닿는 대로 적들을 사정없이 걷어찼다. 이윽고 현장에 도착한 이태가 쓰러진 하선고를 검으로 찔러 마무리하였다.
 이태가 다급히 말했다.
 "폐하께서 저 나무 밑에 계셔. 그런데 자미가 심하게 다쳤대. 여긴 내가 맡을 테니까 어서 가 봐!"
 자미가 다쳤다는 말에 이강은 온 정신이 뒤흔들렸다. 호 어의를 잡은 손에 힘이 들어갔다. 이후 이강의 앞을 막은 이들은 모조리 나가쓰러졌다.
 그 시각 나무 아래, 건륭은 자미를 안은 팔을 풀지 않고 있었다. 이미 희게 질린 자미의 안색이 갈수록 더 창백해져 갔다. 땅을 흠뻑 적신 선혈을 보고 건륭은 안 그래도 착잡하던 심정이 더욱 헝클어지는 것 같았다.
 "자미야, 자미야! 날 봐라, 정신을 잃으면 안 된다. 아무 말이나 해 봐. 내 말이 들리느냐?"
 저를 부르는 소리에 자미가 눈을 들어 건륭을 보았다. 가슴 언저리에서 심한 통증이 느껴졌다. 숨을 들이마셨다가 내쉬는데,

가슴에서 뜨거운 피가 월컥 쏟아져 나오는 것이 고스란히 느껴졌다. 죽음에 대한 두려움이 소름처럼 돋았다. 아직 전하지 못한 이야기가 너무나도 많아서 막막했다. 고통으로 부르르 떨던 자미가 입술을 달싹여 물었다.

"폐하, 전 아무래도 죽겠지요……."

"네가 죽긴 왜 죽느냐? 이 정도로는 안 죽는다."

가슴이 철렁했던 건륭이 고개를 들고 주위를 둘러보며 큰 소리로 호 어의를 찾았다. 시간이 촉박하다 여긴 자미가 이내 떨리는 음성으로 말을 이었다.

"폐하, 만약에 제가 죽는다면…… 청 하나만 들어줄 수 있으신가요?"

"무슨 청?"

건륭은 온 신경이 호 어의를 찾는 데 쏠려 자미의 말이 제대로 들리지 않았다. 속절없이 시간만 흐르는 상황에 건륭은 가슴이 꽉 막힌 듯 갑갑했다.

자미가 조심스러운 날숨을 따라 애절한 목소리를 내보냈다.

"부디 제비를 죽이지 마세요……."

신경이 날카로워진 건륭이 왜 자꾸 죽는다는 말을 하느냐고, 아무도 죽지 않는다며 목소리를 곤두세웠다.

"안심이 안 됩니다, 부디…… 제비를 살려 주세요."

괴로운 신음이 섞인 당부였다. 그 속사정을 이해할 수 없었던 건륭은 그저 자미의 정신이 흐릿해지고 있다 여길 뿐이었다. 애가 탄 건륭이 자미의 의식을 붙잡기 위해 크게 소리쳤다.

"자미야, 조금만 버텨라. 곧 태의가 올 것이다!"

그때, 손목에 부상을 당한 이강이 호 어의를 데리고 나타났다. 옷에는 누구 것인지 모를 피를 잔뜩 묻힌 채였다. 빠르게 다가드는 걸음이 거침없었다.

"어의를 데려왔습니다!"

이강의 시선이 건륭의 품에 기대어 있는 자미에게로 향했다. 그리고 곧 자미의 가슴에 꽂힌 칼과 바닥으로 뚝뚝 떨어지는 피로 옮겨 갔다. 이강은 눈앞이 어찔했다. 일순간 아뜩한 현기가 밀어닥치고 이강의 입에서는 "이럴 수가……." 하는 소리가 제풀에 새어 나왔다.

"폐하, 자미를 바닥에 눕혀 주시면 소신이 살펴보겠습니다."

놀란 마음을 진정시키느라 잠시 숨을 고르던 호 어의가 건륭에게 말했다. 악민이 바로 겉옷을 벗어 바닥에 깔았고 건륭은 그 위에 자미를 눕혔다. 재빨리 자미에게로 다가간 호 어의는 먼저 맥을 짚고 다시 상처를 살폈다.

한편, 거리는 어수선하던 분위기가 점차 사그라지고 있었다. 고을 수령 정 대인이 소식을 듣고 진압에 나섰던 것이다. 폭동을 일으킨 무리들이 마침내 관군에게 체포되었다.

그제야 난리판에서 벗어난 제비는 자미가 다쳤다는 소식에 사색이 되어 건륭을 찾았다. 일행이 모인 곳으로 부리나케 뛰어와 보니 피를 흘리며 누워 있는 자미가 보였다. 제비가 자지러지게 놀라며 소리쳤다.

"자미야, 이게 어떻게 된 거야! 어쩌다 칼에 맞았어!"

다리에 힘이 풀려 기어가다시피 한 제비가 자미의 얼굴을 끌어안고 목을 놓아 울기 시작했다. 펑펑 쏟아지는 눈물이 자미의 뺨을 적셨다.

"네 털끝 하나 다치게 하지 않겠다고 금쇄랑 약속했는데, 네가 이렇게 다치면 난 어떡해……."

자미가 눈을 돌려 제비를 보았다. 많은 말이 목 밑으로 한꺼번에 차올랐다. 당부하고 싶은 게 너무나도 많은데 무엇부터 꺼내야 할지 몰랐다.

"금쇄…… 금쇄를 보살펴 줘……."

꺼질 듯한 자미의 목소리에 제비의 울음이 더욱 거세졌다. 제비가 말 반 울음 반으로 대꾸했다.

"왜 그런 말을 해! 기운 내, 넌 아무 일도 없을 거야. 다 괜찮아질 거야……."

어느덧 사태가 수습되고, 난리를 피해 흩어졌던 백성들도 서서히 거리로 모여들었다.

"아뢰옵니다, 폐하. 체포한 반역 무리는 자세한 조사를 위해 관아로 압송 중입니다."

부항이 건륭에게 보고하였다. 난동을 일으킨 이들은 백련교 잔당으로, 건륭 일행이 공 던지기 행사에 참석한 날부터 뒤를 밟아 온 모양이었다.

이어 병사들을 이끈 정 대인이 건륭 앞에 무릎을 꿇었다.

"소신 정승선, 폐하께 인사 올립니다. 폐하께서 납신 줄 몰랐던 소신의 죄가 큽니다."

"황제 폐하 만세 만만세!"

바닥에 무릎 꿇은 관병들이 한목소리로 외쳤다. 건륭은 귀찮다는 듯 손을 휘저었다. 지금 건륭에게는 자미를 치료하는 일이 가장 중요하고 시급했다.

"조용! 아무 말도 하지 마라. 호 어의, 자미는 어떤가?"

"깨끗한 곳에서 검을 빼내야 합니다."

호 어의의 목소리가 긴장감으로 딱딱해졌다. 건륭이 정 대인에게로 고개를 돌리며 물었다.

"근처에 갈 만한 데가 있느냐?"

정 대인이 고개를 숙이며 제안했다.

"누추하지만 소신의 집으로 모시겠습니다."

건륭은 바닥에 누여 놓았던 자미를 안아 들고는 그길로 정승선을 재촉했다.

"가자, 지체할 시간이 없다!"

성큼성큼 나아가는 건륭을 수많은 동동걸음이 바짝 뒤쫓았다.

정 대인의 관저 안은 삽시에 분주해졌다. 뜨거운 물과 인삼탕, 지혈할 때 쓸 무명과 금창약 등을 준비하는 하녀들의 움직임이 바빴다. 필요한 것들을 지시하는 호 어의도 침실 문턱을 갈팡질팡 넘나들었다.

자미를 침상에 누이고도 호 어의는 바로 칼을 뽑을 수 없었다. 칼을 뽑는 순간 자미의 숨이 멎을지도 몰랐다. 지금 건륭이 자미를 대하는 모습을 보건대, 만일 자미가 목숨을 잃는다면 자신의 목숨 역시 보전할 수 없을 터였다.

건륭이 입구에서 안절부절못하고 있는 호 어의를 막아섰다.

"호 어의, 사실대로 말하라. 칼을 뽑을 때 자미의 목숨이 위험한 것이냐?"

"아뢰옵니다, 폐하. 심장을 다치지는 않았습니다만, 피를 많이 흘리는 것으로 보아 혈관이 크게 상한 듯합니다. 하여 칼을 뽑을 때 출혈이 심할 것으로 예상됩니다. 인삼을 입에 물리긴 했지만 아무래도……."

건륭은 흐려진 말끝에 이어질 내용을 짐작할 수 있었다. 밀려드는 비통함을 이 악물어 참으며 건륭이 말했다.

"짐이 들어가서 지켜보겠다."

방 안으로 저벅저벅 들어선 건륭이 침상맡에 다다랐다. 죽은 듯 누워 있는 자미의 얼굴이 핏기 없이 질려 있었다. 단검은 가슴께에 비석처럼 꽂힌 채였다. 하녀들이 상처 주변을 수건으로 누르고 있었다. 환부는 그 주변의 옷을 일부 잘라 내고 소독을 마친 상태였다.

건륭을 뒤따라온 호 어의가 하녀들을 물리고 직접 수건을 압박했다. 이제는 정말 칼을 뽑아야 했다. 제비, 건륭, 이강, 이태, 영기, 복륜이 마른침을 삼키며 어의를 지켜보았다.

"칼을 뽑을 때 몸이 움직이지 않도록 잡아 주실 분이 필요합니다. 한 분이 이쪽으로 오셔서 환자의 머리를 감싸고 상체를 눌러 주십시오."

"내가 하겠습니다!"

이강이 앞으로 튀어 나갔다. 나설 자리가 아니었지만 그런 걸 따질 정신이 없었다. 하지만 이강은 곧 좌절했다. 팔목 부상 때문에 움직임이 자유롭지 못했던 것이다.

"짐이 하겠다."

단호한 한마디와 함께 건륭이 침상 위에 앉았다. 건륭은 안정적인 자세로 자미의 머리를 단단히 감싸 안고 고개 숙여 자상하게 일렀다.

"짐이 여기서 널 잡아 주마. 짐은 천자의 몸이니 네게 힘이 될 수 있을 것이다. 짐을 위해서라도 기운 내거라, 알겠느냐?"

자미가 힘겹게 고개를 끄덕였다. 자미는 뽑히는 검과 함께 자신의 목숨이 사라져 버릴 수도 있음을 예감했다. 자미의 눈이 마지막 인사를 건네듯, 저를 에워싸고 있는 사람들을 두루 훑었다. 서글픈 감정이 가슴을 가득 메웠다. 전하고 싶은, 남겨야 하는 말이 셀 수 없이 많았다.

호 어의가 불안한 표정으로 건륭을 타일렀다.

"폐하, 칼을 뽑을 때 피가 튈 수 있습니다. 다른 사람을 시키시는 편이……."

"그런 걱정일랑 말고 어서 사람부터 구하거라."

건륭은 침상 옆에 나란히 서 있는 이들에게 밖으로 물러가 있으라 명했다.

"제비, 너도 나가 있거라."

제비가 거세게 울며 거부하였다.

"싫어요, 자미 옆에 있을 거예요! 절대로 떨어질 수 없어요!"

영기가 옆을 살폈다. 넋을 놓은 듯 미동조차 없는 이강의 두 눈이 자미에게 꼭 붙어 떨어질 줄 몰랐다. 제비와 이강의 상태로 미루어 볼 때 두 사람이 이 방을 떠나는 것은 불가능한 일이었다. 영기는 혹시 건륭이 이상한 낌새를 알아채지 않을까 염려가 되어 급히 부언을 달았다.

"아바마마, 허락해 주신다면 저희도 이곳에 남고 싶습니다. 그동안 자미와 가족처럼 지내서인지, 두고 떠나려니 차마 발길이 떨어지지 않습니다. 어쩌면 저희도 자미 곁에서 힘이 되어 줄 수 있지 않겠습니까."

건륭은 대답을 하지 않았다. 마음이 몹시 어수선해 현 상황을 일일이 판단하고 통제할 여력이 없었다.

호 어의가 조심스레 칼자루를 거머쥐며 자미에게 당부했다.

"자미야, 칼을 뽑으마. 많이 아플 것이다. 하지만 뽑지 않을 수가 없다."

고개를 끄덕이던 자미가 문득 다급히 말을 꺼냈다.

"저기, 잠깐만요……."

자미가 눈을 들어 건륭을 올려다보았다. 건륭은 자미의 눈동자에서 간절한 무언가를 보았다. 이루 다 헤아릴 수 없을 만큼의 이야기가 눈 속 가득 담긴 듯했다. 어쩐지 가슴을 미어지게 만드는 눈빛이었다. 겨우 정신을 가다듬은 건륭이 단단한 음성으로 자미를 다독였다.

"자미야, 조금 아프기만 하고 별일은 없을 것이다. 짐이 널 지켜 줄 것이니 겁내지 마라. 알겠느냐?"

"폐, 폐하…… 청이 하나 있습니다."

금방이라도 꺼질 듯한 숨소리에 건륭은 못내 조마조마했다.

"오냐, 칼을 빼내야 하니 어서 말하거라."

"나중에 제비가 어떤…… 잘못을 저지르더라도 부디 꼭 살려 주십시오."

그 말과 동시에 제비의 눈에서 터진 봇물 같은 눈물이 왈카닥 쏟아졌다.

자미를 달래기 위해 건륭이 얼른 대답하였다.

"그래그래, 살려 주마. 이제 마음이 놓이느냐?"

건륭의 말이 떨어지자마자 이태와 영기의 시선이 공중에서 부닥뜨렸다. 모두가 애타게 바라던 한마디를 얻은 그 순간, 만감이 교차하였다. 생사의 갈림길에 서서도 제비의 안전부터 확보하려 하는 자미에게 놀랐고, 이럴 수밖에 없는 상황이 아팠다. 정작 자미 본인은 안심한 듯 미소를 짓고 있었다. 자미의 눈길이 이강에게로 옮겨 갔다.

"이강, 부탁이 있어요."

줄곧 자미를 보며 굳어 있던 이강의 눈동자가 일순 흔들렸다. 이강이 목멘 소리로 답하였다.

"말하시오."

"만약에 제가 잘못되면 금쇄를 거두어 주세요. 뒷일을 부탁드려요."

이강은 가슴이 무참하게 뭉개지는 것 같았다. 이런 순간에도 자미의 마음속엔 제비와 금쇄가 우선인 것 같아서 속상했지만, 젖어 드는 눈시울을 이 악물고 가다듬었다. 더는 시간을 지체할 수 없어 이강은 그러겠노라 기계적으로 대답했다.

자미의 눈이 마침내 호 어의에게로 돌아왔다.

"칼을 뽑아 주세요."

사방은 숨소리 하나 없이 고요했다. 모두의 시선이 자미의 가슴에 꽂힌 단검 쪽으로 쏠렸다. 손바닥으로 입을 틀어막은 제비는 쉴 새 없이 눈물을 흘렸고, 이강은 자신이 칼을 뽑기라도 하듯 이를 꽉 깨물었다. 이강의 얼굴이 자미처럼 사색이었다.

어의가 칼자루를 휘어잡았다. 팔과 손에 힘이 실렸다. 다음 순간, 가슴에 박혀 있던 검이 쑥 뽑혀 나오며 자미의 몸이 심하게 들썩였다. 고통에 찬 비명이 한 차례 방 안을 휩쓸었다. 검이 빠진 자리에서 검붉은 피가 뿜어져 나왔다. 자미의 머리를 안고 있던 건륭에게도 핏방울이 튀었다.

건륭이 의식 없이 늘어진 자미를 부르짖었다.

"자미야, 자미야!"

"죽었어, 자미가 죽었어……."
급기야 제비마저 정신을 잃고 바닥으로 풀썩 쓰러졌다.

자미가 의식을 되찾았을 땐 이미 어둠이 짙게 깔린 밤중이었다. 바르르 떨리던 속눈썹 아래로 자미의 검은 눈동자가 모습을 드러냈다.

등잔불이 아롱아롱 빛을 뿜고 있었다. 자미의 시선이 등불 주변을 서성이다 옆으로 옮겨 갔다. 호 어의와 제비가 보였다. 그리고 잠시 후, 자미는 자신을 멀거니 내려다보고 있는 건륭을 발견했다. 잠기가 확 달아나는 것 같았다.

"폐하……."

자미의 목소리에 화들짝 놀란 제비가 침상으로 바투 다가가 기쁜 목소리로 외쳤다.

"깼어요, 깼어!"

건륭이 즉시 고개를 돌려 호 어의를 불렀다. 남들 눈에 잘 보이지 않는 희미한 미소를 띤 채였다.

곧장 침상맡으로 다가온 어의는 가장 먼저 자미의 눈을 살폈다. 그런 다음 자미의 손목을 잡고 맥을 보았다. 이윽고 자미의 손을 내려놓으며 호 어의는 한시름 덜었다는 듯 큰 숨을 내쉬었다. 호 어의가 건륭 쪽으로 몸을 돌리고 말했다.

"폐하께 아뢰옵니다. 큰 고비를 넘겼고 맥박도 안정되었습니다. 모두 폐하와 하늘이 지켜 주신 덕분입니다. 이제 푹 쉬면서 몸조리만 잘 하면 금방 건강을 회복할 수 있을 것입니다."

건륭은 내내 심장을 옥죄고 있던 긴장이 순간에 풀리는 것 같았다. 건륭이 고개를 내밀어 자미의 얼굴을 들여다보았다.

"자미야, 좀 어떠냐. 정말 정신이 드느냐? 짐을 알아보겠어?"

"폐하, 심려를 끼쳐 죄송합니다."

눈을 뜨자마자 용서를 비는 자미를 건륭은 한동안 지그시 바라보았다. 힘없는 목소리가 안쓰러웠다.

"그래, 걱정 많이 했다. 정말 많이 했어. 몸은 좀 어떠냐. 지금 상태를 있는 그대로 말해 보거라."

"많이 아픕니다."

자미가 솔직하게 털어놓았다. 곧이어 호 어의가 건륭을 보며 덧붙였다.

"당장 탕약을 달여 오겠습니다. 약을 마시고 나면 통증이 다소 가라앉을 것입니다."

"그런 약이 있으면 진즉에 달여 놓았어야지!"

건륭의 불호령이 떨어지자마자 호 어의는 "예!" 하고 대답하며 황급히 자리를 떴다.

그사이 자미를 이리저리 살펴보던 제비는 얼굴빛이 한결 밝아져 있었다. 자미의 손을 잡자 예전과 같은 온기가 전해져 왔다. 그제야 제비는 자미가 무사하다는 사실이 실감났다.

"와, 정말 살아났구나!"

제비가 소리를 지르며 자미의 얼굴 가까이로 다가왔다. 넘쳐 흐르는 기쁨을 막을 도리가 없었다.

"자미야, 축하해. 너 안 죽었어! 이게 어떻게 된 일인 줄 알아? 사실 너는 염라대왕한테 불려 갔었는데, 염라대왕이 널 보더니 저승사자한테 화를 내며 말했어. '어허, 아직 살날이 창창한 소녀를 왜 잡아왔느냐? 어서 도로 데려다줘라!' 그래서 이렇게 살아난 거야. 죽을 고비를 넘겼으니까 앞으로 백 년은 더 살 수 있어!"

제비가 부리는 말재간에 자미는 절로 웃음이 났다.

"백 년씩이나? 그럼 할머니 귀신 되는 거 아니야?"

"귀신은 무슨. '천세 천천세'인 내가 있는데 뭐가 걱정이야. 우리 곁에는 '만세 만만세'도 계시는걸!"

건륭이 자미에게로 버쩍 다가앉으며 허리를 굽혔다. 자미를 살피는 눈길이 다정다감했다. 따스한 눈빛을 흠뻑 받으며 자미는 몸 둘 바를 몰라 했다.

"폐하, 어서 돌아가서 쉬세요. 여기 계시면 제가 너무 송구스러워서, 어렵게 얻은 백 년 수명이 다시 줄어들지도 모릅니다."

말이 씨가 되려는지 자미의 얼굴이 일그러졌다. 몸을 일으키려다 그만 상처가 건들린 것이었다. 가쁜 호흡을 가누다 앙다문 입술이 파르르 떨렸다. 건륭이 자미를 냉큼 도로 눕혔다.

"가만히 있거라. 상처가 깊어 지혈도 가까스로 했는데, 다친 곳이 덧나면 안 되니 움직이지 마라."

건륭의 눈 속 깊은 곳에 자미가 담겼다. 건륭은 소중한 무언가를 대하듯 애틋하게 자미를 바라다보았다.

"무슨 일이 있었는지 기억나느냐?"

자미가 고개를 끄덕였다. 기억은 했으나 기억 속 상황을 이해할 수는 없었다. 모두가 즐겁던 축제 분위기에서 어떻게 자객이 나타날 수 있었을까. 이토록 훌륭한 황제를 왜 공격하려 했던 걸까. 납득이 되지 않다 못해 속이 상할 정도였다. 혹시나 하는 마음으로 자미가 물었다.

"다른 분들은 괜찮으신가요?"

"이강만 조금 다쳤고 나머지는 다 무사하다."

"이강……!"

놀란 자미의 입에서 이강의 이름이 작은 비명처럼 터져 나왔다. 그 속뜻을 모르는 건륭은 네가 다친 것에 비하면 아무것도 아니라고, 남 걱정 말고 네 몸부터 추스르라며 자미를 달랬다. 그러고는 문득 눈에 들어온 땀방울을 지나칠 수 없어서 손수건을 꺼내어 자미의 이마를 닦아 주었다.

"지금은 좀 괜찮으냐?"

"예, 많이 좋아졌습니다. 아까 칼을 뽑을 때는 영영 눈을 못 뜨는 줄 알았습니다."

"떽, 영영 눈을 못 뜨다니? 짐이 줄곧 네 곁을 지키며 속으로 외치고 있었느니라. '자미 너는 죽지 않아, 절대로 죽지 않는다!' 이렇게."

어마어마한 감동이 자미 안으로 들어와 가슴속을 가득 채웠다. 자미는 왈카닥 솟구치는 눈물을 꾹 누르며 겨우 입을 뗐다.

"폐하, 저는 이제 괜찮으니 그만 돌아가 쉬세요."

건륭은 말없이 자미를 바라보기만 했다. 아주 한참이나.

"아무래도 짐이 가야 네가 쉴 수 있겠구나. 한데 가기 전에 뭐 하나만 물어보마."

자미가 고개를 끄덕여 답했다.

"너처럼 연약한 아이가 어찌 그런 용기를 낸 것이냐? 기특하면서도 잘 이해가 되지 않아 당혹스럽구나."

천자의 신분으로 늘 보호받는 것에 익숙한 건륭이었지만, 자미가 날아오는 단검을 몸으로 막아 낸 오늘 일은 예사로 느껴지지가 않았다. 놀라움을 넘어 충격에 가까운 사건이었다. 지금까지 자미의 곁을 지키며 곰곰이 생각해 보았으나 아무리 고민을 해도 이렇다 할 답을 찾아내기가 어려웠다.

그사이 자미의 두 눈엔 눈물이 그렁그렁 맺혀 있었다.

"폐하, 당혹스러우실 것 없습니다. 그것은 용기가 아니라 본능이었습니다."

"본능이라?"

참으로 귀한 본능이라고 건륭은 혼잣소리처럼 말했다. 오래도록, 할 수만 있다면 영원토록 누리고 싶은 것이었다.

자미는 그것에 대해 조금 더 설명을 보태고 싶었지만 상처에서 느껴지는 통증이 심해지면서 좀처럼 말할 기운이 나지 않았다. 그런 자미의 상태를 알아차린 건륭이 자상한 목소리로 자미를 다독였다.

"밤이 늦었구나. 짐은 폭도들을 조사하러 가 보마. 할 말이 있거든 나중에 다시 하자. 이야기야 언제든지 나눌 수 있으니까."

자미가 끄덕임으로 답을 대신했다. 자리에서 일어선 건륭이 자미를 잘 보살펴 주라며 제비에게 당부를 남겼다.

"필요한 것이 있으면 그때그때 말하고, 어의가 약을 달여 오거든 자미가 잘 마시는지 네가 옆에서 살펴봐라."

"저도 그러려고 했어요!"

건륭은 제비로부터 대답을 받고 자미에게 눈길을 건네었다가 이내 몸을 돌렸다. 방문을 나서는 건륭의 뒤를 제비가 종종걸음으로 바짝 따랐다.

"나올 것 없으니 어서 가서 자미 옆에나 있어 주어라."

"네!"

건륭이 떠나고, 제비는 다시 잽싸게 침상으로 돌아왔다. 자미를 보는 눈에서 존경심이 반짝거렸다.

"자미야, 너 정말 대단하다. 어떻게 몸에 칼이 꽂혀 있는데도 그런 말을 할 생각을 했어? 그럼 나 이제 목 떨어질 걱정은 안 해도 되는 거야?"

"음…… 응, 안 해도 될 것 같아."

"그럼 뭘 더 기다려? 빨리 다 말해 버리자!"

제비가 잔뜩 들뜬 목소리로 말했다. 하지만 진상을 밝히는 일에 대해 자미는 제법 단호했다.

"무조건 궁으로 돌아간 뒤에 말씀드려야 해."

사실 제비가 하는 말은 생각이 채 무르익기 전에 내뱉는 게 대부분이라 바꾸는 일이 어렵지 않았다. 제비도 자미의 말을 듣고 다시 생각해 보니 지금은 자미가 건강을 되찾는 일이 우선이겠다 싶었다. 자미가 기력을 회복해야 건륭이 화를 낼 때 자신을 도와줄 수 있을 테니까.

"응, 무조건 네가 다 나은 후에 말씀드려야 해."

제비가 자미의 말투를 따라 대답했다. 자미는 다른 말 대신 옅은 미소로 동의했다.

그때 누군가 방문을 열고 문턱을 넘어 안으로 들어왔다. 문을 닫아걸고 곧장 침상 쪽으로 달려온 이는 다름 아닌 이강이었다. 자미의 시선이 대번에 이강의 팔로 향했다.

"이강, 다쳤다면서요. 나 보여 줘요."

그 한마디가 이강의 심장을 저미었다.

"내 팔은 걱정하지 않아도 되오."

다치지 않은 팔을 뻗어 자미의 손을 움켜잡은 이강이 다급한 목소리로 말을 이었다.

"쉿, 아무 말 말고 움직이지도 마오. 말할 기운조차 없다는 거 아니까 그냥 듣기만 하시오."

방으로 들어오기 전 이강은 어의에게 자미의 상태를 물었고, 건륭이 돌아가는 것을 보며 자미가 무사하다는 사실을 알았다.

"당신 마음을 상하게 하거나 걱정시킬 말 같은 건 하지 않을 거요. 그저, 미치도록 사랑하오. 가슴이 미어지도록 사랑하오. 이런 날 위해서 부디 하루빨리 건강을 회복해 주시오."

자미가 눈물을 머금은 채 고개를 끄덕였다.

"이제 그대는 폐하의 마음을 얻었을 뿐만 아니라 모두가 우러르는 여인이 되었소. 이토록 용감하고 대단하고 완벽한 여인의 마음속에 내가 있다는 사실이 너무나도 자랑스럽소. 당신이 다쳐서 내가 얼마나 괴로운지는 굳이 말하지 않아도 그대가 더 잘 알 거요. 누구보다 날 이해하는 사람이니까. 그대를 살피는 눈이 많아 당분간 나는 멀리서 지켜볼 수밖에 없겠지만, 그래도 당신에게 들릴 내 목소리에 마음을 담으리다. 그 마음까지 그대는 다 헤아리리라 믿소."

자미는 힘 있는 고갯짓으로 답을 대신했다.

"그대는 정말이지 위대하고 훌륭한 여인이오. 이제 우린 사면령을 얻은 셈이니, 입궁한 뒤 그대 건강이 완전히 회복되고 나면 기회를 봐서 폐하께 모든 걸 말씀드립시다. 그러니 지금은 아무 걱정 마시오. 나 또한 감정적으로 행동하지 않으리다. 무조건 그대가 하자는 대로 따를 거요. 그대를 믿소. 사랑하오."

따듯한 입술이 자미의 이마 위로 내려앉았다. 진한 감촉이 남긴 여운에 자미는 눈물이 나도록 벅찼다.

이강이 앉은 자리에서 일어나 섰다. 어의가 곧 약을 달여 올 터라 더 머무르는 것은 위험했다.

"약 잘 챙겨 먹고 푹 쉬겠다고 약속해 주오."

자미는 차오른 눈물로 촉촉해진 눈 속에 이강을 담다가, 잡은 손을 더욱 꼭 붙들며 말했다.

"당신 팔은……."

"알고 있소. 나도 그대가 걱정하지 않도록 얼른 나을 거요. 살갗만 조금 베인 거라 너무 마음 쓰지 않아도 되오."

그렇게 자미를 달랜 이강은 아쉬운 마음을 애써 가다듬으며 자미의 손을 침상 위에 내려놓았다.

"가겠소. 내일 다시 오리다."

자미가 재차 고개를 끄덕였다.

제비는 날랜 걸음으로 방을 나서는 이강을 건너다보다가 눈꺼풀을 삼빡이며 자미에게 말했다.

"와, 감동적이다. 나 지금 엄청 질투 나려고 해. 너는 어떻게 이렇게 많은 사람들의 마음을 사로잡을 수 있어?"

자미가 해사하게 웃으며 대꾸했다.

"그건 너도 마찬가지잖아."

"그럼 우리 둘 다 '피식피식'인 건가?"

제비의 말을 이해하지 못한 자미가 어리둥절한 표정을 짓자 제비는 짐짓 우쭐한 얼굴로 부연했다.

"피장파장이라고, 이번에 새로 배웠어."

자미는 저도 모르게 웃음을 터뜨렸다. 몸이 들썩이는 바람에 다친 곳에서 통증이 일었지만, 자미의 내면에는 그것을 무마하고도 남을 훈훈한 기운이 감돌고 있었다.

건륭은 이번 일로 몹시 놀랐다. 아니, 놀랐다는 말로는 부족할 정도로 거대하고도 강렬한 충격을 받았다.

건륭은 어려서부터 보호를 받는 일에 익숙했다. 앞뒤로 늘 자신을 지키는 사람들이 널려 있는 황제였다. 지금껏 셀 수 없이 많은 시위와 시종들이 저를 구하려다 다쳤어도 원래 그런 목적으로 훈련된 자들이니까 건륭에게는 그저 당연한 일이었다. 하지만 이번 일은 느낌이 달랐다. 몇 번을 되새겨도 매번 놀라웠다. 무술을 할 줄 알기는커녕 스스로를 지킬 힘조차 없는 소녀가 자신을 위해 몸소 칼을 막아섰다는 사실에 건륭은 탄복하지 않을 수 없었다. 황제로서가 아니라 저라는 존재 자체가 따뜻하게 보호받은 느낌이었다. 이러한 감격 속에서 건륭은 장장 며칠 동안이나 헤어 나오지 못했다. 눈을 뜨면 보이는 허공에도, 눈을 감으면 보이는 마음속에도 자미가 있었다.

옆에서 지켜보던 대신들도 금방 건륭의 의중을 알아차렸다. 속사정을 훤히 아는 복륜은 돌아가는 상황에 애를 태웠고, 내막을 전혀 모르는 기효람은 대신들 가운데 건륭의 마음을 가장 잘 헤아리는 이가 되어 버렸다.

효람과 있을 때면 건륭은 자신의 감정을 가감 없이 터놓았다. 놀랍다 못해 당혹스럽기까지 하다는 건륭 앞에서 효람은 전적으로 동감한다는 반응을 보였다.

"자미는 현명하고 재주 많은 규수입니다. 오는 길에 보았던 일상 속 지혜만으로도 놀랍기 그지없었습니다. 시 짓기, 서예, 바둑

등 못하는 것이 없고 서책도 두루 읽었는지 박학다식하던데 심지어 자객의 공격을 몸으로 막아서는 용기마저 지녔다니, 참으로 탄복했습니다."

효람은 한마디 한마디 건륭의 안색을 살피며 말했으나 그렇다고 해서 마음에 없는 거짓을 지어낸 것은 아니었다. 오히려 추호의 거짓 없는 진심에 가까웠다. 아니나 다를까 효람의 말은 건륭의 가슴으로 쏙 들어갔다.

"짐 또한 같은 마음일세. 위급했던 그때 그 순간이 지난 며칠 동안 내내 머릿속을 떠나지 않아. 마냥 여린 소녀의 어디서 그런 용기가 났을까. 달리 마음을 먹을 겨를조차 없었을 텐데. 아무리 생각해도 모르겠단 말이야. 본인은 그것을 본능이라 이르더군."

건륭이 생각하기에도 그것은 분명 어떠한 본능에서 비롯된 용기였다. 누군가를 위해 죽음도 불사할 수 있는 본능이라니, 건륭은 문득 심장이 덜컹거리는 것 같았다.

이야기에 귀를 기울이던 효람은 말 속에 언뜻 비친 건륭의 내심을 놓치지 않았다.

"참으로 보기 드문 여인입니다. 폐하께서 홍복을 누리시어 이처럼 어진 여인이 궁녀로 입궁하였나 봅니다. 이번 일에 대한 상으로 자미를 후궁에 책봉하는 건 어떠십니까. 환궁한 후 기회를 마련해 보시지요."

건륭도 그런 생각을 안 해 본 것은 아니지만 어쩐지 선뜻 마음이 내키지 않았다.

"한데…… 뭔가 좀 이상하군. 짐은 자미를 보면 다른 어떤 여인에게서도 느껴 보지 못한 묘한 감정이 들어."

내면 깊은 곳에서부터 느껴지는 생경한 감정이었다. 무어라 명명하기 어려웠으나 한 가지 분명한 건 이 감정이 사내가 여인에게 품는 애정과는 사뭇 다르다는 점이었다. 어쩌면 그것을 훨씬 초월한 마음인지도 모른다고 건륭은 생각했다.

"자미는 어떤 생각을 하는지, 짐에게 어떤 감정을 느끼는지 신경이 쓰여. 권위를 내세워 억지로 취하기보다는 그 아이의 뜻을 존중해 주고 싶네. 짐은 뭐랄까, 그 애가 참 신기하고 궁금해. 좀 더 알고 싶고 계속 지켜보고 싶고……. 글쎄, 똑떨어지는 표현을 못 찾겠군."

"세상에서 가장 사랑스러운 여인은, 봐도 봐도 자꾸만 읽고 싶고 몇 번을 반복해 읽어도 볼 때마다 새롭게 느껴지는 책과 같지 않나 싶습니다."

"오, 표현 한번 기가 막히는군."

효람의 비유가 불현듯 건륭의 뇌리를 밝혔다. 그래, 자미는 바로 그런 책이었다. 어떨 때는 결말이 궁금하여 단숨에 마지막 장으로 넘어가고 싶다가도, 행여나 가장 재미있는 부분을 놓칠까 봐 애써 충동을 누르게 되는 그런 책. 건륭은 서두르지 않고 한 장 한 장 찬찬히 음미하기로 했다. 효람의 비유에 덧붙이자면, 자미는 오묘한 수수께끼 같기도 했다. 세상에 이런 수수께끼가 있다는 사실이 신기하고, 답이 뻔하지 않아서 더 흥미로웠다. 하지만 건륭은 그 수수께끼를 직접 풀어 볼 생각은 미처 하지 못했다.

자미는 정 대인의 집에서 보름 동안 몸조리를 했다. 회복이 무척 빨라 보름 후에는 다시 예전처럼 움직일 수 있게 되었다. 젊음의 힘이었다.

폭동을 겪고 순시에 흥미를 잃은 건륭은 궁으로 돌아가고 싶은 마음이 날로 커져 갔다. 하지만 자칫 길을 나섰다가 자미의 몸에 무리가 갈까 봐 잠자코 기다리는 중이었다.

이날 자미는 제비와 두 하녀의 부축을 받아 저택 안 정각으로 바람을 쐬러 나왔다. 이강, 이태, 영기가 이들을 발견하고 나란히 다가갔다.

"자미, 어찌 벌써 일어난 거요? 어의가 나와도 괜찮다고 하였소? 이렇게 찬 바람을 쐬어도 되오?"

이강의 물음에, 난간에 걸터앉아 있던 자미가 일어나 제자리에서 뛰어 보였다.

"다 나았어요. 봐요, 이렇게 뛸 수도 있어요."

자미는 정말 괜찮았다. 호 어의는 며칠 더 쉬는 게 좋겠다고 말했지만, 아무래도 그건 건륭을 의식해서 하는 당부인 듯했다. 사실 몸보다는 마음이 불편했다. 주변 사람들이 자신을 환자로 대하는 것도 겸연쩍고, 저 때문에 일정에 차질이 생긴 것도 못내 죄송스러웠던 것이다.

다 나았다며 자꾸만 빙그르르 도는 자미를 이강이 냉큼 붙들었다.

"아, 알겠소. 믿을 테니까 제발 그만 뛰시오. 돌지도 말고. 어지럽겠소."

정각 밖에서는 여자아이들이 한데 모여 제기차기를 하고 있었다. 높이 떴다 떨어지는 제기를 다시 정확하게 차올리는 모습이 무척이나 재미있어 보였다. 아이들이 숫자를 세는 목소리가 뜰 안 가득 울려 퍼졌다.

"다섯, 여섯, 일곱, 여덟……."

아홉 번째를 앞두고 제기가 하늘 높이 붕 떠올랐다. 보아하니 이번에는 받아 차기가 어려울 것 같았다. 마침 몸이 근질근질했던 제비가 떨어지는 제기를 향해 몸을 날렸다. 바닥으로 곤두박질치던 제기가 제비의 발에 걸리는가 싶더니 다시 탁, 탁, 탁…… 규칙적이고 안정적으로 튀어 올랐다.

"내가 제대로 차는 법을 알려 줄게. 기술이 엄청 다양해."

제기를 차면서 목청을 돋우던 제비가 곧 시범을 보이기 시작했다. 앞차기, 뒤차기, 돌려차기, 연속차기, 높이차기, 공중제비차기, 용문 오르기, 송골매 병아리 움키기…….

잇달아 등장하는 화려한 기술을 아이들은 거의 넋을 놓고 바라봤다. 자그마한 얼굴들이 제기를 따라 끄덕끄덕 움직였다. 자미, 이태, 영기, 하녀들까지 모두가 싱글벙글 공연을 구경하는 동안, 이강의 눈길은 제비와 자미 사이를 바쁘게 오갔다. 건강해져 다시 밝게 웃고 있는 자미를 보니 행복이란 달리 있는 게 아니구나 싶었다.

제비가 설명을 이어 갔다.

"이렇게 뒤로 뻗어서 높이 차는 건, 날아올라 하늘 찌르기!"

기술의 이름처럼 정말 하늘을 찌를 듯 높이 날아간 제기가 거짓말같이 용마루 끝에 톡 올라앉았다. 당황한 아이들이 너도나도 소리를 질렀다.

"어, 우리 제기 어떡해요! 얼른 내려 주세요!"

"알겠어, 금방 가져다줄게. 쉿, 조용!"

지붕을 올려다보며 자세를 낮춘 제비를 보고 걱정이 된 영기가 앞으로 나섰다.

"제비야, 내가 가져올 테니까 넌 그냥……."

영기의 말이 다 끝나기도 전에 제비는 공중으로 날아올랐다. 아주 성공적인 경공이었다. 눈 깜짝할 새 지붕 위에 앉아 있는 제비를 보고 이태가 제법이라는 듯 소리쳤다.

"오, 단번에 올라갔어요!"

아이들도 모두 고개를 들고 지붕 위를 쳐다보았다.

"공주마마 정말 대단하시다. 지붕 위로 날아가셨어! 마마, 최고예요!"

본인이 생각해도 꽤 만족스러웠는데 커다란 박수와 환호 소리까지 들려오자 제비는 한층 더 우쭐해졌다.

제기는 제비가 올라선 곳의 반대 방향에 놓여 있었다. 제기 쪽으로 걸음을 옮기며 제비는 아래에서 지켜보고 있는 사람들을 향해 외쳤다.

"아무도 도우러 오지 마요! 내가 얼른 가지고 내려갈게요!"

아슬아슬 이동하는 제비를 바라보며 모두들 손에 땀을 쥐던 그때, 건륭이 대신들과 함께 바깥으로 나왔다. 뜰에 모인 아이들이 무슨 일인지 전부 턱을 들고 하늘을 쳐다보고 있기에 건륭도 덩달아 눈을 들었다가, 지붕 위를 걷고 있는 제비를 보고 화들짝 놀라 호통부터 쳤다.

"제비 너……! 어찌 체통 없이 남의 집 지붕에 올라가 있는 것이냐! 어서 내려와!"

제기를 향해 손을 뻗으려던 제비가 벽력같은 불호령에 놀라 뒤를 돌아보았다. 잠시 한눈을 판 순간 제비는 발목을 삐끗하고 말았고, 휘청 기울어진 몸은 비명 소리와 함께 지붕 위를 구르기 시작했다. 아찔한 광경에 놀란 꼬마 아이들이 소리를 질렀다.

곧장 몸을 날린 영기가 떨어지는 제비를 늦지 않게 받아 안았다. 조금이라도 문제가 생기면 바로 달려가려 준비하고 있던 영기였다. 단단한 팔에 쏙 안긴 제비는 손에 제기를 쥐고 있었다.

건륭의 미간이 저도 모르게 실그러졌다. 언제부터인가 제비와 영기 사이에 묘한 기류가 흐르곤 했는데, 바로 지금 그 기류가 더욱 강하게 느껴졌던 것이다.

"해도 너무하는구나! 손님으로 왔으면 얌전히 지낼 줄도 알아야지, 어디 공주가 남의 집 지붕에 올라가서 말썽을 피워? 이게 말이나 되느냐?"

제비는 건륭의 꾸지람이 못내 억울했다. 제비가 영기의 품에서 벗어나며 대꾸했다.

"전 애들을 도와줬을 뿐이에요. 제기가 지붕 위로 올라갔는데 지붕에 안 올라가면 어떻게 내려요. 경공도 멋지게 성공하고, 애들이 저보고 잘한다며 손뼉까지 쳐 줘서 제 기분이 얼마나 좋았는지 아세요? 아무 문제 없었는데 아바마마가 고함을 지르시니까 제가 떨어졌잖아요. 체면도 같이 땅에 떨어져서 얼굴을 못 들겠어요. 저는 자미가 기운을 차린 게 기뻐서 애들이랑 놀아 줬을 뿐인데, 왜 그렇게 화를 내세요?"

한 마디 꾸중에 열 마디로 되받아치는 제비를 보고 건륭은 더 화를 낼 수도, 그렇다고 속없이 웃을 수도 없어서 눈만 부릅떴다.

"그럼 짐이 잘못했단 말이냐?"

제비가 한숨을 내쉬더니 볼멘소리로 투덜댔다.

"아니 뭐 그렇다기보다는요, 아직 궁 밖인데 왜 자꾸 체통 타령을 하시느냐는 거죠. 전 아바마마 입에서 체통을 지키라는 말이 나올 때가 제일 무서워요."

건륭이 눈에 힘을 주고 제비를 보았다. 한번 호되게 나무랄 수 있으면 좋겠건만 어찌 된 일인지 더는 마음에서 역정이 솟지 않았다. 자미가 웃으며 건륭에게로 다가왔다.

"폐하, 공주께선 그저 즐거운 마음에 아이들과 허물없이 어울리고 싶으셨나 봅니다. 부디 너그러이 포용해 주셔요."

건륭이 자미를 바라보았다. 이어진 건륭의 목소리는 어느새 온화하게 바뀌어 있었다.

"오냐, 자미를 봐서 용서하마."

"용서해 주셔서 고맙습니다!"

무릎을 구부려 인사한 제비의 얼굴에 다시 웃음꽃이 피었다. 제비가 제기를 가뿐히 차서 아이들 무리 속으로 보내 주었다. 제기를 받은 아이들은 까르르 웃으며 다른 곳으로 뛰어갔다. 건륭은 못 말리겠다는 듯 고개를 절레절레 저으면서도 입가에 흐뭇한 미소를 띠고 있었다. 그런 건륭을 살피던 이들의 눈가에도 하나같이 미소가 번졌다.

그때 병사 둘을 데리고 빠른 걸음으로 다가온 정 대인이 건륭 앞에 소매를 털고 무릎을 꿇었다.

"아뢰옵니다, 폐하. 도성에서 전갈이 왔습니다."

"가져오너라."

정 대인의 뒤에 있던 관병 하나가 걸어 나오더니 재차 무릎을 꿇고 두 손을 머리 위로 높이 치켜들었다. 궁에서 온 기별을 받아든 건륭의 표정이 근엄해졌다. 복륜을 비롯한 대신들의 얼굴에도 긴장이 어렸다. 두루마리를 펼쳐 그 안의 내용을 살피던 건륭이 어딘가 드밝아진 눈을 들었다.

"복륜, 무슨 일인지 한번 맞혀 보겠나?"

"잘은 모르겠습니다만 필시 좋은 일인 듯합니다."

건륭의 안색을 살피던 복륜이 조심스럽게 대답하였다.

"하하, 좋은 일이지! 다음 달 초순에 서장 왕 바러번이 여식을 데리고 북경에 온다는군. 서장이 이런 호의를 보이다니, 대청의 위세가 대단하긴 대단해!"

그 자리에 있는 모두에게 놀랍고 반가운 소식이었다. 벌써 머릿속으로 날짜를 헤아려 본 이강이 문득 다급해져서 물었다.

"다음 달 초 말씀이십니까? 하면 서둘러 말을 몰아 도성으로 돌아가야겠습니다."

흡족한 미소를 띤 건륭이 유쾌하게 말끝을 달았다.

"그래, 서둘러 말을 몰아 도성으로 돌아가자!"

제23장

　제비와 자미가 궁으로 돌아온 날, 다시 만난 수방재 식구들은 서로가 반가워 어쩔 줄을 몰랐다. 금쇄는 자미를 붙잡고 끊임없이 질문을 건넸고, 자미는 귀찮은 기색이라곤 없이 하나하나 대답해 주었다.
　제비는 비복들을 불러 모아 놓고 순시에서 있었던 일들을 손짓에 발짓까지 더해 가며 들려 주었다. 재잘재잘 쉴 새 없이 떠드는 입이 흡사 물 만난 물고기의 모양새 같았다. 이야기는 제비의 입을 통해 생생하게 펼쳐지는 동시에 자연스럽게 부풀려졌다. 아울러 전개가 될수록 걷잡을 수 없이 심각해졌다. 자미가 건륭을 구하려다 단검에 찔리는 대목은 특히 가관이었다. 제비의 이야기 속에서 자미는 가슴에 긴 장검을 맞았고, 강을 이룬 핏물은 마을을 잠기게 할 정도였다. 금쇄, 명월, 채하, 소등자, 소탁자는 이야기에 열중한 나머지 그 자리에 깡깡 얼어붙고 말았다.

금쇄는 자미를 살아서 다시 만난 것이 꿈만 같았다. 젖은 눈으로 자미의 몸 여기저기를 살피던 금쇄는 문득 지난 며칠간 경험했던 원인 모를 불안 증세를 떠올렸다.

"어쩐지 눈 주위가 자꾸 떨리기에 설마설마했는데……. 아가씨, 잘 다녀오겠다고 저랑 약속하여 놓고선 어떻게 다치실 수가 있어요."

놀란 마음을 쏟아 내던 금쇄가 별안간 제비 쪽으로 눈을 흘기며 따졌다.

"아가씨를 지켜 드릴 거라더니!"

약속을 지키지 못한 것이 마음에 찔렸던 제비는 금쇄의 기분을 풀어 줄 요량으로 손바닥 하나를 쏙 내밀었다.

"자, 화 풀리도록 때려."

한편 제비의 입담에 푹 빠진 수방재 비복들은 뒷이야기가 궁금하다며 성화를 부렸다.

"마마, 그래서요? 그다음엔 어떻게 됐어요?"

참다못한 자미가 거기까지만 하라며 의자에서 일어났다. 이쯤에서 끝내야지, 제비를 계속 내버려 두었다간 자신이 불사의 선녀가 될 판이었다.

"봐, 이렇게 건강하게 돌아왔잖아. 검이 그렇게 길었으면 난 벌써 죽었어. 과장된 이야기니까 너무 믿지 마."

자미는 얼른 화제를 전환했다.

"너희는 그간 별일 없었니? 황후께서 오시진 않았어?"

"두어 번 오셨는데 잠깐 둘러보시고는 금방 가셨어요."

아무래도 두 분이 없으니 화낼 상대가 없었던 모양이라고 금쇄가 덧붙였다. 자미를 바라보는 얼굴에는 근심이 한가득했다.

"심하게 다치셨던 거예요?"

"걱정하지 마, 이제 괜찮아."

재담의 여운에서 벗어나지 못한 태감들이 재차 뒷이야기를 물어 왔으나 제비는 박수로 분위기를 환기하며 다음을 기약했다.

"그나저나 자미가 이렇게 살아서 우리 일곱 명이 어렵사리 다시 모였는데, 너희들 설마 술상도 안 차려 놓은 건 아니지?"

제비와 자미에게로 다가온 금쇄가 허리를 살짝 굽히고는 식탁 방향으로 안내하듯 손을 휘둘렀다.

"마마, 아가씨, 안으로 들어가세요."

제비와 자미가 돌아오기 전, 복륜이 보낸 선발대가 먼저 입궐하여 건륭 일행의 환궁 소식을 알렸다. 덕분에 수방재 비복들은 제비와 자미를 맞을 준비를 미리 해 놓을 수 있었다. 금쇄의 안내를 따라가 보니 푸짐한 주안상이 차려져 있었다.

지금 이 자리는 재회의 기쁨을 나누는 것 그 이상을 의미했다. 큰 고난을 잘 이겨내고 무사히 돌아온 것을 축하하는 자리였다. 제비는 아무도 빠지면 안 된다고, 분위기 깰 생각하지 말라며 모두를 을렀다.

일곱 사람은 상하 귀천을 떠나 보통의 가족처럼 빙 둘러앉았다. 오늘만큼은 규율을 어기는 것에 대한 걱정이 마음을 비집고 들어올 틈이 없었다. 크고 작은 웃음소리 한가운데에서 일곱 개의 술잔이 쨍하고 부딪혔다.

"우리 모두 목이 떨어지지 않고 오래 살기를 바라면서, 건배!"

제비가 환희에 찬 목소리로 소리쳤다. 곧바로 여섯 개의 우렁찬 목소리가 제비의 말을 따라 외쳤다.

"우리 모두 목이 떨어지지 않고 오래 살기를 바라면서, 건배!"

술잔치가 벌어지고 얼마 되지 않아 바깥에서 낯선 목소리가 들려왔다.

"폐하께서 상을 내리셨습니다!"

깜짝 놀란 수방재 식구들이 재빨리 자리에서 일어났다. 제비를 비롯한 모두가 매무새를 정리하며 문 앞으로 정렬한 다음 바닥에 무릎을 꿇었다. 소등자가 상체를 수그리고 나아가 문을 활짝 열자, 대낮의 햇살처럼 밝은 등불이 이 열로 미끄러지듯 흘러 들어 왔다. 거지닭을 한 마리씩 든 궁녀 두 명이 수방재 안으로 들어서고, 태감의 높다란 목소리가 실내를 울렸다.

"폐하께서 '다음 생엔 비익조가 되리라'를 내리셨습니다."

제비와 자미의 시선이 공중에서 만났다. 두 소녀의 눈동자에서 놀라움과 기쁨의 빛이 반짝였다. 궁녀들이 식탁 위에 음식을 내려놓았다. 제비와 자미가 무어라 반응을 보이기 전, 그다음 궁녀가 두 번째 요리를 가지고 들어왔다.

"폐하께서 '붉은 부리 푸른 앵무'를 내리셨습니다."

세 번째, 네 번째, 다섯 번째……. 반갑고 정겨운 이름의 요리들이 줄줄이 이어졌다.

"폐하께서 '푸른 실로 엮은 연나라 풀'을 내리셨습니다."

"폐하께서 '푸른 가지 낮게 드리운 진나라 뽕나무'를 내리셨습니다."

"폐하께서 '드넓은 논 위를 나는 백로'를 내리셨습니다."

"폐하께서 '녹음 짙은 여름 숲속의 꾀꼬리'를 내리셨습니다."

"폐하께서 '봉황대 위를 노니는 봉황'을 내리셨습니다."

줄기차던 행렬이 마침내 끝을 보이고, 식탁 위는 건륭이 하사한 음식들로 더욱더 풍성해졌다. 태감이 입구 정면으로 나와 카랑한 소리로 건륭의 명을 전달했다.

"오늘 저녁 수방재는 법도에 구애받지 말고 마음껏 먹고 마셔도 좋다는 어명이 있으셨습니다!"

"아바마마 만세 만만세!"

제비가 펄쩍 뛰어오르며 환호성을 터뜨렸다. 전혀 예상하지 못했던 소식이라 더 반가웠다. 자미는 다른 비복들과 함께 바닥에 엎드려 "성은이 망극하여이다." 하고 인사하였다.

태감과 궁녀들이 총총히 물러간 뒤, 제비가 덥석 자미의 두 손을 잡았다. 제비는 솟구치는 기쁨을 가누지 못하고 팔짝팔짝 뛰다가 정신을 놓은 사람처럼 마구 소리를 지르기까지 했다.

"우리 이제 법도 같은 거 걱정하지 말고 마음껏 먹고 마시자!"

잠자코 상황을 지켜보던 금쇄가 문득 감격스러운 얼굴로 달려와 자미의 손을 잡았다.

황제의 딸

"아가씨, 이제 제비랑 동등해지신 거예요? 폐하께서도 진실을 아세요?"

"아니, 아직은 아니야. 하지만 성산이 보이는 것 같아."

"서…… 생선? 난 안 보이는데?"

제비는 너무 기뻐 무슨 말이든 내뱉고 싶었다. 궁 안에서도 아무런 구속 없이 자유로운 분위기를 즐길 수 있다니, 더없이 신이 났다. 제비가 양 볼 가득 웃음을 머금고 목소리를 더욱 높였다.

"에이, 너무 그렇게 따지지 마. 생선은 없지만 앵무새, 봉황새, 비익조, 백로가 잔뜩 있잖아. 어서 신나게 놀아 보자. 어명을 받들면서 이렇게 행복하기는 또 처음이네!"

수방재 식구들은 곧장 식탁으로 달려가 다시금 잔을 들고 '쨍!' 소리를 내며 건배하였다.

자미는 차려진 음식들을 고이고이 눈에 담았다. 행복이라 일컬을 수밖에 없는 감정이 폐부 깊숙한 곳에서부터 차올랐다. 가슴이 벅찼다. 건륭이 자신과 제비에게 이러한 상을 내린 것도, 자신이 지은 음식 이름들을 전부 기억하고 있다는 것도 자미에겐 절실한 감동이었다. 탁자 위에 두 팔을 대고 엎드린 자미가 술기운을 빌려 조금은 과감하게 소리 내어 웃어 보았다. 그 마음이 고스란히 전해졌는지, 옆에서 자미를 지켜보던 금쇄 또한 제법 큰 소리로 웃음을 터트렸다.

그날 밤 건륭은 영비의 처소를 찾았다. 잠시 떨어져 있었을 뿐인데, 무뎌졌던 오래전의 애틋함이 되살아난 느낌이었다.

영비가 건륭의 환복을 도우며 부드러이 말을 건넸다.

"어찌 그런 일이 있을 수 있답니까. 신첩, 그 소식을 듣고 얼마나 놀랐는지 모릅니다. 자미가 제때 막았기에 망정이지, 안 그럼 정말 큰일 나실 뻔했습니다."

영비는 당시의 상황을 상상하는 것만으로도 식은땀이 절로 솟았다. 앞으로는 암행 순시를 나가지 마시라 얘기하는데 건륭이 손을 들어 영비의 분주한 손길을 멈추었다. 할 얘기가 있다며 운을 뗀 건륭은, 그 일이 있은 후 더는 자미를 보통 궁녀로 볼 수가 없다며 속을 털어놓았다. 영비는 내심 충격을 받았다.

"폐하, 그 말씀은…… 혹 벌써 그 애와…….."

"그건 아니오. 자미는 종일 제비와 붙어 다녔소. 둘이서 꼭 자매처럼 지낸다오. 짐에게 계획이 있다 해도 자미 본인과 제비의 의견을 먼저 들어 봐야지."

건륭은 잠시 곰곰 생각에 잠겼다. 돌이켜 보니 자신을 대하는 자미의 태도에서 늘 평범하지 않은 느낌을 받곤 했다. 어쩌면 자미는 저 나름대로 의도하는 바가 있는지도 몰랐다.

영비는 건륭의 속마음을 듣고도 그것을 온전히 이해할 수는 없었다. 건륭의 눈에 드는 일은 뭇 여인의 소원이자 영광이었다. 소식을 듣고 기뻐서 기절이라도 하면 모를까, 다른 의견이란 있을 수 없는 것이었다.

"폐하, 말씀을 꺼내기 어려우시면 신첩이 대신 물어볼까요."

"아니오, 짐이 직접 물어보리다."

건륭을 물끄러미 바라보던 영비는 건륭의 눈 속에서 깊이를 헤아리기 어려운 낯선 감정을 발견했다. 순간 버썩 겁이 났다.

"폐하, 자미라는 아이에게 많이 끌리십니까?"

나지막이 들려온 영비의 물음을 받고 건륭은 다시금 마음속을 들여다보았으나 여전히 자신의 감정을 분명하게 파악할 수 없었다. 아주 모호한 것이었다.

"끌린다기보다는 아끼는 것 같은데……. 잘 모르겠소, 처음 느껴 보는 감정이라."

그 말은 영비의 마음에 작은 생채기를 남겼다. 하지만 영비는 그것을 겉으로 드러내지 않을 수 있는 마음의 여유가 있었다.

"목숨을 걸고 폐하를 지켰다 하니, 질투가 나긴 하지만 고마운 마음이 큽니다."

영비가 애써 속상한 기분을 떨어내며 말끝을 추슬렀다.

"하면 폐하께선 그 애를 귀인에 책봉하실 생각이십니까?"

이유는 알 수 없었으나 건륭은 어쩐지 그 말이 당황스럽게 다가왔다.

"아직 급하지 않으니 그 애한테는 아무 말 마시오. 놀라게 하고 싶지 않소. 조만간 서장 왕이 도착하니 그 일부터 끝내고 얘기합시다."

미처 숨기지 못한 당혹감이 건륭의 눈동자에 어려 있었다.

서장 왕 바러번이 딸 새아를 데리고 북경에 도착한 날, 거리의 풍경은 그야말로 일대 장관을 이루었다. 행렬의 중심을 장식한 크고 화려한 가마 두 대가 각각 여덟 장정의 어깨 위에서 떠다녔다. 바로 그 가마 안에 바러번과 새아가 타고 있었다.

요란한 나팔 소리와 우렁찬 북장단에 휘감긴 가마가 황궁의 문턱을 넘었다. 다채롭게 단장한 의장대와 악대가 가마 앞을 꾸미고 있었지만, 가장 눈길을 끄는 것은 행렬의 맨 앞자락이었다. 서장족 전통 귀신 가면을 쓴 한 사람이 춤을 추며 길을 텄고, 그 뒤를 역시나 가면 쓴 이들 여럿이 춤을 추며 따랐다. 긴 행렬이 강렬한 연주에 맞추어 이국적인 춤사위를 선보이면서 궁 안으로 흘러들었다.

여러 대신들과 황자들을 거느린 건륭이 태화전 앞에 우뚝 서서 바러번의 행렬을 맞이했다. 춤을 추며 다가온 괴기한 귀신들이 어느 순간 제자리에서 뱅그르르 돌더니, 펄쩍 뛰었다 땅에 발을 디디면서 무릎을 꿇고 절을 했다. 인사를 마친 춤꾼들은 이내 양 갈래로 빠르게 흩어졌다. 곧이어 두 대의 큰 가마가 등장하였다. 가마꾼들이 무릎을 꿇고 바닥에 가마를 내려놓았다.

잠시 후 서장 용사의 팔을 붙잡고 가마에서 내려온 바러번과 새아가 건륭을 보고 바닥에 엎드렸다. 대오를 맞추어 늘어선 서장족 사람들 모두가 따라서 무릎을 꿇었다. 바러번과 새아가 큰 소리로 선창했다.

"황제 폐하를 뵈옵니다. 우리 황제 만세 만세 만만세!"

같은 시각, 멀찍이 떨어진 곳에 자리한 돌기둥 뒤. 자미와 금쇄를 데리고 구경을 나온 제비가 그 광경을 훔쳐보고 있었다. 행여나 들킬까 겁이 난 자미는 연신 제비의 옷자락을 잡아당기며 돌아가자 재촉했다.

"다 봤으면 이제 그만 가자. 이러다 정말 들키겠어."

국빈을 맞이하는 자리라고 자미가 몇 번이나 설명했지만, 눈앞에 펼쳐진 장관에 홀린 제비는 자미의 말을 귓등으로 흘리며 고개만 더욱 내뻗었다.

"저기 가면 쓴 사람들이 추던 이상한 춤 봤어? 너무 신기해! 그리고 서장 왕도 좀 봐. 으리으리하게 생겼어!"

금쇄도 신기한 듯 한마디를 보탰다.

"공주는 앙증맞게 생겼어요. 공주가 입고 있는 붉은색 옷도 참 예뻐요!"

그 와중에도 제비의 머리는 은근하게 자꾸만 나아갔다.

"아바마마도 진짜 너무하신다. 봐, 서장 왕은 여기까지 공주를 데리고 와서 아바마마 앞에 세우는데 난 왜 아바마마 옆에 당당히 설 수 없는 거야?"

"어서 가자. 제발 좀 그만 나가."

사람들이 조만간 뒤를 돌아보면 단박에 저희를 발견할 터였다. 자미는 제비가 더 이상 앞으로 나가지 못하게 하려고 꼭 붙잡은 옷을 힘껏 잡아당겼다. 하지만 그럴수록 제비는 더욱 고집스레 머리를 내밀었다.

"조금만, 진짜 조금만 더 보면 돼…….."

그사이 건륭과 바러번 사이에 예를 갖춘 첫인사가 오갔다. 바러번이 "하하하하!" 하며 걸걸한 웃음을 터뜨리더니 조금은 어눌한 투로 말문을 열었다.

"오는 길에 보니 산수가 어찌나 아름답던지. 역시 중원의 풍토와 경치는 서장과 확연히 다릅니다. 좋아요, 으뜸으로 좋습니다!"

건륭도 시원스런 웃음소리로 화답했다.

"하하, 서장 왕이 먼 길을 달려와 주어 무척 기쁘오. 연회를 마련했으니 안으로 들어가십시다."

바러번이 대뜸 새아의 손을 잡고 앞쪽으로 이끌었다.

"이 아이는 제 막내딸 새아입니다!"

이에 건륭도 영기를 비롯한 황자들을 자랑스레 앞세웠다.

"여긴 짐의 아들들이오."

"아, 폐하께선 따님이 없으십니까?"

"없기는, 여덟 명이나 있소."

"한데 어찌하여 한 명도 보이지 않는 겁니까?"

바러번의 거침없는 물음에 건륭은 조금 당황하였다.

"대청의 법도에 따라 여인은 손님을 맞지 않는다오."

놀랍다는 표정이던 바러번이 어딘가 마뜩잖은 듯 대꾸했다.

"딸도 아들만큼 귀합니다. 여인 없이 어찌 사내가 있답니까."

건륭으로선 바러번의 논리가 꽤나 신기할 따름이었다.

이윽고 건륭과 바러번이 자연스럽게 몸을 돌려 궁 안으로 향했다. 기둥 뒤에 숨어 있다 깜짝 놀란 자미와 금쇄가 제비에게서 손을 떼고 재빨리 자리를 피했다. 팽팽하던 힘의 균형이 깨지면서 제비는 곧장 앞으로 튕겨 나갔고 미처 중심을 잡을 새도 없이 고꾸라지고 말았다.

수많은 시선이 한꺼번에 제비에게로 쏠렸다. 느닷없이 불쑥 나타난 제비를 보고 건륭을 비롯하여 그곳에 있던 사람들 모두가 경악을 금치 못했다. 건륭은 당황스럽기가 이를 데 없었지만, 그렇다고 제비를 이대로 그냥 보낼 수도 없었다.

"제비!"

벌떡 일어나 도망가려 하는 제비를 건륭이 고함치듯 불렀다. 급하게 걸음을 멈춘 제비가 체념한 듯 건륭에게로 돌아가 무릎을 꿇었다.

"아바마마, 홍복을 누리세요."

건륭은 침착하려고 부단히 애를 쓰며 바러번에게 제비를 소개했다.

"이 애가 짐의 딸 환주공주요."

제비가 고개를 들어 서장 왕을 쳐다보았다. 어느 틈에 다가온 새아가 호기심 어린 눈으로 제비를 훑더니 이내 으스대는 표정을 지으며 뜻을 알 수 없는 말소리를 냈다. 서장 말이었다. 바러번이 중원의 말을 배우지 않았느냐며 나무라듯 말하자, 새아가 이번에는 알아들을 수 있는 말로 목청을 돋우었다.

"환주공주는 왜 납작하게 기어 나와서 무릎까지 꿇어? 여기서

뒤바뀐 운명 제23장 317

키가 제일 작다고 자랑하는 거야?"

그 말을 듣고 욱한 제비가 펄쩍 일어나 고래고래 소리쳤다.

"키가 작긴 누가 작아! 너보다는 훨씬 크거든!"

건륭은 골이 다 지끈거렸다. 고개를 가로저어 머릿속을 수습한 건륭이 부릅뜬 눈으로 제비를 물렸다.

"어허, 체통을 지키지 못하겠느냐. 됐다, 이제 그만 처소로 돌아가거라."

다시 바러번에게로 시선을 건넨 건륭이 들어가자며 손으로 방향을 안내했다.

건륭을 뒤따르는 사람들이 구불구불 긴 행렬을 이루었다. 제비는 혼자 덩그러니 남아 커다랗게 뜬 눈으로 사람들의 뒷모습을 바라보았다. 못다 풀린 분통이 검은 눈동자 속에서 이글거렸다.

서장 왕이 오자 온 황궁이 바빠졌다. 수방재를 찾는 건륭의 발길도 뜸해졌지만, 사흘이 멀다 하고 제비와 자미를 찾던 세 남자도 며칠 동안 코빼기를 비추지 않았다.

연일 거듭되는 따분한 나날에 제비는 순시를 다니던 하루하루가 눈물 나게 그리웠다. 한편으론 느닷없이 등장한 타방의 공주가 영 눈꼴시었다. 몸집도 쪼그만 게 으리으리한 가마를 타고 궁 안으로 들어온 것부터 누구 앞에서도 위축되는 기색 없이 당돌한 것까지, 여간 아니꼬운 게 아니었다.

"어디서 겁도 없이 아바마마 앞에 뻣뻣이 서 있을 수가 있어? 날 쳐다볼 때도 눈을 머리 꼭대기에 갖다 붙이고 막 노려보면서, 마아미마미구루구루바비룽둥창!"

제비가 갑자기 내뱉은 괴기한 소리에 두 태감은 깜짝 놀라 눈이 휘둥그레졌다. 소등자와 소탁자가 차례로 물었다.

"서장 공주가 마마께 저주를 퍼부은 겁니까?"

"마미마미구루구루…… 그게 무슨 뜻입니까?"

제비가 머리를 절레절레 흔들며 한숨을 내쉬었다.

"저주가 아니라 서장 말. 무릎 꿇고 인사한 게 너무 창피했다는 뜻이야. 같은 공주인데 그 애는 대단하고 난 이게 뭐야. 짜증 나 죽겠어!"

때마침 이태가 성큼성큼 수방재 안으로 들어섰다. 이태는 서장 왕이 데려온 여덟 무사가 내일 저희 궁중 시위들과 대결을 펼친다는 흥미로운 소식을 전했다. 그리고 국빈을 대접하는 자리인 만큼 성대한 대회가 열릴 것이라며 덧붙였다. 알고 보니 영기와 이강, 이태는 내일 있을 무술 시합 준비를 관리, 감독하느라 눈코 뜰 새 없이 바빴던 것이다.

"폐하께서 제비가 좋아할 거라시면서 자미랑 금쇄 자리도 함께 마련해 주셨어요!"

"제 자리도요?"

뜻밖의 소식에 금쇄가 놀람 반 기쁨 반으로 되물었다.

이태가 전해 준 소식을 듣고 금세 신이 난 제비는 손에 들고 있던 수건을 공중으로 날리며 카랑카랑 외쳤다.
"와하, 야호! 마미마미구루구루룽둥창!"
제비의 행동에 당황한 이태가 얼떨떨한 표정으로 물었다.
"그, 그게 무슨 말이에요?"
"서장 말요. 내일 잘 싸우라는 뜻이에요!"

궐 안 사람들이 잔뜩 모여든 대회장은 시합 전부터 열기가 뜨거웠다. 건륭은 황후, 영비를 비롯한 여러 후궁들, 주요 관직에 있는 대신들, 아들딸들을 거느리고 관람석 중앙에 앉아 있었다. 건륭의 바로 옆에는 바러번과 새아가 자리했고, 건륭의 양녀 신분인 제비는 그보다 조금 더 떨어진 곳에 앉았다. 제비의 옆자리를 자미와 금쇄, 이강과 이태가 나란히 채웠다.
사뭇 들뜬 제비와 자미, 금쇄를 시시때때로 노려보는 눈이 있었다. 시기와 질투가 서린 채 유독 자미를 흘기는 냉랭한 시선은 다름 아닌 황후의 것이었다. 사실 자미를 주시하고 있는 건 황후 한 사람만이 아니었다. 영비 역시 그랬다. 건륭이 오늘 같은 행사에 자미를 초대했다는 사실로 미루어 영비는 건륭의 마음속에서 자미가 어떤 위치에 있는지를 확인할 수 있었다.
경기가 시작되자 새아는 앉은 자리에서 방방 뛰고 소리를 지르며 자신의 무사들을 응원하기 시작했다. 활달하고 적극적인 새아는 주위의 시선에도 아랑곳없이 온몸으로 시합을 관람했다. 새아의 목청에서 서장의 언어와 중원의 언어가 마구잡이로 섞여 나왔다.

"루자, 세게 한 방 먹여 버려! 하리하라마미야! 빠르게 공격해!"

무대 위에선 청나라 무사 새위와 서장 무사 루자가 막상막하의 접전을 벌이고 있었다. 새위의 무기는 쇠사슬, 루자의 것은 커다란 쇠공이었다. 쇠사슬이 쇠공을 옭아매면 쇠공은 이내 쇠사슬을 날려 버렸다. 한 번의 실수로 승패가 갈릴 수 있는 아슬아슬한 광경이 지켜보는 사람들의 손에 땀을 쥐게 했다.

새아의 극성스런 응원을 보고 제비도 자리에서 일어나 쩌렁쩌렁 응수하였다.

"새위, 힘내! 궁 안의 절대 고수! 대청의 최고 무사! 우릴 실망시키지 마! 본때를 보여 줘! 힘내라, 힘! 공 따위는 쇠사슬로 감아서 날려 버려! 조심해!"

새아가 제비 쪽으로 고개를 홱 돌렸다. 자신보다 더 우렁찬 목소리에 자존심이 상했던 것이다. 이에 새아도 몸을 일으켜 고래고래 고함을 질렀다.

"루자, 이겨라! 이겨라, 이겨라! 하리하라마미야!"

제비도 이에 질세라 시합장이 떠나갈 듯이 소리쳤다.

"새위! 하리하라마미야! 상대가 맥을 못 추게 만들어 버려! 봐주지 말고 그냥 때려눕혀!"

두 공주의 응원 소리는 장내를 압도하고도 남을 만큼 기운찼다. 경기를 지켜보고 있던 사람들 모두 넋이 빠져 새아와 제비 쪽을 쳐다보았다. 시선이 제비와 새아 사이를 옮겨 다니느라 무술 시합은 오히려 뒷전이 될 지경이었다. 당황스럽다는 반응을 보이는 황실 사람들과 달리 바러번은 두 공주의 응원 대결을 지켜보는 게 몹시도 흥미로운 모양이었다.

새아는 제비가 하는 말을 뜻도 모르고 따라 외쳤다.

"루자, 상대가 맥을 못 추게 만들어 버려! 맥을 못 추게!"

제비도 질 수 없다는 듯 새아의 말을 따라 했다.

"새위, 하리하라마미야! 하리하라마미야!"

새아와 제비의 놀란 눈이 동시에 서로를 향했다가 이내 다시 경기장으로 돌아갔다. 둘의 목청 대결은 여기서 그치지 않았다.

"루자! 네가 일등이야, 일등 용사! 세게 때려!"

"새위! 너는 특등이야, 특등 용사! 루자 놈이 낯짝도 못 들게 만들어 버려!"

시합장 안팎에서 치열한 대접전이 펼쳐지고 있던 그때, 새위가 잠깐 방심을 했는지 쇠사슬을 놓치고 말았다.

"이겼다! 우리가 이겼다!"

새아가 두 손을 하늘 높이 치켜들고 희열에 찬 고함을 들이질렀다. 새아를 흘기는 제비는 표정이 딱딱하게 굳어 있었다.

제비의 속에서 열불이 터져 나오기 전, 다행히 새로운 무사들이 출전했다. 청나라 시위 새광 대 이름 모를 서장 무사의 대결이었다. 둘은 무기 없이 맨몸으로 맞붙었다. 부딪치고 엎어지고 뒤집고 구르고……. 경기는 한순간도 눈을 뗄 수 없을 만큼 흥미진

진했다.

제비가 새광의 사기를 북돋우며 다시금 열의를 불태웠다.

"새광, 봐줄 것 없어! 그냥 들어서 내리꽂아 버려! 힘내, 힘내!"

이에 뒤질 새아가 아니었다. 새아는 이번에도 두 개의 언어가 뒤섞인 말소리를 퍼부어 댔다.

"너도 봐주지 말고 그냥 들어서 내리꽂아! 힘내, 힘내!"

"새광, 좀 더 빨리! 경공으로 상대해!"

제비의 말을 듣기라도 한 것처럼 곧장 공중으로 떠오른 새광이 상대편의 주위를 빠르게 맴돌았다. 어지러워 비틀거리던 서장 무사는 새광의 위치를 파악하지 못한 채 연방 허공에 주먹을 날렸다. 이를 본 제비가 여봐란듯이 짜랑짜랑 웃으며 박수했다.

"새광, 멋지다! 그래, 그렇게 지치게 만들어!"

그러자 새아가 신경질적으로 발을 구르며 제비를 향해 큰소리쳤다.

"서장 무사가 최고야!"

"웃기시네, 만주 무사가 최고거든!"

두 사람이 으르렁거리는 사이, 새광이 상대를 두 손으로 덤벅 들어 가차 없이 내던졌다. 서장 무사는 강한 충격에 정신을 잃고 일어나지 못했다. 새광의 승리였다.

"아이고, 어떡해. 너희가 졌네?"

자존심을 회복한 제비가 기고만장한 표정으로 새아를 돌아보며 비아냥거렸다. 안색이 급격히 어두워진 새아는 악을 쓰듯 다

뒤바뀐 운명 제23장

음 무사의 이름을 부르짖었다.

"랑카!"

한 서장 무사가 기다렸다는 양 무대 위로 날아왔다. 손에 아무런 무기도 들지 않은 채였다. 랑카의 상대로는 청나라 시위 고원이 출전했다. 제비와 새아가 또다시 아옹다옹 목청 대결을 시작했다.

예상외로 랑카의 실력은 굉장했다. 고원은 얼마 싸워 보지도 못하고 패해 버렸고, 또 다른 시위가 맞섰으나 힘세고 빠르기까지 한 랑카를 당해 내지는 못했다. 이를 지켜보던 건륭의 얼굴에 점점 그늘이 졌다. 반면 새아의 환성은 하늘을 찌를 기세였다.

"와, 이겼다! 랑카 만세! 랑카 하리하라!"

그리고 이어진 시합에서 제비는 또 한 명의 청나라 시위가 랑카 앞에 무너지는 모습을 처참한 심정으로 바라봐야 했다.

"우리 고수들은 다 어디 갔어? 어서 나와!"

제비가 솟구치는 울분을 텅 빈 공중에 터뜨렸다. 그때, 관람석에 있던 누군가가 시합장으로 날아갔다. 사람들의 시선이 동시에 한곳으로 모아졌다. 잠시 후, 무대에 오른 이를 알아본 관중들이 환호하기 시작했다. 랑카 앞에 우뚝 서 있는 사람은 다름 아닌 이강이었다. 제비는 목청을 있는 대로 다 꺼내어 어느 때보다도 열렬히 호응했다.

"이강, 멋지다! 이강! 아주 혼쭐을 내 줘요!"

곧이어 이강과 랑카의 대결이 시작되었다. 화려한 볼거리와 넘치는 박진감에 관람석에서는 연신 감탄사가 쏟아져 나왔으나, 자미만은 가슴을 졸이며 손에 쥔 수건을 새끼줄처럼 꼬았다.

이강은 경공과 여타 기술을 적시에 활용하여 상대에게 쉴 틈을 주지 않고 공중에서 발차기를 날리거나 주먹을 휘둘렀다. 앞에서 공격했다가 금방 다시 뒤에서 습격하니 천하의 랑카도 제대로 된 반격을 하지 못했다.

자미, 금쇄, 제비가 저마다의 방식으로 응원하였다.

"이강, 힘내요……!"

"도련님, 이기세요! 이기셔야 해요!"

"이가아아앙! 연속 발차기로 쳐부숴요! 절절매도록 따끔한 맛을 보여 줘요! 눈탱이 밤탱이가 되도록 때려 줘요!"

새아는 마음이 조급해졌는지 어느새 서장 말로만 응원을 하고 있었다.

무대 위에선 두 사내가 진퇴를 거듭하며 여전히 접전을 벌이는 중이었다. 그러나 오래지 않아 이강에게 묵직한 한 방을 얻어맞은 랑카는 결국 바닥에 쓰러지고 말았다. 순간 제비는 발끝에서 머리끝까지 차오르는 희열감을 느꼈다. 좋아서 기절할 것만 같았다. 웃음을 터뜨리며 손뼉을 치던 제비가 두 손을 하늘 높이 들고서 크게 소리 질렀다.

"이 정도는 되어야 고수지! 이런 게 바로 진정한 승리라고!"

얼굴이 벌겋게 달아오른 새아가 고개를 돌려 다른 무사를 호명했다.

"반지오!"

이강의 다음 상대로 지목된 서장 용사 반지오는 우렁찬 대답 소리와 함께 시합장 위로 올라갔다. 하지만 두 사람의 무공은 거의 하늘과 땅 사이만큼이나 차이가 났다. 초반부터 몰아치는 공격을 받고 반지오는 끝내 기신없이 넘어졌다.

그 후에도 네 명의 서장 무사가 더 시합장에 올랐으나 이강은 매 경기를 시종일관 차분한 태도로 임하며 한 사람 한 사람 쓰러뜨려 나갔다. 건륭과 대신들은 그제야 든든한 마음으로 미소 지을 수 있었다.

이번에는 바러번의 표정이 어둡게 굳어졌다. 좋아서 날뛰는 제비의 기에 눌려 새아 또한 점점 목소리가 작아졌다. 마침내 이강이 마지막 상대마저 무찌르고 나자 바러번은 화통하게 웃으며 패배를 인정했다.

"하하하하! 폐하, 중원의 고수들은 역시 대단합니다. 저희가 졌습니다."

결과에 승복하지 못한 새아가 발끈 대꾸했다.

"누가 그래요? 우리도 아직 고수가 한 명 남았어요!"

새아는 그길로 시합장으로 날아가 이강 앞에 우뚝 섰다. 저희 용사들이 받은 모욕을 앙갚음하기 위해 단단히 벼르고 나간 것이었다.

장내가 술렁이기 시작했다. 이를 본 제비가 덩달아 자리를 박차고 일어났다. 몸을 날리려 자세를 낮춘 제비를 다행히 이태가 제때 붙들어 말렸다.

"가면 안 돼요! 우선 새아의 실력이 어떤지 봐요."

새아를 마주한 이강은 몹시 당황스러웠다. 상대는 여인이고 공주였다. 대결할 엄두가 나지 않았던 이강은 포권의 예를 취하며 점잖게 의사를 밝혔다.

"공주와는 겨룰 수 없습니다. 저는 이만 물러……."

이강의 말이 채 끝나기도 전, 새아는 품 안에서 채찍을 꺼내어 기합 소리와 함께 휘둘렀다. 금빛 채찍이 순식간에 이강의 얼굴로 날아왔다. 놀란 이강이 다급히 몸을 피했으나 한발 빨랐던 채찍의 끝이 목표점을 때린 뒤였다. 이강의 한쪽 볼에 시뻘건 마찰상 한 가닥이 생겨 있었다. 자미, 제비, 금쇄의 입에서 동시에 비명이 터졌다.

이강에게 중심을 잡고 설 여유도 주지 않고 새아는 다시 공격을 해 왔다. 채찍은 몇 번이고 이강의 얼굴을 노렸다. 보다 못한 이태가 격분하여 소리쳤다.

"봐주지 마, 형! 본때를 보여 줘!"

제비도 뒤따라 소리쳤다.

"이강, 지금 뭐 하는 거예요! 예쁜 여자라서 차마 공격하지 못하겠어요?"

새아 때문에 가뜩이나 화가 나는데, 속도 모르고 멀리서 훈수까지 걸어오니 이강도 더는 가만있기가 힘들었다.

이강이 빠르게 반격하며 앞으로 나아갔다. 하지만 새아의 손에서 채찍을 빼앗는 일은 생각보다 만만치 않았다. 채찍의 움직임에선 빈틈이 보이지 않았다. 두 사람은 공중으로 떠올랐다 착지하기를 반복하며 쫓고 쫓기고, 공격하고 응수했다. 숨 막히는 접전은 보는 이들에게 뜻밖의 즐거움을 선사했다.

관람석에서 터진 탄성을 듣고 새아는 저도 모르게 마음이 분산되고 말았다. 새아가 방심한 찰나의 틈을 노려 이강이 채찍을 낚아챘다. 눈 깜짝할 새 채찍은 이강의 손에 회회 감겨 있었다.

"공주, 실력이 좋으십니다. 양보해 주셔서 감사합니다."

이강이 상황을 정리하려 새아 앞에 허리를 굽혔다. 하지만 새아는 여기서 그만둘 생각이 전혀 없었다.

"뭔 소리야, 그런 말 몰라!"

새아는 서장 말을 마구 쏟아 내며 이강에게로 득달같이 달려들었다. 공중으로 쭉 내뻗은 발이 향한 곳은 이번에도 이강의 얼굴이었다. 불쑥 날아온 발길을 이강은 허리를 젖혀 피했다. 사납고 저돌적인 공격에 진력이 나면서 결국 이강의 인내심도 한계에 도달했다.

이강이 처음으로 새아를 향해 채찍을 휘둘렀다. 채찍은 새아에게서 모자를 빼앗아 갔다. 새아는 이강의 공격을 받고도 움츠러들기는커녕 더욱 승부욕에 불타 주먹을 날리고 다리를 뻗었다. 그 공격을 손쉽게 피한 이강이 다시 채찍을 던졌다. 이번에는 새아의 왼쪽 귀고리가 떨어졌다. 이강이 한 번 더 채찍을 휘두르자 반대쪽 귀고리마저 날아갔다.

그러한 광경에 큰 감명을 받은 바러번이 건륭에게 물었다.

"저 용사는 누굽니까?"

"복이강이라 하오. 대학사 복륜의 장남이고 어전시위 직을 맡고 있소."

"실력이 대단합니다! 아주 훌륭해요. 일등 용사입니다!"

그때, 새아의 목에 걸려 있던 장신구가 채찍에 맞고 끊어져 하늘 높이 떠올랐다. 뒤따라 날아오른 이강이 공중에서 멋지게 한 바퀴 돌아 착지했다. 어느 틈에 잡은 것인지, 이강의 손에는 새아의 목걸이가 들려 있었다. 이강이 새아 앞으로 성큼성큼 다가가 빼앗은 물건들을 건네며 물었다.

"계속하시겠습니까."

새아는 이강이 건넨 물건들을 군말 없이 받아 들었다. 이강의 무술 실력에 진심으로 탄복한 새아는 이강이 처음 했던 인사처럼 두 손을 둥글게 말아 포개고서 생글 웃어 보였다.

"용사, 새아가 졌어!"

새아가 몸을 돌려 바러번 옆으로 날아갔다. 제 아버지의 귀에 대고 속삭이는 모습은 영락없이 수줍음을 타는 소녀였다. 바러번은 새아에게서 무슨 이야기를 들은 것인지, 특유의 걸걸한 웃음을 터뜨리며 말문을 열었다.

"하하하, 우리 새아가 드디어 적수를 만났구나! 폐하, 만주 용사의 무공은 과연 명불허전입니다!"

모든 것이 흡족했던 건륭도 "하하하!" 크게 소리 내어 웃었다.

"서장 무사의 솜씨 또한 일품이오! 어린 공주의 실력마저 눈이 휘둥그레질 정도였소!"

서로의 마음을 덥혀 주는 훈훈한 칭찬에 건륭과 바러번의 입에선 꽤 오랫동안 웃음소리가 그치지 않았다.

무술 시합은 끝이 났는데 이강, 이태, 영기는 여전히 뭐가 그리 바쁜지 며칠째 그림자조차 보이질 않았다.

그러던 어느 날 영비가 수방재를 찾았다. 영비를 따라온 남매, 동설의 손에 못 보던 옷이 몇 벌 들려 있었다. 영비는 제비와 자미에게 주려고 새로 지은 옷이라 소개하며 말을 이었다.

"폐하께서 새 옷을 하사하셨다. 조만간 몇 차례 연회가 열릴 테니 입고 참석하라 하시더라. 너희가 무료할까 봐 마음이 쓰이신 모양이야."

"연회요? 무슨 연회요? 서장 왕 때문에 열리는 거죠? 그 사람도 참 이상하네. 서장 땅은 신경이 안 쓰이나? 왜 자기 집으로 안 돌아가고 여기 계속 있는 거예요?"

제비의 물음에 영비가 옅은 웃음을 지으며 답했다.

"모처럼 나온 생지(생소한 땅)라 좋은가 보다."

"아무리 생쥐처럼 좋아도 그렇지, 집엔 돌아가야죠."

영비의 말을 제멋대로 해석한 제비가 입에서 나오는 대로 투덜거렸다. 그사이 금쇄는 남매로부터 옷을 받아 들고 때깔이 참

곱다며 감탄하였다.

한편 자미에게서 눈을 떼지 못하던 영비가 문득 입을 열었다. 흘러나온 말이 의미심장하였다.

"앞으로는 이런 옷뿐만 아니라 더 많은 것을 받게 될 것이다. 금은보화에 둘러싸여 평생 다하지 않을 부귀영화를 누리겠구나."

자미가 자신을 보는 영비의 시선에 놀라 되물었다.

"마마, 어찌 노비를 보며 그런 말씀을 하십니까."

영비는 자미에게로 가까이 다가가, 마주한 고운 얼굴을 찬찬히 뜯어보았다. 영비의 눈 속에는 고마움, 부러움, 조금의 질투 그리고 진실한 연민 등이 서려 있었다. 아주 복잡 미묘한 눈빛에는 운명에 순응한 사람만이 지닐 수 있는 온후함도 함께였다. 영비가 자미의 머리 위로 손을 뻗어 비녀를 바로 고쳐 주고는 부드러운 목소리로 일렀다.

"노비라 하지 않아도 된다는 윤허를 받았다고 들었다. 폐하 앞에 노비가 아닌데 어찌 내 앞에서 노비일 수 있겠느냐. 앞으로는 말을 트고 지내자꾸나."

"마마, 노비가 어찌 감히······."

그윽한 눈으로 자미를 바라보던 영비가 날숨과 함께 말을 이었다.

"폐하를 향해 날아오는 칼을 네 몸으로 막았다지. 너는 폐하의 귀인일 뿐만 아니라 내 은인이기도 하단다. 폐하께서 너를 무척 아끼시니 수방재를 떠날 날도 머지않았구나."

고개를 숙인 채 차를 달이던 제비와 금쇄가 영비의 말을 듣고 동시에 서로를 쳐다보았다. 예상하지 못한 발언에 놀라긴 했지만 그 속에 담긴 정확한 의미는 선뜻 이해가 되지 않았다. 제비가 냉큼 끼어들었다.

"저랑 자미는 수방재에서 지내는 게 편해요. 처소를 옮기거나 따로 떨어져 지내기 싫어요. 마마, 아바마마께 그러지 말라고 말씀해 주세요. 저랑 자미는 죽어도 헤어질 수 없어요!"

영비는 희미한 미소로 씁쓸한 마음을 감추며, 짐짓 나무라듯 제비에게 되물었다.

"죽어도 헤어질 수 없다니? 너도 조만간 혼례를 올릴 텐데, 시집도 자미랑 같이 가려고?"

"제가 시집을 가요? 누구한테요?"

"그야 나도 모르지만, 아무튼 폐하께서 요즘 네 신랑감을 고르느라 고심하고 계시더라."

당황한 제비, 자미, 금쇄의 심장이 약속이라도 한 듯 빠르게 뛰었다. 신랑감을 고르다니? 아무리 고심한다 한들 그 사람이 영기일 가능성은 없었다.

그러한 속사정을 모르는 영비는 온 마음이 자미에게로 쏠려 있었다. 세 소녀가 무어라 반응할 새도 없이 영비가 자미를 보며 일렀다.

"자미야, 부족한 것이 있거나 돈이 필요하면 내게 얘기해라. 몸이 불편하거든 바로 알리고. 내가 신경 써 주마. 처음에 너를 궁에 들인 사람도 내가 아니냐. 나는 너를 이미 한 가족처럼 생각하고 있으니 너도 나를 남으로 여기지 않았으면 좋겠구나."

영비의 말이 암시하는 불편한 상황을 깨닫자 자미의 박동은 더욱 거세졌다. 마음이 걷잡을 수 없이 불안해졌다.

"마마, 어찌 그런 말씀을 하세요. 항상 수방재를 살펴 주시는 마마께 노비는 늘 감사한 마음입니다. 남처럼 생각하다니요."

"그럼 다행이구나. 너에게 주려고 패물을 맞추었단다. 며칠 후에 보내 주마. 폐하께서는 한동안 이곳을 찾지 못하실 게다. 서장 왕을 대접하느라 아주 바쁘시거든. 계획된 일이 많은데, 전부 서장 왕이 돌아간 뒤에나 진행할 수 있지 싶어. 아, 어쩌면 새아공주가 우리와 한식구가 될지도 몰라. 오가는 이야기가 확정되면 다른 일보다도 혼례부터 서두르게 될 거다."

"한식구요? 누구랑 혼인하는데요?"

"아직 얘기 못 들었구나. 서장 왕이 새아를 우리 황실에 시집보내고 싶어 하는 모양이야. 서장과 화친을 맺을 기회이니 폐하께서도 긍정적으로 생각하셨고. 그래서 지난 며칠간 오황자와 이강, 이태가 공주를 데리고 매일 구경을 다녔는데, 오늘 폐하께서 새아를 오황자와 맺어 주기로 했다 하시더라. 이르면 이달 말, 늦어도 내달 초에는 혼례를 올리게 될 거야."

화들짝 놀란 제비가 손에 들고 있던 다기를 놓쳤다. 바닥으로 떨어진 찻잔과 주전자가 산산이 조각났다. 제비는 뜨거운 찻물에 손을 데고 아파 소스라쳤다. 자미가 황급히 뛰어가 제비의 손을 잡고는 금쇄, 명월, 채하를 돌아보며 다급히 일렀다.
"얘들아, 어서 가서 백옥산열고 좀 가져와 줘."
 영비는 허둥대는 모습들을 의문에 찬 시선으로 바라보았다. 잘 이해가 되지 않았다. 건륭의 뜻을 충분히 암시해 주었건만 자미는 웃음기 한 번 보이지 않았다. 제비의 행동은 더 이상했다. 차를 쏟고 손까지 델 정도로 놀랄 일이 무엇인가. 오도카니 선 영비의 심중에 측량없는 궁금증이 더해 갔다.

 영비가 떠나자마자 제비는 발로 탁자 다리를 힘껏 걷어찼다. 삭여지지 않는 분이 입으로 콸콸콸 쏟아졌다.
 "장가가고 싶으면 그러라고 해! 누가 아쉬워할 줄 알고? 요 며칠 코빼기도 안 내민다 했더니, 서장 공주 꽁무니나 쫓아다닌 거였어. 오기만 해 봐, 아주 그냥……. 앞으로 다시는 말 안 해, 아는 척도 안 할 거야!"
 금쇄와 자미는 제비의 좌우로 한 명씩 서서 데인 손에 약을 발라 주고 있었다. 금쇄가 초조한 마음으로 제비를 위로했다.
 "미리 단정 짓지 마요. 사실인지 아닌지는 아직 모르잖아요. 영비마마께서 그냥 하신 말씀일 수도 있죠. 설마 폐하께서 성격 드센 이민족 공주를 며느리로 삼으시려고요."
 "안 될 건 뭐야. 적어도 걔는 진짜 공주잖아!"
 제비가 씩씩거리며 목청을 드높였다.

미간을 모으고 걱정스런 눈길로 제비를 바라보던 자미가 차분히 입을 열었다.

"공주인 게 왜? 혼인은 인륜대사라 황자님이 싫다고 하면 폐하께서도 강요하진 못하실 거야. 아무래도 이건 폐하와 서장 왕, 두 분 사이에서 사사로이 오간 말씀인 것 같아. 황자님은 영문도 모르고 계실걸. 그러니까 너 혼자 지레 판단하지 말고 황자님이 오시거든 직접 물어봐."

"모르긴 뭘 몰라, 진즉에 알고는 좋아서 날뛰고 있을걸!"

제비가 다친 손을 냅다 뿌리치며 자리에서 벌떡 일어났다. 그 바람에 금쇄가 들고 있던 약이 바닥에 내동댕이쳐졌다. 제비는 온 방 안을 서성이며 빽빽 성질을 부렸다.

"흥, 서장 왕의 사위가 될 날만 손꼽아 기다리고 있는 게 틀림없어! 그게 아니라면, 전에는 틈만 나면 수방재로 달려오던 사람이 어떻게 발그림자도 안 비칠 수 있느냔 말이야. 양심도 없는 인간, 거짓부렁이로 사람 마음을 살살 달래 놓고서는 진짜 공주가 나타나니까 비겁하게 발뺌을 해? 이제는 내가 제 눈에 안 찬다 이거지……."

혼잣말을 하다 제비는 불현듯 서러움마저 일었다. 제비의 눈시울이 금세 발갛게 물들었다.

"그래 좋아, 회충 왕이 오면 나도 거기로 시집갈 거야!"

"그게 무슨 말이야. 화를 내더라도 먼저 사실 확인부터 하고 내야지."

자미가 타일렀지만 제비는 고함을 꽥 지르며 방 안을 뱅글뱅글 돌았다.

"싫어, 못 참겠어! 난 못 참아!"

"사실이 아닐 수도 있으니 제발 진정해요. 오황자님이 제비 말을 들으면 억울해하실 거예요. 황자님은 늘 제비한테 진심이신 것 같던걸요. 이것도 봐요……."

금쇄가 바닥에 나동그라진 약을 주워 들었다. 영기가 제비에게 보낸 것이었다.

"하루가 멀다 하고 제비가 다치니까 온갖 귀한 약은 전부 보내 주셨……."

금쇄의 말이 채 끝나기도 전, 제비는 금쇄의 손에서 약병을 빼앗아 밖으로 휙 던져 버렸다. 잠시 후 바깥에서 "아!" 하는 외마디 소리가 들려왔다. 창문 밖으로 고개를 내민 금쇄는 깜짝 놀라고 말았다. 호랑이도 제 말 하면 온다더니!

"어떡해, 호랑이 머리에 맞았어요!"

"여기가 무슨 호랑이 굴이야, 갑자기 웬 호랑이."

제비가 재미없다는 듯 투덜댔다. 자미도 창밖으로 고개를 내밀어 보았다. 이제나저제나 오기만을 기다렸던 세 남자였다. 제비의 상태로 미루어 단언컨대 지금 저 셋은 제 발로 호랑이 굴을 찾은 셈이었다.

"정말이네, 세 분이 오셨어. 호랑이 굴로."

자미의 말을 듣고 제비 역시 창가로 달려가 밖을 내다보았다.

영기, 이강, 이태가 반달음으로 걸어오고 있었다. 제비는 곧장 몸을 돌려 입구 쪽으로 뛰어갔다.

지난 며칠 동안 영기와 이강, 이태는 종일 새아와 함께 다녔다. 활기가 철철 넘치다 못해 호기심마저 왕성한 새아는 잠시도 가만있는 법이 없었다. 거리를 쏘다니며 가는 곳마다 눈에 띄는 물건을 사들이고 군것질하고 거리극을 구경하고……. 이국땅 풍경은 보통 사람의 눈에도 흥미로운 것투성이일 텐데, 직접 보고 만지고 경험해 봐야 직성이 풀리는 새아는 오죽 신이 날까. 낮에 그만큼 놀고도 밤에는 또 야시장 구경을 나가자며 성화를 부리는 새아 때문에 세 남자는 며칠 사이 극심한 피로를 느꼈다. 그러다 오늘에야 겨우 짬이 난 것이다.

세 남자는 자유의 몸이 되자마자 자미와 제비를 보러 수방재에 들렀다. 저만치서 달려오는 제비를 보고 영기는 마냥 반가웠는데, 제비는 그런 영기를 다짜고짜 밖으로 몰아내며 버럭 소리를 질렀다.

"가요, 가라고! 서장 공주랑 놀러나 다니지 여긴 왜 와요? 변명 같은 거 듣기 싫어요, 이제 다시는 안 속아. 가요!"

"겨우 시간이 나서 보러 왔더니 왜 이래. 물건을 던지지를 않나, 보자마자 내쫓지를 않나. 왜 이렇게 화가 났어, 누가 그랬어?"

영기는 어안이 벙벙한 얼굴로 물었다.

"누구긴 누구예요, 그쪽이지!"

제비는 순간 눈물이 팽 돌았다. 이강과 이태에게로 고개를 돌린 제비가 눈에 더욱 힘을 주고 소리쳤다.

"두 사람도 한통속이야!"

맥락을 알 수 없는 질책에 이태의 눈이 화등잔처럼 커졌다.

"한통속이라니, 우리가 뭘 어쨌는데요?"

"대체 무슨 일이오?"

이강의 시선을 받고 자미가 대답했다.

"세 분도 정말 모르셨어요? 폐하께서 셋 중 한 분을 새아공주와 맺어 주려고 하셨는데 오황자님으로 결정되었대요. 조금 전에 영비마마께 들었어요."

영기가 저도 모르게 뒷걸음질을 쳤다. 머리를 세게 맞은 듯 정신이 멍했다. 이강과 이태도 놀라 넋이 나간 표정이었다.

"말도 안 돼! 난 아무것도 몰랐어. 새아? 아바마마께서 나랑 새아의 혼사를 주선하신다고? 확실해?"

얼떨떨해하는 모습조차 괘씸하게 느껴진 제비가 발을 구르며 영기를 다그쳤다.

"벌써 날까지 잡았대요, 곧 혼례를 올린대요! 자꾸 시치미 뗄 거예요? 이거 봐요, 혼삿날 입으라고 영비마마가 새 옷까지 지어다 주셨잖아요!"

어디론가 달려간 제비가 영비에게 받은 옷을 가져와 한 벌 한 벌 바닥에 패대기쳤다. 보다 못한 금쇄가 조심스레 끼어들었다.

"마마, 영비마마께서 그런 말씀은 안 하셨는데······."

"그게 그 뜻이지! 마마께서 말씀하신 연회는 혼례야. 혼례가 틀림없어!"

제비가 도끼눈을 하고 영기를 노려보았다.

"곧 혼인을 한다니까 생쥐처럼 좋아가지고 그 공주랑 매일매일 붙어 다녀 놓고 여긴 왜 또 와요? 궁 밖에선 내내 날 속이고……. 앞으로 그쪽 말은 절대로 안 믿어, 다시는 안 볼 거야!"

날벼락 같은 소식에 얼이 쏙 빠진 영기가 이강과 이태를 갈마보았다.

"사실일까?"

"아마도요." 생각에 빠진 이강이 잠잠히 반응했다.

한편 이태는 줄곧 의문스럽게 여겼던 부분이 해소되는 것 같았다. 아무리 이국의 공주를 보호해야 한다는 명분이라도 구태여 저희 셋을 새아 옆에 붙인 게 의아스러웠는데, 이제 보니 부마 간택을 위해서였다.

"이제야 알겠네요. 일이 그렇게 된 거였어요."

자미는 세 남자의 안색을 살피다 영비가 전혀 근거 없는 말을 한 것이 아니라는 사실을 깨달았다. 별안간 심장이 떨려 왔다.

"황자님, 더 늦기 전에 얼른 폐하께 가서 말씀을 드리세요."

잠시 주춤하는 듯하던 영기가 이내 제비의 손을 붙잡고 바깥으로 향했다.

"제비야, 가자. 사면령도 받았겠다, 같이 가서 아바마마께 전부 다 말씀드리자!"

거의 달리듯 밖으로 나가는 영기를 이강이 얼른 막아 세웠다.

"잠깐만요. 가서 진상을 밝히시려는 겁니까?"

"안 밝히면? 자미 말대로 늦기 전에 손을 써야 해. 얼버무리다 간 내가 새아랑 혼인하게 생겼다고!"

영기가 생각해도 확실히 상황이 심상치 않았다. 현재 혼담이 오갈 만한 조건의 황자라면 영기 본인 말고는 육황자뿐이었다. 하지만 요 며칠 새아와 동행했던 황자는 자신밖에 없질 않은가. 바러번이라면 공주인 새아의 짝으로 황자를 원할 터였다. 영기는 아무리 생각해도 새아의 신랑감으로 자신이 지목될 가능성이 제일 높은 것 같았다.

"더 늦으면 정말 꼼짝달싹 못 할 거야."

이강 역시 영기의 초조한 마음을 모르지 않았지만, 진상을 밝히는 건 섣불리 행동으로 옮길 일이 아니었다. 지금까지의 사정을 차근차근 하나씩 설명해야 하는데, 과연 건륭에게 이 긴긴 사연을 듣고 이해할 시간이 있을 것인가. 듣고 소화할 심적 여유 또한 있을 것인가. 서장 왕이 하루걸러 한 번씩 행사를 제안하는 실정이었다. 이처럼 정신없이 바쁜 와중에 진상을 밝히는 건 자신들에게 불리했다. 이강이 상황을 냉철히 분석하자 이태도 거들고 나섰다.

"형 말이 맞아요. 폐하께는 분명 충격적인 이야기일 텐데, 폐하께서 어떤 반응을 보이실 줄 알고 덜컥 밝히시려는 거예요. 더군다나 지금은 서장 왕까지 내방한 터라 더더욱 경황이 없으실 거예요. 이 얘긴 서장 왕이 돌아간 뒤에 하세요."

영기는 눈앞이 캄캄했다. 묵직한 무언가가 머릿속을 짓누르는 듯했다. 조바심에 언성이 더욱 높아졌다.

"몇 번을 말해, 그럼 늦는다고! 서장 왕이 떠나기 전에 혼례를 치른다잖아!"

걱정스레 지켜보던 금쇄도 슬며시 앞으로 나와 의견을 꺼내 놓았다.

"황자님, 저희도 영비마마께 전해 들은 이야기라 정확한 소식 인지는 잘 몰라요. 그러니 먼저 확인부터 해 보시고, 사실이 확실 해지면 다시 의논하시는 게 어떨까요?"

이강이 금쇄의 말에 동의하듯 고개를 끄덕였다. 문득 지난 일을 되짚어 보니, 매번 감정에 앞서 정황을 충분히 파악하지 못했던 경우가 많았다.

"이번 일은 일단 한번 그르치면 결코 돌이킬 수 없습니다. 황자님, 우선 사실 여부부터 확인해 보시지요."

흐트러진 정신을 겨우 수습한 영기가 단박에 몸을 돌려 바깥으로 달려갔다.

얼마간의 시간이 흐른 후, 영기가 수방재 안으로 허겁지겁 뛰어 들어왔다.

"혼례를 올리는 건 맞는데, 신랑은 이강이래."

장내가 또 한 번 발칵 뒤집혔다.

"저요? 황자님이 아니라요?"

이강은 믿을 수 없다는 듯 되물었다. 검은 눈동자가 충격에 흔들렸다.

"그래, 너. 원래는 내가 내정되어 있었는데 바러번이 번복했다더라. 새아가 널 마음에 둔 모양이야."

사실 건륭은 바러번의 청을 받고 처음엔 거절을 했었다. 일찍이 이강을 제비의 짝으로 꼽아 두고 있었기 때문이다. 하지만 바러번은 이에 굴하지 않고 거의 위협조로 성화를 부렸다. 건륭은 고민에 빠졌다. 제비를 생각하면 아쉬운 마음이 들긴 했지만, 이강과 새아가 혼인을 한다고 해서 자신이 잃는 것은 없었다. 그리고 끝내 국익을 택했다.

"너희 아버지가 숙고해 주십사 말씀을 올렸더니 아바마마께서 진노하셨대. 이미 결정된 사안이니 어명을 받들라고……."

순간 다리에 힘이 풀린 자미가 의자 위로 털썩 주저앉았다. 안색이 보기에 안타까울 만큼 창백했다. 서둘러 자미를 부축한 금쇄가 목소리를 높였다.

"이제는 이것저것 따질 상황이 아닌 거죠? 아가씨, 시기가 좋든 나쁘든 간에 더는 지체하시면 안 돼요. 어서 가서 폐하께 전부 말씀드리세요. 결국엔 알게 되실 일이잖아요. 매도 먼저 맞는 게 낫다고, 오늘 당장 진상을 밝히세요. 그렇지 않으면 오해가 쌓여서 큰일이 생기고 말 거예요!"

영기도 금쇄의 말에 맞장구를 놓았다.

"우린 매번 이런 식이었어. 이래저래 상황을 재고 머뭇거리다 기회를 놓치고, 결국 오늘 같은 지경에 이른 거잖아."

지금까지 마주한 문제들은 하나를 가까스로 넘기면 그다음 것이 더욱 거세게 몰아치는, 한도 끝도 없이 밀려드는 파도와 같았다. 우유부단한 태도로는 문제를 근본적으로 해결할 수 없을 터였다. 뿌리를 뽑지 않고 과연 언제까지 버틸 수 있을까. 당장 오늘 아니면 내일, 자신들이 전혀 통제할 수 없는 최악의 조건에서 비밀이 폭로될지도 몰랐다. 영기가 힘주어 덧붙였다.

"금쇄 말이 맞다. 결국 아바마마도 알게 되실 일이야. 시기가 안정적이진 않지만 이것도 하늘의 뜻이라 여기고 이제 그만 진상을 밝히자."

자미의 눈길이 제비를 향해 있었다. 넋이 나간 얼굴은 여전히 희게 질려 있었다. 달싹이는 자미의 입술 사이로 들릴 듯 말 듯 조용한 목소리가 흘러나왔다.

"생각 좀 해 보고요……."

"뭘 자꾸 생각해 본다고 그래! 이렇게 생각만 하다간 이강은 서장 부마, 넌 후궁 마마가 되고 말 거라고. 됐어, 생각 같은 거 이제 그만해. 결국 나 지켜 주려고 이러는 거 아냐. 나도 더는 못 참아. 결심했어, 가서 전부 말해 버릴 거야."

자리에서 벌떡 일어난 제비가 문밖으로 뛰어가며 소리쳤다.

"뒷일이야 어떻게 되든 그건 그때 가서 생각할래. 까짓거, 한 번 죽지 두 번 죽을까!"

제비의 등 뒤로 여러 목소리가 따라왔다.

"제비야, 어디 가려고?"

"어서방에요, 아바마마 뵈러!"

"기다려, 갈 거면 같이 가자!"

다급히 몸을 돌린 영기가 이강의 어깨를 잡고 묵직한 당부를 건넸다.

"이강, 정신 바짝 차려야 한다. 더는 숨길 수 없으니 다 같이 아바마마를 뵈러 가자. 제비는 저 상태로 설명도 못 해."

이강은 고개를 끄덕이고서 곧장 자미의 손을 이끌고 제비의 뒤를 쫓았다. 영기와 이태, 금쇄도 달음박질로 수방재 앞뜰을 빠져나갔다.

제24장

　그 시각 어서방은 비어 있었다. 건륭은 어화원에서 바러번과 새아에게 정원 곳곳을 소개하는 중이었다. 황후와 영비를 비롯한 후궁들이 건륭의 뒤를 줄줄이 따랐다.
　"바러번, 이제 우린 사돈이나 마찬가지요. 짐이 오늘 저녁에 연희를 마련했으니 함께 보십시다."
　바러번은 건륭의 제안에 반색하며 곧장 새아에게 당부했다.
　"새아야, 중원의 언어를 더욱 열심히 배우거라. 장차 청나라 황실의 며느리가 되려면 이곳의 문화 또한 익혀야 한다. 이제부터 시작이니 오늘 공연을 잘 보아 둬, 알았느냐?"
　"알겠어요. 여기 여자들은 사람만 보면 무릎을 꿇던데 그것도 배워야 하죠? 으, 이상해."
　새아는 스스러운 기색 없이 마냥 들떠 대답했다. 영비가 입을 가리고 웃으며 건륭에게 나직이 속삭였다.

"새아공주는 우리 환주공주와 비슷한 점이 많네요. 아마 좋은 벗이 될 거예요."

그 말에 황후는 대놓고 코웃음 쳤다. 언짢아진 건륭이 황후 쪽으로 눈을 흘기었다.

바러번이 건륭에게 물었다.

"환주공주라면, 폐하께서 복이강과 맺어 주려 했다던 그 따님 말씀입니까?"

"그렇소."

바러번은 더없이 흡족한 듯 큰 소리로 웃으며 새아를 보았다.

"새아야, 안목이 좋구나! 네가 택한 용사는 청나라 공주에게서 빼앗은 자이니 사납게 굴지 말고 잘 대해 주거라!"

"하나도 안 사납거든요!"

발끈 대꾸한 새아가 다짜고짜 서장 말을 쏟아 내기 시작했다. 새아는 본인의 혼담이 오가는 앞에서도 수줍음을 타기는커녕 되레 적극적인 태도로 대화에 참여했다. 알아들을 수 없는 낯선 언어와 이국 공주의 당돌한 태도에 건륭을 비롯한 청나라 황실 사람들은 저마다 어쩔 수 없는 이질감을 느꼈다. 누군가는 신기하게, 누군가는 불편하게 그 상황을 바라봤다. 그때 날카로운 목소리 하나가 날아들었다.

"아바마마, 드릴 말씀이 있어요! 새아한테 이강을 주시면 안 돼요!"

난데없이 나타난 제비가 주변의 시선에도 전혀 아랑곳하지 않고 쏜살처럼 달려왔다. 이강, 이태, 영기, 자미, 금쇄도 저만치서 다급한 걸음으로 뒤쫓아 오고 있었다.

이를 본 사람들의 낯빛이 하얗게 변했다. 바러번은 당혹감으로 눈썹이 치올라 갔고, 새아는 즉각 전투태세를 취했다.

"저 공주입니까?"

바러번이 물었지만 건륭은 대답하지 못했다. 화가 머리끝까지 난 건륭이 불같이 호통하였다.

"실성한 것이냐? 체통 없이 예가 어디라고 소란을 피워? 할 말이 있거든 내일 해라!"

"내일은 안 돼요! 아바마마, 이강을 새아한테 주시면 후회하실 거예요! 어서 안 된다고 하세요! 서장 왕 딸이 자기 딸보다 더 귀한 건 아니시죠?"

애가 끓어 어쩔 줄 모르는 모습을 보고 사람들은 제비가 이강을 어지간히 빼앗기기 싫은 모양이라고 생각했다. 참다못한 황후가 제비를 비난하고 나섰다.

"버릇없는 것! 부끄러움을 몰라도 유분수지, 어찌 다른 공주와 사내를 두고 다툰단 말이냐? 폐하, 황실을 욕보이도록 계속 저리 두실 겁니까?"

건륭은 제비의 돌발 행동이 낯부끄러워 대번에 명령했다.

"여봐라, 환주공주를 붙잡아라!"

벽력같은 고함 소리가 장중에 울려 퍼졌다. 때마침 현장에 도착한 영기, 이강, 이태, 금쇄가 제비를 엄호하듯 옆으로 나란히 섰다. 건륭 앞으로 나아간 영기가 무릎을 꿇고 간청했다.

"아바마마, 아뢸 말씀이 있습니다. 송구하오나 잠시만 주위를 물려 주십시오!"

건륭은 어처구니가 없었다. 제비야 원래 그렇다지만, 영기의 행동은 그야말로 상상외의 것이었다. 벋쳐오른 화가 걷잡을 새 없이 극으로 치달았다.

"영기! 너는 어쩌자고 제비와 똑같이 구는 것이냐? 손님 있는 자리에서 아뢰긴 무얼 아뢔! 여기 있는 이들 모두 너보다 손윗사람이거늘 주위를 물리라니, 무엄하기 짝이 없구나!"

제비의 곁으로 다가간 자미가 완고한 팔을 잡고 제 쪽으로 당겼다. 지금은 저희들의 이야기를 차분히 전할 수 있는 상황이 아니었다. 황후와 비빈들, 바러번과 새아공주까지, 지켜보는 눈이 너무 많았다. 자미가 울음 섞인 목소리로 제비를 말렸다.

"마마, 지금은 때가 아닙니다. 폐하께서는 국빈과 함께 계세요. 그러니 아무 말씀 마시고 제발 돌아가세요. 금쇄야, 어서 마마를 모시자."

금쇄는 자미의 말을 따를 수밖에 없었다. 제 아가씨의 사연이 하루속히 알려지길 바랐던 눈에도 지금은 적절한 시기가 아니었던 것이다.

"마마, 자미 말대로 하세요. 이런 상황인 줄 몰랐어요. 우선 수방재로 돌아가셔서 다시 말씀 나누세요."

제비는 더욱 기를 쓰고 몸부림쳤다. 눈물이 그렁그렁 맺힌 눈이 건륭을 똑바로 보았다.

"안 돼, 지금 말하지 않으면 이강을 저 공주한테 빼앗긴단 말이야!"

새아는 자꾸만 자신이 언급되자 잠자코 있을 수가 없었다. 불쑥 앞으로 나와 선 새아가 카랑한 목소리로 제비를 도발했다.

"네가 환주공주구나. 시합 때는 나랑 목소리로 겨루더니, 오늘은 부마 때문에 덤비네? 좋아, 내 손에서 채찍을 빼앗으면 이강을 돌려줄게."

휙, 공중을 가르는 소리와 함께 날아온 채찍이 기어이 제비의 자존심을 건들고 말았다. 제비가 자미를 뿌리치고 곧장 새아에게로 돌진했다.

"서장엔 사내가 없어? 어디서 듣도 보도 못한 게 여기까지 와서 남의 남자를 빼앗아? 좋아, 싸워! 누가 겁난대?"

새아는 제비의 공격을 미처 피하지 못하고 거센 박치기를 정통으로 맞았다. 제비가 이토록 무지막지스레 달려들 것이라곤 예상하지 못한 터였다. 뒤로 벌렁 넘어진 새아가 바닥을 구르다 자연스럽게 일어나 섰다. 그리고 다시 무서운 기세로 채찍을 휘둘렀다.

제비도 물러서는 기색 없이 주먹을 날리고 발로 차고 머리로 들이받는 등 온몸으로 저항했다. 도둑이 도리어 매를 든다더니, 딱 그 꼴이었다. 제비의 가슴에서 뜨거운 화가 들끓었다.

갑작스레 벌어진 싸움판을 향해 건륭이 일갈하였다.

"이게 무슨 짓들이냐, 여봐라!"

건륭의 호령에 시위들이 우르르 몰려왔다. 그러자 바러번이 대뜸 팔을 뻗어 시위들의 앞을 막았다. 두 공주를 바라보는 바러번의 눈빛은 흥미로운 구경이라도 하는 양 빛나고 있었다.

"좋아요, 좋아. 환주공주는 참으로 씩씩하군요. 일등 공주예요! 자고로 딸은 저렇게 진취적으로 키워야 합니다. 둘이 해결하도록 두세요. 누가 대결에서 이겨 부마를 차지하게 되는지 지켜만 보십시오."

건륭은 경악할 노릇이었다. 바러번을 제외한 사람들 모두가 하나같이 놀라 어찌할 바를 몰랐다.

자미, 영기, 이강, 이태, 금쇄의 속이 바짝 타들어 갔다. 척 봐도 제비는 새아의 적수가 못 되었다. 뜯어말리고 싶은 마음이야 굴뚝같았지만 그럴 분위기가 아니었다. 그렇게 속수무책으로 바라보고 있는 사이 제비는 벌써 몇 차례나 채찍질을 당했다. 볶아치는 공격으로 궁지에 몰린 제비가 별안간 소리쳤다.

"나 안 할래! 멈춰, 멈추라고!"

제비가 꼬리를 내리는 듯하자 새아는 그제야 채찍을 거두고 물었다.

"네가 졌지?"

그때였다. "이야아아!" 하고 냅다 고함을 지른 제비가 번개처럼 새아를 덮쳤다. 넘어진 두 사람이 한데 뒤엉켜 바닥을 굴렀다. 잠시 후 새아 위로 올라탄 제비가 두 손으로 새아의 목을 짓누르며 외쳤다.

"지긴 누가 져? 이게 바로 작전상 후퇴라는 거다! 네가 졌지? 어서 졌다고 말해!"

새아는 분통을 터뜨리며 뜻을 알 수 없는 서장 말을 마구 내뱉었다. 목이 졸린 새아가 곧 숨이 넘어갈 지경이 되자 제비는 승리를 예감하고 팔 힘을 살짝 풀었다. 그 틈을 놓치지 않고 새아가 제비의 손목을 콱 깨물었다.

"아아아!"

물린 곳이 아파 제비가 손을 마구 털었다. 그사이 자리에서 일어난 새아는 더욱 사정없이 제비에게 채찍을 갈기기 시작했다. 얼굴, 목, 팔, 다리……. 무차별 공격이 이어졌다. 깜짝 놀란 제비가 이리저리 피해 보았지만 채찍은 날아오는 족족 제비의 살갗을 후려쳤다.

자신을 두고 벌어진 싸움이 민망해서 이강은 더 이상 가만 지켜볼 수가 없었다. 빠른 몸놀림으로 제비의 앞을 막아선 이강이 날아오는 채찍을 손으로 낚아챘다. 단단히 움켜잡힌 채찍은 꼼짝도 하지 못했다. 이강이 목소리를 높였다.

"그만들 하십시오!"

새아는 이강을 보고 마냥 반가워 환하게 웃었다.

"당신이구나. 알겠어, 이쯤 해 두지 뭐."

마침내 채찍을 거두어들인 새아는 바러번의 곁으로 종종 달려갔다. 한편 제비는 채찍에 맞아 부어오른 얼굴이며 손등이며, 꼴이 말이 아니었다. 부리나케 다가온 자미와 금쇄가 얼른 제비를 일으켜 세웠다.

"됐다, 더는 소란 피우지 마라! 제비 너는 당장 수방재로 돌아가 반성하고 있어!"

만신창이가 된 제비를 보니 건륭의 마음도 가히 좋지는 않았다. 제비가 새아에게 죽기 살기로 덤빈 것은 이강을 많이 좋아하기 때문이라 여기며, 자신이 혼사를 너무 성급하게 결정한 것이 아닌가 하는 후회마저 들었다. 제비에게 미안한 마음이 들자 목소리도 한결 누그러졌다.

"가서 깨끗이 씻고 저녁에 연희를 보러 오너라."

제비가 못내 서러운 눈으로 건륭을 쳐다보았다. 얼굴이 눈물로 흠뻑 젖어 있었다. 금쇄와 자미가 양옆에서 제비를 붙잡았다. 제비는 알 수 없는 반발심에 절로 몸부림이 쳐졌다. 가슴 깊이 꾸역꾸역 눌러 담았던 말들이 목 밑으로 치밀었다. 끝내 이성의 끈을 내던진 제비가 답답한 심정을 악쓰듯 터뜨렸다.

"아바마마, 이강을 빼앗길 수 없는 건 저 때문이 아니라 자미를 위해서예요! 아바마마를 지키다 죽을 뻔한 자미한테 이강을 돌려주세요!"

건륭은 순간 정신이 멍해졌다.

"뭐? 그게 무슨 소리냐?"

건륭이 자신의 귀를 의심하며 되물었다. 무어라 답하려는 제비의 입을 자미가 얼른 틀어막았다. 하지만 건륭은 이미 큰 혼란에 빠진 뒤였다. 건륭의 시선이 제비를 잡아끄는 자미에게로 향했다. 시퍼런 호통이 장내에 울려 퍼졌다.

"이리 와! 와서 어떻게 된 일인지 똑바로 말해!"

그예 자미의 눈이 무너지듯 감겼다. 동시에, 제비를 붙잡은 두 팔에도 스르르 힘이 풀렸다. 제비가 자미를 뿌리치고 건륭 앞으로 달려가 무릎을 꿇었다. 아무것도 생각할 수 없었다. 눈물을 비처럼 쏟으며 제비가 소리쳤다.

"아바마마, 제가 거짓말했어요! 전 아바마마 딸이 아니에요. 공주는 제가 아니라 자미예요! 자미가 하우하의 딸이에요!"

"뭐, 뭐라고?"

건륭은 제비의 말을 들을수록 정신이 아득해졌다. 머릿속이 뒤죽박죽이었다. 황후와 영비의 얼굴이 충격으로 굳어졌고, 후궁들 사이에서는 연신 나직한 탄성이 터져 나왔다. 서로가 서로를 쳐다보며 어찌할 바를 몰랐다. 자초지종을 전혀 모르는 바러번과 새아는 그저 당황스러운 표정으로 눈앞의 상황을 지켜볼 뿐이었다.

자미는 이미 물이 엎질러졌다는 사실을 받아들이고 앞으로 나아갔다. 제비 옆에 무릎을 꿇고 앉은 자미가 슬픈 눈으로 건륭을 올려다보았다. 이어 흘러나온 목소리는 세상 맑고 부드러웠다.

"어미가 당부했습니다. 훗날 아버지를 뵙게 되면, 대명호반에 살던 하우하를 기억하시는지 꼭 여쭈어 달라고요. 어미에게 들은, 제비는 모르는 말도 있습니다. 부들이 제아무리 질기다 한들 반석을 움직일 수는 없으리……."

건륭이 순간 휘청거리며 뒷걸음질을 쳤다. 거의 넋이 나간 사람 같았다. 빌미를 잡았다 싶었던 황후가 표독한 기운을 띠며 앞으로 나섰다.

"폐하, 황실의 혈통을 능멸한 죄를 가벼이 넘기시면 안 됩니다. 대관절 하우하는 딸이 몇이나 있기에 너나 나나 대명호에서 온다는 말입니까. 저들을 종인부로 보내 조사하지 않으시면 망측한 소문을 막지 못할 것입니다."

건륭은 놀라 웅성거리는 좌중을 수습할 여유가 없었다. 우두커니 발 딛고 서 있는 자리조차 어디인지 의식할 수 없었다.

어화원에 있던 사람들이 어서방으로 장소를 옮겼다. 제비와 자미에게서 사건의 전말을 듣기 위함이었다. 상석에 앉은 건륭을 가운데 두고 황후와 영비가 양옆에 앉았고, 다른 비빈들은 그 뒤를 빙 둘러싸고 자리했다. 제비와 자미, 금쇄, 이강, 이태, 영기는 건륭 아래 꿇어앉은 채였다. 부름을 받고 급히 입궁한 복륜 내외가 황공스러운 얼굴로 젊은 아이들 뒤에 서 있었다. 가사 심판이나 다름없는 분위기였다.

제비는 그동안의 세세사정을 실토하였다. 자미와 어떻게 만났는지, 어쩌다 의자매를 맺었는지, 왜 자신의 성을 하씨라 했고 생일을 팔월이라 했는지, 어떻게 자미의 비밀을 알게 되었는지, 어쩌다 사냥터를 가게 되었는지, 왜 자미 본인이 아니라 제가 대신 물건을 전하게 되었는지……. 말을 마칠 때쯤 제비의 얼굴은 눈물로 범벅이 되어 있었다.

"일이 이렇게 된 거예요. 저는 그냥 자미를 대신해서 물건을 전하러 갔을 뿐이고요. 처음에는 제정신이 아니어서 바로 말씀드리지 못했고, 사실을 말하고 싶었을 땐 어떻게 해도 밝힐 수가 없었어요. 사실 공주가 아니란 말을 하긴 했어요. 아바마마한테도요. 그런데 아무도 믿어 주지 않았잖아요. 다들 공주가 아니라고 말하면 목이 달아난다고만 하니까 겁이 나서 더는 말을 못 꺼냈어요. 이래저래 미루다 보니 이 지경까지 온 거예요."

황후는 미워하던 이들이 감추어 왔던 문제가 적나라하게 드러나자 내심으로 쾌재를 불렀다. 어딘가 한층 당당해진 모습이었다. 제비의 이야기가 끝나고 가장 먼저 흘러나온 황후의 목소리는 몹시도 거만스러웠다.

"지금까지 말한 것이 전부 사실이냐? 내 보기에 너는 거짓으로 이야기를 꾸며 사람을 속이는 게 습관인 듯하구나."

황후는 제비가 주변 사람들과 짜고 또다시 건륭을 속이려 드는 것이라 주장했다.

"죽음을 코앞에 두고 수작 부릴 생각 마라. 자미가 공주라니, 그다음은 금쇄더냐? 황당하기 그지없구나! 폐하를 현혹하기 위해 가짜를 몇이나 준비하였느냐? 대체 무슨 음모를 꾸미고 있는 것인지 바른대로 고하거라!"

"뭐가 음모라는 거예요? 지금 사실대로 말하고 있잖아요!"

밑도 끝도 없는 의심에 제비는 버럭 언성을 높이고 말했다. 억울하고 기가 막힐 노릇이었다. 제비가 구원을 청하는 눈빛으로 건륭을 보았다.

"아바마마, 왜 말씀이 없으세요?"

가슴에 큰 타격을 입은 건륭은 아무런 말도 할 수 없었다. 제비와 자미를 향한 눈동자가 심정을 대변하듯 어지럽게 흔들렸다. 건륭은 지금 스스로의 입장조차 정리가 되지 않았다. 변화는 너무나도 급작스러웠고, 그 간극은 상상을 초월할 정도로 어마어마했다. 건륭이 감당할 수 있는 한계를 넘은 것이었다. '아바마마' 하고 부르는 제비의 목소리조차 심기에 거슬렸다. 가까스로 입을 연 건륭에게서 쉰 소리가 새어 나왔다.

"너희가 지금껏 짐을 가지고 놀았구나. 너희를 한없이 믿었건만, 이따위로 짐을 농락해! 방금 말한 이야기가 사실이라면 왜 자미가 입궁했을 때 바로 말하지 않았느냐!"

곧장 머리 숙여 절한 자미가 다시 고개를 들어 건륭을 보았다. 금방이라도 쏟아질 것 같은 눈물이 눈에 그뜩 들어차 있었다.

"폐하, 제비가 안전하리라는 보장도 없이 어찌 무턱대고 밝힐 수 있었겠습니까. 제가 딸이라고, 너무나 말하고 싶었지만 제비를 죽음으로 내몰 수는 없는 노릇이었습니다. 제비는 감정에 휩쓸려 공주가 되었지만 저마저 그리해서는 안 되었습니다. 군주를 기만하는 일이 얼마나 큰 죄인지 알기에 감히 입에 올릴 수 없었습니다. 하지만 폐하께서 제 어미에 관해 물으시면 매번 암시해

드렸습니다."

자미의 해명을 듣고 황후는 건륭이 또다시 설득을 당할까 봐 불안해졌다. 시꺼멓게 독이 오른 눈으로 건륭을 쳐다보며 황후가 목소리를 곤두세웠다.

"폐하, 공주는 제비가 아니라 자미라는 저 황당무계한 말을 믿으십니까? 모두 저들이 꾸며 낸 이야기입니다. 실수를 되풀이하셔서는 안 됩니다. 서장 왕이 안 것만으로도 충분히 수치스러운 일을 세상 사람들의 입방아에까지 오르내리게 하시렵니까?"

황후가 자꾸만 갈등을 부추기자 이를 보다 못한 영비가 조용히 토를 달았다.

"황후마마, 이 일은 폐하께 맡기시지요. 누구보다도 폐하께서 가장 잘 아실 겁니다."

"자네 지금 그걸 말이라고 하는가? 처음에 내 분명 제비는 공주가 아닐 것이라 일렀거늘, 저 애의 눈매가 폐하를 닮았다며 알랑거린 게 누구지?"

황후가 분한 마음을 노골적으로 드러내며 영비를 앙칼지게 노려보았다. 매서운 표정처럼 말소리도 살벌했다.

"군주를 기만한 제비는 물론, 저것이 황실의 혈통을 능멸하도록 부채질한 이들 역시 죽음으로 죗값을 치러야 할 것이네. 한데도 자네 그 세 치 혀는 여전히 분수를 모르고 너덜대는가?"

영비가 흠칫하였다. 사리에 어긋나지 않은 말에 두려움을 느낀 영비는 고개를 숙이고 말을 아꼈다.

영기가 "아바마마!" 하고 외치며 바닥에 엎드렸다.

"소자 한 말씀만 올리겠습니다. 비록 아바마마께 진실을 숨기긴 했으나, 단언컨대 저희 중 누구도 나쁜 마음을 품은 적은 없습니다. 오히려 모두가 아바마마를 기쁘게 해 드리려 노력했습니다. 특히 제비와 자미는 어떻게 하면 아바마마께 웃음을 드릴까, 오로지 그 궁리만 했습니다!"

틀린 말이 아니란 걸 알지만 건륭의 화는 사그라지지 않았다. 건륭은 스스로도 이해할 수 없는 분노 속에 갇혀 있었다.

"복륜! 자네 집안사람들은 비밀을 알고도 왜 짐에게 말하지 않은 것인가!"

화들짝 놀란 복륜이 허리를 굽히며 대답했다.

"폐하, 아뢰옵기 황공하오나 이는 불가피한 선택이었습니다. 진상을 밝히기엔 고려해야 할 점이 너무나 많았습니다."

복륜의 처도 한마디 거들고자 앞으로 나섰다. 앞뒤 사정을 무시한 채 마구 몰아세우는 황후와 짙은 적의로 그늘진 건륭을 보니 도저히 잠자코 있을 수가 없었다.

"폐하, 감히 한 말씀 올리겠습니다. 당초 저희도 자미의 신분을 두고 반신반의했습니다. 자미를 곁에 두고 보면서 천천히 알아 가는 수밖에 없었지요. 출궁한 제비가 자미와 만나는 것을 보고 나서야 이들의 사연이 진실임을 알았습니다. 그 후 고민 끝에 자미를 입궁시켜 두 공주가 함께 폐하를 모시도록 한 것입니다. 폐하, 폐하께서는 잃으신 것이 없습니다. 혹여나 조금이라도 폐하께 해가 갈까 저희 모두 숙려하고 경계했습니다. 폐하께 진실을 알리지 못했으나 이 역시 폐하를 위하는 마음이었습니다."

이강이 우렁우렁한 목소리로 제 어머니의 말끝을 달았다.

"폐하, 부디 숙고해 주십시오. 저희가 일가의 안일에만 급급했다면 공주가 바뀐 걸 알았을 때 자미를 죽여 비밀을 묻을 수도 있었습니다. 하지만 그렇게 하지 않았습니다. 자미를 먼 곳으로 보내어 폐하의 눈에 띄지 않게 할 수도 있었지만 그렇게 하지 않았습니다. 자미를 학사부에서 보살피고 입궁까지 시킨 건 소신의 개인적인 사정 때문이기도 하지만, 그보다 더 근본적인 이유는 폐하를 향한 자미의 마음 때문이었습니다. 저희 모두 그 마음을 막을 길이 없었습니다."

황후가 탁자를 세게 내려쳐 이강의 말허리를 끊었다.

"무엄하다! 복륜 일가는 영비와 서로 짜고 천하를 우롱했다. 이제 그 추악한 진실이 드러났음에도 반성을 하기는커녕 구구절절 폐하의 판단력을 흐리게 하는 말만 늘어놓다니, 만 번 죽어 마땅하렷다!"

황후가 고개를 돌려 건륭을 보았다. 눈빛에 서슬 퍼런 날이 잔뜩 서 있었다.

"신첩은 애초부터 환주공주가 수상했습니다. 하여 폐하의 미움까지 사 가며 충언하였지만 정작 폐하께서는 믿지 않으셨지요. 신첩도 더는 묵과할 수 없습니다. 폐하, 황당무계한 이야기에 또다시 농락당하시면 안 됩니다!"

말없이 좌중을 훑는 건륭의 눈 속에 슬픔과 분노가 서리서리 얽혀 있었다.

"황후 말이 맞소. 짐은 더 이상 너희들에게 속지 않겠다. 너희 이야기는 의심스러운 것투성이야. 짐은 한 마디도 믿지 않을 것이다."

제비는 치미는 울화에 눈물을 글썽이며 대꾸했다.

"아바마마! 왜 저희를 안 믿으세요? 자미가 아바마마의 친딸이라고요! 저야 어떻게 생각하시든 상관없지만, 대체 자미는 왜 부정하시는 건데요!"

이강도 답답하다는 듯 큰 소리로 덧붙였다.

"폐하, 순시에서 있었던 일을 떠올려 보십시오. 자신의 몸을 던져 칼을 막아 낸 힘이 무엇이었겠습니까? 자미가 했던 말, 했던 일들을 잘 생각해 보십시오. 저희 모두 옆에서 똑똑히 지켜보았습니다. 설마 폐하께서는 전혀……."

"폐하, 더 들으실 것 없습니다."

재차 이강의 말을 자른 황후가 건륭을 향해 목소리를 높였다.

"참으로 간사하기 그지없는 이들입니다. 자신들의 죄를 시인하지는 않고 폐하의 너그러운 성정을 이용하려고만 하지 않습니까. 어떤 죄목으로 어떻게 처벌할 것인지는 종인부가 결정할 것입니다. 저들을 종인부에 가두시지요."

영비는 종인부가 언급되자 등골이 서늘해지는 것 같았다. 그곳은 황족을 관리, 감독한다는 명목 아래 은밀한 악행이 행해지는 곳이었다. 일단 한번 들어가면 살아 돌아오리라는 보장이 없었다.

"폐하, 부디 숙고해 주십시오. 복륜은 집안 대대로 나라에 공을 세운, 폐하를 누구보다도 위하는 충신입니다. 더군다나 이강은 서장 왕의 부마로 뽑히지 않았습니까. 순간적인 감정 때문에 제 살을 도려내는 우를 범하시면 안 됩니다!"

"영비!"

황후가 노발하여 고함쳤다. 판에 끼어들 처지가 아닌데도 꼿꼿이 말을 거드는 영비가 황후는 몸서리나게 역겨웠다.

"그 입 다물지 못하겠는가! 간사한 혀를 자꾸만 굴리는 걸 보니 저들과 함께 종인부로 가고 싶은 모양이군!"

"그만들 하시오!"

건륭이 소매를 털며 자리에서 일어났다. 황후와 영비 사이에 큰소리가 오가자 그러지 않아도 어지럽던 머리가 지끈지끈하기까지 했다. 혼란스러운 정신을 애써 부여잡는 얼굴에 침통한 기색이 역력했다.

"여봐라, 자미와 제비를 당장 종인부에 가두어라! 복륜 일가는 학사부로 돌아가서 다음 명을 기다려라."

건륭의 명이 떨어짐과 동시에, 꿇어앉아 있던 이들의 표정이 참담하게 일그러졌다. 모든 것이 끝났다고 생각한 제비의 입에서 처절한 절규가 터져 나왔다.

"아바마마, 제 목을 자르세요! 이따위 머리, 필요 없어요! 전부

다 제 잘못이에요. 제 욕심 때문에, 제가 유혹을 못 참아서 아바마마랑 자미를 속였어요. 그런데 자미는 무슨 죄예요? 저희 둘을 종인부로 보내시는 건 둘 다 죽이시겠다는 거예요? 어떻게 이러실 수 있어요!"

울며불며 앞으로 기어간 제비가 건륭의 용포 자락을 움켜쥐고 흔들었다.

"아바마마, 정신 좀 차려 보세요! 자미한테 무슨 잘못이 있냐고요! 제 머리 하나로는 부족하세요?"

건륭이 제비와 자미를 가리키며 소리쳤다.

"여봐라, 저 둘을 붙잡아라!"

"폐하, 통촉하여 주십시오!"

이강이 몸을 세우고 앞으로 나섰다. 얼굴은 하얗게 질려 있었으나 건륭을 올려다보는 눈빛은 매서웠다. 건륭은 손가락을 이강의 얼굴 쪽으로 내지르며 호통하였다.

"감히 반항하는 것이냐! 네가 서장의 부마로 뽑혔어도 짐은 봐주지 않는다! 너희 모두……."

이강을 가리키던 손이 복륜 내외와 제비, 자미 등에게로 부들부들 옮겨 갔다.

"황실을 능멸하고 세상을 속인 죄, 죽음으로 대가를 치러야 할 것이다!"

소스라치게 놀란 복륜이 다급히 이강의 옷자락을 잡아당겼다. 더는 나서지 말라는 뜻이었다. 이강은 가슴이 바짝 타들어 갔다.

한쪽에선 나이 든 부모가 자신을 말리고, 다른 한쪽에선 자미와 제비가 죽음의 구덩이로 나아가고 있었다. 이강의 이마에서 식은 땀이 솟았다.

순식간에 몰려 닥친 시위들이 제비와 자미를 붙들었다. 혹여 이강이 반발이라도 할까 걱정이 된 자미가 재빨리 고개를 들고 목소리를 내었다.

"대인, 부인, 이강, 이태, 그동안 돌보아 주셔서 고맙습니다. 아무쪼록 건강하세요."

자미는 다시 고개를 돌려 건륭을 바라보았다.

"폐하, 한 말씀만 올려도 되겠습니까."

"말하라."

건륭은 격한 분노에 휩싸인 와중에도 어쩐지 자미의 청을 물리칠 수 없었다.

"폐하께 한 점 부끄럼 없는 제 진심은 하늘이 알고 땅이 압니다. 어미가 하늘에서 기다리고 있을 테니 죽음이 두렵거나 외롭지도 않습니다. 하지만 폐하, 지난번에 분명 저와 약속하셨습니다. 제비가 무슨 잘못을 저지르든 살려 주신다고요. 군주는 허언을 하지 않는다 하였습니다. 또한 많은 사람이 보고 들었습니다. 그러니 절 죽이시고 제비는 살려 주세요."

건륭이 잠시 멈칫하였다. 자미의 가슴에서 칼을 뽑아 내던 그 날의 장면이 눈앞에서 생생히 되살아났다.

그때 자지러지는 울음소리가 장내에 울려 퍼졌다.

"아가씨! 아가씨, 무슨 말씀을 하시는 거예요! 아가씨 목숨으로 제비를 살리시다니요!"

자미의 옷을 꼭 붙들고 애통히 울부짖던 금쇄가 건륭을 향해 애원했다.

"폐하, 누군가의 머리가 떨어져야만 화가 풀리신다면 노비의 목을 베십시오! 노비는 하씨 집안의 은혜를 입은 하녀입니다. 작년에 돌아가신 마님의 손에 자랐으니 이 일과 아주 무관한 처지는 아닙니다. 노비가 대신 죽겠습니다. 제 목을 베시고 두 분은 살려 주세요. 두 분은 누구를 해치고자 한 것이 아니라 그저 폐하의 딸이 되고 싶었을 뿐입니다……."

금쇄의 호소에 비위가 사나워진 황후가 불같이 역정을 냈다.

"저것도 함께 가두어라!"

"예!"

대답과 함께 나타난 시위들이 금쇄를 양옆에서 붙잡았다.

이강, 이태, 영기의 시선이 공중에서 엉켰다. 충동적으로 나서지 말라며 서로 무언의 당부를 전하고 있었다. 지금으로선 어떤 말도 건륭의 화만 돋울 뿐이었다. 또한, 자칫 말실수라도 한다면 황후에게 빌미를 제공하는 결과를 낳게 될 터였다.

한편 세 소녀를 바라보는 건륭의 눈빛이 마음처럼 뒤숭숭했다. 제비가 밝힌, 아직 진위가 가려지지 않은 이야기를 듣고 난 후부터 건륭은 단 한 순간도 평온하지 못했다. 자신이 한때 아꼈던 저 소녀들을 지금도 사랑하는지 아니면 미워하는지, 판단할 수 없었다. 그저 이 시간이 답답하고 슬펐다. 지쳤다. 바람이 다 빠져 홀쭉해진 공에게 감정이 있다면 자신의 심경과 같지 않을까 싶었다.

건륭은 세 소녀에게서 눈을 떼지 않은 채로 말문을 열었다.

"누가 목을 베겠다고 하더냐. 무거운 죄를 저질렀으니, 죽음은 면한다 해도 이에 상당한 죗값은 치러야 한다. 너희 말이 사실인지 아닌지는 종인부에서 조사할 것이다. 더는 아무 말 말고 감옥에서 깊이 반성해라."

음성에 눅진한 울기가 배어 있었다. 건륭은 이번 일을 사사로운 감정으로 처결하지 않으리라 마음먹었다. 차마 자신의 마음을 믿을 엄두가 나지 않았다.

"끌고 가라!"

건륭이 시위들을 향해 손을 내젓자 깜짝 놀란 제비가 바동거리며 악을 썼다.

"아바마마, 이러면 후회하실 거예요! 자미랑 금쇄는 풀어 주세요! 얘들은 억울해요. 다 제가 잘못한 거라고요……. 아바마마, 남의 자식도 자기 자식처럼 사랑해야 한다고 가르치셨잖아요! 생판 남인 저도 딸로 받아 주셨으면서 자미한테는 왜 그러세요! 대체 왜 자미를 모르는 체하시는 거예요……."

금쇄도 건륭을 향해 애걸복걸하였다.

"폐하, 아가씨는 폐하께서 남기신 시와 그림을 가지고 있었습니다. 몸속에는 폐하의 피도 흐릅니다. 평생 눈물 마를 날 없었던 마님을 저승에서마저 통곡하게 하실 겁니까!"

저마다 느끼는 불안과 절망으로 분위기가 어수선한 가운데, 자미의 내면에서는 오히려 격한 감정이 사뭇 가라앉아 있었다. 자미가 점잖고 차분한 태도로 금쇄와 제비를 타일렀다.

"둘 다 너무 기운 빼지 마. 우리가 같이 있을 수 있으니 다행이지. 복은 함께 누리고 화는 서로 나누자."

말갛게 웃던 자미가 고개를 건륭에게로 돌리더니 청량한 목소리로 말했다.

"폐하께서는 워낙 높은 곳에 계시다 보니 세상에서 가장 평범한, 부모 자식 간의 정조차 잘 느껴지지 않으시나 봅니다."

건륭은 핏발 선 눈을 커다랗게 뜬 채로 입도 벙긋하지 못했다. 혼이 마구 뒤흔들리는 것 같았다. 자미에게서 떨어지지 못하는 건륭의 시선에 공연히 다급해진 황후가 들입다 호령하였다.

"끌고 가라! 모조리 끌고 가!"

시위들의 완력에 제비, 자미, 금쇄는 속수무책으로 끌려 나갔다. 이태, 이강, 영기는 무릎 꿇은 자리에서 옴짝을 못하고 애꿎은 이만 사리물었다.

끼익······. 기분 나쁜 쇳소리를 내며 감옥 문이 열리고 제비, 자미, 금쇄가 포악한 손에 떠밀려 옥중으로 들어갔다. 아까와 같은 소리를 내며 닫힌 문에 철컹하며 자물쇠가 걸리더니 이내 짤깍,

잠기는 소리가 들렸다. 제비가 철문 앞으로 달려가 쇠창살을 붙잡고 흔들어 댔다.

"내보내 줘! 난 갇히기 싫어, 싫다고!"

제비가 옥졸들을 향해 뻗은 손을 내두르며 말했다.

"내가 할 말이 있다 했다고 폐하께 가서 전해."

"폐하? 아서라. 이제 폐하는 평생 뵙지 못할 테니 여기서 죽을 날만 기다리시지."

코웃음을 치며 대꾸한 옥졸은 뒤도 돌아보지 않고 바깥으로 나가 버렸다. 제비는 쇠창살에 매달려 서럽게 울기 시작했다.

"어떻게 이럴 수가 있어? 어떻게 이래? 믿을 수가 없어……."

자미와 금쇄가 제비의 양옆으로 다가왔다. 자미는 손수건을 꺼내어 연신 눈물을 닦아 주면서 나긋나긋 제비를 달랬다.

"울지 마. 속상해할 것도 없어. 이게 우리 운명이라면 받아들이자."

제비가 자미의 옷섶을 부여잡고 울먹였다.

"그럴 순 없어, 그러기 싫어!"

아무리 생각을 해 봐도 제비의 머리로는 이해가 되지 않았다. 사람이 어쩌면 이리 순식간에 매몰차질 수 있는 것일까. 진실을 숨겼다는 이유 때문에 그동안 즐거웠던 많은 기억들이 깡그리 묻혔단 말인가. 꼬리에 꼬리를 물고 이어지던 푸념은 막다른 후회에 다다랐다.

"전부 내 탓이야. 다들 오늘은 때가 아니니까 아무 말 하지 말라고 했는데 내가 귓등으로 흘렸잖아. 만날 조급하게 굴고 덜렁 대더니 결국은 너희까지 위험으로 몰아넣었어…….”

잠자코 듣던 금쇄도 밀려드는 죄책감을 못 이기고 울음을 터뜨렸다.

"아니에요, 내가 제일 잘못했어요. 매도 먼저 맞는 게 낫다면서 모두를 부추겼잖아요. 다들 정신이 없으니 내가 말렸어야 했는데 그러기는커녕 되레 더 앞장서고…….”

눈물을 떨구는 제비와 금쇄를 자미가 두 팔을 벌려 꼭 끌어안았다.

"그만 울어, 뚝. 그저 올 것이 왔을 뿐이니까 괜히 너희 탓으로 돌리지 마. 생각해 봐, 오늘이든 다음이든 언젠가는 해야 할 말이었잖아? 어떤 선택을 했든 피할 수 없는 결과였어. 이렇게 함께 갇힌 덕분에 도란도란 이야기도 나눌 수 있고, 만약 단두대에 오르게 되더라도 서로 곁을 지켜 줄 수 있으니 난 오히려 다행이라 생각해. 너무 속상해하지 말고, 우선 저기로 가서 좀 앉자.”

자미는 여전히 울상인 두 사람을 데리고 구석에 놓인 볏짚 위로 자리를 옮겼다. 셋이서 나란히 앉으려는 찰나, 화들짝 놀란 금쇄가 펄쩍 뛰며 비명을 질렀다.

"바퀴벌레, 바퀴벌레가 있어요!”

제비가 고개를 숙여 보니 바퀴벌레 여러 마리가 바닥을 기어다니고 있었다. 제비는 놀라서 이리저리 피하다가 이내 신발을 벗어 들고 바퀴벌레를 때려잡기 시작했다. 한바탕 소동을 벌인

후 제비가 씩씩거리며 신세타령을 했다.

"재수가 없으려니 원, 바퀴벌레까지 나타나서 괴롭히네."

난리 통 속에서도 여유롭게 앉아 있던 자미가 고개를 들고 주위를 살폈다. 문득 함박웃음이 번진 자미의 입술 사이로 시 한 수가 흘러나왔다.

"방 안에 들어가니 사방이 벽이네. 머리 드니 생쥐, 숙이니 바퀴벌레."

자미가 제비 쪽으로 고개를 돌리며 말을 이었다.

"이제 보니까 제비 너, 앞을 내다보는 재주가 있었구나?"

눈물이 채 마르지 않은 눈으로 주변을 둘러보던 제비가 피식 웃음을 터뜨리더니, 동그랗게 오므린 손으로 자미의 어깨를 아프지 않게 때렸다.

"이런 상황에서 농담을 할 수 있는 사람은 너밖에 없을 거야."

건륭은 밤새 잠을 이루지 못했다. 본인 스스로도 이해하기 어려운 울분 속에 빠져서 헤어 나오지 못하는 중이었다. 가슴에서 타오르는 불길은 사그라들 기미를 보이지 않았다.

영비는 그런 건륭을 옆에서 잠자코 지켜보았다. 답답한 괴로움에 몸부림하는 건륭의 심정을 어렴풋이나마 알 것도 같았으나 무어라 선뜻 말을 꺼내기가 어려웠다. 건륭은 밤이 깊도록 잠을 청하지 못하고 흡사 우리에 갇힌 야수처럼 실내를 어슬렁거렸다.

영비는 자신에게 내려질 벌을 기다리며 눈빛으로 용서를 구했다.

"폐하, 심기가 불편하시면 속에 담아 두지 마시고 말씀하세요."

그제야 걸음을 멈춘 건륭이 고개를 들고 분노에 찬 눈길로 영비를 노려보았다.

"영비! 짐은 그대를 믿었소. 많은 후궁 가운데 그대만은 짐을 진정으로 이해한다고 여겼어. 황후가 아무리 모함을 해도 공공연하게든 암묵적으로든 짐은 늘 그대 편에 섰거늘, 그대는 복륜 일가와 짜고 짐을 기만해? 짐을 웃음거리로 만들었으니 앞으로 비빈들 사이에서 어찌 처신할 참이오?"

노기 서린 목소리가 무섭게 질책하였다. 영비는 건륭 앞에 무릎을 꿇고 눈물을 글썽이며 호소했다.

"폐하, 오해십니다. 맹세하건대 환주공주가 가짜라는 사실은 신첩도 오늘에야 알았습니다. 진즉 알았다면 간담이 백 개여도 감히 폐하를 속이는 일은 하지 못했습니다."

"이 사달이 나고도 시치미를 떼오? 분명 그대가 자미와 금쇄를 입궁시켰잖소!"

건륭의 역정에 덜컥 겁이 난 영비가 목소리를 높여 해명했다.

"폐하, 신첩이 입궁을 허락한 것은 사실이나 신첩 또한 폐하와 마찬가지로 자세한 사정을 몰랐습니다. 제비가 의자매를 입궁시켜 함께 지내고 싶다기에 그 청을 들어주었을 뿐, 결코 나쁜 의도는 없었습니다!"

"의도, 그놈의 의도! 짐을 곤경에 빠뜨리고도 그런 말이 잘도 나오는군!"

모두들 나쁜 뜻은 없었다며 입을 모았다. 피치 못할 사정이 있었다고, 그래도 그동안 즐겁지 않았느냐고. 마치 잘못이라고는 없는 양. 스무 살도 채 안 된 소녀들에게 농락당했다는 생각이 떠오를 때마다 건륭은 가슴에서 욱신거리는 통증을 느꼈다. 누가 진짜든 혹은 둘 다 가짜든 간에, 지금 가장 건륭을 아프게 하는 건 자신이 신뢰했던 이들에게 감쪽같이 속아 지냈다는 사실 그 자체였다. 아낌없이 쏟아 주었던 사랑과 믿음이 무참히 짓밟힌 느낌이었다.

무겁게 가라앉은 음성으로 심경을 내비치는 건륭 앞에서 영비는 고개 숙인 채 말이 없었다.

"가장 괘씸한 건 그들의 문란하기 짝이 없는 사생활이오. 하나는 천진난만한 척, 하나는 청순가련한 척하면서 뒤로는 사내들과 정을 나누고 있었어!"

건륭은 문득, 이 일을 감정적으로 판단해선 안 된다 했던 황후의 말이 쓰라린 가슴에 위안처럼 느껴졌다. 자신에게 모욕을 준 이들을 처벌하지 않고서는 속에서 타오르는 원망의 불길을 잡을 수 없을 것 같았다. 시시때때로 목 밑까지 끓어오르는 울분 때문에 건륭은 치가 떨렸다.

"공주 노릇은 종인부에서나 하라지!"

건륭의 모순된 감정과 난처한 입장, 진상이 밝혀진 후 느꼈을 충격, 지금껏 속았다는 사실을 알고 받았을 상처까지 영비는 그 모든 걸 이해하고 있었다. 건륭이 이렇게나 넌더리를 치는 건 아마 마음으로 정해 놓았던 자미의 지위 때문이리라. 후궁으로 염두에 두었던 이가 공주였다는 사실은 영비에게도 여간 충격적인 일이 아니었다. 하지만 지독히도 꼬여 버린 심사를 푸는 일은 결국 건륭 본인만이 할 수 있는 일이라 영비는 시선을 내리깔고 말을 아꼈다. 감옥에 갇힌 자미와 제비를 떠올리니 마음이 안쓰럽기 그지없었다.

날이 밝자마자 이강과 영기가 건륭을 찾아와 뵙기를 청했다. 둘 다 한숨도 못 잔 탓에 하룻밤 사이 퀭해진 모습이었다. 잠시 후 건륭이 나타나자 두 사람은 동시에 무릎부터 꿇었다. 영기가 단도직입으로 말을 꺼냈다.

"소자와 이강, 연모하는 여인들을 구하러 왔습니다. 순시를 다니는 동안 아마 저희의 행동이 이상하다 여기셨을 겁니다. 실은 소자와 제비, 이강과 자미는 서로 끌리는 마음을 어쩌지 못하고 생사를 함께하기로 약속했습니다. 부디 제비와 자미의 좋은 점을 생각하시어 잘못을 용서해 주십시오. 아바마마, 제발 두 사람을 풀어 주십시오!"

영기가 절절히 꺼내 놓은 속말이 또 한 번 건륭에게 큰 타격을 입혔다. 순간 부아가 치민 건륭이 눈을 부릅뜨고 두 청년을 노려보았다.

"끌리는 마음을 어쩌지 못해? 생사를 함께하기로 했어? 궁중 여인에게 정조를 지키는 일이 얼마나 중요한지 모르느냐? 수방재에서 밤마다 술자리를 벌인다더니, 황후의 말이 사실이었군. 짐은 듣고도 믿고 싶지 않아 일부러 모른 척까지 했거늘, 너희는 뭐가 그리 당당해서 구태여 짐에게 달려와 이따위 말을 지껄이는 것이야! 원래의 죄목에 음란죄까지 덧붙여진 마당에 저들이 용서받을 수 있을 성싶으냐?"

이강이 목청을 돋우어 진심을 호소했다.

"폐하, 우선 분명히 말씀드릴 것이 있습니다. 소신과 자미, 황자님과 제비는 결코 도리에 어긋나는 행동을 하지 않았습니다. 두 여인 모두 순결무구한데 어찌 음란하다고 말씀하십니까!"

"순결무구하다? 사사로운 마음에 이끌려 사내와 덜컥 정을 나눈 여인들이 어떻게 순결하다는 말이냐?"

"폐하, 본디 마음이란 인위로 통제할 수 있는 것이 아니잖습니까. 매사를 도리, 법도, 규율대로만 행동할 수 있었다면…… 아마 '황제의 딸' 이야기는 생겨나지 않았을 것입니다. 제비를 공주로 오해하는 일이 없었을 테고 아니, 애초에 자미는 존재하지도 않았겠지요. 그랬다면 소신과 오황자님도 지금처럼 고통과 절망에 허덕이지 않았을 것입니다."

이강의 말이 구구절절 건륭의 심장을 찔렀다. 양심의 가책은 곧 무분별한 분노로 변했다. 건륭이 탁자를 쾅 내려치며 크게 고함쳤다.

"무엄하다! 네 말은 이 모든 게 짐의 탓이란 뜻이냐?"

이강은 날바닥에 이마를 대고 못다 한 말을 이어 갔다.

"폐하께서도 젊은 시절 한 여인에 대한 마음을 어쩔 수 없으셨습니다. 바로 그 마음으로 인해 오늘날 무고한 두 여인이 감옥에 갇혔습니다. 저들이 저지른 가장 큰 잘못은 거짓말을 한 것이 아닙니다. 어느 누가 살면서 거짓말 한 번 하지 않았겠습니까. 저들의 잘못은 서로 아버지의 사랑을 받고 싶어 했다는 것입니다. 폐하, 공주를 잘못 아신 건 그다지 대수로운 일이 아닙니다. 공주를 잘못 죽이시는 것이야말로 두고두고 후회하실 일입니다!"

분개한 건륭이 자리를 박차고 일어나 손가락을 내질렀다.

"감히 짐을 질책하다니, 네가 아주 겁을 상실했구나! 서장 부마로 선택되지 않았다면 너 또한 중벌로 다스렸을 것이다!"

이강은 다시금 바닥에 이마를 찧으며 단호히 대답했다.

"폐하, 소신은 새아공주와 혼인할 수 없습니다!"

"어명을 거역하는 것이냐!"

건륭이 믿을 수 없다는 눈으로 이강을 내려다보았다. 여태껏 단 한 번도 자신의 말에 토를 단 적 없던 이강이었다. 분위기가 험악해지자 영기가 다급히 끼어들었다. 영기의 목소리에 서글픈 심정이 고스란히 배어 나왔다.

"아바마마, 이강의 마음속엔 자미 한 사람뿐입니다! 정을 중시하시는 아바마마께서 어찌 그 마음을 몰라주십니까? 왜 저희의 감정을 갸륵히도, 가엾게도 여겨 주지 않으십니까?"

마냥 효성스럽고 충직하기만 했던 아들과 신하가 유례없는 반기를 들고 나서자 건륭은 얼굴이 새파랗게 질렸다.

"무엄하다! 너희가 정녕 목이 잘리고 싶은 것이냐? 나가라. 제비와 자미 일은 짐이 알아서 처리할 것이다. 이 시각부로 어떤 발언도 용납하지 않겠다. 지금 당장 나가지 않으면 너희 둘도 가차 없이 하옥시킬 것이다. 나가!"

좌절한 영기와 이강의 시선이 허공에서 만났다. 닿지 않길 바랐던 막다른 길에 이르러 있었다.

그날 밤 자미, 제비, 금쇄는 영문도 모른 채 어딘가로 끌려갔다. 옥졸들의 손에 거의 떠밀리다시피 들어간 곳은 으스스한 냉기로 가득 찬 방이었다. 제법 널찍한 공간 안에 쇠사슬과 쇠고리, 갖가지 형구들이 널려 있는 것을 보고 셋은 자신들이 지옥에 왔다는 사실을 깨달았다.

속없이 환한 횃불 아래, 관원 하나가 기다란 탁자를 앞에 두고 앉아 있었다. 그 뒤를 병풍처럼 둘러싼 관병들이 살기등등했다. 탁자 위에는 붓과 먹 그리고 세 장의 종이가 나란히 놓인 채였다. 앉아 있던 관리가 직사각형의 두툼한 나무 막대로 탁상을 내리치며 다짜고짜 호통을 쳤다.

"요망한 계집, 가짜 공주 노릇을 하며 폐하를 암살할 기회만 노렸지? 필시 배후가 있으렷다. 바른대로 말해!"

금쇄는 귀에 익은 목소리에 눈을 들었다가 화들짝 놀랐다.

"어, 저 사람은……."

금쇄의 말을 듣고 자미도 정면을 바라보았다가 깜짝 놀라 덧붙였다.

"제비야, 오랜 지인이 나타났어."

제비의 시선이 단박에 앞으로 가 꽂혔다. 놀라움 반 의아함 반이었다.

"저 인간이 아직도 살아 있었네? 그나저나 어떻게 종인부에 있지?"

자미가 제비와 금쇄를 번갈아 보며 당부했다.

"마음의 준비를 하자. 설상가상으로 원수를 외나무다리에서 만나 버렸어."

"상은 무슨, 저놈이랑 마주친 건 벌 중에서도 최악의 벌이야."

제비가 부득부득 이를 갈며 대꾸했다.

세 소녀가 마주한 사람은 다름 아닌 양 대인이었다. 태상사 관원이자 제비가 신부로 위장해 숨어들었던 집안의 주인, 바로 그 양 대인을 이곳에서 만난 것이다.

소곤거리는 소리에 기분이 언짢아진 양 대인이 묵직한 막대로 다시 한번 세게 탁자를 내리쳤다.

"어허, 뭐라 중얼대는 것이냐? 잔말 말고 어서 수결(서명, 사인)이나 하거라!"

옥졸 몇 명이 각기 흩어져 세 소녀를 붙잡더니 탁자 위에 놓인 종이 앞으로 데려갔다. 제비는 종이가 있는 방향으로는 눈길도 주지 않고, 양 대인을 보며 생뚱스레 깔깔대기 시작했다.

"양 대인, 남의 집 딸을 빼앗아서 며느리로 삼으려다가 꼴좋게 잃어 버렸지? 일은 잘 해결했나 몰라. 신부는 찾아서 돌려줬어?"

흠칫 놀란 양 대인이 제비를 자세히 살펴보았다. 가물가물하던 얼굴이 이윽고 선명하게 떠올랐다. 양 대인은 곧 자미와 금쇄마저 기억해 내고 길길이 날뛰며 고함을 질렀다.

"옳아, 너희였구나!"

아들의 혼사를 망치고 자신의 재물과 며느리 될 사람을 빼돌린 이들이 제 발로 나타난 셈이었다. 양 대인은 더 이상 이것저것 물을 필요가 없어졌다. 당한 수모를 앙갚음할 절호의 기회였다.

"어디로 사라졌나 했더니 궁으로 기어들어 와 폐하를 기만하고 있었구나. 여봐라, 저것들을 매우 쳐라!"

양 대인의 명이 떨어지기가 무섭게 옥졸들이 채찍을 들고 세 사람을 때리기 시작했다. 채찍이 후리고 간 자리에 옷이 찢어지고, 그 아래 살갗에는 빨갛고 기다란 자국이 남았다. 날카로운 통증에 울컥한 제비가 악을 쓰며 양 대인에게로 달려들었다.

"너 이 개자식, 가만 안 둬!"

옥졸 몇몇이 발 빠르게 움직여 제비를 제압했다. 제비의 머리가 바닥에 내리눌리는 것을 보고 자미가 소스라치며 외쳤다.

"제비야, 지금은 참아야 해!"

기세등등해진 양 대인이 세 사람의 주위를 어슬렁거렸다.

"암, 그래야지! 밤이 늦었다. 너희한테 허비할 시간 없으니 어서 수결이나 해라. 그럼 볼일은 끝나."

옥졸들이 세 사람을 탁상 앞으로 떠밀었다. 제비는 검은 글자가 빼곡히 들어찬 종이를 보고 자미에게 물었다.

"뭐라고 쓰여 있어?"

"하자미, 제비, 금쇄 세 사람은 영비, 복륜 등과 모의하여 황제 폐하를 암살할 계획으로 입궁······."

적힌 글을 소리 내어 읽던 자미가 문득 말을 멈추었다. 곧이어 자미의 입에서 조롱기 다분한 웃음이 터져 나왔다.

"하, 이렇게 우스운 건 생전 처음 봐. 허튼소리도 정도껏이어야지······."

사뭇 앙칼진 태도에 당황한 양 대인이 버럭 화를 내었다.

"어허, 수결하라니까!"

제비가 "퉤!" 침을 뱉고는 욕을 퍼질렀다.

"숙이긴 뭘 숙여, 너나 숙여! 집에 가는 길에 뒤로 자빠져서 코나 깨져라! 아, 그리고 보니까 너희 집안 사람들 중에는 멀쩡한 인간이 하나도 없지? 이 개 대가리 돼지 몸통에 뱀 꼬리 달린 짐승만도 못한 놈들아!"

살아생전 듣도 보도 못한 욕설에 양 대인은 그 자리에서 노발대발하며 매질을 명했다.

"쳐라! 수결할 때까지 매우 쳐!"

몰인정한 채찍이 세 사람에게 마구잡이로 날아들었다. 고통을 참다못한 금쇄가 목소리를 높여 항의했다.

"때려서 거짓 자백을 받아 내려고요? 때려죽여도 그렇게는 못 해요! 우리 아가씨랑 제비가 어떤 분들인데, 나중 일이 겁나지도 않아요?"

당돌한 으름장이 귀에 거슬렸는지 양 대인이 금쇄에게로 바짝 다가갔다. 다음 순간, 양 대인의 흙 묻은 신발이 금쇄의 여린 등을 무자비하게 짓밟았다. "아아아!" 고통에 찬 비명이 실내에 울려 퍼졌다.

"어디 한번 보자. 너희가 누군데? 도술을 부리느냐? 신통력이라도 있어?"

빈정거리는 양 대인에게 자미는 흔들림 없이 당당한 태도로 반박했다.

"그런 건 없지만, 적어도 우린 정직해요. 아무리 때려도 거짓 자백은 못 해요. 안 해요, 죽어도 안 해요!"

양 대인은 콧방귀를 뀌더니 옥졸들에게 죄인들의 손을 붙잡아 강제로 수결하게 할 것을 명령했다. 꼭 이름이 아니더라도 인정한다는 표식만 남기면 된다며 다그쳤다. 명을 받은 이들이 세 사람의 팔목을 움켜잡았다. 힘으로 사내를 당해 낼 수 없었던 자미가 다급히 외쳤다.

"알겠어요, 할게요! 내가 해요."

옥졸이 팔을 풀어 주자 자미는 탁자로 다가가 붓을 집어 들었다. 잠시 후 종이 위로 내려앉은 붓끝이 순식간에 커다란 가위표를 그렸다. 이어 자미는 종이 뒷면에 '개소리'라고 적었다.
 철썩!
 소리와 함께 자미가 맥없이 나동그라졌다. 양 대인이 자미의 따귀를 때린 것이었다. 쓰러진 자미에게 양 대인은 냅다 발길질까지 해 댔다. 그 모습을 본 금쇄가 자지러지며 울부짖었다.
 "안 돼! 세상에, 이런 법이 어디 있어요!"
 제비는 옥졸들에게 붙들린 채로 양 대인을 향해 주먹을 휘둘렀다. 악을 쓰며 내지르는 소리에 실내가 쩌렁쩌렁 울렸다.
 "야, 이 때려죽일 놈아! 내가 오늘 일은 똑똑히 기억해 두었다가 반드시 복수할 거다! 조심해라, 네놈 몸뚱이에다 온통 구멍을 내 줄 거다!"
 "오냐, 기다리마. 수결이야 오늘 못 하면 내일 하고, 내일 못 하면 모레 하면 돼. 천천히, 충분히 괴롭혀 줄 것이다. 누가 이기나 두고 보자."
 양 대인이 비열한 웃음을 지으며 손을 내저었다.
 "내일 다시 심문하겠다. 끌고 가라!"
 상처투성이가 된 세 사람은 옥졸들의 손에 이끌려 고문장을 빠져나갔다.
 원래 있던 곳으로 버려진 제비, 자미, 금쇄는 저마다 옆에 있는 이의 몸부터 재빨리 살폈다. 조금이라도 통증이 진정될까 싶어 서로가 서로의 상처에 연신 입바람을 불어 주었다. 제비는 방금 전 참혹했던 시간을 떠올리고 왈카닥 울음을 터뜨렸다.

"아바마마가 왜 이러시는지 난 이해가 안 돼. 정말 우릴 죽이시려는 걸까? 순시를 다닐 때만 해도 매일 우리 때문에 기뻐하시고 우리한테 다정하셨으면서. 궁으로 돌아와서도, 법도 같은 거 신경 쓰지 말라고 하시면서 맛있는 음식을 잔뜩 내려 주셨잖아. 그렇게 자상하던 분은 어디로 가신 걸까."

잠시 생각에 빠져 있던 자미가 알 것 같다는 얼굴로 말문을 열었다.

"폐하도 우릴 생각하고 계실 거야. 다만 우리가 이런 일을 당하고 있다는 사실은 모르시는 것 같아. 잘 생각해 봐, 이건 폐하의 뜻이 아니야."

자미는 양 대인이 제시한 허위 진술서의 내용으로 미루어 돌아가는 상황을 짐작할 수 있었다. 이는 저희 셋과 복륜, 영비를 한꺼번에 제거하고자 하는 누군가의 소행일 터였다.

"용기 잃지 말자. 폐하께서 생각을 정리하시고 나면 우릴 구해 주실 수도 있어."

"그럴까요? 아가씨는 아직도 폐하를 믿으세요?"

금쇄는 저희들을 매섭게 내려다보던 건륭의 잔상이 머릿속에 남아 의구심을 떨칠 수 없었다.

허공을 바라보며 자미는 깊은 생각에 잠겼다.

폐하를 믿는가.

아니, 세상에 충만한 사랑과 참된 정을 믿는다.

몸을 돌린 자미가 곁에 앉은 두 사람을 양팔로 꼭 끌어안았다.

"우리 서로 의지하고 위로하면서 온기를 나누자."

한데 모여 붙은 세 소녀가 지친 몸을 지친 몸에 기대었다. 처량하고 비참한 마음은 쉬이 녹을 줄 몰랐다.

제25장

잠 못 드는 밤이 이어졌다. 건륭은 자신 앞에서 노래를 부르던 자미를 생각하고 있었다.

'산도 아득하고 물도 아득하여라. 산수가 아득하니 길마저 멀구나. 어젯밤을 기다리고, 오는 아침을 바랐건만 기나긴 기다림에 넋마저 사라지누나. 꿈도 아득하고 임도 아득하여라. 답답한 마음에 하늘마저 늙으니 노래는 노래가 아니요, 곡조는 곡조가 아니네. 세디센 바람비에 근심만 깊어지누나.'

건륭이 눈을 들어 허공을 바라보았다. 우하의 노래, 우하 마음의 소리였구나……. 우연히 듣고 깊은 감명을 받은 노래가 실은 자신을 기다리던 옛 연인의 슬픔과 원망과 그리움이었다니, 건륭의 두 눈이 무너지듯 감겼다. 가슴 한가운데가 저릿하였다.

까마득한 눈앞에 제비와 자미의 모습이 겹쳐 어른거리고, 두 개의 목소리가 서로 맞물려 귓가를 맴돌았다.

'아바마마, 사실대로 말할게요! 전 공주가 아니에요. 그러니까 그냥 보내 주세요!'

'아비는 아주 오래전, 앞날을 위하여 어미를 떠났다가 소식이 끊어졌습니다.'

'아바마마, 그럼 자미도 양녀로 거두세요!'

'어미는, 평생 한 사람을 기다리고 미워하고 그리워하고 원망했으나…… 그래도 하늘에 감사한다 하였습니다. 기다리고 미워하고 그리워하고 원망할 사람이 있었기에 삶에 의미가 있었노라고, 그조차 없었다면 인생이 마른 우물처럼 황폐했을 거라고요.'

'제 아버진 황제가 아니에요. 전 제 아버지가 누군지 아예 모른다고요!'

'나중에 제비가 어떤…… 잘못을 저지르더라도 부디 꼭 살려 주십시오.'

'아버지가 있는 게 이렇게 좋은 건 줄 몰랐어요. 아바마마, 이렇게 잘해 주시면 제가 아쉬워서 어떻게 떠나요!'

'폐하, 당혹스러우실 것 없습니다. 그것은 용기가 아니라 본능이었습니다.'

'최고로 좋은 아버지죠!'

'네, 자격은 없지만 저도 제비와 같은 말을 하고 싶어요.'

건륭 앞에 나타난 여러 명의 제비와 자미는 사라지지 않고 겹겹이 쌓여 갔다. 귀여운 제비, 사랑스러운 자미, 솔직한 제비, 단아한 자미, 활기찬 제비, 세심한 자미, 사랑하지 않을 수 없었던 제비, 어쩐지 마음을 아리게 했던 자미……. 두 소녀의 모습이 번개처럼 번쩍이고 목소리는 천둥처럼 뒤따라 울리기를 반복했다.

깨달음은 한순간의 일이었다. 건륭은 알 수 없는 이유로 불현듯 가슴이 저미고 시야가 물기에 흐려졌다. 한 손으로 이마를 받친 채 건륭은 자신의 내면으로 깊숙이 침잠해 들어갔다.

"폐하."

언제 왔는지 영비가 나지막이 건륭을 불렀다. 고개를 든 건륭이 멀건 눈으로 영비를 바라보았다.

"폐하, 홀로 괴로워 마십시오. 제비가 폐하를 닮았다며 바람을 넣은 신첩의 잘못이 큽니다. 벌을 내려 주십시오."

건륭은 망연스러운 표정으로 말문을 열었다.

"무슨 벌을 내리면 되겠소. 그대를 벌하오, 아님 짐을 벌하오."

이강에게 들었던 원망 어린 간언이 줄곧 건륭의 머릿속을 떠나지 않았다. 생각을 거듭할수록 그것이 아주 잘못된 말은 아니라고 여겨졌다. 이강의 말마따나 이 갈등의 시초에는 건륭 본인이 있었다. 자신이 우하에게 향하는 마음을 어찌지 못했기 때문에 지금의 이야기가 생겨났다는 걸 이제는 받아들일 수 있었다.

"이 일을 책임져야 할 사람이 있다면 그건 짐이지, 그 애들이 아니오."

영비의 열기 띤 시선이 건륭에게 머물러 붙었다. 마침내 생각이 트인 건륭을 보니 영비는 무거운 짐을 벗은 듯 마음이 홀가분하였다. 눈물마저 핑 돌았다.

"폐하, 마음의 문을 여신 것입니까. 하면 곧 엉킨 실타래가 풀리고, 어떤 것도 포용할 수 있으실 겁니다. 신첩은 부모 자식 간의 사랑이야말로 세상에서 가장 깊고, 변하지 않는 사랑이 아닌가 싶습니다. 폐하께 많은 자녀들이 있지만 자비와 자미처럼 폐하를 기쁘게 해 드리려 애쓴 이들은 없었지요. 두 아이를 아끼고 보듬어 주신다면 지금의 아픔 또한 행복이 될 수 있습니다."

영비가 진솔하게 전해 온 소신에 건륭은 가슴이 뭉클했다. 촉촉해진 눈이 놀랍다는 듯 영비를 바라보았다. 영비야말로 진정으로 자신을 이해해 주는 여인이라는 것을 건륭은 새삼스레 느꼈다. 하지만 종인부로 간 자미와 제비가 잔혹한 고신을 당하고 있는 줄은 꿈에도 생각지 못하고 있었다.

이튿날 세 소녀는 또다시 고문장으로 끌려갔다. 그리고 천장에서 아래로 늘어진 쇠사슬 세 개에 각각 매달렸다.

시린 살기를 내뿜는 옥졸들의 손에 통통 불린 채찍이 들려 있었다. 화롯불 속 달아오른 인두는 언제부터 그곳에 있었는지 섬뜩하도록 새빨갰다. 이를 본 금쇄는 심장이 덜컥 내려앉았다.

"이를 어째. 아가씨, 우릴 죽이려나 봐요."

사방을 둘러보고 큰 숨을 들이켠 자미가 사뭇 비장하게 입을 열었다.

"제비야, 금쇄야, 우리 용감해지자. 같은 날 태어나지 않은 우리가 한날한시에 죽을 수 있다면 그것도 복이야. 울지 마, 두려워할 것 없어. 우리 당당하게 죽음을 맞자."

자미의 말에 위안을 느낀 제비는 가슴 안에서 씩씩한 의지의 불씨가 되살아나는 것 같았다.

"그래! 금쇄야, 움츠러들지 마! 저것들이 우릴 여자라고 얕보게 해선 안 돼!"

바로 그때, 저벅저벅 가까워 오는 여러 개의 발소리가 들렸다. 잠시 후 양 대인이 관병들을 우르르 이끌고 고문장 안으로 들어왔다. 자리에 앉은 양 대인은 탁상에 놓인 나무토막을 습관처럼 쾅 내리쳤다.

"자, 다시 시작해 보자. 마음의 결정은 내렸느냐? 오늘은 수결을 할 것이야?"

"안 합니다. 때려죽이려거든 마음대로 하십시오. 수결만은 못 합니다." 자미가 단호하게 말했다.

"그놈의 수결, 너나 하셔! 하는 김에 자결도 해라. 종이랑 붓도 있겠다, 지금까지 네놈이 저지른 죄목을 낱낱이 적어서 그 밑에 수결하고 자결하면 딱 맞겠네."

제비가 던진 비아냥에 파르르 떨던 양 대인이 우락부락 고함을 내질렀다. 세게, 아주 세게 때리라는 명령이었다.

맹렬한 채찍질이 시작되었다. 얼마 지나지 않아 세 소녀의 옷은 너덜너덜해지고, 찢긴 천 사이로는 벌건 상처가 드러났다. 불시로 날아드는 날카로운 고통을 이기지 못하고 금쇄가 비명 같은 신음을 터뜨렸다.

"아! 아파…… 아!"

"금쇄야, 우리 노래를 부르자!"

자미가 큰 소리로 선창하였다.

"오늘 날씨는 화창해, 곳곳의 풍경도 아름다워라. 나비와 꿀벌이 분주하니 새도 구름도 따라 바쁘네. 말발굽 울림에 떨어지는 꽃마저 향기롭구나……."

아픔을 이겨 내기 위해 금쇄와 제비도 목청껏 따라 불렀다.

"앞에 가는 낙타 무리를 이루고 말방울 짤랑이네. 여기저기 노래 부르니 바람도 강물도 따라 부르네. 푸른 들 아득히 넓고 하늘은 파랗게 높구나……."

죽음을 목전에 두고도 노래를 부르는 모습에 양 대인은 적잖이 당황스러웠다. 이해할 수 없는 것에 대한 불안이 신경질을 일으켰다.

"아니, 이것들이 반성은 하지 않고……. 이 정도로 할 때 어서 수결해! 안 그럼 더는 봐주지 않을 것이다. 어서!"

다가온 관병 하나가 손에 든 거짓 진술서를 제비의 얼굴 앞으로 드밀었다. 세 소녀는 눈길 한 번 주지 않고 노랫소리만 더욱 키웠다.

"오냐, 원대로 해 주마. 여봐라, 저것들의 얼굴을 인두로 지져 버려라!"

옥졸들이 채찍을 내려놓고 화롯불에 달군 인두를 하나씩 손에 잡았다. 험상궂은 얼굴들이 서서히 다가왔다. 목숨에 대한 미련은 버렸다 여겼건만, 시뻘건 인두가 코앞으로 다가오니 덜컥 겁이 나는 마음은 세 사람 다 어쩔 수가 없었다. 그때였다.

"어명이오!"

바깥에서 들려온 목소리에 제비가 반색하며 소리쳤다.

"자미야, 들었어? 아바마마가 우릴 구하러 오셨어!"

"이제 살았어요! 폐하께서 우릴 버리지 않으실 줄 알았어요!"

금쇄는 눈물 괸 눈을 반짝이며 웃었다.

어명이라는 말에 흠칫한 양 대인이 허둥지둥 방향을 틀어 무릎을 꿇었다. 옥졸과 관병 무리들도 덩달아 꿇어앉았다.

자미는 반신반의하며 목소리가 들려온 쪽을 바라보았다. 금빛 두루마리를 든 영기가 이강, 이태를 대동하고 빠른 걸음으로 다가왔다. 그 뒤로도 낯익은 얼굴들이 보였다. 유청, 유홍이었다.

고문 현장으로 들어선 영기가 쥐고 있던 물건을 펴며 눈높이로 받들었다. 금빛 두루마리가 영기의 손에서 가로로 길게 펼쳐졌다.

"제비와 자미, 금쇄를 지금 당장 궁으로 들이라는 폐하의 명이시다!"

이강, 이태, 유청, 유홍이 쇠사슬에 묶여 있는 이들에게로 달려갔다. 현장을 목격한 순간부터 분노에 휩싸여 있던 이강은 철컥 검부터 뽑아 자미의 손목을 감은 철쇄 위로 휘둘렀다. '쾅!' 하는 굉음이 감옥을 뒤흔들었으나 철쇄는 끊어지지 않았다. 이강이 옥졸들을 노려보며 사납게 호통했다.

"당장 풀지 못할까!"

"잠깐 기다리십시오!"

이상한 낌새를 눈치챈 양 대인이 다급히 외쳤다.

"성지를 확인해 봐야겠습니다."

영기가 발끈하며 언성을 높였다.

"내가 누군지 모르느냐? 감히 사사로이 형을 집행하다니, 간이 부었구나! 네놈은 목숨을 내놓아야 할 것이다!"

영기의 말이 끝나기가 무섭게 이태가 검을 빼어 들고 관병들에게 내질렀다. 유청, 유홍도 무서운 기세로 옥졸들을 향해 돌진했다. 챙챙 부딪치는 쇳소리와 함께, 공격을 당한 이들이 푹석푹석 고꾸라졌다. 유청은 쓰러진 옥졸에게서 열쇠를 빼앗아 사슬에 물려 있는 자물쇠 세 개를 차례로 열었다.

"유청, 유홍! 너희가 어떻게……."

제비가 믿기지 않는다는 듯 유청과 유홍을 보았다. 유청이 나지막한 목소리로 짧게 인사했다.

"너희 구하러 왔지. 얘기는 나중에 하고 우선 밖으로 나가자."

이를 본 양 대인이 펄쩍 뛰며 고함쳤다.

"감옥이 습격을 당했다! 여봐라, 죄인들이 탈주하려 한다!"

결박에서 풀려난 자미, 제비, 금쇄가 두 다리에 겨우 힘을 주고 섰다. 세 소녀는 어수선해진 감옥을 휘둘러보다 영기 일행이 황명을 받들고 온 것이 아님을 깨달았다. 놀란 눈들이 서로를 쳐다보았다.

"어서 나가! 밖에 마차가 있어!" 유홍이 소리쳤다.

서둘러 그곳을 빠져나가려던 일행 앞에 새로운 관병 무리들이 몰려 닥쳤다. 영기, 이태, 이강, 유청, 유홍은 저마다 무기를 들고 관병들과 맞서 싸우기 시작했다.

제비는 양 대인에게 복수를 해야 한다는 생각에 퍼뜩 정신이 들었다. 없던 힘이 불끈 솟아, 몸에 난 상처마저 잊힐 정도였다. 제비가 옥졸에게서 검을 빼앗아 양 대인에게로 달려들었다. 양 대인이 기겁하며 제비를 피해 허둥지둥 달아났다.

"사, 살려 주십시오! 협녀님, 공주님, 여왕님, 보살님!"

양 대인이 악 소리를 지르며 감옥 안을 헤집고 다녔다.

"천왕님이라 불러도 소용없어!"

양 대인을 뒤쫓던 제비가 땅땅 으르며 검을 휘둘렀다. 동시에 양 대인의 소매가 찢기고, 베인 상처에서 핏물이 배어났다. 줄곧 복수를 벼르고 있던 제비는 분이 풀리지 않아 다시 한번 양 대인에게로 검을 내질렀다. 양 대인이 공포에 질린 채 가까스로 몸을 피했다.

"여왕님, 제발 살려 주십시오! 저 같은 놈은 귀하신 손으로 죽일 가치도 없습니다……."

약자 앞에서만 떵떵거리는 비겁한 태도에 제비는 더욱 치가 떨렸다.

"이 역겨운 놈! 몸뚱이에다 온통 구멍을 내 줄 테다!"

제비가 양 대인의 어깻죽지에 검을 찔러 넣었다. 그리고 아주 끝장을 보겠다는 듯, 검을 뽑아 넓적다리에 푹 내리꽂았다.

"아아아악!"

단말마적인 비명을 내지르며 나동그라진 양 대인이 경련하듯 몸부림을 쳤다. 그 와중에도 양 대인의 입에서는 구조 요청 소리가 쉴 새 없이 쏟아졌다.

"감옥이 습격을 당했다!"

한편 이강은 자미와 금쇄의 몸 상태가 심상치 않음을 알아차리고, 싸우는 것보다 밖으로 나가는 게 우선이라며 모두를 재촉했다. 영기가 부상을 입고 쓰러진 양 대인에게 다가가 위협조로 일렀다.

"애먼 이들에게 누명 씌우지 말고 똑똑히 봐 둬라. 감옥을 습격한 건 나 오황자다."

그런 다음 영기 일행은 즉각 고문장을 벗어났다. 이강은 기진맥진한 자미를 어깨에 둘러메고, 유홍은 금쇄를 업고, 영기는 제비의 손을 움켜잡은 채였다.

종인부가 쑥대밭이 된 그 시각. 건륭은 복륜, 부항, 기효람, 악민 등을 급히 처소로 불러들였다.

"며칠 전 궁에서 있었던 일은 아마 다들 들어 알고 있겠지. 지금 제비와 자미는 종인부 감옥에 갇혀 있네. 모두가 입을 모아 진짜 공주는 자미라고 하는데, 과연 그 말을 믿어도 될는지 모르겠어. 하여 자네들의 의견을 듣고자 이리 불렀네. 복륜은 자초지종을 가장 잘 알고, 다른 이들은 순시 때 두 아이를 가까이서 지켜보았으니 한마디씩 해 보게. 짐이 어찌하면 좋겠는가."

고개 숙인 채 선뜻 말을 꺼내지 못하는 대신들 사이에서 기효람이 먼저 앞으로 나섰다.

"아뢰옵니다, 폐하. 이번 일은 폐하의 가정사와 다름없으니, 어떤 결정을 내리시든 폐하께서는 소신들의 견해에 얽매이실 까닭이 없습니다. 그러나 신이 감히 한 말씀 올리자면, 비록 환주공주께서 폐하를 기만하는 우를 범했으나 이는 아이처럼 순진한 천성에서 비롯된 행동일 뿐 악의가 담긴 것은 아니었습니다. 그 점은 폐하께서 가장 잘 아실 것입니다. 공주께서 입궁한 후 폐하의 웃음이 끊이질 않으셨으니 그 공이 작지 않다 사료됩니다. 폐하, 무릇 왕법이란 세상 사람의 마음을 먼저 살필 줄 알아야 그 권위가 서는 것이라 하였습니다."

건륭은 저도 모르게 연신 고개를 끄덕였다.

"그럼 자미는?"

효람의 시선이 잠시 건륭의 눈동자에 닿았다.

"자미 소저는 순시를 다니는 동안 폐하를 살피는 일에 정성과 노고를 아끼지 않았습니다. 심지어 본인의 몸을 날려 자객의 칼을 막아 내기도 했지요. 그것은 아무나 할 수 있는 일이 아니었습니다. 당시 그 사건이 소신에게 깊은 인상을 남겼는데, 생각해 보니 이제야 이해가 됩니다. 그때 자미 소저가 말한 본능이란 아버지를 지키고자 하는 마음이었습니다. 물론 이 역시, 누구보다도 폐하께서 제일 잘 아실 것입니다."

건륭은 자신의 속내를 들여다보기라도 한 것 같은 기효람을 놀란 눈으로 쳐다보았다. 잠시간 침묵하던 효람이 이내 다시 말을 이었다.

"폐하, 좋은 책은 마지막 한 장까지도 눈을 뗄 수 없지요. 결말이 예상과는 달라 당황스러울 수는 있지만 여하간 좋은 책이란 사실에는 변함이 없습니다. 관점을 바꾸어 보면 오히려 그로 인해 더 큰 여운이 남을 수도 있고요. 천성이 선하고 온화한 두 따님은 폐하께 복이 아닐는지요. 넓으신 아량으로 용서하시어 못다 나눈 부녀의 정을 누리시길 바라옵니다."

효람의 말 한마디 한마디가, 진즉에 누그러져 있던 건륭의 마음으로 들어와 깊은 울림을 주었다. 마침내 마지막 남은 부정적 감정까지 떨어낸 건륭은 유난히도 길었던 악몽에서 깨어나듯 침묵을 깨뜨렸다.

"그래, 짐은 줄곧 그 두 아이를 양팔처럼 여겼어."

잘라 낼 수 없는 신체 일부처럼 여겼던 이들이다. 진짜면 어떻고 가짜면 또 어떤가. 중요한 건 그들의 진심이었다.

건륭의 말을 듣고서 용기를 낸 복륜이 앞으로 나와 허리를 굽혔다.

"폐하, 자미 소저는 중상을 입은 뒤 아직 몸이 완쾌되지 않았습니다. 종인부 감옥은 어둡고 습하여 오래 머물 곳이 못 되니 부디 성은을 베풀어 주십시오."

건륭이 미처 대답하기 전, 효람도 허리를 굽히며 거들었다.

"폐하, 연약한 두 분 마마를 딱히 여겨 주소서. 이제 막 상처가 아물고 있는 자미 소저는 감옥에서 지내는 것이 더더욱 버거울 것입니다."

건륭은 문득 든 불길한 생각에 애가 끓는 것 같았다. 심장이 불안하게 두근거렸다.

"경들은 짐을 따라 출궁하라. 짐이 직접 종인부로 가서 그들을 석방하겠다."

"명 받들겠나이다."

건륭과 대신들이 걸음을 옮기려던 그때, 실내로 부리나케 뛰어 들어온 병사 하나가 건륭 앞에 무릎을 꿇으며 말했다.

"폐하, 오황자님과 복륜 대학사 댁의 두 자제분이 무림 고수를 이끌고 종인부를 습격하였습니다!"

"뭐, 뭐라?"

갑작스러운 소식에 건륭의 얼굴이 검붉게 질렸다. 복륜 역시 안색이 잿빛으로 변해 있었다. 곧이어 나타난 또 다른 병사가 그 옆에 무릎을 꿇었다.

"폐하께 아뢰옵니다. 오황자님과 그 일행이 가짜 성지를 만들어 공무를 방해하고, 조사를 받던 죄인들과 함께 도주하였습니다. 환주공주를 입궁시키라는 황명을 받고 오셨다기에 성지를 확인하려 했더니 갑자기 옥졸들과 양 대인을 공격하고 관병들을 무차별 살상한 후 죄인들을 데려갔습니다."

보고하는 병사의 옷에 붉은 선혈이 낭자하였다. 건륭은 다시금 치솟은 분노로 온몸이 부들부들 떨렸다.

"고얀 놈들 같으니라고! 겁도 없이 가짜 성지를 만들고 죄인들을 데려가? 부항, 악민!"

"예!"

"당장 병사들을 이끌고 가서 도주한 놈들을 잡아 와라!"

"폐하, 소신도 함께 가겠습니다!"

복륜이 건륭 앞에 넙죽 엎드렸다.

"팔은 안으로 굽는 법이거늘 누가 누굴 잡아! 자네 아들들이 벌인 짓이다. 자네도 함께 모의했을지 어찌 알아?"

복륜은 노기 서린 따가운 눈빛이 황공하여 고개 숙인 채 힘겹게 해명하였다.

"자식들을 잘못 가르친 죄, 죽어 마땅합니다. 하나 함께 모의하였다는 것은 천부당만부당한 말씀이십니다. 소신이 못난 아들 놈들을 직접 추포하게 하소서. 소신이 가야 저항하지 못할 것입니다."

건륭은 끓어오르는 부아를 삭이지 못하고 손을 내둘렀다.

"가라! 가서 한 놈도 빠짐없이 생포해 와. 이 시간부로 제비, 자미를 두둔하는 자는 중징계에 처할 것이다. 이따위 짓을 하는 데 용서는 무슨. 모두 잡아 사형에 처할 것이다!"

같은 시각, 제비 일행을 태운 마차는 아침 안개 자욱한 들판 위를 질주하고 있었다.

"이랴!" 마부대에 앉은 유청과 유홍이 채찍으로 말의 엉덩짝을 후려치며 길을 재촉했다. 미친 듯이 내달리는 마차 안에서 제비, 금쇄, 자미는 저마다 지친 심신을 달래는 중이었다. 세 사내가 겉옷을 벗어 어깨에 걸쳐 준 덕분에, 찢긴 옷 사이로 드러난 상처를 겨우 숨길 수 있었다. 자미는 이강의 품에, 제비는 영기의 품 안에 안긴 채였다.

마차에 오른 뒤로 제비의 시선은 줄곧, 저를 감싸고 있는 사내에게 꼭 붙어 있었다. 영기를 올려다보는 두 눈이 감격으로 빛났다. 그러면서도 제비는 내심 불안한 마음이 들었다.

"탈옥 계획을 세웠을 줄은 상상도 못 했어요. 이렇게 도망을 나와 버렸으니 우리 이제 어떡해요?"

"어떡하긴, 세상을 떠돌아야지."

아무런 망설임 없는 영기의 대답에 제비는 또 한 번 놀랐다.

"어떻게 그래요. 황자님 신분은 어쩌고요?"

"그게 왜? 내 신분이야 어떻든 간에 난 그저 너랑 평범한 부부로 살고 싶어."

영기의 진심이 제비의 가슴 가득 온기를 불어넣었다. 화끈 붉어진 제비의 눈시울 위로 눈물이 왈칵 솟았다.

"그 한마디면 됐어요. 욕심은 안 부릴래요. 아바마마가 제일 좋아하는 아들을 빼앗아 가면 내가 아바마마한테 너무 미안하잖아요. 그러니까 황자님은 돌아가요."

자미가 설마 하는 눈으로 이강을 올려다보았다.

"이강, 당신도 집안을 버릴 생각이에요?"

"감옥을 습격하기로 했을 때 이미 돌아갈 길은 없었소."

자미는 사뭇 결연한 이강의 태도에 놀라 되물었다.

"당신 아버님은 어떡하고요? 폐하께서 이 일을 아시면 또다시 충격에 빠지실 거예요."

"폐하 생각은 하지 마시오. 당신 자식이 감옥에서 고문을 당하는데도 나 몰라라 하신 분이오. 그토록 잔인한 분을 걱정하느라 속앓이하면 그대만 손해요."

이강이 욱하는 반항심을 툭 내뱉었다.

"부모님께서 연루되실 거예요. 이러면 안 돼요."

이태가 차분하면서도 힘 있는 목소리로 주의를 환기했다.

"자미, 제비, 안심해요. 유청, 유홍이 제남까지 안전하게 데려다줄 거예요. 거기서 새로운 생활을 시작해요. 난 저기 앞까지만 배웅하고 궁으로 돌아가 폐하를 뵐 겁니다. 아버지, 어머니는 내가 모실 테니 두 사람은 형과 오황자님을 잘 부탁해요."

"돌아갔는데 폐하께서 크게 노하시면요?"

심각한 얼굴로 묻는 자미에게 이태는 마냥 시원스런 웃음을 지어 보였다.

"그래 봐야 뭐, 한 번 죽지 두 번 죽겠어요?"

마차가 어느 인적 드문 들판에 이르러 달리기를 멈추었다. 주변에 아무도 없는 것을 확인하고 유청과 유홍이 말을 세운 것이었다. 마차에 타고 있던 사람들이 전부 바깥으로 내리고, 이태는 떠날 이들을 마주 보고 서서 사뭇 씩씩하게 인사를 건넸다.

"난 여기까지만 배웅할게요. 모두들 몸조심해요."

이강은 만감이 교차했다. 혹여나 이런 상황에 맞닥뜨릴까 봐 일부러 먼 길을 택해 돌아왔건만 결국은 피하고자 했던 바로 그 상황 속에 놓여 있었다. 부모님께 효도하는 일도, 폐하께 충성하는 일도 이제는 오롯이 아우의 몫이 될 터였다. 이강이 이태의 손을 꼭 움켜잡았다.

"무슨 말을 하면 좋을지 모르겠구나. 이태 네가 내 아우인 게 자랑스럽다."

영기도 이태의 어깨를 두드리며, 안타깝고 고마운 마음을 전했다.

"아바마마께서 분명 크게 진노하실 거다. 부디 몸조심해라."

유청과 유흥이 무리 가까이로 다가왔다. 특히 유청은 몹시도 난감해하고 있었다.

"아무리 생각해도 이건 아닌 것 같습니다. 왜 다 같이 떠나지 않는 겁니까? 한 사람이 이 엄청난 일을 혼자 감당한다는 게 가당키나 합니까? 만약에 잡힌 사람이 죄를 모조리 뒤집어쓰면요? 아우분만 화를 당하는 거 아닙니까."

자미는 그 말을 듣고 저도 모르게 감정이 격앙되었다. 유청이 언급한 만약의 상황이란 떠올리는 것만으로도 정신이 아찔해지는 것이었다. 자미가 교차한 양손으로 바들바들 떨리는 팔을 붙든 채 앞으로 나섰다.

"이강, 이태, 두 사람이 이런 대담한 일을 벌일 줄 몰랐어요. 이제는 수습하기가 쉽지 않을 거예요. 이태 혼자 감당하기에는 후폭풍이 너무 커요. 유청 말처럼, 어쩌면 정말 이태가 우리 대신 화를 당할 수도 있고요. 그래서 말인데, 내가 한 가지 제안을 할게요. 한번 들어 봐 줘요."

제비가 급한 마음에 자미의 말을 잘랐다.

"여기 계속 있다간 관병들한테 붙잡힐 거야. 자꾸 말만 하지 말고, 이태, 그냥 우리랑 같이 가요. 복은 같이 누리고 화는 함께 나눠요!"

이태는 뒤로 한 걸음 물러나 가만히 미소 지었다. 한 사람 한 사람, 다시는 볼 수 없을지도 모를 얼굴들을 눈에 담는 듯했다. 때마침 불어온 바람이 이태의 소맷자락을 이끌었다. 어느 오랜 시구절에서 만난 적 있던 소슬한 바람이었다. '바람은 쓸쓸하고 역수易水(강 이름)는 차구나. 한번 떠난 대장부 다시는 돌아오지 못하리.' 이것은 죽음을 각오하고 길 떠나는 화자가 담담히 노래한 시였고, 지금 이 순간 이태 자신의 심경이었다.

"주저하지 말고 가요. 내 목숨보다 소중한 사람들을 지키러 가는 길이니 난 후회하지 않아요. 사고를 쳤으면 누군가는 책임을 져야죠. 안 그럼 무고한 이들이 여럿 희생될 거예요. 더군다나 나까지 아버지, 어머니 곁을 떠날 순 없잖아요. 돌아가서 모든 문제를 마주하고 수습할 거예요. 이건 내 몫이에요."

이태가 또렷하고 단호한 목소리로 말을 이었다.

"내 걱정은 하지 마요. 제비와 자미를 사지로 내몰려 하는 사람은 폐하가 아니에요. 폐하는 인자한 분이시니 어쩌면 다 이해하고 용서해 주실지 몰라요. 그럼 이만 가볼게요. 다음에 봐요."

애써 미련을 떨치고 등을 돌린 이태가 고개를 들고 성큼성큼 나아갔다. 멀어지는 이태를 바라보며 애가 탄 자미가 다급히 이강의 옷섶을 붙들었다.

"이강, 우리 같이 가요! 이태 말이 맞아요. 폐하는 인자한 분이시니 우리 다 같이 가서 잘못을 빌어요. 감옥을 습격한 것도 실은 사정이 있었다고, 우리 입장을 설명해 드리면 폐하께서도 이해해 주실 거예요. 우리를 죽이겠다는 말씀은 한 번도 하지 않으셨잖아요! 다시 돌아가서 고초를 겪을지언정 이태 혼자 저리 보낼 수는 없어요!"

자미의 간곡한 호소 때문이 아니라, 홀로 불구덩이 속으로 되돌아가는 아우를 보고 있자니 이강 또한 심장이 미어지는 것 같았다.

이태의 뒷모습을 하염없이 바라보던 제비의 눈에서 눈물이 펑펑 쏟아지기 시작했다.

"이태한테 무슨 일이 생기면 난 평생 스스로를 용서할 수 없을 거야……."

"저도요." 금쇄가 나직이 덧붙였다.

눈물 맺힌 눈들이 서로를 쳐다보았다. 모두가 같은 마음이었다. 이윽고 마음을 굳힌 이강이 발을 구르며 말했다.

"그럼 망설일 게 뭡니까. 다들 마차에 올라요. 유청, 유홍, 두 사람은 따로 이동합시다. 우리와 함께 가면 위험할 거요. 고맙다는 말은 구태여 하지 않겠소."

"고마우면 말을 해야지, 왜 안 해요?"

제비가 유홍을 와락 껴안으며 외쳤다.

"고마워, 백 번 천 번 만 번 고마워!"

눈물로 흠뻑 젖은 제비의 눈언저리에 미소가 덧대어졌다. 곧이어 유청에게로 달려간 제비가 손등으로 유청의 배를 툭 치며 호언장담했다.

"만약에 나한테 다시 힘이 생기면 내가 너 꼭 왕 시켜 줄게. 나 거짓말 못 하는 거 알지?"

남매는 얼굴이 하얗게 질려 있었다. 유청이 이해할 수 없다는 양 목소리를 높였다.

"어렵사리 도망쳐 나와 놓고 다시 돌아간다고요? 다들 제정신입니까?"

"자칫하면 모두 죽을 수도 있어요!"

유홍도 말리고 나섰지만 남매를 향한 자미의 눈동자는 흔들림이 없었다. 어딘가 굳건해 보이기까지 했다. 자미는 지금 죽음조차 두렵지 않았다.

"사람은 스스로 떳떳하게, 마음 편안히 살 수 있어야 해. 이태를 비롯한 다른 사람들의 고통과 우리의 목숨을 맞바꾼다면 그렇게 얻어진 삶에 무슨 가치, 무슨 의미가 있겠어. 과연 살아 나갈 수나 있을까."

힘 있는 끄덕임으로 자미의 말에 동의를 표한 이강이 유청을 보며 일렀다.

"자미 말이 맞소. 구차하게 사는 건 옳은 방법이 아니오. 감옥을 습격한 건 어쩔 수 없는 일이었고, 돌아가는 건 마땅한 책임을 지기 위함이니, 그렇게 합시다."

유청과 유홍은 더 이상 왈가왈부하지 않고, 앞에 선 사람들을 죽 훑어보았다. 이들이 지금 택하고자 하는 길은 저마다의 마음속에 깊이 뿌리내린 신념을 지키는 길이도 했다. 모두의 안녕을 빌며 보내 주는 수밖에 없다는 사실을 남매는 알고 있었다. 어쩐지 가슴 한편이 뭉클했다.

그리하여 마차는 유청, 유홍을 제외한 나머지 사람들을 싣고 방향을 틀었다. 이강이 마부대에 앉아 마편을 휘둘렀다. 저 멀리 구름떼를 몰고 오는 바람을 가르며 마차가 들판 위로 기운차게 나아갔다. 남매는 멀어지는 마차를 향해 선 자리에서 힘껏 손을 흔들며 외쳤다.

"나중에 봐요! 다들 꼭 몸조심하고요!"

마차는 금방 이태를 따라잡았다. 앞서 걷던 이태가 어딘가 익숙한 기척에 놀라 뒤를 돌아보았다. 마차는 속도를 늦추지 않은 채 그대로 달려왔다.

"타라!"

마차 밖에 나와 있던 이강이 이태에게로 팔을 뻗었다. 이태는 제 형의 손을 잡고 순식간에 마부대 위로 올라탔다. 이강은 그제야 마음 편히 웃을 수 있었다.

"복은 같이 누리고 화는 함께 나누기로 했다. 부딪칠 거면 다 같이 부딪쳐. 그래 봤자 한 번 죽지 두 번 죽을까!"

기마대를 거느린 복륜, 부항, 악민이 막 도성 문을 나서려던 그때, 바로 맞은편에서 이강과 이태가 이끄는 마차가 달려왔다. 형제는 마차를 세우고 즉각 마부대에서 내려 복륜 앞에 무릎을 꿇었다.

"아버지, 심려 끼쳐 드려 송구합니다. 폐하를 뵈러 궁으로 돌아가는 길이었습니다."

곧이어 마차 밖으로 나온 영기도 두 손을 가슴 앞에 모아 잡고 예를 갖추었다.

"전부 내 잘못입니다. 여러분을 따라가겠습니다."

돌아온 일행이 다시 건륭 앞에 모이기까지는 그리 오랜 시간이 걸리지 않았다. 제비, 자미, 금쇄는 다소 불편해 보이는 움직임으로 건륭 앞에 꿇어앉았다. 사내들의 웃옷을 걸치고 나타난 세 소녀는 며칠 새 몹시도 초췌해진 모습이었다. 그 뒤로 영기, 이강, 이태가 무릎을 꿇었고 복륜, 악민, 부항은 맨 뒤에 섰다. 부항이 옆으로 비켜 나와 건륭에게 예를 갖추었다.

"소신들이 도성을 막 벗어났을 때 황자님과 그 일행이 돌아오기에 곧바로 함께 환궁하였습니다. 감옥을 습격한 사정이 있었던 모양이니 친히 하문해 보십시오."

건륭은 여전히 심사가 뒤틀려 있으면서도 한편으로는 놀라지 않을 수 없었다. 창백한 낯빛이며 얼굴 여기저기에 난 상처며, 여자아이들의 꼴이 말이 아니었던 것이다. 건륭이 둥그레진 눈에 놀란 감정을 숨기지 못하고 물었다.

"어찌 된 것이냐? 얼굴이 왜 그 모양이야?"

"아바마마, 진짜 너무하세요! 차라리 목을 베셨으면 잠깐 아프고 말았을 텐데, 어둡고 냄새나는 곳에 가두시는 바람에 바퀴벌레랑 쥐한테 손발톱을 물어뜯기고 밤에는 귀신들이랑 같이 울었어요. 앉지도 서지도 못하고 잠까지 설쳤다고요."

제비가 그동안 속에 꾹꾹 눌러 담았던 울분을 서러운 목소리와 함께 터뜨렸다.

"그건 그렇다 쳐요. 어떻게 저희랑 철천지원수인 양 탐관한테 심문을 맡기고, 말도 안 되는 사실을 인정하지 않는다고 채찍질까지 하실 수 있어요? 저희가 얼마나 미우면 인두로 지져 죽이려고 하신 거예요? 황궁에 들어온 뒤로 몇 번이나 몰래 도망치려고 했지만 아바마마가 너무 좋아서 못 했어요. 이런 분인 줄 진즉에 알았으면 저도 자미도 아바마마를 아버지라 생각하지 않았을 거예요!"

건륭은 제비의 말을 들으면서도 어찌 된 영문인지 몰라 얼떨떨했다.

"심문? 짐은 너희를 심문하라 명한 적이 없거늘, 누가 멋대로 심문을 했단 말이냐?"

"양 대인이요! 고문을 해서 거짓 자백을 받으려고 했어요! 아바마마, 보세요!"

제비가 어깨에 걸친 옷을 벗어 상처투성이인 팔과 어깨를 건륭 앞에 내보였다. 이어 무릎걸음으로 자리를 옮기더니 자미와 금쇄의 상처를 가린 옷마저 다짜고짜 걷어 내었다. 무참했던 고문의 흔적들이 밝은 빛 아래서 더욱 적나라하게 두드러졌다. 제비가 설움에 겨워 소리쳤다.

"아바마마가 명하신 게 아니면, 그럼 이 상처들은 가짜예요? 꼭 저희를 죽여야만 직성이 풀리시겠어요? 저희가 정말 그렇게 죽을죄를 지은 거예요?"

건륭은 믿을 수 없다는 눈으로 세 소녀를 살펴보았다. 벌겋게 부르튼 상처들이 여린 어깨와 팔다리 위에 선명했다. 순간 다리에 힘이 풀린 건륭이 남몰래 휘청이며 뒤로 물러났다. 명치께가 욱신거렸다.

"부항! 가서 양 대인이란 자를 끌고 와라, 당장!"

"예!"

부항이 빠른 걸음으로 자리를 떴다. 그사이 세 소녀는 다시 겉옷을 걸치고 앞섶을 여미었다.

자미가 그윽한 눈을 들어 건륭을 올려다보았다. 따스한 눈동자 속에는 이루 다 전하지 못할 마음이 그득했다. 모두 아버지를 향한 애틋한 사랑이었다.

"폐하, 저희는 거짓 어명을 전하여 탈옥을 감행하고 무고한 이들에게 상해를 입히는 등 용서받기 어려운 큰 죄를 또 한 번 저질렀습니다. 일이 수습할 수 없을 지경에 이르렀음을 알고 뒷일이 두려워 도망을 쳤습니다. 하지만 결국 궁으로 돌아와 폐하를 찾아뵙기로 마음을 고쳐먹었습니다. 목숨을 잃을 수도 있다는 사실을 모르지 않았지만, 마땅히 잘못을 뉘우치고 벌을 받아야 한다고 여겼습니다. 폐하께서는 인자한 분이시고, 그런 폐하를 존경하고 흠모해 온 제 마음을 믿었기에 돌아온 것입니다. 만약 저희가 꼭 죽어야만 한다면 부디 오황자님과 이강, 이태는 살려 주세요. 세 분은 단지 저희를 알게 되었다는 이유만으로 많은 일에 연루되었을 뿐입니다."

건륭이 말없이 자미를 바라보았다. 애절한 호소를 듣는 동안 건륭은 어느덧 노여움이 사뭇 누그러져 있었다. 안쓰러운 마음이 가장 컸다.

"됐다. 다들 많이 다쳤으니 얼른 수방재로 돌아가 쉬어라. 여봐라, 당장 태의를 들라 하라."

큰 소리로 대답한 시위가 어의를 부르기 위해 신속히 물러갔다. 자미는 허리 숙여 다시금 청을 올렸다.

"대학사 댁 자제분들과 오황자님을 용서해 주시기 전에는 일어날 수 없습니다."

건륭이 미간을 찌푸렸다.

"거짓 황명을 전하고 감옥을 습격한 것이 얼마나 큰 죄인 줄 모르느냐? 네가 청을 한다고 쉽게 용서할 수 있는 일이 아니다. 네 목숨도 간당간당한 마당에 지금 누굴 걱정하는 것이냐? 복륜의 자식들은 방자하기가 이를 데 없거늘 어찌 용서하란 말이야."

복륜이 당장에 무릎을 꿇었다. 주름진 눈가가 급기야 눈물로 젖어 들었다.

"폐하, 집안 대대로 내려온 충심을 봐서라도 제발 이번 한 번만 용서해 주십시오. 소신에게 자식이라곤 이 두 녀석뿐입니다."

답답함을 견디다 못한 이강이 왈칵 해명하였다.

"폐하, 저희가 구하러 가지 않았다면 이 세 사람은 벌써 목숨을 잃었을 것입니다!"

"아바마마, 소자가 도착했을 때 셋은 공중에 매달린 채 소금물에 불린 채찍으로 매질을 당하고 있었습니다! 여인들의 몸에 그런 잔인한 짓을 가한 것이 세상에 알려지면 이 나라와 아바마마의 체면이 뭐가 되겠습니까?"

영기가 얼른 말을 보태었다. 이어 이태도 거들고 나섰다.

"한 분은 폐하께서 책봉하신 공주, 한 분은 폐하의 진짜 따님이십니다. 진상이 밝혀지기도 전에 변고를 당하시게 할 수는 없었습니다."

위태로운 분위기 속에 자제력을 잃은 제비가 입에서 나오는 말을 여과 없이 뱉어 냈다.

"아바마마, 전부 제가 저지른 일이에요! 저 혼자 다 책임질 테니까 다른 사람들은 용서해 주세요! 전 지금 눈에 뵈는 것도 없고, 이런 머리 달고 살고 싶지도 않아요!"

막무가내로 덤비는 듯한 태도는 건륭의 분노에 재차 불을 지피고 말았다.

"짐이 네 목을 못 벨 것이라 여기느냐? 따지고 보면 모든 사건의 발단은 바로 너다. 네가 처음부터 사실을 말했으면 아무 문제도 없었어!"

건륭은 치미는 부아를 못 이기고 이를 바드득 갈았다.

"오냐, 모두를 대신해 죽겠다니 소원대로 해 주마. 여봐라, 환주공주를 지금 즉시 참수하라!"

서슬 퍼런 호령이 떨어지기가 무섭게 시위들이 제비의 양팔을 붙잡았다. 그예 영기의 심장이 쿵 떨어졌다.

"아바마마, 통촉하여 주십시오!"

영기가 황급히 바닥에 머리를 찧으며 울부짖다시피 외쳤다. 기효람을 선두로 장내에 줄지어 서 있던 대신들 또한 하나같이 무릎을 꿇었다. 모두들 진심으로 안타까워하는 마음이었다.

"폐하, 통촉하시옵소서!"

자미가 눈물로 범벅이 된 얼굴을 들고 외쳤다.

"폐하, 저와 하신 약속을 잊으셨습니까! 제비가 어떤 잘못을 해도 살려 주겠다고 말씀하셨잖습니까. 군주는 허언을 하지 않는다 하였습니다!"

"그 약조와는 무관하다. 본인이 스스로 죽겠다지 않느냐."

자미, 이태, 이강, 영기, 금쇄가 약속이나 한 것처럼 동시에 입을 열었다.

"저희도 함께 죽겠습니다!"

건륭이 당황하며 뒤로 한 걸음 물러섰다.

"감히 짐을 위협해? 그렇게 나오면 짐이 못 죽일 것 같으냐!"

자미가 눈물이 가득 고인 눈으로 건륭을 올려다보았다. 절절한 눈빛이 건륭의 가슴 깊숙한 곳까지 순간에 파고들었다. 자미가 울먹이며 말했다.

"폐하, 이기지 못할 도박임을 알면서 감히 돌아왔습니다. 이렇다 할 근거도 없이, 그저 폐하께서 저희를 아껴 주셨던 그 마음 하나에 모든 것을 걸었습니다!"

찌릿한 충격이 불현듯 건륭의 뇌리를 관통했다. 놀란 눈으로 자미를 쳐다본 건륭은 물기 그렁그렁한 자미의 눈동자 속에서 자신을 직시했다. 지난날의 좋은 기억은 깡그리 잊은 채 자신의 상처만 아프다고 횡포를 부리는 냉정하고 이기적인 모습이었다. 건륭은 전율처럼 스친 오싹한 기분에 남몰래 몸서리쳤다.

한편 제비는 '어차피 죽을 거, 속이라도 시원하자.' 싶어 목청을 돋우었다.

"아바마마, 애초에 절 양녀로 거두셨잖아요! 양녀면 친딸이 아닌데, 제가 속였다고 할 수 있어요? 저를 진짜 공주로 여기셨으면 왜 양녀로 삼는다고 선포하신 거예요? 그러는 아바마마는 백성들을 속이신 거 아니에요?"

제비의 말에 건륭은 무어라 대꾸하기가 퍽 난감했다. 때마침 부항이 온몸에 붕대를 감은 양 대인을 끌고 들어와 바닥에 내동댕이쳤다.

"폐하, 양정계를 잡아 왔습니다."

바닥에 엎어진 양 대인은 온몸을 부들부들 떨고 있었다.

"폐, 폐하…… 사, 살려 주십시오……."

줄곧 건륭의 속에서 들끓고 있던 분노가 고스란히 양 대인에게로 옮겨 갔다. 건륭이 벽력같이 일갈하였다.

"누가 제비를 심문하라고 하였느냐!"

"그, 그건…… 폐하께서……."

"폐하라니? 짐이 언제 그런 명을 내렸느냐!"

"구, 궁에서 밀령이 내려왔습니다. 죄인의 수결을 받, 받아 내어서……."

"받아 내어서, 뭐!"

다그치는 소리가 거대한 종의 울림처럼 실내에 퍼졌다.

"주, 죽여 버리라고……."

"누가 무엇을 가지고 명을 전하더냐?"

"따로 가지고 온 것은 없고…… 말로 전했습니다."

"그러니까 누가!"

"소, 소신은 감히 말씀드리기가…… 그냥 어떤 내관이었습니다……."

격노한 건륭은 부항에게 양 대인을 끌고 가 참수하라 명했다.

그 말을 들은 양 대인이 마치 도살장에 끌려가는 돼지처럼 냅다 울부짖기 시작했다.

"폐하, 소신은 억울합니다! 증거도 없이 참수라니요!"

상황을 잠자코 지켜보던 기효람이 소매 안에서 세 장의 종이를 꺼내어 건륭 앞으로 가져갔다.

"폐하, 신이 감옥에서 주워 왔습니다."

종이를 살펴본 건륭의 눈썹이 노여움으로 치올랐다. 건륭은 손에 든 종이를 품 안에 집어넣고 추상같이 호령했다.

"당장 저자를 참수하고 자택을 수색하라! 증거가 없다고 하였느냐? 저 세 아이가 바로 증인이다."

"명 받들겠나이다!"

큰 소리로 대답한 부항이 고래고래 악을 쓰는 양 대인을 잡아끌고 바깥으로 나갔다. 양 대인이 떠난 뒤, 건륭은 꿇어앉아 있는 이들을 일어나게 했다.

"난리를 겪고 나니 머리도 어지럽고 복통이 이는구나. 이강, 이태, 얼른 저 셋을 수방재로 데려다줘라."

제비는 순식간에 전환된 분위기를 온몸으로 느끼고 기쁨에 겨워 폴짝 뛰었다.

"아바마마, 저 안 죽이시는 거예요?"

"이대로 죽으면 억울해서 두고두고 짐을 괴롭힐 게 아니냐?"

제비는 농담인지 진담인지 구분할 수가 없어 다시 물었다.

"그럼…… 다들 용서해 주시는 거예요?"

건륭이 제비의 눈을 바라보며 대답했다.

"서로 죽여 달라며 짐을 위협하다니, 고얀 녀석들. 제비 너의 소행은 괘씸하기 짝이 없지만 짐이 자미에게 널 살려 주기로 약속을 해 버려서 어쩔 수가 없구나. 그리고 나머지는, 용기와 의리가 가상하니 용서하마."

건륭이 다정한 눈길로 자미를 굽어보았다.

"참으로 대단하구나. 이렇다 할 근거도 없이 모든 것을 건 도박에서 네가 이겼어."

부드러움이 물씬 풍기는 목소리였다. 자미는 건륭을 올려다보며 더없이 해맑은 미소를 지었다.

"제가 이길 줄 알았습니다. 틀림없이 이길 수 있을 것이라 믿었습니다……."

별안간 자미의 몸이 그 자리에서 맥없이 무너졌다.

"자미, 자미!"

이강이 비명처럼 자미의 이름을 외치며 달려갔다. 이강은 너무 놀라 자신의 행동도, 주위의 시선도 의식하지 못했다.

이강보다 한발 빨랐던 건륭이 자미를 번쩍 안아 들었다. 핏기 없이 질린 얼굴을 보고 건륭은 덜컥 두려운 마음마저 들었다. 건륭의 마음 깊은 곳에 숨어 있던 감정들이 혼란한 틈을 타 왈카닥 쏟아져 나왔다.

"어의, 어의는 어디 있느냐! 어서 와서 짐의 딸을 살리거라!"

제26장

건륭은 자미에게서 한시도 눈을 떼지 않았다.

매무새를 정갈히 한 자미가 침상 위에 누워 있었다. 깨끗한 옷으로 갈아입힌 후였다. 진맥을 마친 태의가 약을 처방하고, 궁녀들은 영비의 명을 받아 자미의 상처에 약을 발랐다. 달여 온 약이 차갑게 식을 때까지도 자미의 의식은 돌아오지 않고 있었다. 자미의 입안으로 약을 떠 넣어 주어도 보았지만, 약은 겉으로 흘러내릴 뿐 목을 넘어가지 못했다. 태의의 진단에 의하면, 자미는 얼마 전 칼을 맞아 허약해진 몸에 새로운 상처가 더해져 건강 상태가 악화된 것이었다.

건륭은 침상 옆에 앉아, 의식 없는 자미에게 시선을 꼭 붙여 두었다. 후회와 자책의 감정이 거대한 파도처럼 밀려와 거듭거듭 건륭을 삼켰다. 이번으로 두 번째였다. 자미가 깨어나길 기다리는 일이. 지난번엔 자신을 구하려다 자미가 크게 다쳤고, 이번엔 자신이 자미를 이렇게 만들었다. 이따금 자미의 입에서 앓는 소리가 새어 나올 때마다 건륭은 가슴이 찢어지는 듯 아팠다. 자미가 했던 말이 자꾸만 머릿속을 울렸다.

'폐하께서는 워낙 높은 곳에 계시다 보니 세상에서 가장 평범한, 부모 자식 간의 정조차 느껴지지 않으시나 봅니다.'

그래, 높은 곳에 있었다. 조금이라도 마음에 거슬리면 누구든 대역 죄인으로 내몰아 감옥에 가둘 수 있을 만큼의 높이였다. 자신이 황제가 아니었다면 자미가 이렇게까지 되었을까. 지금 이 순간, 건륭은 고귀한 황제가 아니라 자식 때문에 마음 졸이는 아버지에 불과했다.

의식을 회복하지 못하는 자미를 지켜보며 온 수방재가 긴장 상태였다. 제비와 금쇄는 상처에 약을 바르고 탕약을 마신 후 안정을 취할 새도 없이 자미를 보러 왔다. 큰 죄를 짓고도 이렇게 살아 수방재로 돌아왔으니 기뻐 날뛰어야 하는데, 미동 없이 누워 있는 자미 때문에 웃을 수가 없었다. 두 사람은 부디 자미를 살려 달라며 속으로 연신 천지신명을 불렀다.

이강, 이태, 영기도 침실 바깥에서 자미가 깨어나기를 기다리고 있었다. 여태 일어나지 못하는 자미 걱정으로 애가 달아 심장을 붙쥐는 듯했다. 이강은 불안한 마음을 가누지 못하고 실내를 이리저리 서성였다. 넋이 나간 채 창문 가까이 다가갔다가 창틀에 이마를 박기 일쑤였다. 딱, 소리가 나도록 부딪혀도 그러거나 말거나 머릿속엔 한 가지 생각뿐이었다.

'천지신명이시여, 제발 자미를 지켜 주십시오…….'

모두의 간절한 염원에 천지가 감응한 것인지 마침내 자미가 스르르 눈을 떴다. 자신이 어디에 있는지 지각하지 못한 채였다. 어딘가 초조하고 애통해 보이는 건륭의 눈빛을 마주한 순간, 자미는 번뜩 새 정신이 들며 몸을 일으켰다.

"폐하!"

영비가 긴긴 숨을 내쉬며 자미의 손을 붙잡았다. 얼굴엔 환한 빛이 너울졌다.

"깼구나, 깼어. 태의, 이제 괜찮은 것이냐?"

"깼어? 정말 깬 거야?"

제비가 부리나케 침상맡으로 달려와 자미의 어깨를 붙잡고 흔들었다. 웃는 눈에서 기쁨의 눈물이 쏟아졌다.

"허구한 날 놀라게 좀 하지 마! 넌 무슨 애가 몸이 이렇게 약해? 너만 맞은 것도 아니고, 나랑 금쇄는 둘 다 멀쩡한데 왜 너만 기절을 해!"

"이러시면 안 됩니다."

태의가 자미를 흔드는 제비를 만류하고 얼른 자미의 맥을 짚었다. 다행히 별다른 이상은 없었다. 지금은 처방해 놓은 약을 마시고 기력을 회복하는 것이 가장 중요했다. 탕약을 가져오라는 태의의 말에 여러 목소리가 동시에 대답하였다. 나가고 들어오는 발걸음들이 어지러웠다.

자미의 상태가 심각하지 않다는 진단을 듣고서야 제비는 자미를 놓고 대청으로 뛰어나가 반가운 소식을 알렸다.

"깼어요! 자미가 깼어요! 태의가 이제 괜찮대요!"

창문 근처에서 서성대던 이강이 그 말을 듣고 깊은 안도의 숨을 내쉬었다. '고맙습니다!' 하는 감사의 인사가 절로 나왔다. 긴장이 확 풀리면서 몸의 중심을 가누지 못한 이강은 또 한 번 창틀에 이마를 박았다.

제비가 다시 침실로 뛰어 들어왔다. 정신없이 들락날락하는 사람들 틈에서 건륭은 말없이 자미를 바라보고 있었다. 얼마나 지났을까. 건륭이 잠긴 목소리로 자미에게 한마디를 건네었다.

"가엾은 것, 또 고생을 했구나."

놀란 자미가 숨을 죽이고 건륭을 쳐다보았다. 눈앞에 계신 이 분은 폐하일까, 아버지일까, 아니면 둘 다일까.

그때 금쇄가 사발을 받친 쟁반을 들고 잰걸음으로 다가왔다.

"아가씨, 약 달여 왔어요. 따뜻할 때 드세요!"

영비가 자미를 일으켜 앉히자, 손에 사발을 든 금쇄가 자미에게 약을 먹이려 다가갔다.

"내가 하마. 제비야, 너도 금쇄도 많이 다쳤으니 이제 그만 가서 쉬어라." 영비가 말했다.

"네네, 알겠어요. 자미가 약 먹는 것만 보고 갈게요."

"제가 마실 수 있습니다. 그 정도로 약하지는 않습니다."

자미가 얼른 제비의 말끝을 달았다. 말끔히 정신을 차리고 나니 자미는 허약한 체력 탓에 걸핏하면 쓰러지는 자신이 부끄러워졌다.

"자꾸 이런 모습이나 보이고, 심려를 끼쳐 정말 죄송합니다."

핼쑥한 모습으로 가당치 않은 사과를 하는 자미를 보니 건륭은 애달프기가 그지없었다. 말로는 다 표현하지 못할 만큼의 고통이었다. 건륭이 손을 뻗어 금쇄에게서 약사발을 건네받았다. 시선은 내내 자미를 향해 있었다.

"그런 소리 마라. 몸이 약해진 상태에서 매질을 당한 탓에 제대로 조리하지 않으면 앞으로 고생할 수 있다더구나."

건륭이 제비와 금쇄 쪽으로 고개를 돌렸다. 둘 다 얼굴에 병색을 띠고 있었다.

"여긴 짐에게 맡기고 어서 돌아가 쉬어라. 너희도 온몸이 상처투성이가 아니냐."

건륭이 약사발을 들고 후후 입바람을 불더니 약을 한 술 떠서 자미의 입술로 가져갔다. 자미는 믿을 수 없다는 눈으로 건륭을 보았다. 꿈을 꾸는 것만 같았다. 자미의 눈 속에 진한 감동의 물결이 일렁였다. 그동안 건륭을 마주 대할 때마다 너무나도 전하고 싶지만 감히 터놓을 수 없었던 마음을 이제는 드러내 보일 수 있었다. 자미가 건륭의 손을 잡고 조심스레 약을 마셨다. 그리고 또 한 입, 홀짝 마셨다. 자미의 눈에서 굵다란 눈물방울이 뚝뚝 떨어졌다. 자미는 고개를 들고 물기가 그렁그렁 도는 눈동자로 건륭을 보았다.

"폐하, 그거 아세요? 제비가 처음 궁을 나왔을 때 저에게 가짜 공주 노릇을 하게 된 경위를 이야기했는데, 폐하께서 친히 약을 먹여 주셔서 얼마나 좋던지 기절할 것 같았다고 합니다. 그래서 공주 신분을 거부할 수 없었대요. 그 말을 듣고 저는 너무 부러운 나머지 울면서 말했습니다. 폐하께서 내게도 약을 먹여 주시면 죽어도 여한이 없겠다고. 그런데 정말 이런 날이 왔네요. 저도 지금 기절할 것 같아요!"

건륭의 가슴속에서 뜨거운 무언가가 울컥 치밀었다. 콧등이 시큰하더니 눈가가 제풀에 젖어 들었다. 건륭은 다시 한번 자미에게 약을 떠먹여 주며 애써 차분히 대답했다.

"더는 기절하지 마라. 매번 짐이 얼마나 놀라는지 아느냐."

"네, 앞으로는 그러지 않겠습니다. 다신 그러지 않을 겁니다."

자미는 성심으로 다짐하듯 답했다.

건륭이 자미에게 약을 먹여 주는 장면은 지켜보는 이들 모두의 가슴을 울렸다. 영비, 제비, 금쇄는 눈 속 가득 눈물이 고여 있었고 명월, 채하, 납매, 동설 등 다른 이들은 터져 나오는 눈물을 참지 못해 펑펑 울고 있었다. 여전히 꿈을 꾸는 것 같았던 자미는 건륭을 멀거니 올려다보며 한 숟갈 한 숟갈 약을 받아 마셨다.

침실 입구에서 그 광경을 보고 있던 이강, 이태, 영기가 감격에 겨운 시선을 서로에게 보냈다. 마냥 기다리기가 버거워서 고개를 빼고 안을 들여다본 세 사람이었다. 미소 지은 이강의 눈에 눈물이 그뜩 괴어 있었다. 오늘은 자미가 목숨을 걸고 가까스로 얻어 낸, 참으로 값진 날이었다.

이윽고 약사발을 내려놓은 건륭이 그윽한 눈길로 자미를 바라보았다. 전에 없던 새로운 눈빛이었다. 자신도 모르는 사이 건륭은 자미의 눈언저리에서 우하를 찾고 있었다. 그러다 문득 모녀가 똑 닮았다는 사실을 깨닫고 놀랐다. 자미를 안 지 꽤 오랜 시간이 지났는데 왜 여태 알아차리지 못한 것인지 이해할 수 없었다. 어쩌면 정말 우하가 말했듯, 건륭 자신의 삶에서 우하는 '잠자리 날개 스친 자리에 잠시 인 물결'인지도 몰랐다. 부는 바람에 흔적도 없이 사라지는 그런 존재 말이다. 이러한 생각에 미치니, 그동안 전혀 관계없는 것이라 여겼던 두 개의 감정이 마침내 하나의 결로 이어졌다. 하나는 우하에게 미안한 마음, 하나는 자미를 안쓰러워하는 마음이었다. 자미를 응시하던 건륭의 눈동자가 무량한 감개, 가없는 사랑으로 빛났다.

"오늘에 이르기까지 정말 고생이 많았다. 몸도 마음도 크게 다쳐 어디 하나 성한 곳이 없구나. 짐이 잘못했다. 돌이켜보니 네가 여러 번 암시를 주었거늘, 짐이 아둔했다. 널 수수께끼라 여길 뿐 해답을 풀어 보려 하지 않았어. 그날은 황후가 옆에서 하도 다그치기에 정신도 없고 잠시 생각할 시간이 필요하여 너희 셋을 하옥하라 명했단다. 한동안 감옥에서 지내며 반성하라는 의도였는데, 짐이 너희를 호랑이 굴로 집어넣은 줄은 미처 몰랐구나. 매번 짐 때문에 다치는 널 보니 가슴이 미어진다."

자미의 눈가는 뜨겁게 젖어 들었으나 입가에는 환한 미소가 번졌다.

"폐하, 마음 아파하지 마세요. 지난날 얼마나 고생을 했든 모두 오늘에 다다르기 위한 여정이었습니다."

자미를 물끄러미 쳐다보던 건륭이 목멘 소리로 물었다.

"아직도 폐하라 부르느냐? 이제는 호칭을 바꿔야지."

자미는 순간 가슴이 벅차올라 숨을 쉬기가 어려웠다. 애써 숨을 고르며 자미가 조그마한 목소리로 말했다.

"감히 어떻게……. 저를 어찌 생각하시는지도 모르는걸요."

순간 건륭의 눈에 눈물이 팽 돌았다. 건륭은 침착함을 유지하려 노력하면서 여전히 목멘 소리로 나직이 대답했다.

"짐이 무슨 복으로 이런 딸을 얻었을까. 금기서화 못하는 것이 없는 걸 보니 짐의 재주를 고스란히 물려받았구나. 너처럼 고귀한 아이가 짐의 딸이 아니면 누구의 딸이겠느냐."

자미의 맑은 눈에서 눈물이 똑 떨어졌다. 늘 가슴에 품고도 남몰래 떠올리는 것조차 조심스러웠던 한마디가 마침내 첫울음처럼 터져 나왔다.

"아바마마……!"

건륭이 팔을 뻗어 자미를 살포시 감싸 안았다. 자미를 떠올리면 느껴지던 복잡 미묘한 감정이 마침내 제 이름을 찾았다. 그것은 뭇사람에게 천성적으로 주어지는 본능, 바로 혈육에 대한 내리사랑이었다.

옆에서 잠자코 지켜보던 금쇄와 제비도 복받치는 감정을 주체하지 못하고 왈칵 울음을 터뜨렸다. 금쇄가 제비를 붙잡고 폴짝 폴짝 뛰었다.

"아가씨가 해내셨어요! 아버님께 인정받으셨어요!"

눈물 젖은 얼굴 위로 어느새 웃음꽃이 피어나 있었다. 금쇄는 두 손을 깍지 끼고 천장을 올려다보며 말을 이었다.

"마님, 제 소임을 다했습니다. 이제는 마음 편히 쉬세요!"

제비도 감격에 겨워 금쇄를 안고 어쩔 줄 몰라 했다. 울면서 팔짝팔짝, 또 웃다가 팔짝팔짝, 끊임없이 뛰고 외쳤다.

"공주 자리를 자미한테 돌려줬어! 드디어 돌려줬어!"

제비는 속에서 용솟음치는 희열을 혼자 힘으로 감당하기 어려워서 곧장 침상 쪽으로 달려갔다. 그리고 건륭과 자미를 두 팔 벌려 끌어안았다.

"아바마마, 제가 좀 멍청해서 이때까지 사고도 많이 치고 일도 많이 망쳤지만 그래도 결국은 자미를 찾아 드렸어요……."

건륭이 목청을 가다듬고 힘 있는 음성으로 답했다.

"그 공적을 높이 사 용서해 주는 것이다."

이어 황제의 위엄을 거둔 건륭은 따뜻한 손길로 제비의 머리를 도닥였다.

"네가 왜 만날 머리가 떨어질 것을 걱정했는지 이제야 알겠구나. 목이 워낙 튼튼해서 잘 붙어 있을 테니 더는 걱정하지 마라."

영비가 볼을 타고 흐르던 눈물을 훔치고는 고개를 돌려 목청을 돋우었다.

"공주께 예를 갖추지 않고 뭣들 하느냐?"

명월, 채하, 납매, 동설, 소등자, 소탁자, 소로자…… 시립해 있던 궁녀, 태감들이 침상 앞으로 모여 무릎을 꿇었다. 잠시 후 우렁우렁한 목소리가 실내를 가득 채웠다.

"노비, 자미공주를 뵈옵니다! 마마 천세 천세 천천세!"

멀찌감치 떨어져 이 모습을 바라보던 영기, 이강, 이태의 시선이 공중에서 뒤엉겼다. 그리고 누가 먼저랄 것도 없이 서로가 서로의 손을 단단하게 부여잡았다.

"자미가 해냈어요!"

이태가 큰 소리로 외치며 석 자 높이로 펄쩍 뛰어올랐다.

"자미가 해냈어!"

영기도 목청껏 소리치며 이태보다 더 높이 뛰어올랐다.

"자미가 해냈습니다!"

지금 이 순간이 누구보다 벅찬 이강은 목소리 크기로나 뜀박질 높이로나 단연 으뜸이었다. 과장을 조금 보태자면, 이강은 천장 대들보 위에 올라설 만큼이나 높이 뛰어올랐다.

침실 안팎으로 감동의 물결이 이어지던 그때, 별안간 바깥에서 들려온 목소리가 훈훈한 공기를 뚫고 안으로 전해졌다.

"황후마마 납시오!"

자미의 얼굴이 긴장감에 얼어붙었다. 이강, 이태, 영기 역시 마찬가지였다. 건륭은 굳은 표정으로 선뜻 자리에서 일어났다.

용 상궁을 선두로 한 궁녀, 태감 무리를 이끌고 황후가 수방재 안으로 들어섰다. 여느 날처럼 도도하고 거침없는 걸음이었다.

영기와 이강, 이태가 앞으로 나와 예를 갖추었다.

"어마마마께 인사 올립니다."

"소신 복이강, 복이태 황후마마를 뵈옵니다. 마마, 홍복을 누리소서."

황후는 세 청년을 보자마자 화가 치솟았다.

"여기들 있었구나. 그래, 감옥을 습격한 일은 재미가 좋더냐."

살벌한 시비조에 세 사람은 고개 숙인 채 아무런 대답을 못 했다. 그때 건륭이 영비와 함께 침실 밖으로 성큼성큼 걸어 나왔다. 건륭은 상처투성이가 된 자미와 제비를 떠올리는 것만으로도 황후에 대한 분노에 휩싸였다. 그러한 심사가 목소리와 표정에서 노골적으로 드러났다.

"황후, 잘 왔소. 그러잖아도 곤녕궁으로 찾아갈 참이었소."

건륭의 곁에 선 영비를 보니 황후는 질투에서 비롯된 울화로 가슴속이 들끓는 것 같았다. 침실 입구에 가만히 서서 인사조차 하지 않는 제비와 금쇄 때문에도 발칵 역정이 났다. 사실 두 사람은 지금이라도 인사를 해야 할지 눈치를 살피고 있었지만, 그러한 사정을 헤아릴 심적 여유가 황후에게는 없었다. 얼음처럼 차갑고 딱딱한 눈빛으로 무장한 황후가 고개를 꼿꼿이 세우고 장내를 훑었다.

"수방재에서 잔치가 열린 모양입니다."

못마땅한 기색이 뾰족뾰족 비어져 나온 말투에 잔뜩 날이 서 있었다. 건륭은 기다렸다는 듯 목을 바로 세우고 또렷한 음성으로 대꾸했다.

"말 한번 잘했소. 짐이 방금 자미를 딸로 인정했소."

황후로서는 도무지 이해할 수 없는 결정이었다. 자세히 조사를 해 보지도 않고 매번 이렇게 아무나 공주로 삼다니, 여간 기가 막힌 것이 아니었다. 그런 속도 모르고 건륭은 저만 기쁘면 세상에 아비 없는 아이들을 전부 딸로 삼을 수 있다는 말로 또 한 번 황후를 당황스럽게 했다.

"제 부모, 제 자식만 아끼는 것은 덕이 아님을 제비도 다 아오. 국모로서 그 정도 아량은 기본으로 갖추어야 할 것이오."

황후는 순간 얼쯤하였으나 이내 마음을 다잡고 입을 열었다.

"신첩, 이번에도 충언을 올려야겠습니다."

"그만두시오! 안 그럼 후회할 거요."

건륭의 목청에서 기어이 불호령이 떨어졌다. 하지만 황후는 좀처럼 물러날 기색이 아니었다. 오히려 당당했다.

"신첩은 후회하지 않습니다. 눈에 흙이 들어갈지언정 폐하께서 어린 것들에게 속아 넘어가시는 모습은 볼 수 없습니다. 폐하, 눈을 크게 뜨십시오. 내력이 불분명한 계집들에게 놀아나시면 안 됩니다. 오황자와 복륜의 자제들은 거짓 어명을 앞세워 감옥을 습격했습니다. 대역을 저지른 죄인들은 엄벌에 처하지 않으시고 외려 충신 양정계를 참수하시다니요! 옳고 그름을 분별하지 못하고 어찌 새파란 것들에게 농락만 당하십니까. 백성들이 비웃을까 심히 염려스럽습니다!"

"무엄하다!"

건륭이 탁상을 내리치며 포효했으나 황후는 전혀 움츠러들지 않고 대꾸했다.

"신첩도 참수에 처하시렵니까."

건륭은 바로 대답을 하는 대신, 품 안에 넣어 둔 종이 세 장을 꺼내어 탁자 위에 턱 올려놓았다.

"이게 황후가 내린 밀령이오? 그대의 눈에 거슬리는 이들은 모조리 제거하려고? 악랄하기가 이를 데 없군! 명색이 황후인데 참수를 할 순 없지. 애초에 그대처럼 속 좁은 여인을 황후로 맞은 짐의 탓도 있으니. 하지만 사사로운 감정 때문에 권력을 남용한 것은 도저히 용납할 수가 없소. 그대를 폐서인으로 만들 수도 있으나 그리하지 않을 거요. 짐은 그대를 종인부로 보내 이 사건을 조사하겠소. 거긴 어둡고 더럽고 바퀴벌레와 쥐가 손발톱을 갉아 먹는다고 하니, 당분간 용 상궁과 함께 그곳에서 지내며 처분을 기다리시오."

그제야 황후의 얼굴이 새파랗게 질렸다. 용 상궁이 다급히 황후의 소맷자락을 잡아당기며 타일렀다.

"마마, 참으십시오. 벌써 스무 해를 부부로 사셨습니다. 십 년의 인연이 있어야 겨우 같은 배를 타고, 백 년이라야 부부로 만날 수 있다 했습니다. 두 분의 인연을 귀히 여기셔야 합니다."

바들바들 떠는 몸을 따라 목소리도 함께 떨리고 있었다. 용 상궁이 건륭을 향해 무릎을 꿇고 눈물을 흘리며 말했다.
"폐하, 황후마마의 성미를 아시잖습니까. 마마는 그저 폐하를 위하는 마음 하나뿐이십니다."
"그 말은 지겹도록 들었다!"
건륭이 거칠게 소매를 털며 방향을 틀었다. 표정은 서릿발같이 싸늘했고, 목소리는 얼음장처럼 냉랭했다. 건륭이 사뭇 결연한 태도로 다음 말을 이었다.
"짐은 결정했소. 황후는 내일 종인부로 가시오."
"신첩이 무슨 죄를 지었습니까."
"거짓 어명을 전해 공주들과 궁녀를 사사로이 고문하고, 영비와 복륜을 모함하는 밀령을 내리고도 그런 말이 나오오?"
"신첩은 저들을 고신하라 한 적 없습니다. 단지 양정계에게 일을 빨리 마무리 지으라 전했을 뿐입니다. 다른 건 모두 그자 혼자 꾸민 짓입니다."
황후의 변명에도 건륭은 꿈쩍하지 않았다.
"애석하군, 죽은 자는 말이 없으니."
황후는 눈에 살기를 띠고 서 있는 건륭이 몹시도 낯설게 느껴졌다. 그리고 깨달았다. 건륭의 가슴속에서 자신에 대한 좋은 감정이 티끌도 남지 않고 사라졌음을. 그나마 두 사람을 연결해 주고 있던 부부의 정마저 끊어져 버렸다는 것을. 황후는 어두컴컴한 종인부 풍경과 그곳에 들어갔던 황실 사람들이 다시는 풀려나지 못했다는 사실을 떠올렸다. 내내 뻣뻣하던 화기가 자못 수그러들었으나 입만은 여전히 고집스러웠다.

"신첩이 그런 명을 전했다 해도 이는 모두 폐하를 위한 일이었습니다."

"또 그 소리! 아직도 정신 못 차리는 걸 보니 더는 구제할 방법이 없군."

건륭이 뒤를 돌아보며 소리쳤다.

"이강!"

"예!"

"지금 당장 황후를 종인부로 끌고 가라!"

멈칫한 이강은 어찌할 바를 모르고 쩔쩔맸다. 영기와 이태도 놀란 눈으로 지켜볼 뿐이었다. 건륭이 이강을 나무라듯 말했다.

"뭣 하고 섰느냐. 지난번에는 바늘, 이번에는 채찍과 인두로 사람을 죽이려 했다. 이토록 잔인하고 악랄한 이에게 황후의 자격이 있다고 생각하느냐? 이 여자는 극악무도한 죄인일 뿐이니 시간 지체하지 말고 지금 당장 종인부로 압송해라, 어서!"

건륭은 진심이었다. 흔들림 없는 표정, 비분에 찬 눈빛으로 명령하는 건륭에 모두가 충격을 받았다. 하지만 황후라는 신분은, 아무리 어명이라 해도 한마디 말에 의해 땅에 떨어질 지위가 아니었다. 황후가 감옥에 갇히면 그날로 온 황궁이 벌컥 뒤집힐 터였다. 영기가 건륭 앞에 두 무릎을 꿇고 앉았다.

"아바마마, 고정하십시오! 어마마마는 이 나라 국모십니다. 잘못이 있다고 해도 종인부로 보내라는 것은 아니 될 말씀입니다. 지금껏 어느 선대 황후도 그곳에 들어간 일이 없습니다. 더군다나 십이황자가 아직 어려 친어머니와 떨어질 수 없을 겁니다. 아바마마, 어린 황자를 위해서라도 숙고해 주십시오!"

황후가 사면되길 바라는 영기의 마음은 거짓이 아니었다. 이를 본 용 상궁도 황급히 바닥에 이마를 찧기 시작했다.

"폐하, 노여움을 거두어 주십시오……."

건륭이 던진 질책의 말들이 비수가 되어 황후의 가슴에 꽂혔다. 황후는 찌르는 듯한 통증과 함께 무력감을 느꼈다. 이미 차갑게 식어 버린 마음에 희망 같은 건 없었다. 영기의 주청에도 마냥 심드렁한 건륭을 보고 황후는 실오리 같던 기대마저 놓아 버리고 말았다. 실의에 빠져 방황하던 시선이 탁상에 놓여 있는 바느질 바구니에 가닿았다.

황후가 탁자 쪽으로 달려가 바구니 안에서 가위를 집어 들었다. 사람들은 황후가 누군가를 해치려 한다고 생각하고 놀라서 비명부터 터뜨렸다.

이강, 이태가 동시에 건륭 앞을 막아서며 외쳤다.

"폐하, 위험합니다!"

"황후, 뭘 하려는 거요?" 건륭이 소리쳤다.

하지만 모두가 우려하는 상황은 벌어지지 않았다. 황후는 그저 제자리에 서서, 자신의 머리를 고정하고 있던 비녀를 뽑았다. 긴 머리가 허리께로 쏟아졌다.

"폐하를 위하는 말조차 거슬리신다니, 차라리 머리를 자르고 비구니가 되겠습니다!"

황후가 머리카락을 한 움큼 쥐고 가위로 자르기 시작했다. 처량하다 못해 어딘가 조금 무섭기까지 한 모습에 사람들은 놀라 넋이 나갔다. 오직 용 상궁만이 울부짖으며 황후의 곁으로 달려갔다.

"마마, 어찌 스스로를 괴롭히십니까! 마마께서 이러시면 억장이 무너지는 건 이 용 상궁뿐입니다!"

죽기 살기로 가위를 빼앗으려 하는 용 상궁을 보고 영기도 황후에게로 달려갔다.

"어마마마, 고정하십시오!"

황후는 가위를 빼앗기지 않으려 안간힘을 썼다. 실성한 사람처럼 산발이 되어서는 바닥을 뒹굴기까지 했다. 시립해 있던 궁녀들이 다가와 용 상궁을 돕자 황후의 고함이 더욱 거세졌다. 몸부림치는 황후에게서 가위를 빼앗으려 용 상궁과 동설은 가윗날에 손을 베이기까지 했다. 겁에 질린 비명 소리가 한참이나 이어졌다.

가까스로 황후의 손에서 가위를 빼앗았을 땐, 이미 잘려 나간 머리카락이 바닥에 소복해진 뒤였다. 실내는 탁자가 쓰러지고 의자가 뒤집히는 등 난장판이 되어 있었다. 사방이 쥐 죽은 듯 고요했다. 황후는 기력을 모조리 소진한 듯 멍하니 넋을 놓은 채였다. 그곳에 있는 사람들 모두가 믿기지 않는다는 눈으로 황후를 바라보았다.

그때 자미가 황후에게로 타박타박 다가왔다. 비록 창백하긴 했지만 아주 평온해 보이는 얼굴이었다. 황후 곁에 무릎을 꿇고 앉은 자미는 산발이 되어 늘어뜨려진 황후의 머리카락을 등 뒤로 쓸어 모았다. 조금 전만 해도 꿋꿋하던 자미의 눈에 눈물이 가득 들어찼다. 명월이 가져다준 빗과 비녀를 받아서 정성스레 황후의 머리를 빗으며 자미가 말했다.

"황후마마, 지금은 절 미워하시지만 언젠가 저를 좋아해 주시는 날이 올 것이라 믿습니다. 머리카락은 만주인의 얼과 같아서 국상을 당했을 때만 자른다고 들었습니다. 하오니 마마, 아무리 화가 나셔도 머리카락을 자르지는 마세요."

시린 마음을 달래는 따뜻한 목소리에 황후는 고개를 들어 자미를 보았다. 부드럽고 상냥한 말투에서 국모인 자신에게는 없는 기품을 느꼈다. 황후는 비로소 이 내력이 불분명한 공주와 싸우려 했던 스스로가 어리석었음을 깨달았다. 하지만 때는 이미 늦어 버린 후였다. 상황이 지금과 같은 지경에 이르렀으니 결과는 불 보듯 훤했다. 자신은 종인부에서 여생을 보내게 될 터였다. 설움이 끝끝내 목청을 타고 황후의 입 밖으로 터져 나왔다.

그사이 머리 정리를 마친 자미가 황후를 용 상궁의 품으로 보내 주었다.

"용 상궁, 마마를 잘 보살펴 드리세요."

곧이어 자미는 건륭 앞으로 가서 무릎을 꿇고 바닥에 엎드렸다. 딸로 인정받은 후 정식으로 하는 첫인사였다.

"아바마마, 저를 딸로 생각해 주신다니 조심스레 한 말씀 올리겠습니다. 이제 막 아버지께 인정을 받은 저를 봐서라도 그만 노여움을 푸세요. 종인부는 저희가 들어간 것으로 족합니다. 마마께서는 그런 곳에 가지 않으셨으면 좋겠습니다. 혈육이 아닌 이도 가족처럼 품는 아바마마가 아니십니까. 부부의 인연은 더욱 귀히 여기셔야 합니다. 제게 내리는 보상이라 여기시고 부디 저의 청을 들어주세요."

자미는 이마가 땅에 닿을 듯 다시 한번 몸을 낮추었다. 건륭은 믿기지 않는다는 표정으로 자미를 내려다보았다. 건륭을 둘러싼 이들의 시선이 일제히 자미에게로 향했다. 누구 하나 탄복하지 않는 사람이 없었다. 자미의 고귀한 인품에 어쩐지 자신들이 위로를 받는 기분이었다.

방 안은 황후와 용 상궁이 흐느끼는 소리만으로 가득했다. 잠시 후, 무릎을 꿇고 자세를 바로 한 용 상궁이 자미를 향하여 공손하게 큰절을 올렸다.

그렇게 황후는 곤녕궁으로 돌아갔고, 건륭은 더 이상 누구에게도 죄를 묻지 않았다.

조금은 이른 이야기지만, 이 청나라 황후는 몇 년 뒤 건륭과 또다시 크게 부딪혀 자신의 머리카락을 모두 잘라 버리고 만다. 이에 노한 건륭은 머리카락도 없는 이에게 무슨 국모의 자질이 있겠느냐며 그녀를 냉궁(冷宮)으로 보내고, 황후는 그곳에서 일 년 정도를 지내다 쓸쓸한 죽음을 맞는다. 청나라 역사 속에 등장하는 '머리카락 없는 국모'가 바로 건륭의 두 번째 황후 휘발나랍씨다. 이 후일담은 지금 우리 이야기와 다소 거리가 머니 잠시 미뤄 두고, 우선 하던 얘기부터 마저 하겠다.

이날 건륭은 이강, 이태, 영기 세 청년을 데리고 어화원을 거닐고 있었다. 가짜 공주 사건이 일단락된 후 마음은 한결 가벼워졌지만, 여전히 골치 아픈 문제가 남아 있는 상태였다.

"감옥을 습격한 일은 추궁하지 않으마. 너희 셋은 앞으로 처신을 잘해야 한다. 자미와 제비가 건강을 회복하고 있어 안심이긴 한데, 이강과 새아의 혼사를 더는 미룰 수가 없을 것 같다."

소스라치게 놀란 이강이 얼른 한 걸음 나와 섰다.

"폐하, 통촉하여 주십시오! 소신은 결코 새아공주와 혼인할 수 없습니다."

건륭이 퍽 난감한 얼굴로 이강을 보았다.

"네 근심은 짐도 잘 알고 있다. 짐이 아끼는 딸이 너를 마음에 두고 있는데, 짐이라고 널 서장 공주에게 주고 싶겠느냐."

하지만 천금 같은 약속을 명분 없이 저버릴 순 없는 노릇이었다. 건륭은 자신과 이강, 자미가 희생하는 수밖에 없다며 이강을 타일렀다. 이것은 일국의 군주, 신하, 공주로서 치러야만 하는 대가였다. 저희들의 지위는 대국을 먼저 생각하고 이를 위해 개인의 것은 내려놓을 수도 있어야 하는 자리이기 때문이었다.

그때 영기가 이강을 거들고 나섰다.

"아바마마, 부디 다른 방도를 찾아 주십시오. 자미와 이강은 영원을 맹세한 사이입니다. 자미가 이강에게 이런 말을 했습니다. 산이 무너지고 천지가 합해질 때 헤어지겠다고요. 아바마마께서 산을 무너뜨리고 천지를 합칠 수 있으십니까? 둘은 그런 날이 와야 헤어질 것입니다."

꼿꼿한 의지를 품은 보드라운 시구절이 건륭의 가슴에 파문을 일구었다.

"산이 무너지고 천지가 합해질 때 헤어지겠다라……. 자미가 그런 말을 했다고?"

힘주어 고개를 끄덕이는 이강의 눈에 슬픔이 서려 있었다. 불현듯 대안이 떠오른 이태가 재빨리 의견을 냈다.

"폐하, 미혼인 황실 자제들을 모두 불러 다시 한번 무술 대회를 열어 보시지요. 어쩌면 형님보다 더 적합한 상대가 나타날지도 모릅니다."

"그것도 방법일 수 있으니 생각해 보자꾸나."

건륭이 고개를 끄덕이며 고민에 빠졌다. 건륭의 시선이 아래로 떨어진 그때, 멀지 않은 곳에서 카랑한 고함 소리가 들려왔다.

"야, 어딜 도망가? 무술 좀 할 줄 안다고 자꾸 거들먹거리는데, 경공술은 내가 너보다 훨씬 잘하거든!"

건륭과 세 청년이 소리가 난 쪽을 돌아보았다. 금빛 쇠 채찍과 은빛 구절편이 공중에서 날아다녔다. 아니나 다를까, 난데없이 들려온 목소리의 주인은 제비였다. 제비와 새아가 서로 쫓고 달아나며 건륭 쪽으로 다가오고 있었다.

둘은 맹렬하게 싸우면서도 뭐가 그리 재밌는지 시시덕거렸다. 같은 또래에다 성격마저 비슷했던 까닭에 어느덧 친분이 쌓여 버린 두 사람이었다. 요즘 제비는 새아만 만났다 하면 이강을 포기하는 게 어떻겠냐고 공들여 구슬리는 중이었다.

"환주공주, 덤벼!"

새아가 해맑게 웃으며 채찍을 휘둘렀다. 공격을 피해 몸을 날린 제비가 새아 앞에 착지한 후 큰소리를 떵떵 쳐 댔다.

"거기 딱 서! 아주 그냥 낙화유수로 만들어 줄 테니까!"

낙화유수落花流水는 제비가 가장 편하게 자주 사용하는 사자성어였다. 흐르는 물 위에 떨어진 꽃처럼 상대의 세력을 꺾어 버리겠다는 의지가 담긴 말이었다. 새아는 아직 성어를 구사하는 수준은 아니었지만 나름대로 열심히 공부 중이던 터라, 알고 있는 어휘를 재빠르게 조합하여 받아쳤다.

"뭔 소리야. 그럼 나는 낙타 육수로 만들어 버릴 테다!"

제비가 그 말을 듣고 자지러지게 웃어 댔다.

"낙타 육수? 와하하, 너 엄청 웃긴다! 어떻게 나보다 더 웃기게 말할 수 있지?"

제비와 새아는 공격을 주거니 받거니 하면서 건륭이 있는 곳까지 다다랐다. 건륭과 함께 서 있는 세 남자를 발견한 새아가 싸우다 말고 이강에게로 쪼르르 달려왔다.

"이강, 어디 숨어 있었어요? 한참 찾았는데!"

이강은 새아의 환한 미소를 마주하고 골이 다 지끈거리는 것 같았다. 숨는 시늉이라도 할 수 있으면 억울하지나 않을 텐데, 그럴 수도 없었다. 그저 난감한 얼굴로 뻣뻣하게 서 있을 뿐이었다.

새아가 한눈을 판 사이, 뒤따라온 제비가 새아의 채찍을 빼앗아 공중으로 휙 던졌다. 놀란 새아는 저도 모르게 짧은 비명을 터뜨렸다. 새아가 고개를 들었을 때 채찍은 이미 하늘 높이 붕 떠올라 있었다. 그때 무릎을 굽혀 몸을 낮춘 이태가 힘껏 뛰어올랐다. 이태는 떨어지는 채찍을 노련하게 낚아채고 다시 땅에 발을 디뎠다. 그리고 새아를 향해 시원스레 웃으며 도발하듯 말했다.

"채찍을 되찾고 싶으면 따라와요. 날 잡으면 돌려줄게요."

이태는 그렇게 말하고 몸을 돌려 달아났다.

"어딜 도망쳐! 거기 딱 서, 낙타 육수로 만들어 줄 테니까!"

이태의 등 뒤에 대고 짜랑짜랑 으름장을 놓던 새아가 곧바로 이태를 뒤쫓아 갔다. 남겨진 이들은 하나같이 멀뚱멀뚱한 눈으로 멀어지는 두 사람을 바라보았다.

채찍을 휘두르면서 날아가듯 내달리던 이태가 문득 뒤를 돌아보며 외쳤다.

"어서 와요! 아니, 너무 느리네. 서장 공주들은 다들 이렇게 달리기를 못해요?"

새아는 새근발딱 숨이 차오르는 와중에도 자존심을 지키느라 큰소리부터 쳤다.

"못하긴 누가 못해! 어서 채찍이나 내놔요!"

"그렇게는 못 하죠."

이태가 채찍을 공중으로 던져 올렸다. 새아도 얼른 뒤따라 뛰어올랐지만 한발 앞섰던 이태가 먼저 채찍을 가로챘다. 기어이 부아가 난 새아는 씩씩대며 이를 갈았다.

"그래, 어디 누가 이기나 해보자."

한 사람은 채찍을 빼앗기 위해, 한 사람은 또 다른 목적을 가지고 승부 아닌 승부를 다투었다. 이태는 일부러 새아의 눈길을 확 사로잡을 수 있을 만한 화려한 기술을 선보였다. 채찍을 공중으로 던졌다가 얼른 잡아 손에 쥐었다가, 새아 뒤로 숨었다가 다시 앞으로 나타나며 새아의 눈을 교란하였다.

새아가 갑자기 제자리에 서서 가쁜 숨을 몰아쉬었다. 자신의 실력으로는 이태를 이길 수 없을 거란 생각에 순간 자존심이 팍 상했던 것이다. 풀밭에 털썩 주저앉은 새아가 짜증 섞인 투로 말했다.

"됐어, 안 해. 내가 졌어."

이태는 이내 골리기를 멈추고 새아 옆으로 가서 슬그머니 앉았다. 새아의 얼굴을 말없이 바라보던 이태가 이윽고 넌지시 물었다.

"서장 여인들은 다 새아처럼 예쁩니까?"

새아가 놀란 토끼 눈이 되어 이태를 쳐다보았다. 이내 새아의 눈언저리에 해사한 웃음이 번졌다.

그날 이후 이태는 거의 매일 새아를 만나 함께 시간을 보냈다.

만나면 주로 말타기 시합을 했다. 새아는 기마술에 탁월한 재능이 있었다. 둘은 서산 사냥터를 비롯한 도성 변두리 지역을 누비며 두 볼과 귀가 새빨개질 때까지 말을 달렸다. 같이 있는 내내 웃음소리가 끊이질 않았다.

"어때, 못 따라잡겠지? 내 기마 솜씨는 일등이거든!"

새아의 호언에 이태는 짐짓 기가 찬다는 듯 웃으며 대꾸했다.

"하, 입만 열면 뭐든 다 일등이래. 말은 청산유수지!"

새아가 어리둥절한 표정으로 물었다.

"말이…… 무슨 육수라고? 갑자기 왜 육수를 찾아? 배고파?"

순간 이태의 입에서 세찬 웃음이 터져 나왔다. 한동안 깔깔대던 이태가 겨우 웃음기를 추스르고 말을 이었다.

"어쩌면 새아랑 제비는 쌍둥이였는지도 몰라. 하나는 서장에서 공주로 살고, 하나는 북경으로 와서 우연히 공주가 되고. 제비는 부모님이 누군지 모른다던데, 혹시 새아랑 연관이 있는지 조사해 봐야겠다."

"혼자서 자꾸 뭐라는 거야."

새아는 이태의 말을 통 알아들을 수가 없었다. 웃음이 남긴 야릇한 여운에 취해 이태가 왈칵 진심을 꺼냈다.

"새아가 귀엽다고!"

이번에도 새아는 대꾸 없이 웃기만 할 뿐이었다.

지기 싫어하는 성격 때문인지 새아는 무술을 익히는 데도 관심이 많았다. 두 사람은 말타기 시합을 자주 즐기면서도, 서로의 무술 기량을 겨루는 시간을 더 좋아했다. 실력이야 당연히 이태가 새아보다 월등히 뛰어났지만 이태는 매번 기꺼이 새아에게 져주곤 했다. 자신을 이겼다고 믿는 새아가 귀엽기도 하고, 이기고 기뻐하는 모습이 사랑스럽기도 해서였다.

여느 날처럼 주먹과 발길을 주고받던 때, 새아의 공격을 받고 땅바닥에 엎어진 이태가 심하게 다친 듯 일어나질 못했다. 물론 일부러 다친 시늉을 한 것이었다. 이태는 아파 죽겠다며 엄살을 떨기 시작했다.

"아! 뼈가 부러졌나 봐, 다리가 안 움직여. 무슨 여인이 이렇게 사나워? 중원 여인들은 아무도 안 이래, 아아……."

새아가 냉큼 달려와 이태의 다리부터 살폈다.

"어디, 어디가 아파? 일부러 그런 건 아니야!"

이태는 짐짓 퉁명을 부렸다.

"고의로 그런 거잖아!"

"아니라니까!"

걱정스러운 마음에 새아도 목소리가 높아졌다.

이태는 자신의 다리를 붙잡고 어쩔 줄 몰라 하는 새아를 물끄러미 바라보았다. 연신 움직일 수 있겠느냐 묻는 것이, 적잖이 당황한 모양이었다. 이태가 그제야 유쾌한 웃음을 터뜨리며 자리에서 벌떡 일어섰다.

"우리 중원 사내들은 쉽게 다치지 않아!"

잠시 멍해 있던 새아의 눈에 힘이 들어갔다.

"날 속여? 중원 사내들은 나빠!"

속았다는 사실에 발끈한 새아가 이태에게로 냅다 덤벼들었다. 후다닥 도망치는 이태를 새아가 쪼르르 뒤쫓았다.

두 사람은 하루가 멀다 하고 산으로 강으로 구경을 다녔다. 새아는 물을 참 좋아했다. 강가에 이르러 흘러가는 물소리에 귀를 기울이고 있노라면 새아는 아이처럼 즐거워했다. 아무래도 서장에서는 흐르는 강물을 잘 볼 수 없기 때문인 것 같았다.

그런데 이날, 강기슭 위로 펼쳐진 풀밭에 누워 하늘을 바라보는 새아의 표정이 썩 좋지 않았다. 어쩐지 근심이 가득해 보였다. 이태는 옆에 누워 말없이 새아의 안색을 살폈다. 이윽고 새아가 먼저 침묵을 깼다.

"북경 하늘은 참 파래, 좋아."

잠깐의 정적이 흐르고 새아가 다시 말문을 열었다.

"북경 강물은 참 맑아, 좋아."

새아는 조금 이따가 재차 비슷한 말을 꺼냈다.

"북경 들판은 참 푸르러, 좋아."

이태가 새아를 보며 물었다.

"그중에서도 북경 사내가 제일 좋지?"

"응, 무지하게 좋아."

말투는 담담하나 의미는 심장한 대답이었다. 이태는 새아 쪽으로 몸을 틀어서 한 손으로 옆머리를 받치고 누웠다. 그윽한 눈에 새아를 담던 이태가 불쑥 한마디를 덧붙였다.

"이강만 북경 사내가 아니야."

새아가 동그란 눈을 들어 이태를 보았다. 그러기를 잠시, 늘 그랬듯 방긋이 미소를 풍긴 새아가 이태의 목을 와락 끌어안으며 너른 품으로 파고들었다.

"어떡해, 이 사내가 제일 좋아! 나 어쩌지?"

"이거 참……."

실없이 껄껄 웃던 바러번이 멋쩍은 듯 건륭을 보았다.

"제가 새아를 너무 오냐오냐 키웠나 봅니다. 이제 와서 신랑을 바꾸겠다지 뭡니까. 이강 말고 이태에게 시집을 가겠다고 고집을 부립니다. 폐하, 좀 봐주십시오. 어차피 한 형제가 아닙니까? 이강은 폐하의 따님에게 돌려드리겠습니다."

건륭은 어찌 된 일인지 짐작이 갔다. 내심 쾌재를 부르고 있었지만, 조금 괘씸한 생각이 들어 짐짓 언짢은 척 미간을 찡그렸다.

"그럴 수는 없소. 남아일언은 중천금이잖소."

건륭의 말을 제대로 이해하지 못한 바러번이 냉큼 대답부터 내놓았다.

"천금이요? 아, 그건 걱정하지 마십시오. 혼수로 만금을 준비하겠습니다!"

바러번의 괄괄한 입심에 건륭은 웃지 않을 도리가 없었다.

"하하하하! 정 그렇담 바꿔 줘야지!"

이제 정말 이야기를 마무리하려 한다.

건륭은 조정의 신료들을 불러 모아 다음과 같이 선포했다.

"오늘 이 자리에서 환주공주와 관련한 논란을 매듭지으려 하오. 모두들 알고 있겠지만 제비는 몸을 심하게 다친 채 입궁하여 공주로 오인받았소. 진짜 공주는 자미요. 따라서 제비의 공주 직위를 폐할 것이나, 제비는 궁에 들어온 후 짐의 총애를 받았으니 환주군주郡主(황족의 딸)에 봉하여 오황자와 맺어 줄 것이오."

그 순간 제비는 무어라 표현하기 어려운 기쁨을 경험했다. 벅찬 감동이 가슴속을 가득 채우고 있는데 동시에 막힌 데 하나 없이 후련하기도 했다. 제비가 무릎을 꿇고 말했다.

"감사합니다, 아바마…… 아, 폐하!"

실수를 했다 여긴 제비가 재빨리 호칭을 바꾸었다. 건륭은 그런 제비의 마음을 다정다감하게 북돋아 주었다.

"아바마마라 부르는 게 듣기 좋구나. 앞으로도 계속 궁에서 지낼 거고, 또 어차피 짐의 며느리가 되면 아바마마라 불러야 하니 굳이 호칭을 고칠 것 없다."

제비는 눈물이 그렁그렁한 눈으로 웃으며 씩씩하게 대답했다.

"네, 명 받들겠습니다!"

"아바마마, 성은이 망극하옵니다."

영기가 무릎을 꿇으며 인사했다. 시큰한 콧마루를 달래 보려는 의지가 무색하게 두 눈은 이미 눈물로 젖어 있었다. 건륭은 흐뭇한 미소를 띠며 자미와 이강에게로 눈길을 돌렸다.

"자미는 명주明珠공주로 책봉하여 복이강과 맺어 주겠소."

자미와 이강이 무릎을 꿇고 한목소리로 감사 인사를 전했다. 다음 말을 이어 나가는 건륭의 입가에 만족스러운 미소가 걸렸다.

"복이태는 패자貝子에 봉하여 서장 공주 새아와 짝을 맺어 줄 것이오."

이태도 무릎을 꿇고 인사하였다. 건륭의 얼굴에 커다란 함박웃음이 떠올랐다. 모두가 바라던 대로 배필을 정해 주고 건륭 본인이 더 흡족한 모양이었다. 이리하여 황제의 딸의 뒤바뀐 운명은 비로소 제자리를 되찾게 되었다.

"각자 자신의 위치에서 행복을 누리도록 하라. 모두의 행복이 곧 짐의 행복이니라!"

건륭의 호탕한 웃음소리가 건물 가득 울려 퍼지고, 대신들은 일제히 허리 굽혀 예를 갖추었다.

"부녀 상봉을 경축드립니다. 폐하 만세 만세 만만세! 공주마마 천세 천세 천천세!"

혼례는 이태와 새아가 먼저 올리기로 했다. 건륭이 자미와 제비를 바로 떠나보내기 아쉬워한 까닭에 이강과 영기는 두 해 정도를 더 기다리게 되었다. 하지만 어렵사리 맞이한 평온한 일상이 마냥 좋아서 누구 하나 혼사를 치르는 시기에 연연하는 이가 없었다.

이날 일곱 명의 젊은이는 도성 변두리로 말을 타러 나왔다. 서로 내외할 것 없이 자유롭게 왕래해도 좋다는 건륭의 윤허를 받고 종종 이렇게 다 같이 바람을 쐬러 나오고는 했다.

"북경 말은 너무 느려. 달려도 달리는 것 같지가 않아."

새아가 불만스레 투덜거리자 제비가 발끈하며 대꾸했다.

"무슨 소리야? 북경 말은 특등으로 좋아! 너희 서장 말보다 훨씬 좋아!"

"됐어, 너도 말만 육수면서."

새아는 제비의 말을 댕강 자르고 혼자서 키득거렸다.

"육수? 그게 뭔 소리야?"

제비가 멍한 눈으로 물었지만 다른 이들도 영문을 모르기는 마찬가지였다. 유일하게 새아의 말을 알아들은 이태도 웃기만 할 뿐이었다.

새아가 등자를 흔들자 말이 빠르게 앞으로 나아갔다. 제비도 얼른 새아의 뒤를 쫓았다. 그 모습을 조마조마 지켜보던 영기가 멀어지는 제비를 향해 목청껏 당부했다.

"제비야, 이제 막 배우기 시작했으니까 함부로 몰지 마. 떨어지지 않게 조심해!"

제비는 그 말을 귓등으로 흘려보냈는지 대답도 하지 않고, 벌써 저만치 앞에서 새아와 함께 들판을 가로지르고 있었다.

이강이 웃으며 이태를 보았다.

"이태, 이 은혜를 어떻게 갚아야 할지 모르겠다."

이태는 앞서 달리는 두 여인의 뒷모습을 바라보며 웃었다.

"은혜는 무슨. 새아도 귀여운 면이 많아. 제비랑 비슷한 구석도 있고. 어쩌면 그래서 끌린 걸지도 모르지."

이번엔 이태를 보는 영기의 눈이 깊어졌다.

"이태, 나야말로 고맙다. 이 고마움에 어떻게 보답할 수 있을지 모르겠다."

이태가 밀려드는 쑥스러운 감정을 경쾌한 웃음으로 무마하며 대답했다.

"그 마음들은 잘 받아 둘게요. 나중에 이자까지 셈해서 갚아 주세요."

"그래, 그러자. 나중에 우리를 필요로 할 때 목숨도 내놓으마."

"뭘 또 그렇게 심각하게까지."

"심각하지. 네가 없었으면 내 인생의 반려를 놓칠 뻔했는데."

자미와 금쇄는 이태와 영기 사이에서 오가는 대화를 들으며 미소 지었다. 훈훈한 광경을 보고 있자니 제남에서 도성으로 오는 길에 겪었던 일들이 주마등처럼 머릿속을 스치고 갔다. 평화로운 오늘이 못내 행복했다. 마음속에 그득한 행복의 빛이 두 소녀의 눈가를 밝혔다.

신나게 말달려 앞서갔던 제비가 어느 틈에 일행의 곁으로 돌아와 있었다.

"다들 뭐 해? 왜 말을 타고서도 이렇게 느릿느릿 다녀?"

"난 겁이 나서 너처럼 못 타겠어. 아직 말을 모는 법도 잘 모르는데 떨어지면 어떡해? 그리고 오늘 날씨가 참 좋잖아. 바람이 선선하니 덥지도 않고. 천천히 말을 몰면서 햇살을 만끽하는 것도 감칠맛 나지 않아?"

자미가 싱긋이 웃으며 대답했다. 제비는 자미의 말을 이해할 수 없어 공연히 더 큰 소리로 대꾸했다.

"만끽하다니? 술도 안주도 없는데 무슨 맛이 나?"

기분이 좋아진 이강이 농담으로 맞받았다.

"다들 마음을 풀로 쑤어서 빨리 달릴 수가 없네요."

제비를 뒤따라 말머리를 돌린 새아가 때마침 도착했다.

"술이랑 안주랑 먹자고? 좋아! 근데 말을 풀로 싸서 먹으면 맛있어? 쌀에서 감칠맛이 난다는 건 뭔 소리야? 풀이든 쌀이든, 지금은 배가 너무 고파서 다 맛있을 것 같아. 그나저나 낙타 육수는 언제 만들어 줄 거야?"

밥 먹을 생각에 달떠서 조잘거리는 새아를 보고 이태는 또다시 깔깔깔 웃음보가 터졌다.

"큰일 났다! 그동안은 제비가 엉뚱한 말로 정신을 쏙 빼놓더니, 이제 서장 사람이 한 명 더 늘었어."

파란 들판 위에 싱그러운 웃음꽃이 만발했다. 그 사이로 금쇄의 웃음기 머금은 목소리가 와락 끼어들었다.

"저 지금 기분이 너무 좋아요! 노래 부르고 싶어요!"

자미가 흔쾌히 응했다.

"같이 부르자!"

일행은 서로 약속이라도 한 듯 같은 노래를 부르기 시작했다. 모두에게 익숙한 가락이었다. 높고 낮은 목소리들이 한데 어울려 환호하듯 큰 소리로 노래를 이루었다.

오늘 날씨는 화창해, 곳곳의 풍경도 아름다워라
나비와 꿀벌이 분주하니 새도 구름도 따라 바쁘네
말발굽 울림에 떨어지는 꽃마저 향기롭구나

앞에 가는 낙타, 무리를 이루고 말방울 짤랑이네
여기저기 노래 부르니 바람도 강물도 따라 부르네
푸른 들 아득히 넓고 하늘은 파랗게 높구나

구성진 노랫소리와 낭랑한 웃음소리 한가운데, 일곱 젊은이는 말을 타고 내달렸다. 그들을 닮아 푸르른 벌판 위에서.

황제의 딸 뒤바뀐 운명 2

초판 1쇄 발행일 2020년 03월 31일
개정판 1쇄 발행일 2021년 11월 25일

지은이 경요(瓊瑤)
옮긴이 이혜라
디자인 박가영

펴낸곳 도서출판 홍
이메일 hong-books@naver.com
블로그 blog.naver.com/leehyela71
출판등록 2020년 06월 24일 제 25100-2020-000009호

ISBN 979-11-967785-7-6 (03820)

책값은 뒤표지에 있습니다.
잘못 만들어진 책은 구매하신 곳에서 바꾸어 드립니다.